EL SURGIMIENTO DEL ANTICRISTO

NICOLÁS

TIM LAHAYE

JERRY B. JENKINS

Publicado por
Editorial **Unilit**
Miami, Fl. 33172

Primera edición 1999

Originalmente publicado en inglés con el título:
Nicolae por Tyndale House Publishers, Inc.
Wheaton, Illinois

Traducido al español por: Nellyda Pablovsky
Revisado por: Alicia Valdés Dapena

Producto 497488
ISBN 0-7899-0457-8
Impreso en Colombia
Printed in Colombia

A Beverly y a Dianna

Prólogo

Qué pasó antes . . .

Han pasado casi dos años desde las desapariciones masivas. En un instante cataclísmico, se desvanecieron millones de personas de todo el planeta, dejando atrás todo salvo carne y huesos.

El capitán Raimundo Steele, piloto de una aerolínea comercial, había guiado su avión de regreso a Chicago, con trescientos pasajeros y tripulantes aterrorizados. Cuando despegó, el avión había estado lleno a plena capacidad, pero de súbito, más de cien asientos quedaron vacíos, excepto por las ropas, joyas, anteojos, zapatos y medias.

Steele perdió a su esposa y su hijo de doce años en las desapariciones. Él y Cloé, su hija universitaria, fueron dejados atrás.

Camilo "alias el Macho" Williams, periodista principal de un semanario de noticias había estado en el avión de Raimundo.

Al igual que el piloto, se lanzó en una búsqueda frenética por la verdad.

Raimundo, Cloé y Camilo, junto con su mentor, el joven pastor Bruno Barnes, llegaron a ser creyentes en Cristo y se autodenominaron el "Comando Tribulación", determinados a resistir al nuevo líder mundial.

Nicolás Carpatia, de Rumania, se convirtió en el líder de las Naciones Unidas, de la noche a la mañana. Y aunque tiene encantado a gran parte del mundo, aun así, el "Comando Tribulación" cree que Nicolás es el anticristo mismo.

Raimundo y Camilo llegan a ser empleados de Carpatia por medio de una rara serie de eventos y circunstancias. Raimundo se convierte en su piloto personal, mientras que Camilo, en el editor del *Semanario de la Comunidad Mundial*. Carpatia sabe que Raimundo y su nueva esposa, Amanda, son creyentes, pero no está al tanto de la relación de Camilo con ellos, ni tampoco de la fe de Camilo.

El "Comando Tribulación" programa una reunión en Chicago. Raimundo pilotea a la "Potestad de la Comunidad Mundial", Nicolás Carpatia, desde Nueva Babilonia a Washington D.C. (con Amanda a bordo).

Al enterarse de un plan de insurrección, Carpatia anuncia itinerarios intrincados y contradictorios para dificultar su localización. Mientras tanto, Raimundo y Amanda toman un avión comercial hacia Chicago para su reunión con Camilo, Cloé y Bruno.

Se enteran de que Bruno está en el hospital, pero cuando van camino a visitarlo, estalla la guerra mundial. Las facciones de la milicia de Estados Unidos, bajo la dirección clandestina del presidente Gerald Fitzhugh, neutralizado por Carpatia, unieron sus fuerzas con los Estados Unidos de Gran Bretaña y el anterior Estado soberano de Egipto, ahora parte del recientemente formado Reino Unido del Oriente Medio. Las fuerzas de las milicias de la costa este norteamericana han atacado a Washington, que yace en ruinas.

Carpatia, cuyo hotel quedó demolido, es sacado del lugar a salvo. Las fuerzas de su Comunidad Mundial responden a la invasión, y atacan una ex base Nike en los suburbios de Chicago, a corta distancia del hospital donde Bruno Barnes estaba enfermo con un virus mortal. Frustran con rapidez un asalto a Nueva Babilonia, y las fuerzas de la Comunidad Mundial atacan Londres en venganza por la alianza británica con la milicia americana.

Durante todo esto, Raimundo pide a su anterior jefe, Eulalio Halliday, que pilotee el *Comunidad Mundial No. 1* a Nueva York, donde Raimundo había supuesto que le pedirían encontrarse con Carpatia. Pero como las fuerzas de la Comunidad Mundial dominan en Nueva York, Raimundo teme que haya enviado a su viejo amigo a la muerte.

Raimundo, Amanda, Camilo y Cloé tratan frenéticamente de llegar al enfermo Bruno Barnes, que está en el Hospital de la Comunidad Noroeste de Los Altos de Arlington, Illinois, cuando oyen una transmisión en vivo de la Potestad de la Comunidad Mundial:

"Ciudadanos leales de la Comunidad Mundial, hoy me dirijo a ustedes con el corazón roto, incapaz de decirles siquiera de donde les hablo. Hemos trabajado por más de un año para unificar a esta Comunidad Mundial bajo la bandera de la paz y la armonía. Desafortunadamente, hoy se nos volvió a recordar que aún hay entre nosotros algunos que quieren separarnos.

»No es ningún secreto que soy un pacifista, que siempre lo fui y siempre lo seré. No creo en la guerra. No creo en las armas. No creo en el derramamiento de sangre. Por otro lado, me siento responsable por ustedes, mis hermanos y hermanas de esta aldea mundial.

»Las fuerzas de la Comunidad Mundial que mantienen la paz ya aplastaron la resistencia. La muerte de los civiles inocentes me pesa mucho, pero prometo el juicio inmediato de todos los enemigos de la paz. La bella capital de Estados Unidos ha quedado destruida y oirán más relatos de muerte y destrucción. Nuestra meta sigue siendo la paz y la reconstrucción. Yo regresaré a los seguros cuarteles centrales de Nueva Babilonia en su debido momento, y me comunicaré a menudo con ustedes.

»Por sobre todo, no teman. Vivan con la confianza de que no se tolerará ninguna amenaza a la tranquilidad mundial, y que no sobrevivirá ningún enemigo de la paz".

Mientras Raimundo buscaba una ruta que lo acercara al Hospital de la Comunidad del Noroeste, volvió a hablar el corresponsal de la Red de la Comunidad Mundial/Red de Noticias por Cable. "Último minuto: Las fuerzas de milicia de la Comunidad Anti-Mundial amenazaron con desatar la guerra nuclear en Nueva York, primordialmente en el Aeropuerto Internacional John F. Kennedy. Los civiles huyen de la zona causando uno de los peores embotellamientos de vehículos y peatones que se haya visto en la historia de la ciudad. Las fuerzas que mantienen la paz, dicen tener la habilidad y la tecnología para interceptar misiles, pero les preocupa el daño residual en las zonas remotas.

»Ahora, esto desde Londres: una bomba de cien megatones destruyó el Aeropuerto de Heathrow y la lluvia radioactiva amenaza a la población de millas a la redonda. Aparentemente la bomba fue lanzada por las fuerzas que mantienen la paz después de descubrir que había cazabombarderos egipcios y británicos de contrabando, despegando desde una pista militar cerrada, cercana a Heathrow. Se dice que esos aviones de combate, todos ya derribados, estaban equipados con cabezas nucleares e iban rumbo a Bagdad y Nueva Babilonia".

—Es el fin del mundo —susurró Cloé—. Que Dios nos ayude.

Raimundo seguía desesperado por ir a ver a Bruno en el hospital. Un transeúnte le dijo que el Hospital de la Comunidad del Noroeste estaba "al otro lado de este terreno y sobre la colina. Pero no sé cuán cerca le dejarán llegar a lo que queda".

—¿Fue bombardeado?

—¿Qué si fue bombardeado? Señor, está justo en la colina y en la calle frente de esa vieja base Nike. La mayoría piensa que recibió el primer impacto.

El corazón de Raimundo se encogió mientras caminaba solo por la rampa y veía el hospital. Era mayormente escombros lo que quedaba.

—¡Alto! —gritó un guardia—. ¡Esta es zona restringida!

—¡Tengo pase! —gritó Raimundo blandiendo su credencial.

Cuando el guardia llegó a Raimundo, tomó la credencial y la contempló, comparando la fotografía con la cara de Raimundo. —¡Vaya! Pase nivel 2-A ¿Trabaja para el mismo Carpatia?

Raimundo asintió con la cabeza y se dirigió hacia lo que fue el frente del edificio. Cadáver tras cadáver yacían en una ordenada hilera, y tapados.

—¿Algún sobreviviente? —preguntó Raimundo a un técnico de emergencias médicas.

—Escuchamos voces —contestó el hombre—, pero aún no hemos llegado a tiempo a nadie.

—Ayude o quítese del camino —dijo una mujer robusta al pasar rozando a Raimundo.

—Estoy buscando a un tal Bruno Barnes —dijo Raimundo.

La mujer miró su lista. —Busque por allá —dijo apuntando a seis cadáveres—. ¿Pariente?

—Más que un hermano.

—¿Quiere que yo mire por usted?

La cara de Raimundo se contorsionó y apenas pudo decir:

—Se lo agradecería.

La mujer se arrodilló al lado de cada cadáver, mirando, mientras un sollozo subía en la garganta de Raimundo. Había empezado a levantar la sábana del cuarto cadáver, cuando vaciló y miró el brazalete de identificación, aún intacto. Miró de nuevo a Raimundo y él supo. Las lágrimas comenzaron a rodar. La mujer volvió a retirar la sábana, lentamente, revelando a Bruno con los ojos abiertos, pero por lo demás, quieto. Raimundo luchó por componerse, con el pecho oprimido. Trató de cerrar los ojos de Bruno pero la mujer dijo:

—No puedo dejarle que haga eso. Yo lo haré.

—¿Podría comprobar el pulso? —pudo decir Raimundo.

—Oh, señor —respondió ella con profundo sentimiento en su voz—, no los traen aquí a menos que hayan sido declarados muertos.

—Por favor —susurró él mientras lloraba—, hágalo por mí.

Y mientras Raimundo se encontraba de pie entre el ruido de la tarde en un suburbio de Chicago, cubriéndose la cara con las manos, una extraña puso su pulgar e índice en los puntos de tomar la presión, bajo la mandíbula de su pastor. Sin mirar a Raimundo, retiró su mano, volvió a tapar la cabeza de Bruno Barnes con la sábana, y siguió con su trabajo. Las rodillas de Raimundo se doblaron y él se arrodilló en el lodo que cubría el pavimento. Las sirenas resonaban a lo lejos, las luces de emergencia relampagueaban en torno a él, y su familia esperaba a menos de media milla. Ahora sólo quedaban él y ellos. Sin maestro. Sin mentor. Sólo ellos.

Al ponerse de pie y bajar la colina con su espantosa noticia, Raimundo podía escuchar la estación del Sistema de Transmisión de Emergencia en cada vehículo que pasaba. Washington había sido destruido por completo. Heathrow no existía. Había muerte en el desierto egipcio y en los cielos de Londres. Nueva York estaba en estado de alerta.

El Caballo Rojo del Apocalipsis iba destrozándolo todo a su paso.

Uno

Era la peor de las épocas. Las rodillas de Raimundo Steele le dolían cuando se sentó tras el volante del auto Lincoln alquilado. Se había arrodillado en el pavimento, aplastado ante la realidad de la muerte de su pastor. Aunque el dolor físico le durara días, sería poco en comparación con la angustia mental de haber vuelto a perder a una de las personas más queridas de su vida.

Raimundo sintió la mirada de Amanda. Ella colocó una mano de consuelo sobre su muslo. Su hija Cloé, y Camilo su esposo, que iban en el asiento trasero, le pusieron una mano sobre sus hombros.

¿Ahora qué? se preguntó Raimundo. *¿Qué hacemos sin Bruno? ¿Adónde vamos?*

La estación del Sistema de Transmisión de Emergencia zumbaba con las noticias del caos, la devastación, el terror y la destrucción en todo el mundo. Incapaz de hablar por causa del nudo en su garganta, Raimundo se entregó a la tarea de maniobrar el auto, para abrirse paso en medio de los incongruentes embotellamientos del tráfico. ¿Por qué estaba la gente en la calle? ¿Qué esperaban ver? ¿No tenían miedo de las bombas o de la lluvia radioactiva?

—Tengo que llegar a la oficina de Chicago —dijo Camilo.

—Puedes usar el automóvil después que lleguemos a la iglesia —pudo decir Raimundo—. Yo tengo que avisar lo sucedido a Bruno.

Las fuerzas pacificadoras de la Comunidad Mundial supervisaban a la policía local y al personal de socorro de urgencia que dirigían el tráfico, y trataban de hacer que la gente regresara a sus casas. Raimundo confiaba en sus muchos años de vivir en la zona de Chicago, para usar rutas poco transitadas y calles laterales, a fin de evitar las calles principales que estaban congestionadas sin remedio.

Estaba pensando si hubiera debido aceptar que Camilo manejara cuando se ofreció para hacerlo. Raimundo no había querido parecer débil. Movió la cabeza. *¡No hay límites para el ego del piloto!* Sintió deseos de enrollarse como una bola y llorar hasta quedarse dormido.

Casi a los dos años de la desaparición de su esposa e hijo, junto con millones de otras personas, Raimundo ya no albergaba ilusiones sobre su vida en el ocaso de la historia. Había quedado devastado y vivía con mucha pena y nostalgia. Era tan difícil...

Sabía que su vida hubiera podido ser aun peor. Supongamos que él no hubiera llegado a ser un creyente en Cristo y todavía siguiera perdido para siempre. Que no hubiese hallado un nuevo amor y estuviera solo. Supongamos que Cloé hubiese desaparecido también. O que él nunca hubiera conocido a Camilo. Había mucho por qué estar agradecido. De no haber sido por la caricia física de los otros tres ocupantes del automóvil, Raimundo se preguntaba si hubiese tenido voluntad de seguir adelante.

Le costaba mucho imaginar qué hubiera sido de él de no haber llegado a conocer y querer a Bruno Barnes. Había aprendido y había sido iluminado e inspirado por Bruno más que por nadie que hubiera conocido alguna vez. Y lo que marcaba la diferencia no era sólo el conocimiento y la enseñanza de Bruno. Era su pasión. Este fue un hombre que reconoció inmediata y claramente, que se había pasado por alto la verdad más grande que alguna vez fuera comunicada a la humanidad, y no iba a repetir el error.

—Papá, parece que esos dos guardias del paso sobre nivel están haciéndote señas —avisó Cloé.

—Estoy intentando ignorarlos —repuso Raimundo—. Todos estos don nadie que tratan de ser alguien piensan que tienen una idea mejor sobre adónde debe ir el tránsito. Si los escuchamos, estaremos aquí por horas. Yo sólo quiero llegar a la iglesia.

—Te están gritando a todo pulmón con un megáfono —dijo Amanda, y bajó un poco su ventanilla.

—¡Eh, usted, el del Lincoln blanco! —se oyó la voz resonante. Raimundo apagó rápidamente la radio—. ¿Es usted Raimundo Steele?

—¿Cómo pueden saber eso? —preguntó Camilo.

—¿Habrá límites para la red de inteligencia de la Comunidad Mundial? —dijo Raimundo, disgustado.

—Si usted es Raimundo Steele —llegó de nuevo la voz, ¡por favor, dirija su vehículo a la cuneta y deténgalo!

Raimundo consideró ignorar hasta eso, pero lo pensó mejor. No había forma de sobrepasar a esta gente si sabían quién era él, pero ¿cómo lo supieron?

Se dirigió a la cuneta y se detuvo.

Camilo Williams quitó la mano del hombro de Raimundo y volvió la cabeza para ver a dos soldados uniformados que trotaban bajando el terraplén. No tenía idea de cómo habían detectado las fuerzas de la Comunidad Mundial a Raimundo, pero una cosa era segura: no sería bueno para Camilo que lo encontraran con el piloto de Carpatia.

—Raimundo —dijo rápidamente—, tengo un juego de credenciales falsas con el nombre de Heriberto Katz. Diles que yo soy un piloto amigo tuyo o algo así.

—Bueno —concedió Raimundo—, pero creo que serán deferentes conmigo. Es obvio que Nicolás está tratando sencillamente de volver a conectarse conmigo.

Camilo esperaba que Raimundo tuviera razón. Era lógico que Carpatia quisiera asegurarse de que su piloto estaba bien, y que de alguna manera, podía llevarlo de regreso a Nueva Babilonia. Los dos uniformados estaban ahora detrás del Lincoln, uno hablando por un "walkie-talkie"[1], y el otro, por un teléfono celular. Camilo decidió ponerse a la ofensiva y abrió su puerta.

—Por favor, permanezca en el vehículo —dijo el del *walkie talkie*.

Camilo se dejó caer de nuevo en su asiento, y cambió sus documentos auténticos por los falsos. Cloé parecía aterrada. Camilo la rodeó con su brazo y la acercó más.

—Carpatia debe haber lanzado un boletín completo. Sabía que tu papá tenía que alquilar un automóvil, así que no le llevó mucho tiempo localizarlo.

Camilo no tenía idea de lo que estaban haciendo los dos hombres de la CM atrás del automóvil. Todo lo que sabía era que su enfoque total de los próximos cinco años había cambiado en un instante. Cuando estalló la guerra mundial hacía una hora, se había

1. Radio portátil

preguntado si él y Cloé sobrevivirían el resto de la tribulación. Ahora, con la noticia de la muerte de Bruno, Camilo se preguntaba si *querían* sobrevivir. La perspectiva del cielo y de estar con Cristo ciertamente parecía mejor que vivir en lo que quedara de este mundo, aunque hubiese que morir para llegar allá.

El del *walkie talkie* se acercó a la ventanilla del lado del conductor. Raimundo la bajó.

—Usted *es* Raimundo Steele, ¿no?

—Depende de quien pregunte —contestó Raimundo.

—Este automóvil, con este número de patente, fue alquilado en O'Hare por alguien que dijo ser Raimundo Steele. Si usted no es ése, está en graves aprietos.

A Camilo le divirtió la frivolidad de Raimundo, a la luz de la situación.

—Señor, tengo que saber si usted es Raimundo Steele.

—Lo soy.

—¿Puede demostrarlo, señor?

Raimundo se enojó como nunca Camilo lo había visto antes.

—Usted me hace señas con la bandera, me grita con un megáfono y me dice que manejo el automóvil que alquiló Raimundo Steele, y ahora, ¡quiere que yo le demuestre que soy quien usted cree que soy!

—Señor, comprenda mi posición. Tengo al mismísimo Carpatia, a la Potestad de la Comunidad Mundial, en el otro extremo de este celular. Ni siquiera sé desde dónde llama. Si pongo a este teléfono a alguien y le digo a la Potestad que es Raimundo Steele, más vale que lo sea.

Camilo agradecía que el juego del gato con el ratón de Raimundo hubiera quitado el foco de los otros que estaban en el automóvil, pero eso no duró. Raimundo sacó su credencial del bolsillo y el hombre de la CM le preguntó, algo distraído, mientras estudiaba la credencial.

—¿Y los demás?

—Familiares y amigos —repuso Raimundo—. No tengamos esperando a la Potestad.

—Voy a tener que pedirle que tome la llamada fuera del automóvil, señor. Usted comprende los riesgos de seguridad.

Raimundo suspiró y salió del automóvil. Camilo deseó que el del *walkie talkie* también desapareciera, pero aquél sólo se apartó del camino de Raimundo y lo dirigió a su colega, el del celular.

Entonces se agachó y le habló a Camilo. —Señor, en el caso de que transportemos al capitán Steele a un punto de encuentro, ¿podría usted encargarse de entregar este vehículo?

¿Toda la gente uniformada habla de esta manera? se preguntó Camilo. —Por cierto.

Amanda se inclinó y dijo: —Yo soy la señora Steele. Donde vaya el señor Steele, voy yo.

—Eso es cosa de la Potestad —contestó el guardia—, y siempre que haya lugar en el helicóptero.

—Sí, señor —dijo Raimundo en el teléfono—, entonces lo veré pronto.

Raimundo le pasó el celular al segundo guardia. —¿Cómo iremos donde quiera que se supone que vayamos?

—Un helicóptero llegará al momento.

Raimundo hizo gestos a Amanda para que abriera el portaequipaje pero quedándose en el automóvil. Al cargar ambas valijas de ellos, se inclinó en la ventanilla del lado de ella, y susurró: —Amanda y yo tenemos una cita con Carpatia, pero ni siquiera él pudo decirme dónde estaba o dónde nos encontraríamos. Ese teléfono es seguro sólo en cierta medida. Instuyo que no es muy lejos, a menos que nos lleven en helicóptero a una pista de aterrizaje de la cual volemos a otra parte. Camilo, mejor es que devuelvas pronto este automóvil a la empresa de arriendos. De otro modo, será muy fácil relacionarte conmigo.

Cinco minutos después Raimundo y Amanda estaban volando. —¿Tiene idea hacia dónde vamos? —gritó Raimundo a uno de los guardias de la Comunidad Mundial.

El guardia tocó el hombro del piloto del helicóptero y gritó: —¿Tenemos la libertad de decir adónde vamos?

—¡Glenview! —aulló el piloto.

—La Base Aeronaval Glenview ha estado cerrada por años —apuntó Raimundo.

El piloto del helicóptero se dio vuelta para mirarlo. —¡La pista grande está abierta todavía! ¡El hombre está allí ahora!

Amanda se inclinó acercándose más a Raimundo. —¿Carpatia ya está en Illinois?

—Debe haber salido de Washington antes del ataque. Pensé que lo habrían llevado a uno de los refugios antibombas del Pentágono o de la Administración de Seguridad Nacional, pero su gente de inteligencia debe haberse imaginado que esos serían los primeros lugares que la milicia atacaría.

—Esto me recuerda cuando estábamos recién casados —murmuró Camilo al acurrucarse Cloé más cerca de él.

—¿Qué quieres decir con eso de "cuando estábamos recién casados"? ¡Aún somos recién casados!

—¡Silencio! —repuso rápido Camilo— ¿Qué están diciendo de la ciudad de Nueva York?

Cloé subió el volumen del radio ".. una carnicería devastadora por todas partes, aquí, en el corazón de Manhattan. Los edificios bombardeados, los vehículos de emergencia que se abren paso por entre los escombros, los trabajadores de la Defensa Civil rogándole a la gente por altoparlantes, que se queden en los subterráneos".

Camilo percibió el pánico en la voz del reportero que seguía: "Yo mismo estoy buscando refugio, probablemente demasiado tarde, para evitar los efectos de la radiación. Nadie sabe con certeza si las cabezas eran nucleares, pero a todos se les insta a no correr riesgos. Los cálculos de los daños deben estar por los billones de dólares. La vida como la hemos conocido hasta aquí, puede no volver a ser la misma nunca. Hay destrucción por todos lados adonde alcanza la vista.

»Todos los grandes centros de transporte han sido cerrados si no están destruidos. Enormes embotellamientos del tránsito taponan el túnel Lincoln, el puente Triborough y toda calle importante que sale de la ciudad de Nueva York. Lo que se conoció anteriormente como la capital del mundo, parece como el escenario de una película de catástrofes. Ahora, regresamos a la Red de Noticias de la Comunidad Mundial/Noticia por Cable, en Atlanta".

—Camilo —dijo Cloé—, y nuestra casa. ¿Dónde viviremos?

Camilo no contestó. Contempló fijamente el tránsito, cavilando al mirar las nubes ondulantes de humo negro y las bolas intermitentes de llamas anaranjadas que parecían flotar directamente sobre el Monte Prospect. Era muy de Cloé preocuparse por su casa. A él eso no le inquietaba. Podía vivir en cualquier parte y parecía que *había vivido* en todas partes. Él estaba bien en la medida que tuviera a Cloé y un refugio, pero ella se había aferrado a su ridículamente caro departamento, ubicado en la Quinta Avenida.

Camilo habló por fin. —No dejarán que nadie regrese a Nueva York durante días, quizá por más tiempo. Aun nuestros vehículos, si sobrevivieron, no estarán a nuestra disposición.

—¿Qué vamos a hacer, Camilo?

Camilo deseó saber qué decirle. Habitualmente tenía una respuesta. Saber usar bien los recursos disponibles había sido la marca distintiva de su carrera. Independientemente del obstáculo, él se las había arreglado de alguna forma, ante toda situación o circunstancia que se presentara, en cualquier momento y en cualquier parte del mundo. Ahora, con su joven esposa a su lado, sin saber dónde viviría, o cómo se las arreglarían, él se sentía perdido. Todo lo que quería hacer era asegurarse de que su suegro y Amanda estuvieran a salvo, a pesar del peligro del trabajo de Raimundo, y llegar de algún modo al Monte Prospect para evaluar qué estaba pasando con la gente de la Iglesia del Centro de la Nueva Esperanza, e informarles de la tragedia por la que había pasado su amado pastor.

Camilo nunca había tenido paciencia con los embotellamientos del tránsito, pero éste era algo ridículo. Su mandíbula se puso tensa y su cuello tieso, al apretar el volante con ambas manos. El auto último modelo era suave de manejar, pero abrirse paso pulgada a pulgada sin poder moverse en ninguna otra dirección, hacía que la gran potencia del auto se sintiese como un caballo de paso fino que quería salir corriendo libre.

De pronto hubo una explosión que meció fuertemente el auto y casi lo hace brincar sobre sus ruedas. Camilo no se hubiera sorprendido si las ventanillas hubiesen reventado en torno a ellos. Cloé aulló y enterró su cabeza en el pecho de Camilo. Él dio un vistazo al horizonte buscando lo que hubiera causado el golpe. Varios autos alrededor de ellos se salieron rápidamente del camino. Camilo vio por el espejo retrovisor una nube en forma de hongo que subía lentamente y supuso que era en las cercanías del Aeropuerto Internacional de O'Hare, a varias millas de distancia.

La radio CNN/RCM (Red de la Comunidad Mundial) informó casi de inmediato de la explosión. "Esto desde Chicago: Nuestra base de noticias en esta ciudad fue destruida por una enorme explosión. Aún no se ha dicho nada si fue un ataque de las fuerzas de milicia o un contragolpe ofensivo de la Comunidad Mundial. Tenemos tantos informes de la guerra, derramamiento de sangre, devastación, muertes en tantas ciudades grandes del planeta que nos será imposible mantenernos al tanto de todo..."

Camilo miró rápidamente detrás de él y afuera de ambas ventanillas laterales. Tan pronto como el auto de delante se lo permitió, giró el volante a la izquierda y apretó el acelerador. Cloé tragó en seco cuando el auto saltó la cuneta y pasó por una alcantarilla y salió al otro lado. Camilo manejó por una autopista y pasó por largas filas de vehículos que se arrastraban.

—¿Qué estás haciendo, Camilo? —preguntó Cloé, sujetándose al tablero de instrumentos.

—No sé lo que hago, querida, pero sí hay una cosa que no voy a hacer: no me voy a quedar detenido en un embotellamiento del tránsito mientras el mundo se va al infierno.

El guardia que había hecho señas a Raimundo, con la bandera desde el puente de paso a nivel, ahora sacaba del helicóptero el equipaje de él y de Amanda. Dirigió a los Steele —agachándose para pasar debajo de las aspas que giraban— a través de una pista corta y entró a un edificio de ladrillos de un solo piso, a orillas de una larga pista. Crecían hierbas entre las grietas de la pista. Un pequeño avión Learjet estaba estacionado al final de la pista, cerca del helicóptero, pero Raimundo no vio a nadie en la cabina y ningún escape del motor.

—¡Espero que no me hagan volar esa cosa! —le gritó a Amanda mientras se apresuraban a entrar.

—No se preocupe —aseguró el escolta—. El tipo que lo trajo acá les llevará hasta Dallas y al avión grande que usted piloteará.

Raimundo y Amanda fueron llevados hasta sillas plásticas de colores chillones, en una pequeña oficina militar de aspecto pobre, decorada al estilo de principios de la Fuerza Aérea. Raimundo se sentó, frotando enérgicamente sus rodillas. Amanda daba vueltas, deteniéndose sólo cuando el escolta le hizo gestos de que debía sentarse.

—Soy libre de quedarme de pie, ¿no? —dijo ella.

—Como guste. Por favor, esperen aquí unos momentos por la Potestad.

Los policías del tránsito le hicieron gestos, lo señalaron y le gritaron a Camilo, y los otros conductores le tocaron la bocina e hicieron gestos obscenos. Él no se detuvo.

—¿Adónde vas? —insistió Cloé.

—Necesito un automóvil nuevo —contestó él—. Algo me dice que va a ser nuestra única oportunidad de sobrevivir.

—¿A qué te refieres?

—¿No lo ves, Cloé? —repuso él—. Esta guerra acaba de estallar. No va a terminar pronto. Va a ser imposible manejar un vehículo normal en ninguna parte.

—Así, pues, ¿qué te vas a comprar, un tanque?

—Si no fuera tan llamativo, lo haría.

Camilo acortó camino por un enorme pastizal, por un estacionamiento y por el lado de una escuela secundaria en los suburbios. Manejó por en medio de canchas de tenis y a través de canchas de fútbol, esparciendo barro y polvo al aire cuando el gran automóvil aceleraba. Los informes radiales seguían llegando desde todo el mundo con noticias de bajas y caos, mientras que Camilo Williams y su esposa iban dando bandazos, acelerando ante los letreros que marcaban "ceda el paso" y deslizándose por las curvas. Camilo esperaba estarse dirigiendo en la dirección correcta de alguna manera. Quería desembocar en la autopista del Noroeste, donde había una gran cantidad de vendedores de automóviles que constituían una urbe de comercialización.

Una última patinada alrededor de una esquina sacó a Camilo fuera de las calles marginales y pudo apreciar lo que su reportero preferido siempre se refería como tránsito "denso, lento, frena-y-sigue" a lo largo de toda la autopista del Noroeste. Se sentía animado y con gran determinación, así que siguió adelante. Pasando por el lado de furiosos conductores, manejó más de una milla por el costado extremo de la autopista hasta que se encontró con los vendedores de automóviles.

—¡Bingo! —exclamó.

Raimundo estaba atónito y pudo darse cuenta de que también Amanda lo estaba, por la conducta de Nicolás Carpatia. El deslumbrante joven, ahora a mitad de la treintena, había sido lanzado al liderazgo mundial aparentemente contra su voluntad, y de la noche a la mañana. Había pasado de ser casi un desconocido de la cámara baja del gobierno rumano, a ser el presidente de ese país, y entonces, casi de inmediato, había desplazado al Secretario General de las Naciones Unidas. Luego de casi dos años de paz y de una campaña exitosa en gran medida para conquistar el aprecio de las masas, luego del caos lleno de terror causado por las desapariciones mundiales, Carpatia enfrentaba ahora por primera vez una oposición significativa.

Raimundo no sabía qué esperar de su jefe. ¿Estaría Carpatia dolido, ofendido, enfurecido? No parecía nada de eso. Escoltado por León Fortunato, un adulador de la oficina de Nueva Babilonia, al entrar a la oficina administrativa, por largo tiempo en desuso, de la anterior Base Aeronaval Glenview, Carpatia parecía excitado, entusiasmado.

—¡Capitán Steele! —exclamó Carpatia—, Al..., este, An..., oh, señora Steele, ¡qué bueno verlos a los dos y saber que están bien!

—Amanda —le ayudó ella.

—Perdóneme, Amanda —contestó Carpatia, tomando la mano de ella con las dos suyas. Raimundo se dio cuenta de lo lenta que fue ella para corresponder—. En toda la excitación, usted comprende...

La excitación pensó Raimundo. *De cierto modo la Tercera Guerra Mundial parece algo más que excitación.*

Los ojos de Carpatia estaban encendidos y se frotaba las manos como si estuviera emocionado por lo que estaba pasando. —Bueno, amigos —declaró—, tenemos que irnos a casa.

Raimundo sabía que con eso de casa Carpatia quería decir Nueva Babilonia, la casa de Patty Durán, la casa de la suite 216, el piso completo de la Potestad, formado por oficinas lujosamente decoradas en los lujosísimos y refulgentes cuarteles centrales de la Comunidad Mundial. A pesar del departamento de dos pisos de Raimundo y Amanda dentro del mismo complejo de cuatro bloques de edificios, ninguno de ellos dos había considerado, ni remotamente, a Nueva Babilonia como su hogar.

Aún frotándose las manos como si apenas pudiera contenerse, Carpatia se dio vuelta hacia el guardia con el *walkie talkie*. —¿Cuál es la última?

El oficial uniformado de la CM tenía un cable conectado en su oreja y pareció sobresaltado porque el mismo Carpatia le hubiera hablado. Se sacó el audífono y tartamudeó. —¿Qué? quiero decir, perdóneme, señor Potestad, señor.

Carpatia fijó sus ojos en el hombre. —¿Qué dicen las noticias? ¿Qué está pasando?

—Oh, nada muy diferente, señor. Mucha actividad y destrucción en muchas ciudades importantes.

A Raimundo le pareció que Carpatia tenía dificultad para fingir una mirada de pena.

—¿Esta actividad está centrada mayormente en el Medio Oeste y la Costa Este? —preguntó el Potestad.

El guardia asintió con la cabeza. —Y algo en el Sur —agregó.

—Entonces casi nada en la Costa Oeste —prosiguió Carpatia, más declarando que preguntando. El guardia asintió. Raimundo se preguntó si cualquier otro, que no fuera de los que creían que Carpatia era el mismo anticristo, hubiera interpretado la mirada de éste como de satisfacción, casi de contento.

—¿Qué pasa con Dallas/Fort Worth? —preguntó Carpatia.

—El aeropuerto de Dallas/Fort Worth sufrió un fuerte golpe —contestó el guardia—. Sólo queda abierta una pista principal. Nada está llegando, pero hay muchos aviones despegando desde allí.

Carpatia echó una mirada a Raimundo. —¿Y la pista militar cercana, donde fue certificado en los 757 mi piloto?

—Creo que sigue operando, señor —respondió el guardia.

—Muy bien entonces —prosiguió Carpatia. Se volvió hacia Fortunato—. Estoy seguro de que nadie sabe nuestro paradero, pero por si acaso, ¿qué tienes para mí?

El hombre abrió un saco de lona que le pareció incongruente a Raimundo. Evidentemente había juntado sobrantes de la Fuerza Aérea para disfrazar a Carpatia. Sacó una gorra que no hacía juego con un enorme sobretodo de vestir. Carpatia se puso rápidamente las ropas e hizo gestos para que los otros cuatro presentes en la sala se reunieran en torno a él.

—¿Dónde está el piloto del jet? —preguntó.

—Esperando afuera de la puerta por sus instrucciones, señor —contestó Fortunato.

Carpatia señaló al guardia armado. —Gracias por sus servicios. Puede regresar a su puesto en el helicóptero. El señor Fortunato, los Steele y yo volaremos para tomar otro avión, en el cual el capitán Steele me llevará de regreso a Nueva Babilonia.

Raimundo habló. —¿Y eso es en...?

Carpatia levantó una mano para hacerlo callar. —No demos a nuestro joven amigo, aquí presente, ninguna información por la cual tuviera que responsabilizarse —dijo, sonriendo al guardia uniformado—. Puede retirarse. —Al alejarse el hombre, Carpatia habló en voz baja a Raimundo—. El Cóndor 216 nos aguarda cerca de Dallas. Entonces volaremos al Este, si sabe lo que quiero decir.

—Nunca he oído de un Cóndor 216 —contestó Raimundo—. Es improbable que yo esté calificado para...

—Se me ha asegurado —interrumpió Carpatia— que usted está más que calificado.

—Pero ¿qué es un Cóndor 2...?

—Algo que yo mismo diseñé y al que di nombre —contestó Carpatia—. Seguramente usted no piensa que lo que hoy ha sucedido aquí fue una sorpresa para mí.

—Estoy aprendiendo —respondió Raimundo, echando una mirada a Amanda, que parecía estar hirviendo.

—Está aprendiendo —repitió Carpatia, sonriendo ampliamente—. Me gusta eso. Vamos, déjeme contarle de mi espectacular avión nuevo mientras viajamos.

Fortunato levantó el índice. —Señor, yo recomiendo que usted y yo corramos juntos al final de la pista y abordemos el jet. Los Steeles deben seguirnos cuando nos vean subir a bordo.

Carpatia sujetó el enorme sombrero sobre su moderno recorte de pelo, y se deslizó tras Fortunato cuando el ayudante abrió la puerta e hizo gestos al piloto del jet que aguardaba. El piloto empezó a correr de inmediato hacia el Learjet mientras Fortunato y Carpatia trotaban varios metros detrás. Raimundo deslizó un brazo alrededor de la cintura de Amanda y la acercó.

—Raimundo —preguntó Amanda— ¿alguna vez en tu vida has oído que Nicolás Carpatia se equivoque al hablar?

—¿Se equivoque al hablar?

—Tartamudee, se trabe, tenga que repetir una palabra, se olvide un nombre?

Raimundo sofocó una sonrisa, sorprendido de poder hallar algo gracioso en lo que, fácilmente, podría ser el último día de su vida en la tierra. —¿Quieres decir además de tu nombre?

—Lo hizo a propósito, y tú lo sabes —afirmó ella.

Raimundo se encogió de hombros. —Probablemente tengas razón pero ¿con qué motivo?

—No tengo idea —respondió ella.

—Querida, ¿no ves la ironía de que te sientas ofendida por el hombre del cual estamos convencidos que es el anticristo? Amanda lo miró fijamente.

—Quiero decir —continuó él—, escúchate a ti misma. ¿Esperas cortesía y decencia del hombre más malo de la historia del universo?

Amanda movió su cabeza y desvió la mirada. —Cuando lo dices de ese modo —musitó—, supongo que estoy siendo muy susceptible.

Camilo se sentó en la oficina del jefe de ventas de un negocio de autos Land Rover.

—Nunca dejas de asombrarme —susurró Cloé.

—Nunca he sido convencional, ¿verdad que no?

—Nunca, y ahora supongo que cualquier esperanza de normalidad está fuera de toda consideración.

—No necesito disculpas para ser único —afirmó él— pero todos aquí estarán actuando impulsivamente muy pronto.

El jefe de ventas que se había atareado con papeles y calculando un precio, dio vuelta a los documentos y los deslizó a Camilo a través del escritorio.

—¿Entonces no desea cambiar el Lincoln?

—No, es alquilado —respondió Camilo—. Pero voy a pedirle que lo regrese a O'Hare por mí. Camilo miró al hombre sin fijarse en los documentos.

—Eso es sumamente inusual —adujo el jefe de ventas— tendría que enviar a dos de mis empleados y un vehículo adicional para que puedan volver.

Camilo se puso de pie. —Supongo que estoy pidiendo demasiado. Tengo la seguridad de que otro vendedor estará dispuesto a andar la segunda milla para venderme un vehículo, especialmente cuando nadie sabe qué puede traer el mañana.

—Vuelva a sentarse, señor Williams. No tendré problemas en lograr que mi jefe de distrito se ofrezca para hacer esa pequeña diligencia por usted. Como puede ver, va a poder manejar su Ranger Rover completamente equipado de aquí a una hora, por menos de seis cifras.

—Hágalo en media hora —respondió Camilo—, y hacemos trato.

El jefe de ventas se levantó y estiró su mano. —Trato hecho.

Dos

El Learjet era de seis asientos. Carpatia y Fortunato, inmersos en su conversación, ignoraron a Raimundo y Amanda cuando la pareja pasó. Los Steele se hundieron en los últimos dos asientos y se tomaron de la mano. Raimundo sabía que el terror mundial era algo enteramente nuevo para Amanda. Era nuevo *para él*. Esta dimensión de terror, era algo nuevo para todos. Ella, temblando, apretó sus manos tan fuerte que los dedos de él se pusieron blancos.

Carpatia se dio vuelta en su asiento para quedar de frente a ellos. Tenía ese aspecto de estar luchando contra una sonrisa, cosa que a Raimundo le parecía tan enloquecedor en vista de la situación.

—Sé que usted no está certificado en estos aparatitos veloces —dijo Carpatia—, pero algo podría aprender en el asiento del copiloto.

Raimundo se preocupaba mucho más por el avión que se esperaba él hiciera volar de Dallas, algo que él nunca había visto, ni siquiera oído. Miró a Amanda, esperando que ella le rogara que se quedara con él, pero ella le soltó rápidamente la mano y asintió. Raimundo fue a la cabina que estaba separada de los otros asientos por un delgado panel. Se amarró y miró al piloto como disculpándose, el cual le tendió la mano diciendo:

—Chico Hernández, capitán Steele. No se preocupe, ya hice el chequeo previo al vuelo, y en realidad, no necesito ayuda.

—De todos modos, yo no sería de ninguna ayuda —respondió Raimundo—. Durante años no he volado nada más pequeño que un 707.

—Comparado con lo que usted habitualmente pilotea —comentó Hernández—, esto parecerá como una motocicleta.

Y eso es exactamente lo que le parecía a Raimundo. El Learjet aulló y gimió mientras Hernández lo alineaba cuidadosamente en la pista. Parecieron llegar a la velocidad máxima en tierra en cuestión de segundos, y rápidamente se elevaron, bien inclinados a la derecha y estableciendo el rumbo a Dallas.

—¿Con cuál torre establece comunicación? —preguntó Raimundo.

—La torre de Glenview está vacía —informó Hernández.

—Me di cuenta.

—Le haré saber a unas cuantas torres que estaré pasando por su área. Los que pronostican el estado del tiempo nos dicen que hay buena visibilidad todo el camino, y la inteligencia de la Comunidad Mundial no detecta aviones enemigos entre este punto y el de aterrizaje.

Aviones enemigos —pensó Raimundo—. *Esta es una manera interesante de referirse a las fuerzas de la milicia americana.* Recordaba que no le gustaban las milicias, tampoco las entendía, y suponía que eran delincuentes. Pero eso había sido cuando el gobierno americano también era el enemigo de ellas. Ahora, las milicias eran aliados del cesante Gerald Fitzhugh, el Presidente de Estados Unidos, y su enemigo era el enemigo de Raimundo: su jefe, ¡nada menos! pero de todos su enemigo.

Raimundo no tenía idea de dónde venía Hernández, cuál era su trasfondo, si simpatizaba con Carpatia y le era leal o si había sido presionado para prestar servicio renuente al igual que Raimundo. Se puso los auriculares y encontró las perillas apropiadas para poder comunicarse con el piloto sin dejar que los demás escucharan.

—Este es quien pretende ser su primer oficial —dijo suavemente—. ¿Me oye?

—Fuerte y claro, "copiloto" —dijo Hernández, Y como si leyera la mente de Raimundo, Hernández agregó, —este canal es seguro.

Raimundo entendió con eso como que nadie más, dentro o fuera del avión, podía oír la conversación de ellos. Eso era lógico. Pero ¿por qué había dicho eso Hernández? ¿Se había dado cuenta de que Raimundo quería hablar? Y ¿cuán cómodo se podría sentir Raimundo hablando con un extraño? Sólo porque eran pilotos colegas no significaba que él podía desnudar su alma a este hombre.

—Tengo curiosidad por el *Comunidad Mundial Uno* —inició Raimundo.

—¿No se ha enterado? —preguntó Hernández.

—Negativo.

Hernández arrojó una mirada rápida detrás de él, a Carpatia y Fortunato. Raimundo prefirió no darse vuelta como para no despertar sospechas. Evidentemente Hernández había encontrado a Carpatia y Fortunato nuevamente sumidos en ferviente discusión, porque expresó lo que sabía del previo avión de Raimundo.

—Supongo que la Potestad se lo hubiera dicho él mismo si hubiera tenido la oportunidad —prosiguió Hernández—. No hay buenas noticias de Nueva York.

—Supe eso —asintió Raimundo—. Pero no he sabido cuán amplio fue el daño en los aeropuertos principales.

—Casi fue destrucción total, según entiendo. Sabemos con seguridad que el hangar donde estaba esa aeronave, se evaporó por completo.

—¿Y el piloto?

—¿Eulalio Halliday? Se había marchado cuando ocurrió el ataque.

—¿Entonces está a salvo? —preguntó Raimundo— ¡Eso es un alivio! ¿Lo conoce?

—Personalmente, no —respondió Hernández—, pero he oído mucho sobre él en las últimas semanas.

—¿De Carpatia? —preguntó Raimundo.

—No. De la delegación norteamericana a la Comunidad Mundial.

Raimundo estaba perdido pero no quería admitirlo. ¿Por qué la delegación norteamericana tendría que hablar de Eulalio Halliday? Carpatia le había pedido a Raimundo que buscara a alguien que hiciera volar el 757 *Comunidad Mundial Uno* a Nueva York mientras Raimundo y Amanda se tomaban unas cortas vacaciones en Chicago. Carpatia iba a pasar unos cuantos días confundiendo a la prensa y a los insurrectos (el presidente Fitzhugh y varios grupos de las milicias americanas) al ignorar por completo su itinerario de viaje previamente publicado, y siendo llevado de lugar en lugar. Cuando la milicia atacó y la Comunidad Mundial contraatacó, Raimundo supuso, que por lo menos el tiempo fue una sorpresa. También suponía que su elección de su viejo amigo y jefe de las Aerolíneas Pan-Continental, para que llevara el 757 vacío a Nueva York, sería de poca importancia para Nicolás Carpatia. Pero aparentemente, Carpatia y la delegación americana habían sabido exactamente a quién elegiría él. ¿Qué importancia tenía eso? Y

¿cómo supo Halliday que debía irse de Nueva York a tiempo para evitar que lo mataran?

—¿Dónde está Halliday ahora? —preguntó Raimundo.

—Lo verá en Dallas.

Raimundo miró de reojo, tratando de entender. —¿Lo veré?—

—¿Quién se cree que iba a enseñarle las cosas del nuevo avión?

Cuando Carpatia le había dicho a Raimundo que podría conocer unas cuantas cosas al estar sentado en el lugar del copiloto, Raimundo no había tenido idea de que esto comprendería más que unos pocos datos interesantes de este pequeño y veloz jet.

—A ver, déjeme entender bien esto —dijo—. ¿Eulalio Halliday tenía conocimiento del avión nuevo, y sabe lo suficiente como para enseñarme a manejarlo?

Hernández sonrió mientras escudriñaba el horizonte y maniobraba el Learjet. —Prácticamente el mismo Eulalio Halliday construyó el Cóndor 216. Ayudó a diseñarlo. Se cercioró de que cualquiera que estuviera certificado para los siete-cinco-siete fuera capaz de pilotearlo, aunque es mucho más grande y muchísimo más sofisticado que el *Comunidad Mundial Uno*.

Raimundo sintió que la ironía desbordaba dentro de él. Odiaba a Carpatia y sabía con precisión quién era. Pero, al igual que su esposa se ofendiera por la insistencia de Carpatia en decir mal su nombre, de pronto Raimundo se sintió extrañamente dejado afuera del círculo íntimo.

—Me pregunto por qué no me informaron de un avión nuevo, sobre todo si se supone que yo sea su piloto, —preguntó.

—No puedo decir nada seguro —aventuró Hernández—, pero usted sabe que la Potestad tiende a ser muy cauteloso, muy cuidadoso, y muy calculador.

¿Cree que no lo sé? —pensó Raimundo—. *Confabulador e intrigante sería mejor.*

—Así que es obvio que no me tiene confianza.

—No estoy seguro de que confíe en nadie —dijo Hernández—. Si yo estuviera en su lugar, tampoco lo haría. ¿Y usted?

—¿Haría qué?

—¿Confiaría en alguien si usted fuera Carpatia? —preguntó Hernández.

Raimundo no contestó.

—¿No te sientes como que acabas de gastar el dinero del diablo? —le preguntó Cloé a Camilo mientras él sacaba cuidadosamente el bello y nuevo Range Rover de color tierra, fuera de la agencia de venta de automóviles y se incorporaba al tráfico.

—*Sé* que lo hice —dijo Camilo—. Y el anticristo nunca ha invertido mejor su dinero por la causa de Dios.

—¿Consideras que gastar casi cien mil dólares en un juguete como éste es una inversión en nuestra causa?

—Cloé —dijo Camilo con cuidado— mira el equipo. Tiene de todo. Irá a cualquier parte. Es indestructible. Viene con un teléfono. Viene con una radio de banda para el ciudadano. Viene con un extintor de incendios, un equipo para sobrevivir, luces de bengala, lo que se te ocurra. Tiene tracción en las cuatro ruedas, distribución en todas las ruedas, suspensión independiente, un aparato para tocar discos compactos de dos pulgadas, enchufes eléctricos en el panel de instrumentos que te permiten conectar lo que quieras directamente a la batería.

—Pero Camilo, tiraste la tarjeta de crédito del *Semanario de la Comunidad Mundial* como si fuera la tuya. ¿Qué clase de límite tienes en la tarjeta?

—La mayoría de las tarjetas que emite Carpatia, como ésta, tienen un límite de un cuarto de millón de dólares —respondió Camilo—. Pero los que estamos en niveles de jefatura, tenemos un código especial insertado en las nuestras. Son ilimitadas.

—¿Literalmente ilimitadas?

—¿No viste los ojos de ese jefe de ventas cuando telefoneó para verificar?

—Todo lo que vi —dijo Cloé—, fue una sonrisa, y un trato hecho.

—Ahí tienes.

—Pero ¿no hay alguien que tenga que aprobar las compras como esa?

—Yo respondo directamente a Carpatia. Puede que él quiera saber por qué compré un Range Rover. Pero debiera ser bastante fácil, por cierto explicarlo, con la pérdida de nuestra casa, nuestros automóviles y la necesidad de poder ir adonde tengamos que ir.

De nuevo, Camilo se impacientó con el tránsito. Esta vez, cuando se salió del camino y se abrió paso por zanjas, barrancos, canteros, callejones y patios, el trayecto fue seguro, y si no suave, con buenos resultados. Ese vehículo estaba hecho para esta clase de dificultades.

—Mira que más tiene este bebé —dijo Camilo— Puedes cambiar de transmisión automática a manual.

Cloé se inclinó para mirar el panel del piso. —¿Qué haces con el embrague cuando estás en automático?

—Lo ignoras —repuso Camilo— ¿Alguna vez manejaste una palanca de cambios?

—Un amigo de la universidad tenía un pequeño automóvil deportivo extranjero con una palanca en el piso —contestó—. Me encantaba.

—¿Quieres conducir?

—No, por tu vida. Al menos, no ahora. Limitémonos a llegar a la iglesia.

—¿Alguna otra cosa más que debiera saber de lo que vamos a encontrar en Dallas? —preguntó Raimundo a Hernández.

—Usted va a llevar a un montón de personas muy importantes de regreso a Irak —dijo Hernández— pero eso no es nada nuevo para usted, ¿cierto?

—No, no lo es. Me temo que ya se perdió la novedad.

—Bueno, de todas maneras, yo lo envidio.

Raimundo se quedó tan estupefacto que no pudo hablar. Ahí estaba él, lo que Bruno Barnes llamaba un santo de la tribulación, un creyente en Cristo durante el período más horroroso de la historia humana, sirviendo al mismísimo anticristo en contra de su voluntad, y ciertamente, arriesgando a su esposa, su hija, el esposo de ella y él mismo. Y con todo y eso, era envidiado.

—No me envidie, capitán Hernández. Haga cualquier cosa menos envidiarme.

Al acercarse Camilo a la iglesia, se fijó en los patios llenos de gente. Miraban fijo al cielo y escuchaban radios y televisores que atronaban desde el interior de las casas. Camilo se sorprendió al ver un solo automóvil en el estacionamiento de la Nueva Esperanza. Era el de Loreta, la asistente de Bruno.

—No me hace gracia esto —comentó Cloé.

—Te escucho —dijo Camilo.

Encontraron a la mujer, casi de setenta años, sentada muy tiesa en la oficina exterior mirando la televisión. Dos pañuelos de papel hechos una bola descansaban en su regazo, y pasaba rápidamente un tercero entre sus dedos. Sus anteojos de leer estaban colocados en la punta de su nariz, y miraba por encima de ellos al televisor. No pareció fijarse en Camilo y Cloé cuando entraron, pero pronto quedó claro que sabía que ellos estaban ahí. Desde la oficina interior, Camilo oyó una máquina que imprimía página tras página.

Loreta había sido una belleza sureña en su juventud. Ahora estaba ahí, con los ojos enrojecidos, y los dedos trenzando ese pañuelo de papel como si estuviera creando una obra de arte. Camilo alzó la vista y pudo ver una toma aérea desde un helicóptero, del Hospital de la Comunidad del Noroeste. —La gente ha estado llamando —explicó Loreta—. No sé qué decirles. Él no pudo haber sobrevivido eso, ¿cierto? Quiero decir el pastor Bruno. Él no podría estar vivo ahora, ¿no? ¿Ustedes lo vieron?

—No lo vimos —dijo Cloé con mucho cuidado, arrodillándose cerca de la anciana— pero mi papá lo vio.

Loreta se dio vuelta rápido para mirarla fijo. —¿El señor Steele lo vio? ¿Y él está bien?

Cloé meneó su cabeza. —Lo siento, señora, no lo está. Bruno partió.

Loreta bajó su barbilla a su pecho. Las lágrimas brotaron y se juntaron en sus medios anteojos. Con voz enronquecida pidió: —¿Les importaría apagar eso, por favor? Estaba rogando poder dar un vistazo al pastor Bruno. Pero si está debajo de una de esas sábanas, no me interesa ver eso.

Camilo apagó el televisor mientras Cloé abrazaba a la anciana. Loreta se quebrantó y sollozó.

—Ese joven era como familia para mí, ustedes saben.

—Lo sabemos —asintió Cloé, llorando ahora—, también era familia para nosotros.

Loreta se echó atrás para mirar a Cloé. —Pero era mi *única* familia. Ustedes conocen mi historia, ¿no?

—Sí, señora.

—Ustedes saben que yo perdí a todos.

—Sí, señora.

—Quiero decir, a todos. Perdí a todo pariente vivo que tenía. Más de cien. Yo procedo de una de las herencias espirituales más devotas de las que puede descender una mujer. Era considerada como pilar de esta iglesia. Era activa en todo, una mujer de iglesia. Sólo que nunca conocí realmente al Señor.

Cloé la abrazó fuerte y lloró con ella.

—Ese joven me enseñó todo —continuó Loreta—. Aprendí más de él en dos años, que en más de sesenta años yendo a la escuela dominical y a la iglesia antes de eso. No culpo a nadie sino a mí misma. Estaba sorda y ciega espiritualmente. Mi papá ya se había ido antes, pero perdí a mamá, mis seis hermanos y hermanas, todos sus hijos, los esposos y esposas de sus hijos. Perdí mis propios hijos y nietos. Todos. Si alguien hubiera hecho una lista de quiénes de esta iglesia ciertamente irían al cielo cuando murieran, yo hubiera estado en el primer lugar, justo a principios de la lista, con el pastor.

Esto era tan penoso para Camilo, como para Cloé y Loreta. Se lamentaría a su propio modo y en su tiempo pero, por ahora, él no quería ahondar en la tragedia.

—¿En qué trabajaba en la oficina, señora? —preguntó.

Loreta se aclaró la garganta. —Asuntos de Bruno, por supuesto —pudo decir.

—¿Qué asuntos?

—Bueno, usted sabe que cuando regresó de ese tremendo viaje de enseñanza por Indonesia, tenía una especie de virus o algo así. Uno de los hombres lo llevó al hospital tan rápido que dejó aquí su computadora portátil. Usted sabe que él llevaba esa cosa consigo donde fuera.

—Lo sé —asintió Cloé.

—Bueno, tan pronto como estuvo instalado en ese hospital, me llamó. Me pidió que le llevara la computadora si podía. Yo hubiera hecho cualquier cosa por Bruno, por supuesto. Estaba por marcharme cuando sonó de nuevo el teléfono. Bruno me dijo que lo estaban sacando de la sala de urgencias derecho a la unidad de cuidado intensivo, así que no podría tener visitas por un tiempo. Pienso que tuvo un presentimiento.

—¿Un presentimiento? —preguntó Camilo

—Pienso que supo que podría morir —explicó ella— Me dijo que me mantuviera en contacto con el hospital para saber cuándo podía tener visitas. Él me quería mucho, pero yo sé que él quería a esa computadora más de lo que quería verme a mí.

—No estoy tan segura de eso —intervino Cloé—. Él la amaba como a una madre.

—Sé que es verdad —asintió Loreta—. Me dijo eso más de una vez. De todos modos me pidió que imprimiera todo lo que tenía en el disco duro de su computadora, usted sabe, todo excepto lo que llamaba archivos del programa y todo eso.

—¿Qué? —preguntó Cloé— ¿Sus estudios bíblicos y preparación de sermones, cosas así?

—Supongo —contestó Loreta—. Él me dijo que me asegurara de tener mucho papel. Pensé que tenía en mente algo así como una resma o algo parecido.

—¿Ha tomado más que eso? —preguntó Camilo.

—Oh, sí, señor, mucho más que eso. Estuve alimentando esa máquina cada doscientas páginas o algo así hasta que terminé dos resmas. Yo les tengo un miedo mortal a esas computadoras, pero Bruno me enseñó cómo imprimir todo lo que tuviera el nombre de un archivo que empezara con sus iniciales. Me dijo que si sólo escribía "imprimir BB*.*", tiraría todo lo que él quería. Ciertamente espero que hice lo correcto. Le ha dado más de lo que él hubiese esperado. Supongo que ahora puedo apagarlo.

—¿Tiene una tercera resma imprimiéndose ahora? —preguntó Cloé.

—No. Conseguí un poco de ayuda de Dany.

—¿El muchacho del teléfono? —quiso saber Camilo.

—Oh, Dany Moore es mucho más que un muchacho del teléfono —aclaró Loreta—. No hay casi nada electrónico que no pueda arreglar o mejorar. Me mostró cómo puedo usar esas viejas cajas de papel de imprimir continuo para nuestra impresora laser. Él sólo sacó el papel de una caja y lo metió por un extremo en la impresora y sale por el otro, de modo que no tengo que estar poniéndole papel.

—No sabía que se podía hacer eso —comentó Camilo.

—Tampoco yo —dijo Loreta—. Hay muchas cosas que Dany sabe y yo no. Dijo que la impresora era muy nueva y buena, y que debiera estar imprimiendo cerca de quince páginas por minuto.

—Y usted ha estado haciendo esto ¿por cuánto tiempo? —preguntó Cloé.

—Casi desde que hablé con Bruno en el hospital esta mañana. Probablemente hubo una pausa de cinco o diez minutos después de esas dos primeras resmas y antes que Dany me ayudara a poner esa caja grande de papel ahí.

Camilo fue a la oficina interior y se quedó observando con asombro, cómo la impresora de tecnología avanzada sacaba página tras página de la caja de papel por medio del interior, y del otro lado salía una pila que amenazaba caerse. Enderezó la pila de impresos y miró fijo la caja. Las primeras dos resmas de material impreso, todas a espacio simple, estaban ordenadas sobre el escritorio de Bruno. La vieja caja de papel, como las que Camilo no había visto en años, decía que contenía cinco mil hojas. Calculó que ya se había usado ochenta por ciento de su total. Ciertamente debía haber algún error. ¿Podía Bruno haber hecho más de cinco mil páginas de notas? Quizá había ocurrido un brinco en el sistema, y Loreta había impreso erróneamente todo, incluyendo archivos del programa, Biblias y concordancias, diccionarios y cosas por el estilo.

Pero no había error. Camilo hojeó una primera resma, y luego la otra, buscando algo que no fueran las notas de Bruno. Cada página que Camilo miraba, tenía escritos personales de Bruno. Esto comprendía su propio comentario de pasajes bíblicos, notas para sermones, pensamientos devocionales y cartas a sus amigos y parientes, y a gente de iglesias de todo el mundo. Camilo se sintió culpable al comienzo, como si estuviera invadiendo la vida privada de Bruno, pero ¿por qué Bruno le había pedido a Loreta que imprimiera todo eso? ¿Temía partir? ¿Había querido dejarlo para que ellos lo usaran?

Camilo se inclinó sobre la pila de papel continuo que crecía rápidamente. La levantó desde abajo y dejó que las páginas fueran cayendo, ante sus ojos, una por una. De nuevo vio que página tras página de escritos a espacio simple eran todas de Bruno. Él debía haber escrito varias páginas diarias por más de dos años.

Cuando Camilo volvió a reunirse con Cloé y Loreta, esta última dijo de nuevo: —Mejor que la apaguemos y tiremos las hojas. Ahora él ya no usará eso.

Cloé se puso en pie, y ahora se sentaba en una silla que estaba a un lado, se veía agotada. Fue el turno de Camilo para arrodillarse ante Loreta. Él le puso las manos en los hombros y habló con fervor.

—Loreta, aún puede servir al Señor sirviendo a Bruno —ella empezó a protestar pero él continuó—. Sí, él partió, pero podemos regocijarnos de que él esté de nuevo con su familia, ¿no?

Loreta apretó bien sus labios y asintió. Camilo continuó: —Necesito su ayuda para un gran proyecto. En esa oficina hay una mina de oro. Con sólo mirar esas hojas puedo ver que Bruno sigue estando con nosotros. Su conocimiento, su enseñanza, su amor y compasión, todo eso está allí. Lo mejor que podemos hacer por esta manada pequeña que ha perdido a su pastor, es reproducir esas páginas. No sé que hará esta iglesia por un pastor o maestro, pero mientras tanto, la gente debe tener acceso a lo que Bruno escribió. Quizá le oyeron predicarlo, quizá lo hayan visto antes en otras formas. Pero éste es un tesoro que todos pueden usar.

Cloé habló. —Camilo, ¿no debieras tratar de editarlo o darle forma en alguna especie de libro primero?

—Veré eso, Cloé, pero hay cierta belleza en reproducirlo sencillamente en la forma en que está. Eso era Bruno tal cual era, en medio de su estudio, escribiendo a sus hermanos creyentes, escribiendo a amigos y seres queridos, escribiéndose a sí mismo. Pienso que Loreta debiera llevar todas esas páginas a una imprenta rápida y hacer que empiecen a trabajar. Necesitamos mil copias de todo eso, impresas por ambos lados y armadas en forma sencilla.

—Eso costará una fortuna —opinó Loreta.

—No se preocupe ahora por eso —afirmó Camilo—. No se me ocurre una inversión mejor.

Mientras el Learjet iniciaba el descenso a la zona del aeropuerto Dallas/Fort Worth, Fortunato entró a la cabina de pilotaje y se arrodilló entre Hernández y Raimundo. Ellos se quitaron el audífono más cercano al ayudante de Carpatia.

—¿Alguien tiene hambre? —preguntó.

Raimundo no había pensado siquiera en comida. Lo único que ocupaba su mente era que el mundo se estaba reventando en pedazos y nadie sobreviviría a esta guerra. Sin embargo, la sola mención de comida le hizo reaccionar. Se dio cuenta de que estaba muy hambriento. Sabía que también Amanda lo estaría. Ella comía ligero, y a menudo él tenía que cerciorarse de que ella se acordara de comer.

—Yo comería algo —dijo Hernández—. A decir verdad, comería mucho.

—La Potestad Carpatia quisiera que se comuniquen con la torre del aeropuerto Dallas/Fort Worth y que tengan algo rico esperándonos.

Hernández se aterrorizó súbitamente. —¿Qué cree usted que él quiere decir con eso de "algo rico"?

—Estoy seguro de que usted dispondrá algo apropiado, capitán Hernández.

Fortunato salió de la cabina y Hernández miró a Raimundo haciendo girar sus ojos. —Torre DFW, este es *Comunidad Mundial Uno*, cambio.

Raimundo miró para atrás mientras Fortunato se sentaba. Carpatia se había dado vuelta en el asiento y estaba sumido en una profunda conversación con Amanda.

Cloé trabajó con Loreta en redactar una declaración sencilla de dos frases que fue enviada por teléfono a los seis primeros nombres de la lista de la cadena de oración. Cada uno tenía que llamar a otras personas y la noticia se difundiría rápidamente en el cuerpo de la Nueva Esperanza. Mientras tanto, Camilo grabó un mensaje corto en la contestadora telefónica que decía simplemente: "La trágica noticia de la muerte del pastor Bruno es verdad. El anciano Raimundo Steele lo vio y cree que puede haber muerto antes de que los explosivos impactaran al hospital. Por favor, no vengan a la iglesia pues no habrá reuniones, ni servicios, ni más anuncios hasta el domingo a la hora de costumbre. Camilo desconectó el timbre del teléfono y dirigió todas las llamadas a la máquina contestadora, la cual empezó prontamente a sonar cada pocos minutos, al ir llamando más y más feligreses para confirmar. Camilo sabía que la reunión matutina del domingo estaría repleta.

Cloé acordó seguir a Loreta a su casa y cerciorarse de que ella estuviera bien mientras Camilo llamaba a Dany Moore. —Dany —dijo Camilo— necesito tu consejo y lo necesito de inmediato.

—Señor Williams, señor —llegó la respuesta repetida, característica de Dany—, Consejo es mi segundo nombre. Y como usted sabe, yo trabajo en casa, así que puedo ir donde usted o usted venir acá y podemos conversar cuando quiera.

—Dany, justamente ahora no puedo ir, así que si pudieras venir a verme a la iglesia, ciertamente lo apreciaría.

—Iré de inmediato, señor Williams, pero ¿podría decirme algo primero? ¿Descolgó los teléfonos Loreta por un rato?

—Sí, creo que sí. No tenía respuestas para la gente que llamaba preguntando por el pastor Bruno. Sin nada que decir a la gente, ella sólo descolgó los teléfonos.

—Eso es un alivio —dijo Dany—. Acabo de instalar un nuevo sistema hace pocas semanas, así que espero que nada se echara a perder. A propósito, ¿cómo está Bruno?

—Te hablaré de todo eso cuando llegues aquí, Dany, ¿está bien?

Raimundo vio nubes negras ondulantes sobre el aeropuerto comercial de Dallas/Fort Worth y pensó en las muchas veces que aterrizó aviones grandes en esas largas pistas. ¿Cuánto tiempo iba a llevar reconstruir aquí? El capitán Hernández guió el Learjet a una pista militar cercana, la que Raimundo había visitado recientemente. No vio otro aparato en el suelo. Era claro que alguien había sacado todos los aviones para impedir que esa pista fuera un blanco.

Hernández aterrizó el Learjet con tanta suavidad como se puede aterrizar un avión tan pequeño, e inmediatamente carretearon al extremo de la pista, directo a un gran hangar. Raimundo se sorprendió de que también el resto del hangar estuviera vacío. Hernández apagó los motores y desembarcaron. Carpatia se puso de nuevo su disfraz en cuanto tuvo lugar. Susurró algo a Fortunato, que preguntó a Hernández dónde encontrarían la comida.

—Hangar tres —respondió Hernández—. Estamos en el hangar uno. El avión está en el hangar cuatro.

El disfraz resultó innecesario. No había mucho espacio entre los hangares y el pequeño contingente se movió con rapidez, entrando y saliendo por puertas pequeñas, ubicadas a los lados de los edificios. Los hangares dos y tres también estaban vacíos salvo por una mesa con almuerzos listos, cerca de la puerta lateral que llevaba al hangar cuatro.

Se acercaron a la mesa y Carpatia se volvió a Raimundo. —Despídase del capitán Hernández —dijo—. Después que haya comido, estará en asignación personal a mí cerca del antiguo edificio de la Agencia de la Seguridad Nacional, en Maryland. Es poco probable que lo vuelva a ver. Él sólo pilotea el avión pequeño.

Era todo lo que Raimundo podía hacer para impedir encogerse de hombros. ¿Qué le importaba? Acababa de conocer al hombre. ¿Por qué era tan importante para Carpatia mantenerlo al tanto del personal? No le había hablado a él sobre la participación de Eulalio Halliday en el diseño del avión nuevo. Ni siquiera había pedido su aporte para el avión que él iba a pilotear. Raimundo nunca entendería a ese hombre.

Raimundo comió vorazmente y trató de animar a Amanda para que comiera más de lo acostumbrado. Ella no lo hizo. Mientras el grupo iba pasando por última vez entre los hangares, Raimundo escuchó el zumbido característico del Learjet y se dio cuenta de que Hernández ya estaba en vuelo. Era interesante que Fortunato hubiera desaparecido poco después que ellos entraran al hangar cuatro. Allí, alineados ordenadamente en postura firme, estaban cuatro de los diez embajadores internacionales que representaban enormes masas de tierra y poblaciones que dependían directamente de Carpatia. Raimundo no tenía idea de dónde habían estado o cómo habían llegado allí. Todo lo que sabía era que su trabajo consistía en llevarlos a todos a Nueva Babilonia para reuniones de urgencia, a la luz del estallido de la Tercera Guerra Mundial.

Al final de la fila estaba Eulalio Halliday, de pie, tieso, y mirando derecho al frente. Carpatia estrechó la mano a cada uno de los cuatro embajadores, por turno, ignorando a Halliday, que parecía esperar eso. Raimundo fue derecho a Halliday y estiró su mano. Halliday la ignoró y habló entre dientes:

—¡Aléjate de mí, Steele, basura!

—¡Eulalio!

—Te hablo en serio, Raimundo. Tengo que ponerte al día sobre este avión, pero no tengo que fingir que me gusta hacerlo.

Raimundo retrocedió sintiéndose raro y se acercó a Amanda, que había quedado sola y parecía fuera de lugar.

—Raimundo, ¿qué cosa hace Eulalio aquí? —preguntó ella.

—Después te lo diré. Él no está contento, eso puedo decirte. ¿De qué te hablaba Carpatia en el avión?

—¡Imagínate! Quería saber qué deseaba yo comer. ¡Qué tipo!

Dos ayudantes de Nueva Babilonia entraron y saludaron a Carpatia con abrazos. Uno hizo gestos a Eulalio y a Raimundo para que se le acercaran en un rincón del hangar, tan lejos del Cóndor 216 como pudieron. Raimundo había evitado intencionalmente mirar el monstruoso avión. Aunque estaba de frente a la puerta que se abría a la pista, y estaba a más de 150 pies de donde ellos estaban, aún así el Cóndor parecía dominar el hangar. Raimundo supo de un solo vistazo que este era un avión que había estado en desarrollo por años, no sólo meses. Era evidentemente el avión de pasajeros más grande que él hubiera visto jamás, y estaba pintado de un blanco tan brillante que parecía desaparecer contra las paredes de color claro del hangar iluminado a media luz. Sólo podía imaginar lo difícil que sería de detectar en el firmamento.

El ayudante de Carpatia, vestido como Carpatia con un elegante traje negro, camisa blanca y corbata rojo sangre con un alfiler de oro, se inclinó cerca de Raimundo y Eulalio y habló con fervor:

—La Potestad Carpatia quisiera estar en vuelo lo más pronto posible. ¿Pueden darnos una hora de partida estimada?

—Nunca he estado siquiera en este avión —repuso Raimundo—, y no tengo idea...

—Raimundo —interrumpió Eulalio—, te estoy diciendo que puedes hacer volar este avión dentro de media hora. Te conozco; conozco los aviones. Así que ten confianza en mí.

—Bueno, eso es interesante, Eulalio, pero no quiero prometer nada hasta que me familiarice con los mandos.

El que imitaba a Carpatia en la vestimenta se dio vuelta hacia Halliday.

—¿Está usted disponible para pilotear este avión, por lo menos hasta que Steele sienta que él...

—¡No, señor, no lo estoy! —contestó Halliday—. Sólo déjeme estar treinta minutos con Steele, y luego, déjeme regresar a Chicago.

Dany Moore resultó ser más conversador de lo que Camilo hubiera deseado, pero decidió que fingir interés era poco precio para la pericia del hombre.

—Así que eres un trabajador en sistemas telefónicos, pero vendes computadoras...

—Como algo extra, correcto, sí, señor. Casi duplico mi ingreso de ese modo. Tengo un baúl lleno de catálogos, usted sabe.

—Me gustaría verlos —comentó Camilo.

Dany sonrió. —Pensé que los querría ver—. Abrió su maletín y sacó una pila, evidentemente uno por cada fabricante que representaba. Desplegó seis sobre la mesa de café, ante Camilo.

—¡Vaya! —exclamó Camilo—, ya veo que hay muchas opciones para escoger. ¿Por qué no me dejas decirte sencillamente qué es lo que ando buscando, y me dices si lo puedes vender?

—Puedo decirle ahora mismo que puedo hacer cualquier tipo de entrega —afirmó Dany—. La semana pasada le vendí a un muchacho treinta subportátiles, con más potencia que cualquier computadora personal de escritorio, y...

—Discúlpame un momento, Dany —interrumpió Camilo— ¿Oíste que esa impresora se paró?

—Seguro que sí. Acaba de pararse. O se quedó sin papel, o sin tinta o terminó lo que se estaba imprimiendo. Yo le vendí esa máquina a Bruno, usted sabe. De lo mejor de la línea. Imprime con papel corriente, de manera continua, lo que se necesite.

—Déjame ir a ver —prosiguió Camilo. Se paró y entró a la oficina interior. La pantalla del computador portátil de Bruno se había apagado. No había luces de alarma en la impresora señalando que se acabó el papel o la tinta. Camilo apretó un botón de la computadora portátil y la pantalla volvió a cobrar vida. Indicaba que el trabajo de impresión estaba terminado por fin. Camilo calculó que quedaban unas cien hojas, de la caja de cinco mil que Loreta había puesto a la impresora. *¡Qué tesoro!* —pensó Camilo.

—¿Cuándo va a volver Bruno para acá? —oyó Camilo que Dany preguntaba desde la otra oficina.

Raimundo y Eulalio abordaron solos el Cóndor. Eulalio se llevó un dedo a sus labios y Raimundo supuso que estaba buscando micrófonos. Verificó minuciosamente el sistema de intercomunicación antes de hablar.

—Nunca se sabe, —comentó.

—Cuéntame de eso, —dijo Raimundo.

—*¡Cuéntame tú* de eso, Raimundo!

—Eulalio, yo estoy más en tinieblas que tú. Ni siquiera sabía que tú estabas metido en este proyecto. No tenía la más mínima idea de que trabajabas para Carpatia. Tú sabías que yo sí, entonces, ¿por qué no me lo dijiste?

—Yo no trabajo para Carpatia, Raimundo. Yo fui metido a presión a servir. Sigo siendo el piloto jefe de Pan-Con en O'Hare, pero cuando el deber llama...

—¿Por qué no me dijo Carpatia que él sabía de ti? —preguntó Raimundo—. Él me pidió que buscara a alguien que volara el *Comunidad Mundial Uno* a Nueva York. Él no sabía que yo te iba a elegir a ti.

—Debe haberlo sabido —repuso Eulalio— ¿A quién más elegirías? Se me pidió que ayudara a diseñar este nuevo avión, y pensé que sería divertido sólo para saborearlo un poco. Entonces se me pidió que llevara el avión original a Nueva York. Dado que el pedido venía de ti, me sentí halagado y honrado. Sólo cuando pisé tierra me di cuenta de que el avión y yo éramos blancos, y entonces me fui de Nueva York, dirigiéndome de vuelta a Chicago, lo más rápido que pude. Nunca llegué allá. Recibí un mensaje de la gente de Carpatia mientras volaba, diciendo que me necesitaban en Dallas para ponerte al día sobre este avión.

—¡No entiendo nada! —se quejó Raimundo.

—Bueno, no sé mucho más tampoco —prosiguió Eulalio— Pero es evidente que Carpatia quería que yo fuese a Nueva York y terminara muerto, para que pareciera como una decisión tuya, y no suya.

—¿Para qué querría que tú murieras?

—Quizá yo sepa demasiado.

—He estado llevándolo a todas partes —razonó Raimundo—. Debo saber más que tú, y sin embargo, no siento que él esté pensando en eliminarme.

—Sólo cuídate las espaldas, Raimundo. He oído lo suficiente para saber que esto no es todo lo que parece ser, y que este hombre no tiene en su corazón los mejores intereses del mundo.

Ese es el eufemismo más grande de todos los tiempos —pensó Raimundo.

—No sé cómo me metiste en esto, Raimundo, pero...

—*¿Yo te* metí en esto? Eulalio, tienes poca memoria... Tú eres el que me animaste para que fuera el piloto del *Fuerza Aérea Uno*. Yo no estaba buscando el puesto, y por cierto, nunca soñé que se convertiría en esto.

—Pilotear el *Fuerza Aérea Uno* fue el enganche de este cometido. ¿Cómo iba yo a saber qué resultaría de ello?

—Dejemos de echarnos la culpa mutuamente y decidamos qué se supone que hagamos ahora.

—Raimundo, te voy a poner al día respecto a este avión, pero me parece que luego, soy hombre muerto. ¿Le dirías a mi esposa que...

—Eulalio, ¿qué estás diciendo? ¿Por qué piensas que no vas a lograr volver a Chicago?

—No tengo idea, Raimundo. Todo lo que sé es que se suponía que yo estuviera en Nueva York con ese avión, cuando fue destruido. No me veo como amenaza para la administración Carpatia, pero si yo les preocupara un poquito, me hubieran sacado de Nueva York antes de que se me ocurriera que era mejor irme de allí.

—¿No puedes conseguirte alguna especie de cometido de urgencia en DFW? Tiene que haber una tremenda demanda de personal en Pan-Con aquí, en vista de todo lo que ha ocurrido.

—La gente de Carpatia ha dispuesto un viaje de regreso a Chicago para mí. Sólo que tengo esta sensación de que no estoy a salvo.

—Diles que no quieres dejarlos mal, pero que tienes mucho trabajo que hacer en DFW.

—Trataré. Mientras tanto, déjame mostrarte este sistema. Y Raimundo, mi viejo amigo, quiero que me prometas que si algo me pasa...

—Nada va a pasarte, Eulalio, pero por supuesto que estaré en contacto con tu esposa de todos modos.

Dany Moore se quedó callado ante la trágica noticia. Se sentó mirando fijo, con los ojos muy abiertos, aparentemente incapaz de formar palabras. Camilo se atareó hojeando los catálogos. No podía concentrarse. Sabía que habría más preguntas. No sabía qué decirle a Dany. Y necesitaba la ayuda de este hombre.

La voz de Dany se escuchó enronquecida por la emoción. —¿Qué va a pasar con esta iglesia?

—Sé que esto suena como una respuesta común —contestó Camilo— pero creo que Dios proveerá.

—¿Cómo proveerá Dios a alguien como el pastor Bruno?

—Sé lo que quieres decir, Dany. Quienquiera que sea, no será otro pastor Bruno. Él era único.

—Todavía me cuesta mucho creerlo —dijo Dany—. Pero supongo que nada debiera sorprenderme ya jamás.

Raimundo se sentó tras los controles del Cóndor 216. —¿Qué se supone que haga para conseguir un primer oficial? —le preguntó a Eulalio.

—Ellos tienen a alguien en camino de una de las otras aerolíneas. Él volará contigo hasta San Francisco, donde McCullum se unirá a ti.

—¿McCallum? Él fue copiloto mío desde Nueva Babilonia a Washington, Eulalio. Cuando fui a Chicago, se suponía que él regresara a Irak.

—Sólo sé lo que me dicen, Raimundo.

—¿Y por qué estamos volando al oeste para ir al este, como dice Carpatia?

—No tengo idea de lo que esté pasando aquí, Raimundo. Soy nuevo en esto. Quizá tú sepas más que yo. La cosa es que la mayor parte de la guerra y devastación parece estar al este del Mississippi. ¿Te has dado cuenta de eso? Es casi como si estuviera planeado. Este avión fue diseñado y construido aquí en Dallas, pero no en DFW donde hubiera podido ser destruido. Está listo para ti cuando lo necesitas. Como puedes ver tiene los controles de un siete-cinco-siete, y no obstante, es un avión mucho más grande. Si puedes hacer volar un cincuenta y siete, puedes pilotear esto. Sólo tienes que acostumbrarte al tamaño. La gente que necesitas está donde la necesitas cuando la necesitas. Piensa, muchacho. Nada de esto parece sorpresa para Carpatia, ¿verdad?

Raimundo no supo qué decir. No le llevó mucho tiempo ponerse al día.

Halliday continuó. —Volarás en línea recta desde Dallas a San Francisco, y según calculo, no verás devastación alguna desde el aire, y tampoco serás amenazado por un ataque dirigido hacia allá. Puede que haya alguna milicia en alguna parte del oeste que quisiera dispararle cohetes a Carpatia, pero hay muy poca gente que sepa que él se dirige a ese rumbo. Te detendrás en San Francisco justo el tiempo suficiente para deshacerte de este copiloto y recoger al de costumbre.

Camilo tocó el brazo de Dany, como despertándolo del sueño. Dany lo miró con como si no lo viera. —Señor Williams, todo esto ha sido bastante duro aun con el pastor Bruno aquí. No sé que vamos a hacer ahora.

—Dany —dijo Camilo seriamente—, tienes una oportunidad aquí de hacer algo por Dios, y es el tributo más grande que pudieras hacerle a la memoria de Bruno Barnes.

—Bien entonces, señor, lo que sea, quiero hacerlo.

—Primero, Dany, déjame asegurarte que el dinero no es problema.

—No quiero ganancia alguna de algo que ayudará a la iglesia, a Dios, y a la memoria de Bruno.

—Estupendo. Cualquiera sea la ganancia que hagas o no, es cuestión tuya. Sólo te digo que necesito cinco computadoras de absolutamente primerísima calidad, lo mejor de lo mejor, lo más pequeñas y compactas que puedan ser pero con tanta potencia, memoria, velocidad y capacidades de comunicación como puedas poner en ellas.

—Está hablando mi idioma, señor Williams.

—Eso espero, Dany, porque quiero una computadora que en realidad, no tenga limitaciones. Quiero poder llevarla a todas partes, mantenerla razonablemente oculta, guardar todo lo que quiera en ella, y por sobre todo, que sea capaz de conectarse con quien sea en cualquier parte sin que la transmisión sea detectada. ¿Es esto factible?

—Bueno, señor, puedo armar algo para usted como esas computadoras que los científicos usan en la selva o en el desierto cuando no hay donde enchufarla ni conectarla.

—Sí —asintió Camilo—. Algunos de nuestros reporteros usan ésas en zonas remotas. ¿Qué tienen, antenas satélites insertas?

—Créalo o no, *es* algo parecido a eso. Y también puedo agregar otra característica para usted.

—¿Cuál?

—Video-conferencias.

—¿Quieres decir que pueda ver a la persona con quien hable, mientras le hable?

—Sí, si tiene la misma tecnología en su máquina.

—Quiero todo eso, Dany, y lo quiero rápido. Y necesito que mantengas esto confidencial.

—Señor Williams, estas máquinas pueden costarle más de veinte mil dólares cada una.

Camilo había pensado que el dinero no sería problema, pero éste era un gasto que no podía cargárselo a Carpatia. Se volvió a sentar y silbó entre dientes.

Tres

Llámalo una intuición, Raimundo, pero puse algo ahí, especialmente para ti.

Raimundo y Eulalio habían terminado en la cabina. Él confiaba en Eulalio. Sabía que si Eulalio pensaba que él podía volar esta cosa, entonces podía. De todos modos iba a insistir en despegar, probar y aterrizar, él y su primer oficial transitorio, antes de arriesgarse a llevar a nadie más. No le hubiera molestado a Raimundo estrellarse y matarse, él junto con el anticristo, pero no quería ser responsable de vidas inocentes, particularmente la de su propia esposa.

—Así, pues, ¿qué hiciste por mí, Eulalio?

—Dale una mirada a esto —contestó Eulalio señalando al botón que le permitía al capitán hablar a los pasajeros.

—El intercomunicador del capitán —dijo Raimundo—, ¿Y qué?

—Toca debajo de tu asiento con la mano izquierda y mueve tus dedos por el borde lateral del fondo de tu asiento —prosiguió Eulalio.

—Palpo un botón.

—Voy a volver a la cabina de pasajeros ahora —dijo Eulalio—. Tú aprietas el botón corriente del intercomunicador y anuncias algo. Espera mientras cuentas hasta tres, y luego, aprieta el botón que está debajo de tu asiento. Asegúrate de tener aún puestos los audífonos.

Raimundo esperó hasta que Halliday saliera y cerrara la puerta de la cabina. Raimundo activó el intercomunicador.

—Hola, hola, oye Eulalio, lalalala.

Raimundo contó silenciosamente para sí mismo, apretó el botón debajo de su asiento. Se asombró al oír en sus audífonos a Eulalio Halliday que hablaba justo por encima del susurro. —Raimundo, puedes darte cuenta que estoy hablando aun más bajo que los tonos de conversación corrientes. Si hice bien mi trabajo, puedes oírme claro como el día, desde cualquier sitio en este avión. Cada uno de los parlantes es también un transmisor que conduce sólo de vuelta al enchufe de tus audífonos. Lo dispuse en tal forma que no se detecta, y este avión ha pasado por manos de los mejores detectores de micrófonos de la Comunidad Mundial. Si alguna vez lo detectan, les diré que pensé que eso era lo que querían.

Raimundo salió a toda prisa de la cabina de pilotaje. —¡Eulalio, eres un genio! No estoy seguro de lo que vaya a escuchar, pero tiene que ser ventajoso saber lo que está pasando aquí.

Camilo estaba guardando en cajas todas las hojas impresas con los escritos de Bruno, cuando oyó al Range Rover en el estacionamiento. Cuando Cloé entró a la oficina, él había guardado las hojas y la computadora de Bruno en una enorme caja de cartón. Mientras la sacaba, le dijo a Cloé:

—Déjame en la oficina de Chicago, y entonces, será mejor que vayas al Drake y te asegures de que nuestras cosas todavía están ahí. Queremos conservar ese cuarto hasta que hallemos un lugar para vivir más cerca de aquí.

—Esperaba que dijeras eso —respondió Cloé—. Loreta está desolada. Ella va a necesitar mucha ayuda aquí. ¿Qué vamos a hacer respecto de un funeral?

—Tú vas a tener que ayudar a manejar eso, Clo. Llama a la oficina de la morgue, haz que entreguen el cadáver a una empresa funeraria cerca de aquí, y todo lo demás. Con tantas bajas será un tremendo lío, así que probablemente, se alegren de saber que reclamaron un cadáver, al menos. Los dos vamos a necesitar un vehículo. Yo no tengo idea de dónde se espera que vaya. Puedo trabajar desde la oficina de Chicago a la luz de que nadie irá a Nueva York por mucho tiempo, pero no puedo prometer que estaré aquí todo el tiempo.

—Loreta, bendita sea, pensó lo mismo pese a todo lo que está pasando. Ella me recordó que hay una flota de automóviles adicionales en la congregación, y que ha sido así desde el Arrebatamiento. Ellos se los prestan para crisis como ésta.

—Bien —dijo Camilo—. Dispongamos uno de esos para ti. Y recuerda, vamos a tener que reproducir este material para los miembros de la congregación.

—No vas a tener tiempo para encargarte de todo eso, ¿cierto Camilo?

—No, pero confío en que todo lo que está aquí sea provechoso para todos.

—Camilo, espera un momento. No hay manera en que podamos reproducir eso hasta que alguien lo haya leído todo. Tiene que haber cosas personales y privadas ahí. Y sabes que habrá referencias directas a Carpatia y al Comando Tribulación. No podemos arriesgarnos a quedar expuestos de esa manera.

Camilo tuvo una crisis del yo. Amaba a esta mujer pero ella era diez años menor que él, y él detestaba cuando parecía que ella le estaba diciendo qué hacer, sobre todo cuando tenía razón. Al depositar la pesada caja de papel y la computadora en la parte trasera del Range Rover, Cloé dijo:

—Sólo déjamelo a mí, querido. Me pasaré cada día desde ahora hasta el domingo leyendo línea por línea. Para entonces tendremos algo que compartir con el resto de la Nueva Esperanza, y hasta podemos anunciar que podemos tener algo copiado para ellos dentro de una semana o algo así.

—Cuando tienes la razón, pues, tienes toda la razón. Pero ¿dónde harás esto?

—Loreta ha ofrecido que nos quedemos con ella. Ella tiene esa enorme casa antigua, tú sabes.

—Eso sería perfecto pero detestaría molestarla.

—Camilo, difícilmente la molestaríamos. Ella apenas sabría que estamos allí; de todos modos percibo que está tan sola y abrumada por la pena, que realmente nos necesita a nosotros.

—Tú sabes que es improbable que esté mucho tiempo ahí —dijo Camilo.

—Yo soy una niña grande. Puedo cuidarme sola.

Ahora estaban en el Range Rover. —Entonces, ¿para qué me necesitas? —dijo Camilo.

—Te mantengo cerca porque eres simpático.

—Pero, en serio, Cloé, nunca me perdonaría si estuviera en otra ciudad o país, y la guerra llega justo aquí a Monte Prospect.

—Te olvidas del refugio debajo de la iglesia.

—No lo he olvidado, Cloé. Sólo oro que nunca se llegue a eso. ¿Hay alguien más que sepa de ese lugar salvo los del Comando Tribulación?

—No. Ni siquiera Loreta. Es un lugar espantosamente pequeño. Si papá, Amanda, tú y yo tuviéramos que estar ahí por un tiempo, no sería muy agradable.

Media hora después, Camilo entró en la zona donde estaba ubicada la oficina de Chicago de la revista *Semanario de la Comunidad Mundial*.

—Voy a conseguirnos un par de teléfonos celulares —dijo Cloé—. Llamaré al Drake y luego iré para allá a buscar nuestras cosas. También hablaré con Loreta sobre un segundo vehículo.

—Compra cinco de esos celulares, Cloé, y no temas gastar.

—¿Cinco? —preguntó ella—. No sé si Loreta aprenda alguna vez cómo usar uno.

—No estoy pensando en Loreta. Sólo quiero asegurarme de tener uno adicional.

El Cóndor 216 estaba decorado aun más lujosamente de lo que había estado el *Comunidad Mundial Uno*, si eso era posible. No se había ahorrado detalle, y se había instalado lo último en materia de aparatos de comunicación. Raimundo se había despedido de Eulalio Halliday, instándole a que le comunicara si su hogar estaba intacto y su esposa a salvo, tan pronto como lo supiera.

—No te va a gustar lo que le pasó a nuestro aeropuerto —le había dicho Raimundo—. No vas a aterrizar en O'Hare.

Raimundo y su copiloto transitorio habían enojado a Carpatia al hacer un despegue y vuelo de prueba, antes de dejar que los demás subieran a bordo del avión. Raimundo estaba contento de haberlo hecho. Aunque era cierto que todo lo de la cabina era idéntico a un 757, el avión más grande y pesado se comportaba más como un 747 y se necesitaba cierto tiempo para acostumbrarse. Ahora que el Cóndor 216, cargado y en el aire, se deslizaba hacia San Francisco a treinta y tres mil pies de altura y a más de setecientas millas por hora, Raimundo puso la nave en piloto automático e instó a su primer oficial a permanecer alerta.

—¿Qué va a hacer usted, señor? —preguntó el hombre, más joven.

—Sólo quedarme sentado aquí —dijo Raimundo—. Pensando. Leyendo.

Raimundo había registrado su ruta de vuelo con una torre de Oklahoma, y apretó el botón para comunicarse con sus pasajeros.

—Potestad Carpatia y huéspedes, este es el capitán Steele. Nuestra hora de llegada a San Francisco se calcula a las 5:00 P.M., hora estándar del Pacífico. Se espera cielos claros y un vuelo bueno.

Raimundo se echó para atrás en su asiento y tiró sus audífonos hacia la parte de atrás de la cabeza, como si se los sacara. Sin embargo, seguían suficientemente cerca de sus oídos para que él pudiera escuchar, sin que su copiloto oyera pues tenía puestos sus propios auriculares. Raimundo sacó un libro de su bolsa de vuelo y lo abrió, apoyándolo sobre los controles delante de él. Tendría que acordarse de dar vuelta una página, ocasionalmente. En realidad, no iba a leer. Iba a escuchar. Deslizó su mano izquierda bajo el asiento y calladamente apretó el botón oculto.

La primera voz que oyó, clara como si le estuviera hablando por el audífono, fue la de Amanda.

—Sí, señor, entiendo. No tiene que preocuparse por mí, señor.

Ahora hablaba Carpatia. —Confío en que todos hayan comido bastante en Dallas. Tendremos una tripulación completa uniéndosenos en San Francisco, y nos atenderán bien en todo nuestro vuelo a Bagdad, y de ahí, a Nueva Babilonia.

Otra voz. —¿Bagdad?

—Sí. —dijo Carpatia—. Me he tomado la libertad de llevar a Bagdad a los tres embajadores leales que quedaban. Nuestros enemigos deben haber supuesto que los llevaríamos directo a Nueva Babilonia. Los recogeremos y empezaremos nuestras reuniones en el corto salto desde Bagdad a Nueva Babilonia.

—Señora Steele, si nos disculpa...

—Por cierto —dijo Amanda.

—Caballeros, —dijo Carpatia bajando la voz, pero aún con bastante claridad para que Raimundo pudiera entender cada palabra. Algún día tendría que agradecerle a Eulalio Halliday en nombre del reino de Cristo. Eulalio no tenía interés por servir a Dios, al menos no por ahora, pero cualquiera que hubiese sido su motivo para hacerle a Raimundo un favor como ese, ciertamente iba a beneficiar a los enemigos del anticristo.

Carpatia estaba diciendo: —El señor Fortunato se quedó por un corto tiempo en Dallas para arreglar mi próxima transmisión radial desde allí. Lo haré desde aquí pero será pasada por Dallas y transmitida desde allí, para desconcertar a mis enemigos de la Comunidad Mundial. Lo voy a necesitar en nuestras conversaciones de la noche, así que esperaremos en tierra, en San Francisco, hasta que él se nos pueda reunir. Tan pronto como despeguemos de San Francisco, apretaremos el gatillo sobre Los Ángeles y la zona de la Bahía.

—¿La zona de la Bahía? —se oyó una voz con fuerte acento.

—Sí, esto es San Francisco y la zona de Oakland.

—¿Qué quiere decir con "apretar el gatillo"?

El tono de Carpatia se puso grave. —"Apretar el gatillo" significa justamente lo que suena —contestó—. Para cuando aterricemos en Bagdad, se habrá destruido algo más que Washington, Nueva York y Chicago. Esas son solamente tres de las ciudades americanas que sufrirán más. Hasta ahora sólo el aeropuerto y un suburbio han sufrido en Chicago. Eso cambiará dentro de la hora. Ustedes ya saben de Londres. ¿Caballeros, entienden el significado de una bomba de cien megatones?

Se hizo silencio. Carpatia siguió. —Para decirlo con perspectiva, los libros de historia nos dicen que una bomba de veinte megatones tienen más poder que todas las que se arrojaron en la Segunda Guerra Mundial, incluyendo las dos que cayeron en Japón.

—Los Estados Unidos de Gran Bretaña tenían que ser enseñados —intervino de nuevo la voz con acento.

—Sin duda que sí —dijo Carpatia—. Y sólo en la América del Norte, las ciudades de Montreal, Toronto, Ciudad de México, Dallas, Washington D.C., Nueva York, Chicago, San Francisco y Los Ángeles se convertirán en lecciones objetivas para quienes se nos opongan.

Raimundo se quitó los auriculares y se desató el cinturón. Pasó por la puerta de la cabina e hizo contacto visual con Amanda. Él le hizo señas que se le acercara. Carpatia miró para arriba y sonrió.

—Capitán Steele —lo saludó—, ¿todo bien?

—Nuestro vuelo no ofrece novedades señor, si eso es lo que está preguntando. Esa es la mejor clase de vuelo. Sin embargo, no puedo decir mucho de lo que esté sucediendo en tierra.

—Bastante cierto —dijo Carpatia, súbitamente grave—. Pronto me dirigiré a la comunidad mundial con mi pésame.

Raimundo tiró de Amanda hacia el pasillo de la cocina. —¿Camilo y Cloé iban a quedarse en el Drake esta noche?

—No hubo tiempo para hablar de eso, Ray —dijo ella—. No me imagino qué otra opción tengan. Parece como que nunca regresarán a Nueva York.

—Me temo que Chicago es el próximo blanco de cierta persona —dijo Raimundo.

—Oh, no me lo puedo imaginar —dijo Amanda.

—Tengo que advertirles.

—¿Quieres arriesgarte a una llamada de teléfono que puede detectarse? —preguntó ella.

—Salvar sus vidas bien valdría cualquier riesgo.

Amanda lo abrazó y volvió a su asiento.

Raimundo usó su celular, luego de cerciorarse de que su primer oficial tuviera puestos sus audífonos, y que estuviera ocupado en otra cosa. Contactado el Hotel Drake de Chicago, Raimundo preguntó por los Williams.

—Tenemos tres huéspedes de apellido Williams —le dijeron—. Ninguno con el nombre de pila de Camilo o "Macho" o Cloé.

Raimundo se concentró preguntándose qué debía hacer. —Oh, entonces páseme al señor Katz —dijo.

—¿Herbert Katz? —dijo el operador.

—Ese mismo.

Después de un minuto: —No contesta, señor. ¿Querría dejarle un mensaje en su correo de voz?

—Sí. —dijo Raimundo—, pero también quisiera asegurarme de que la luz del mensaje esté encendida y que les avisen que hay un mensaje urgente si pasan por el escritorio.

—Ciertamente que haremos eso, señor. Gracias por llamar al Drake.

Cuando entró el tono del correo de voz, Raimundo habló rápidamente. "Chicos, ustedes saben quién soy. No se den tiempo de hacer nada. Aléjense lo más que puedan del centro de Chicago. Por favor, créanme esto".

Camilo había tenido innumerables riñas con Verna Zee en la oficina de Chicago. En cierta ocasión le pareció que ella había traspasado sus límites mudándose con demasiada rapidez a la oficina de su anterior jefe, Lucinda Washington, cuando ésta desapareció en el Arrebatamiento. Luego, cuando el mismo Camilo fue degradado por supuestamente no asistir al cometido asignado más importante de su vida, Verna se convirtió en la jefa de la oficina de Chicago y se enseñoreó de él. Ahora que él era el editor, se había visto tentado a despedirla, pero la había dejado quedarse siempre y cuando hiciera su trabajo y se mantuviera sin problemas.

Hasta la temperamental Verna parecía asombrada por completo cuando Camilo entró en la oficina ya avanzada la tarde. Como de costumbre en las épocas de crisis internacional, el personal estaba reunido en torno al televisor. Un par de empleados alzó la vista cuando Camilo entró.

—¿Qué piensa de eso jefe? —dijo uno, y otros se dieron cuenta de él. Verna Zee hizo un gesto a Camilo.

—Tienes varios mensajes urgentes —dijo ella—. El mismo Carpatia ha tratado de hablar contigo todo el día. También hay un mensaje urgente de un tal Raimundo Steele.

He aquí la opción más importante de todos los tiempos. ¿A quién debía llamar Camilo? Él sólo podía adivinar qué nuevo giro quería darle Carpatia a la Tercera Guerra Mundial. Él no tenía idea de lo que podría querer Raimundo.

—¿El señor Steele dejó un número?

—¿Vas a devolver primero *su* llamada?

—¿Perdón? —dijo él—. Creo que te hice una pregunta.

—Su mensaje fue sencillamente que debes llamar a tu cuarto de hotel.

—¿Llamar a mi cuarto de hotel?

—Yo lo hubiera hecho por ti, jefe, pero no sabía dónde estás alojado. ¿Dónde *estás* hospedándote?

—Eso no te importa, Verna.

—¡Bueno, perdóname! —dijo ella y se fue, cosa que Camilo esperaba.

—Voy a tomar prestada temporalmente tu oficina —le dijo Camilo mientras ella se alejaba.

Ella se detuvo y giró. —¿Por cuánto tiempo?

—Por el tiempo que necesite —dijo él—. Ella hizo una mueca.

Camilo se apresuró en entrar y cerrar la puerta. Marcó el teléfono del Drake y pidió su propio cuarto. Oír el miedo en la voz de Raimundo, y ni mencionar el mensaje mismo, hizo que se le fuera el color de la cara. Camilo llamó a informaciones para pedir el número de la venta de automóviles de Land Rover, en Los Altos de Arlington. Pidió hablar con el jefe de ventas y le dijo que era una emergencia.

Al minuto estuvo el hombre en la línea. Tan pronto como Camilo se identificó, el hombre dijo:

—Todo anda bien con el...

—El vehículo está estupendo, señor pero tengo que hablar con mi esposa y ella lo está manejando ahora. Necesito el número del teléfono del auto.

—Eso me va a tomar un poco de tiempo.

—No puedo decirle cuán urgente es esto, señor... Déjeme decirle sólo que es tan urgente, que puede venir sobre mi un caso rápido de arrepentimiento del comprador y devuelva el vehículo, si no puedo conseguir ahora mismo ese número.

—Un momento...

Un par de minutos después, Camilo marcaba el número. Sonó cuatro veces. "El cliente del teléfono celular que usted ha marcado está o fuera del vehículo o fuera de la zona de alcance de llamadas. Por favor, trate de llamar..."

Camilo colgó de mala manera el auricular, lo tomó y marcó el botón de remarcado. Mientras escuchaba el timbre, se sobresaltó al abrirse la puerta y Verna Zee vociferó:

—Carpatia está en la línea, es para ti.

—¡Voy a tener que llamarlo de vuelta! —dijo Camilo.

—¿Tú vas qué?

—¡Toma el número!

—Marca 1-800-DESPEDIDO —dijo ella.

Raimundo estaba frenético. Se olvidó de toda pretensión de hacer algo salvo el sentarse allí y contemplar fijo el cielo crepuscular de la tarde, con los auriculares firmemente puestos y su mano izquierda apretando firme el botón escondido. Oyó al ayudante de Carpatia.

—Bueno, de todo lo..

—¿Qué? —dijo Carpatia.

—Estoy tratando de conseguir a este tipo Williams en la línea para usted y él le dice a la muchacha que tome el número.

Fue todo lo que Raimundo pudo hacer para no llamar a Camilo de nuevo, sabiendo con seguridad ahora que estaba en la oficina de Chicago. Pero si alguien le decía a Carpatia que Camilo no podía hablar con él porque estaba hablando con Raimundo Steele, eso sería desastroso. Oyó de nuevo la voz segura de Carpatia diciendo:

—Pues dale el número, amigo mío. Confío en este joven. Es un periodista brillante y no me dejaría esperando sin una buena razón. Por supuesto que está tratando de cubrir la historia de toda una vida, ¿no dirías tú lo mismo?

Camilo mandó a Verna Zee que cerrara la puerta al salir y que lo dejara solo hasta que terminara de hablar por teléfono. Ella suspiró pesadamente y meneó la cabeza, dando un portazo. Camilo siguió apretando el botón de remarcado, odiando el sonido de la grabación más que cualquiera otra cosa que hubiera oído en su vida.

De pronto el intercomunicador cobró vida.

—Lamento molestarte —dijo Verna con voz cantarina y enfermizamente dulce—, pero tienes otra llamada urgente, de Jaime Rosenzweig, desde Israel.

Camilo apretó el botón del intercomunicador.

—Me temo que también voy a tener que devolverle la llamada. Dile que lo lamento mucho.

—Debes *decirme* que lo lamentas mucho —dijo Verna—, me tienta pasarte su llamada de todos modos.

—Lo siento mucho, Verna —dijo Camilo con sarcasmo—. Ahora, ¡por favor, déjame en paz!

El teléfono del vehículo seguía sonando. Camilo colgó varias veces ante la grabación. Verna volvió a hablar.

—El doctor Rosenzweig dice que es asunto de vida o muerte, Camilo.

Camilo apretó rápidamente la línea con la luz que centelleaba.

—Jaime, lo lamento mucho pero estoy en medio de un asunto muy urgente aquí. ¿Puedo llamarle de vuelta?

—¡Camilo! ¡Por favor, no me cuelgues! ¡Israel ha sido librado de los terribles bombardeos que ha sufrido tu país, pero la familia del rabino Ben Judá fue raptada y asesinada! Su casa fue quemada hasta los cimientos. Yo ruego a Dios que él esté a salvo, pero nadie sabe dónde está.

Camilo se quedó sin habla. Dobló su cabeza. —¿Su familia está muerta? ¿Está seguro?

—Fue un espectáculo público, Camilo. Yo temía que eso sucedería tarde o temprano. Vaya, oh, ¿por qué tenía que decir públicamente sus opiniones sobre el Mesías? Una cosa es estar en desacuerdo con él, como yo, un amigo respetado y confiable. Pero los celotas religiosos de este país odian a la persona que cree que Jesús es el Mesías. Camilo, él necesita nuestra ayuda. ¿Qué podemos hacer? No he podido hablar con Nicolás.

—Jaime, ¡hágame un tremendo favor y deje fuera de esto a Nicolás, por favor!

—¡Camilo! Nicolás es el hombre más poderoso del mundo y me ha prometido ayuda para mí e Israel, y protegernos. ¡Con toda seguridad que se hará cargo y preservará la vida de un amigo mío!

—Jaime, le ruego que confíe en mí en cuanto a esto. Deje a Nicolás afuera de esto. Ahora, yo debo llamarle de vuelta. Yo mismo tengo familiares en problemas.

—¡Perdóname, Camilo! Llámame tan pronto como puedas.

Camilo regresó a su línea original y marcó el botón de remarcado. Mientras los números sonaban en su oído, Verna se escuchó por el intercomunicador.

—Hay alguien en la línea para ti, pero como no quieres que te molesten...

¡El teléfono del vehículo de Cloé sonaba ocupado! Camilo tiró el auricular y marcó el intercomunicador. —¿Quién es?

—Pensé que no querías que te molestaran.

—Verna, ¡no tengo tiempo para esto!

—Si quieres saberlo, era tu esposa.

—¿En cuál línea?

—Línea dos, pero le dije que probablemente estabas hablando con Carpatia o Rosenzweig.

—¿De dónde estaba llamando?

—No sé. Dijo que esperaría tu llamada.

—¿Dejó un número?

—Sí, es...

Cuando Camilo oyó los primeros dos números supo que era el teléfono del jeep. Desconectó el intercomunicador y marcó el botón de remarcado. Verna metió su cabeza por la puerta y dijo:

—Tú sabes que no soy secretaria, y por cierto, que ¡no soy *tu* secretaria!

Camilo nunca había estado más enojado con nadie antes. Fulminó a Verna con los ojos. —Voy a pasar por encima de este escritorio a cerrar esa puerta de una patada. Es mejor que no estés en el camino.

El teléfono del vehículo estaba sonando. Verna seguía de pie ahí. Camilo se levantó del asiento, con el teléfono pegado a su oreja, y se subió al escritorio por sobre el enredo de papeles de Verna. Los ojos de ella se abrieron enormes cuando él levantó su pierna, y ella se quitó del camino mientras él cerraba la puerta de una patada con toda su fuerza. Sonó como una bomba y casi echó abajo las paredes divisorias. Verna aulló. Camilo casi deseó que ella hubiera estado interpuesta en el umbral.

—¡Camilo! —llegó la voz de Cloé desde el teléfono.

—¡Cloé! ¿Dónde estás?

—Estoy saliendo de Chicago —dijo ella—, conseguí los teléfonos y fui al Drake pero había un mensaje para mí en el escritorio.

—Lo sé.

—Camilo, algo en la voz de mi papá me hizo que ni siquiera me diera el tiempo de ir a buscar nada de nuestro cuarto.

—¡Bien!

—Pero tu computadora portátil y toda tu ropa y todos tus artículos de tocador y todo lo que yo traje de Nueva York...

—Pero tu papá sonaba en serio, ¿no?

—Sí. ¡Oh, Camilo, la policía me está deteniendo a un costado del camino! Di una vuelta en "U" y estaba acelerando y me pasé una luz, y hasta anduve un poco por la vereda.

—¡Cloé, escucha! ¿Conoces el viejo adagio que dice que es más fácil pedir perdón que pedir permiso?

—¿Quieres que trate de escaparme de él?

—¡Probablemente le salves la vida! Hay una sola razón por la cual tu padre nos querría fuera de Chicago, lo más lejos y rápido posible!

—Está bien, Camilo, ¡ora por mí! ¡Aquí nos vamos!

—Me quedaré en línea contigo, Cloé.

—¡Necesito las dos manos para manejar!

—Aprieta el botón del parlante y cuelga el teléfono —dijo Camilo.

Pero entonces oyó una explosión, ruedas que chirriaban, un grito y silencio. A los pocos segundos se cortó la electricidad en la oficina del *Semanario de la Comunidad Mundial*. Camilo tanteó mientras se dirigió hacia el pasillo donde había luces de emergencia cerca del techo, que iluminaban las puertas.

—¡Miren eso! —gritó alguien, y el personal se apretujó abriéndose paso hacia las puertas principales, y empezaron a subirse a los techos de sus automóviles para mirar un enorme ataque aéreo a la ciudad de Chicago.

Raimundo escuchaba clandestinamente con horror, mientras Carpatia anunciaba a sus compatriotas:

—Chicago debe estar sometido a ataque de contragolpe aún mientras hablamos. Gracias por su parte en esto y por la falta de uso estratégico de la lluvia radioactiva, y aunque espero perder a algunos en el ataque inicial, no necesito perder a nadie por la radiación para afirmar mi postura.

Alguien más habló. —¿Miramos las noticias?

—Buena idea —dijo Carpatia.

Raimundo no pudo seguir sentado. No sabía qué diría o haría, si es que algo, pero sencillamente no podía quedarse en la cabina, sin saber si sus seres queridos estaban a salvo. Entró a la cabina cuando se estaba encendiendo el televisor, mostrando las primeras imágenes desde Chicago.

Amanda jadeaba. Raimundo fue a sentarse con ella para mirar. —¿Tú irías por mí a Chicago? —susurró Raimundo.

—Si piensas que estaría a salvo.

—No hay radiación.

—¿Cómo sabes eso?

—Te lo diré después. Sólo dime que irás si consigo permiso de Carpatia para que vueles fuera de San Francisco.

—Haré cualquier cosa por ti, Raimundo, lo sabes.

—Escúchame, querida. Si no puedes conseguir un vuelo inmediato, y quiero decir antes de que este avión vuelva a despegar del suelo, debes volver a subir al Cóndor. ¿Entiendes?

—Entiendo pero, ¿por qué?

—Ahora no puedo decírtelo. Sólo consigue un vuelo inmediato a Milwaukee si es que yo puedo obtenerlo. Si el avión no está en el aire antes que nosotros...

—¿Qué?

—Amanda, ten la seguridad de que no soportaría perderte.

Luego de las noticias de Chicago, el canal de noticias por cable interrumpió para un comercial, y Raimundo se acercó a Carpatia.

—Señor, ¿puede darme un momento?

—Por cierto, capitán. Horribles noticias de Chicago, ¿no?

—Sí, señor, así es. Efectivamente de eso es lo quería hablarle. Usted sabe que tengo familia en esa zona.

—Sí, y espero que estén todos a salvo —dijo Carpatia.

Raimundo quería matarlo ahí donde estaba sentado. Sabía muy bien que este hombre era el anticristo, y también sabía que esta misma persona sería asesinada un día y resucitada de entre los muertos por el mismísimo Satanás. Raimundo nunca había soñado que él podía ser el agente de ese asesinato, pero en ese instante, hubiera pedido el trabajo. Luchó por recobrar la compostura. Quien quiera que matara a este hombre sería un mero peón de un inmenso juego cósmico. El asesinato y la resurrección sólo harían más poderoso y satánico que antes, a Carpatia.

—Señor —continuó Raimundo—, me preguntaba si sería posible que mi esposa desembarcara en San Francisco y volviera a Chicago para ver a mi gente.

—Yo estaría feliz de hacer que mi gente se ocupe de ellos —dijo Carpatia— si sencillamente usted quiere darme sus direcciones.

—Yo me sentiría muchísimo mejor si ella pudiera estar con ellos, para ayudarles como sea necesario.

—Como desee —dijo Carpatia, y Raimundo tuvo que esforzarse al máximo para no dar un tremendo suspiro de alivio en la cara del tipo.

—¿Quién tiene un teléfono celular que pueda prestarme? —gritó Camilo por encima del alboroto que había en el estacionamiento del *Semanario de la Comunidad Mundial*.

Una mujer cerca de él le tiró uno en sus manos, y él se impactó al ver que era Verna Zee.

—Tengo que hacer unas llamadas de larga distancia —dijo él rápidamente—. ¿Puedo saltarme todos los códigos y simplemente pagarte lo que cuesten?

—No te preocupes por eso, Camilo. Nuestro pequeño problema se hizo insignificante.

—¡Tengo que conseguir un automóvil! —gritó Camilo, pero rápidamente se le hizo claro que todos iban dirigiéndose a sus casas para ver a sus seres queridos y evaluar el daño.

—¿Qué tal un viaje a Monte Prospect?

—Yo te llevaré —dijo Verna—. Ni siquiera quiero ver lo que está pasando en la otra dirección.

—Vives en la ciudad, ¿no? —preguntó Camilo.

—Vivía, hasta hace cinco minutos —respondió Verna.

—Quizá tuviste suerte.

—Camilo, si esa tremenda explosión fue nuclear, ninguno de nosotros durará una semana.

—Yo podría conocer un lugar donde puedes quedarte en Monte Prospect —sugirió Camilo.

—Lo agradeceré —contestó ella.

Verna entró a buscar sus cosas. Camilo la esperó en el automóvil, haciendo sus llamadas telefónicas. Él empezó con su padre, en el oeste.

—Me alegro tanto de que llamaras —dijo su padre—, he estado horas tratando de llamar a Nueva York.

—Papá, esto es un horror aquí. Me quedé con la ropa puesta y no tengo mucho tiempo para hablar. Sólo llamaba para cerciorarme de que todos estén bien.

—Tu hermano y yo estamos de lo más bien aquí —dijo el papá de Camilo—. Él sigue lamentando la pérdida de su familia, por supuesto, pero estamos bien.

—Papá, a este país se le están cayendo las ruedas. En realidad, no van a estar bien hasta que...

—Camilo, no empecemos con eso de nuevo, ¿de acuerdo? Sé lo que crees, y si te da consuelo...

—¡Papá! Me da poco consuelo en este mismo momento. Me mata saber que llegues tan tarde a la verdad. Ya he perdido muchos seres queridos. No quiero perderte a ti también.

Su papá se rió un poquito, enloqueciendo a Camilo. —Mira, muchacho, no vas a perderme. Nadie parece querer siquiera atacarnos aquí. Nos sentimos un poco desairados.

—¡Papá! Mueren millones. No trates esto con tanta ligereza.

—Así, pues, ¿cómo está esa nueva esposa tuya? ¿Vamos a conocerla alguna vez?

—No sé, papá. No sé exactamente dónde está ella ahora, y no sé si alguna vez tendrás ocasión de conocerla.

—¿Te avergüenzas de tu propio padre?

—No se trata en absoluto de eso, papá. Tengo que asegurarme de que ella esté bien, y vamos a tratar de ir para allá de alguna manera. Busca una buena iglesia allá, papá. Busca a alguien que pueda explicarte lo que está pasando.

—No puedo pensar en nadie más calificado que tú, Camilo. Y vas a tener que dejarme masticar todo esto por mí mismo.

Cuatro

Raimundo escuchó a la gente de Carpatia que se preparaba para su transmisión. —¿Hay alguna forma en que alguien pueda saber que estamos volando? —preguntaba Carpatia.

—Ninguna —le aseguraron—. Raimundo no estaba tan seguro, pero en verdad, si Carpatia no cometía algún error colosal, nadie tendría un indicio preciso de dónde en los aires se hallaba.

Al sonar un golpe en la puerta de la cabina, Raimundo soltó el botón oculto y se dio vuelta, expectante. Era un ayudante de Carpatia.

—Haga lo que tenga que hacer para impedir toda interferencia y pónganos en contacto de nuevo a través de Dallas. Salimos en vivo por satélite en unos tres minutos más, y la Potestad debiera poder ser oído en todas partes del mundo.

¡¡Hurrah!! pensó Raimundo.

Camilo estaba en el teléfono hablando con Loreta cuando Verna Zee se deslizó detrás del volante. Ella tiró su enorme bolso al asiento trasero, luego se afanó asegurando su cinturón de seguridad, tanto era lo que temblaba. Camilo apagó el teléfono.

—Verna, ¿estás bien? Acabo de hablar con una mujer de nuestra iglesia que tiene un cuarto con baño privado para ti.

Un pequeño embotellamiento del tráfico se disipó cuando Verna y los colaboradores de Camilo se abrieron camino para salir del pequeño estacionamiento. Las luces delanteras proveían la única iluminación de la zona.

—Camilo, ¿por qué haces esto por mí?

—¿Por qué no? Me prestaste tu teléfono.

—Pero yo he sido tan espantosa contigo.

—Y yo he reaccionado en forma similar. Lo siento, Verna. Esta es la última vez en el mundo en que debiéramos preocuparnos tanto por salirnos con la nuestra.

Verna puso en marcha el automóvil pero se sentó con la cara entre las manos. —¿Quieres que yo maneje? —preguntó Camilo.

—No, dame un minuto.

Camilo le habló de su apuro por localizar un vehículo, y tratar de hallar a Cloé.

—¡Camilo! ¡Debes estar frenético!

—Francamente, lo estoy.

Ella soltó su cinturón de seguridad y tomó la manija de la puerta. —Llévate mi automóvil, Camilo. Haz lo que tengas que hacer.

—No —respondió Camilo—. Dejaré que me prestes tu automóvil, pero primero, ocupémonos de ti.

—Puede que no tengas un minuto que perder.

—Todo lo que puedo hacer es confiar en Dios en este momento —respondió Camilo.

Él dirigió a Verna en el rumbo correcto. Ella aceleró hasta el borde del Monte Prospect y se estacionó frente a la hermosa y antigua casa de Loreta. Verna no permitió que Camilo se tomara siquiera el tiempo de hacer las presentaciones. Dijo —aquí todos nos conocemos, así que pongamos en marcha a Camilo.

—Yo dispuse un automóvil para ti —dijo Loreta—. Debiera estar aquí dentro de pocos minutos.

—Por ahora iré en el de Verna, pero ciertamente que aprecio el esfuerzo.

—Quédate con el teléfono todo el tiempo que lo necesites —dijo Verna, mientras Loreta le daba la bienvenida.

Camilo echó hacia atrás el asiento del conductor y ajustó el espejo. Marcó el número que le habían dado para Nicolás Carpatia, y trató de devolver la llamada. Un ayudante contestó el teléfono.

—Le diré que usted devolvió su llamada, señor Williams, pero justamente ahora está realizando una transmisión internacional. Puede que usted desee sintonizarlo.

Camilo encendió la radio, mientras se desplazaba a toda velocidad hacia la única ruta que Cloé usaría para escapar de Chicago.

"Damas y caballeros, desde una localidad desconocida, les traemos, en directo, a la Potestad de la Comunidad Mundial, Nicolás Carpatia".

Raimundo giró en su asiento y abrió la puerta de la cabina de pilotaje. El avión estaba en piloto automático, y él así como su primer oficial se sentaron a observar, mientras Carpatia se dirigía al mundo. La Potestad parecía divertirse al ser presentado, y guiñó el ojo a un par de sus embajadores. Pretendió chuparse el dedo y alisar sus cejas, como si estuviera preparándose para su público. Los otros ahogaron risitas. Raimundo deseó tener un arma.

A la señal de comenzar, hizo oír su más emotiva voz: "Hermanos y hermanas de la Comunidad Mundial, les estoy hablando con el corazón lleno de pesar, como jamás lo he sentido. Soy hombre de paz que ha sido forzado a responder con armas a los terroristas internacionales, que pusieron en peligro la causa de la armonía y la fraternidad. Ustedes pueden tener toda la seguridad de que me lamento con ustedes por la pérdida de los seres queridos, los amigos, los conocidos. La horrible pérdida de vidas civiles debiera acosar a estos enemigos de la paz, por el resto de sus días.

»Como ustedes saben, la mayoría de las diez regiones mundiales que comprenden la Comunidad Mundial destruyó noventa por ciento de su armamento. Hemos pasado casi los dos últimos años detallando, empacando, despachando, recibiendo y reacondicionando este armamento en Nueva Babilonia. Mi humilde oración era que nunca tuviéramos que usarlo.

»Sin embargo, algunos consejeros sabios me convencieron para que almacenara bodegas de armas de tecnología superior en localidades estratégicas alrededor del mundo. Confieso que lo hice contra mi voluntad, y mi visión optimista y demasiado positiva de la bondad de la humanidad, resultó ser equivocada.

»Yo agradezco, que de algún modo, me permití dejarme persuadir para mantener disponibles de inmediato estas armas. Nunca hubiera imaginado, ni en mis sueños más locos, que tendría que tomar la difícil decisión de usar este poderío en amplia escala, contra los enemigos. Por ahora, ustedes ya deben saber que dos antiguos miembros del exclusivo consejo ejecutivo de la Comunidad Mundial, han conspirado feroz y desenfrenadamente para rebelarse contra mi administración, así como las fuerzas de milicia, permitidas al descuido en su región. Estas fuerzas fueron dirigidas por Gerald Fitzhugh, el ahora difunto presidente de Estados Unidos, fueron entrenadas por la milicia americana y respaldadas por armas provenientes de los Estados Unidos de Gran Bretaña, y el estado soberano de Egipto, las cuales fueron secretamente almacenadas.

»Aunque nunca he defendido mi reputación como activista antibélico, me complazco en informarles que he contragolpeado con severidad y premura. Dondequiera que se usó armamento de la Comunidad Mundial, el mismo fue dirigido específicamente contra localizaciones militares rebeldes. Les aseguro que todas las bajas civiles y la destrucción de las grandes ciudades pobladas de América del Norte y en todo el mundo, fue obra de la rebelión.

»No hay más planes para contraataques de parte de las fuerzas de la Comunidad Mundial. Responderemos sólo cuando sea necesario, y oren para que nuestros enemigos entiendan que no tienen futuro. No pueden triunfar. Serán completamente destruidos.

»Yo sé que en una época de guerra mundial como ésta, la mayoría de nosotros vive con miedo y dolor. Puedo asegurarles que estoy con ustedes en su dolor, pero que mi temor ha sido superado por la confianza de que la mayoría de la Comunidad Mundial está unida, en alma y corazón, en contra de los enemigos de la paz.

»Tan pronto como me convenza de la seguridad y de estar a salvo, me dirigiré a ustedes por televisión vía satélite y la Internet. Me comunicaré con frecuencia para que ustedes sepan exactamente qué está pasando, y vean que estamos dando enormes pasos hacia la reconstrucción de nuestro mundo. Pueden descansar seguros de que al ir reconstruyendo y reorganizando, disfrutaremos de la prosperidad más grande y del hogar más maravilloso que esta tierra pueda brindar. Que todos trabajemos juntos en pos de la meta común".

Mientras los embajadores y asistentes de Carpatia asentían y lo palmeaban en el hombro, Raimundo captó la mirada de Amanda y cerró resueltamente la puerta de la cabina de pilotaje.

El automóvil de Verna Zee era un antiguo vehículo importado. Traqueteaba y tenía corrientes de aire, un automático de cuatro cilindros. En resumen, un horror. Camilo decidió probarlo al límite, y más tarde reembolsarle a Verna, si era necesario. Aceleró hacia la autopista Kennedy dirigiéndose hacia el cruce de Edens, tratando de adivinar cuán lejos podía haber llegado Cloé desde el hotel Drake, con un tráfico pesado, que ahora, no se podría pasar.

Lo que no sabía era si ella tomaría por la vía del Lago o por la Kennedy. Este lugar era más territorio de ella que de él, pero pronto su pregunta se volvió discutible. Chicago estaba en llamas y la mayoría de los conductores de los vehículos que atestaban la Kennedy en ambas direcciones, estaban parados en el pavimento, mirando boquiabiertos el holocausto. Camilo hubiera dado cualquier cosa por haber tenido el Range Rover en ese momento.

Cuando dirigió el viejo auto de Verna para meterlo en el costado de la carretera, halló que no estaba solo. Las leyes del tráfico y el civismo se echan por la ventana en momentos como éste, y había casi tanto tránsito por el costado como por el camino. Él no tenía opción. Camilo no tenía idea de si estaba destinado a sobrevivir todos los siete años de la Tribulación, y sólo podía pensar en una sola razón mejor para morir, fuera de rescatar al amor de su vida.

Desde que había llegado a ser un creyente, Camilo había considerado el privilegio de dar su vida en el servicio de Dios. En su mente, sin que importara lo que realmente mató a Bruno, él creía que Bruno era un mártir de la causa. Arriesgando su vida en el tránsito podía no ser tan altruista como lo otro, pero de una cosa estaba seguro: Cloé no hubiera vacilado si eso le hubiera pasado a él.

Los mayores enredos estaban en los puentes elevados, donde terminaban los costados de la carretera, y los que peleaban por dar la vuelta en torno al tránsito detenido, tenían que tomar turnos para poder abrirse paso. Los conductores airados trataban con razón, de bloquear sus caminos. Camilo no podía culparlos. Él hubiera hecho lo mismo en el lugar de ellos.

Él había guardado el número del teléfono del Range Rover y seguía volviendo a marcar en cada oportunidad que tenía. Cada vez que escuchaba el inicio del mensaje grabado: "El usuario de teléfono celular que usted ha llamado..." cortaba y probaba de nuevo.

Justo antes de iniciar el descenso a San Francisco, Raimundo conferenció en secreto con Amanda.

—Voy a abrir esa puerta y sacarte de este avión lo más pronto posible —dijo—. No voy a esperar por la verificación posterior al vuelo ni nada. No te olvides, es imperativo que cualquiera sea el vuelo que halles, tiene que despegar antes que nosotros.

—Pero... ¿por qué Raimundo?

—Sólo confía en mí, Amanda. Tú sabes que tengo presente tu mejor interés. Tan pronto como puedas, llámame a mi celular universal y hazme saber si Cloé y Camilo están bien.

Camilo dejó la autopista de alta velocidad y siguió por calles laterales durante más de una hora hasta que llegó a Evanston. Cuando llegó al camino Sheridan, bordeando el lago Michigan, lo halló con barricadas pero sin guardias. Evidentemente todos los oficiales de la ley y los técnicos médicos de emergencia estaban atareados. Pensó en derrumbar una de las barreras, pero no quería hacerle eso al automóvil de Verna. Salió y movió el obstáculo lo suficiente para pasar. Iba a dejar la abertura ahí pero alguien gritó desde un departamento:

—¡Oye! ¿Qué haces?

Camilo miró para arriba, y saludó en dirección de la voz. —¡Prensa! —gritó.

—¡Entonces está bien! ¡Adelante!

Para lucir más legítimo, Camilo se dio a la tarea de salir del automóvil y volver a poner la barrera en su lugar, antes de seguir adelante. Vio el ocasional automóvil de la policía con las luces relampagueantes y a unos hombres uniformados de pie en las calles laterales. Camilo prendió meramente sus luces de emergencia y siguió. Nadie se interpuso en su camino. Nadie lo detuvo. Ni siquiera nadie prendió una luz en su dirección. Le pareció a Camilo que ellos supusieron, que si él había penetrado tan profundo en una zona prohibida y ahora procedía con tanta confianza, debía estar todo en orden. Apenas podía creer cuán fácil fue conducir por ahí, mientras que todas las vías que llevaban al camino Sheridan estaban taponadas. Ahora la cuestión era lo que iba a encontrar en la vía del Lago.

Frustrado, era una palabra demasiado suave para describir lo que sentía Raimundo cuando aterrizó el Cóndor 216 en San Francisco, y se desplazó por una pista para jets privados. Ahí estaba él, con la poco envidiable tarea de llevar al mismísimo anticristo adonde él quisiera ir. Carpatia acababa de decir las más francas mentiras al mayor público que jamás hubiera escuchado una sola transmisión radial. Raimundo sabía sin duda alguna que, poco después del despegue hacia Nueva Babilonia, San Francisco sería destruido desde el aire en la misma forma que lo había sido Chicago. La gente moriría. Los negocios y la industria se desplomarían. Los centros de transporte serían destruidos, incluido ese mismo aeropuerto. El asunto de primordial importancia para Raimundo en ese momento era sacar a Amanda de ese avión y del aeropuerto y llevarla a la zona de Chicago. Ni siquiera quería esperar a que acercaran el pasillo de acceso a la terminal hasta tocar el avión. Él mismo abrió la puerta y bajó las escaleras hasta la pista. Hizo gestos a Amanda para que se apurase. Carpatia dijo algo de despedida a Amanda cuando ella pasó apurada por su lado, y Raimundo agradeció que ella sólo saludara al hombre y siguiera caminando. El personal de tierra hizo señas a Raimundo y trató de que él subiera las escaleras. Él gritó: —¡Tenemos un pasajero que tiene que hacer una conexión!

Raimundo abrazó a Amanda y susurró.

—Ya comprobé con la torre. Hay un vuelo hacia Milwaukee que sale de una puerta al final de este corredor en menos de veinte minutos. Asegúrate de embarcar. Raimundo besó a Amanda y ella se apresuró a bajar la escalera.

Él vio a la tripulación de tierra esperando que volviera a subir la escalerilla para poder poner el pasillo de acceso en la posición correcta. No se le ocurrió una razón legítima para demorarse, así que sencillamente, los ignoró, entró de nuevo a la cabina de pilotaje, y empezó las verificaciones posteriores al vuelo.

—¿Qué está pasando? —preguntó su copiloto—, quiero cambiar puesto con tu hombre lo más pronto que pueda.

Si tan sólo supieras dónde vas a meterte —pensó Raimundo.

—¿Adónde te diriges esta noche?

—¿Qué puede importarte eso? —dijo el joven.

Raimundo se encogió de hombros. Se sintió como el niñito holandés que metió su pulgar en el dique. No podía salvarlos a todos. ¿Podía salvar a *alguien*? Un ayudante de Carpatia metió su cabeza en la cabina. —Capitán Steele, lo está llamando la tripulación de tierra.

—Lo veré, señor. Tendrán que esperar nuestro chequeo posterior a vuelo. Usted se da cuenta de que con un avión nuevo, hay mucho que tenemos que verificar antes de intentar un vuelo cruzando el Pacífico.

—Bueno, tenemos a McCullum esperando para subir a bordo y tenemos una tripulación de vuelo completa esperando además. Nos gustaría tener algo de servicio.

Raimundo trató de sonar alegre. —Primero la seguridad.

—Bueno, ¡apúrese!

Mientras el primer oficial verificaba dos veces los puntos de su lista, Raimundo verificó con la torre el estado del vuelo a Milwaukee. —Atrasado en unos doce minutos, Cóndor 216. No debiera afectarle.

Pero afectará —pensó Raimundo.

Raimundo entró a la cabina. —Perdóneme, señor, pero el señor Fortunato ¿no se va a unir a nosotros para el próximo tramo del vuelo?

—Sí —dijo un ayudante—. Dejó Dallas media hora después que nosotros, así que no debiera demorar.

Se demorará si puedo hacer algo.

Camilo llegó finalmente al muro de ladrillos que sabía era inevitable. Había saltado por un par de cunetas y no pudo evitar estrellarse contra una barrera de tránsito, donde se unen el camino Sheridan con la vía del Lago. A lo largo de la vía vio automóviles fuera del camino, vehículos de emergencia con las luces relampagueantes, y especialistas en socorrer desastres que trataban de hacerle señas para que se detuviese. Apretó a fondo el acelerador del pequeño automóvil de Verna Zee, y nadie se atrevió a ponérsele por delante. Tenía abiertas la mayor parte de las pistas todo el camino hacia la vía del Lago, pero oyó a la gente que gritaba: —¡Pare! ¡Camino cerrado!

La radio le dijo que el enredo dentro de la ciudad misma había detenido todo el tránsito por completo. Un informe decía que había sido así desde el momento de la primera explosión. Camilo deseó tener tiempo para explorar las salidas que llevaban a la playa. Había muchos lugares donde un Range Rover hubiera podido dejar el camino, haberse estrellado u ocultado. Si se le hizo claro a Cloé que ella no podía hacer un tiempo decente dirigiéndose a las autopistas Kennedy o la Eisenhower desde el hotel Drake, podría haber probado la vía del Lago. Pero cuando Camilo llegó a la salida a la avenida Michigan que lo hubiera llevado a la vista del Drake, hubiera tenido que matar a alguien o ponerse a volar para avanzar algo. La barricada que cerraba la vía del Lago y la salida parecía como algo sacado del escenario de *Los Miserables*. Automóviles patrulleros, ambulancias, carros de bomberos, camiones de la construcción, caballos usados para dirigir el tránsito, luces de cautela, todo lo imaginable, estaban desparramados en toda la zona, manejados por una muy ocupada fuerza de obreros de emergencia. Camilo llegó a un alto haciendo chillar los frenos, dando bandazos y deslizándose unos cincuenta pies antes que reventara el neumático delantero derecho. El automóvil giró mientras los obreros de emergencia corrían fuera del camino.

Varios le dijeron cosas feas y una oficial de la policía avanzó con el revólver en mano. Camilo empezó a salir, pero ella dijo:

—¡Amigo, quédese donde está!

Camilo bajó la ventanilla con una mano y buscó su credencial de prensa con la otra. La mujer policía no quería saber nada de eso. Metió su arma por la ventanilla y se la apretó contra la sien.

—Las dos manos donde yo las pueda ver, ¡pila de escoria! Abrió la puerta y Camilo ejecutó el difícil procedimiento de salir de un automóvil pequeño sin usar las manos. Ella lo hizo tirarse de cara al pavimento, con las piernas y brazos abiertos.

Otros dos oficiales se unieron y revisaron a Camilo con brusquedad.

—¿Alguna arma de fuego, cuchillos, agujas?

Camilo se puso a la ofensiva. —No, sólo dos juegos de credenciales de identidad.

Los policías sacaron una credencial de cada uno de los bolsillos traseros, uno con sus propios papeles, el otro con los documentos del ficticio Heriberto Katz.

—Bueno, ¿cuál es usted y de qué se trata todo esto?

—Yo soy Camilo Williams, editor del *Semanario de la Comunidad Mundial*. Doy cuentas directamente a la Potestad. La credencial falsa me sirve para entrar en países no simpatizantes.

Un policía esbelto y más joven sacó la credencial real de Camilo de las manos de la mujer oficial. —Déjame echar un vistazo a esto —dijo en tono sarcástico—. Si realmente depende de Nicolás Carpatia tendría un pase libre nivel 2-A y no veo...uuuy, creo que sí veo un pase libre nivel 2-A aquí.

Los tres oficiales se juntaron para mirar la insólita credencial. —Usted sabe que andar con pase libre de seguridad 2-A falso se castiga con la muerte...

—Sí, lo sé.

—No vamos a poder verificar la patente de su vehículo, con las computadoras tan atestadas.

—Yo puedo decírselo ahora mismo —ofreció Camilo—, pues pedí prestado este automóvil a una amiga de nombre Zee. Puede verificar eso y asegurarse, antes que lo hagan chatarra.

—¡No puede dejar este automóvil aquí!

—¿Qué puedo hacer con él? —argumentó Camilo—. No sirve, le exploto un neumático, y no hay modo de arreglar eso esta noche.

—O en las próximas dos semanas, muy probablemente —dijo uno de los policías—. Así, pues, ¿dónde iba con esa prisa tan grande?

—Al Drake.

—¿Amigo, dónde ha estado? ¿No escucha las noticias? La mayor parte de la avenida Michigan está achicharrada.

—¿Incluyendo al Drake?

—No lo sé, pero no debe estar en muy buenas condiciones.

—Si camino hacia arriba de esa subida y llegó a la avenida Michigan a pie, ¿voy a morir por envenenamiento radioactivo?

—Los muchachos de la Defensa Civil nos dicen que no se lee lluvia radioactiva. Eso significa que esto debe haber sido hecho por la milicia, tratando de salvar tanta vida humana como sea posible. De todos modos, si estas bombas hubiesen sido nucleares, la radiación ya hubiera llegado bastante más lejos que esto.

—Muy cierto —estuvo de acuerdo Camilo—. ¿Puedo irme?

—Sin garantías de que pase a los guardias de la avenida Michigan.

—Correré mi suerte.

—Su mejor opción es con esa tarjeta de pase libre. Por su bien espero que sea legítima.

Raimundo no pudo demorar por más tiempo a la tripulación de tierra, al menos por simplemente ignorarlos. Subió la escalerilla como para recibir el pasillo pero no las sacó totalmente del medio, sabiendo que el pasillo nunca se conectaría así. En vez de quedarse y mirar, volvió a la cabina y se puso a trabajar. *Ni siquiera quiero reponer combustible hasta que el avión de Amanda esté en el aire.*

Pasaron sus buenos quince minutos antes de que el copiloto de Raimundo cambiara de lugar con el reemplazo temporero, y una tripulación de vuelo completa subiera al avión. Cada vez que la tripulación de tierra mandaba un aviso por radio a Raimundo diciendo que estaban listos para empezar la recarga de combustible, él les decía que él no estaba listo. Finalmente un trabajador exasperado ladró en su radio.

—¿Qué pasa con esa demora ahí, jefe? Me dijeron que éste era un avión de personas muy importantes que necesitaba servicio rápido.

—Les informaron mal. Este es un avión de carga y es nuevo. Tenemos una curva de aprendizaje en la cabina, además de estar cambiando de tripulaciones. Sólo espere un poco más. No nos llame, nosotros lo llamaremos.

Raimundo dio un suspiro de alivio veinte minutos después, cuando supo que el avión de Amanda iba en ruta a Milwaukee. Ahora podía recargar combustible, seguir las reglas de juego prescritas y prepararse para el largo vuelo sobre el Pacífico.

—¡Qué avión! ¿eh? —dijo McCullum al dar un vistazo a la cabina.

—¡Qué avión! —concordó Raimundo—. Ha sido un día largo para mí, McCullum. Agradecería una buena y larga siesta en cuanto lo tengamos en rumbo.

—Con gusto, capitán. Puede dormir toda la noche por lo que a mí concierne. ¿Quiere que entre y lo despierte para el inicio del descenso?

—No me siento tan confiado para dejar la cabina —repuso Raimundo—. Me quedaré aquí por si me necesita.

Súbitamente Camilo se dio cuenta de que había corrido un enorme riesgo. No pasaría mucho tiempo antes de que Verna Zee supiera que, por lo menos una vez, había sido miembro de pleno derecho de la Iglesia del Centro de la Nueva Esperanza. Él había puesto tanto cuidado en no adoptar un papel directivo ahí, ni hablar en público, ni ser conocido por muchos. Ahora, uno de sus propios empleados —y un enemigo de largo tiempo— conocería algo que podría arruinarlo, hasta costarle su vida.

Llamó a la casa de Loreta por el teléfono de Verna. —Loreta —dijo—. Tengo que hablar con Verna.

—Ella está muy alterada ahora —contestó Loreta—. Espero que estés orando por esta mujer.

—Ciertamente oraré —afirmó Camilo—. ¿Cómo se están llevando?

—Tan bien como puede esperarse de dos extrañas completas —repuso Loreta—. Yo sólo le he contado mi historia como supuse que tú querías que hiciera.

Camilo se calló. Finalmente dijo. —Ponla al teléfono, ¿quieres Loreta?

Ella lo hizo y Camilo fue directo al tema. —Verna, necesitas un automóvil nuevo.

—¡Oh, no! Camilo, ¿qué pasó?

—Sólo es un neumático explotado, Verna, pero va a ser imposible que lo arreglen en varios días y no creo que tu automóvil valga la pena el preocuparse.

—¡Bueno, muchas gracias!

—¿Qué tal si yo lo reemplazo con un automóvil mejor?

—No puedo discutir con eso —murmuró ella.

—Lo prometo. Ahora, Verna, voy a abandonar este vehículo. ¿Hay algo que necesites que yo saque de aquí?

—Nada que se me ocurra. Hay un cepillo de pelo que realmente me gusta, está en la guantera.

—¡Verna!

—Eso parece un poco estúpido a la luz de todo.

—¿Documentos, cosas personales, dinero escondido, algo como eso?

—No. Sólo haz lo que tengas que hacer. Sería bueno que yo no me viera en problemas por esto.

—Yo avisaré a las autoridades que cuando lo encuentren, pueden remolcar este automóvil a cualquier lugar de chatarra, y cambiarlo por lo que les den para cubrir el costo de remolcarlo.

—Camilo —susurró Verna— esta mujer es una vieja muy rara.

—No tengo tiempo para hablar de eso contigo ahora, Verna, pero dale una oportunidad. Es dulce. Y *está* dando amparo.

—No, me entiendas mal. No digo que no sea maravillosa. Sólo digo que tiene unas ideas realmente raras.

Mientras Camilo gateaba subiendo un terraplén para ver la avenida Michigan completa, cumplió su promesa a Loreta de orar por Verna. No sabía cómo orar exactamente: *O ella llega a ser creyente o yo soy hombre muerto.*

Todo lo que Camilo podía pensar al llegar y ver docenas de edificios bombardeados a lo largo de la avenida Michigan, y saber que así seguían por casi todo el largo de la Milla Magnífica, fue en su experiencia en Israel, cuando fue atacada por Rusia. Podía imaginarse el sonido de las bombas y el calor de las llamas, pero en ese caso la Tierra Santa había sido milagrosamente librada del daño. Ahí no hubo tal clase de intervención. Tocó el botón de remarcado del teléfono de Verna, olvidando que su última llamada había sido a Loreta, no al celular del Range Rover.

Cuando no oyó la grabación acostumbrada que dice: "el usuario del celular que usted llamó" se quedó quieto y oró que Cloé respondiera. Cuando fue Loreta quien contestó, se quedó sin habla al comienzo.

—¿Hola? ¿Hay alguien ahí?

—Lo siento, Loreta —dijo—, número equivocado.

—Me alegro que llamaras, Camilo. Verna estaba por llamarte.

—¿Por qué?

—Dejaré que ella te diga.

—Camilo, llamé a la oficina. Aún están allá unas cuantas personas, monitoreando las cosas y prometiendo cerrar cuando terminen. De todos modos, hubo un par de mensajes telefónicos para ti.

—¿De Cloé?

—No, lo siento. Uno del doctor Rosenzweig, de Israel. Otro de un hombre que dijo ser tu suegro. Y otro de una señorita Blanco que dice que necesita que la recojan en el Campo Aéreo Mitchell de Milwaukee, a la medianoche.

¿Señorita Blanco? —pensó Camilo—. *Qué astuta Amanda para mantener oculto cuán conectada se ha vuelto nuestra pequeña familia.*

—Gracias, Verna. Capté todo.

—Camilo, ¿cómo vas a recoger a alguien en Milwaukee sin un vehículo?

—Todavía tengo unas horas por delante para resolver eso. Ahora, tanto tiempo parece un lujo.

—Loreta ha ofrecido su automóvil, siempre y cuando yo quiera manejar —sugirió Verna.

—Espero que no sea necesario —contestó Camilo—. Pero lo agradezco. Te dejaré saber.

Camilo no se sentía muy periodista, de pie en el medio del caos. Él hubiera estado bebiéndoselo todo, imprimiendo todo en su cerebro, haciendo preguntas a la gente que parecía estar a cargo.

Pero nadie parecía estar a cargo. Todos estaban trabajando. Y a Camilo no le importaba si podía traducir esto en una historia o no. Su revista, junto con todos los otros grandes medios de información, estaba controlada por Nicolás Carpatia, si es que no era de su propiedad. Por más que él se esforzara por mantener las cosas objetivas, todo parecía salir del giro del engañador maestro. La peor parte era que Nicolás era bueno para eso. Por supuesto, tenía que serlo. Era su propia naturaleza. Camilo odiaba la sola idea de que él mismo estuviera siendo usado para difundir propaganda y mentiras, que la gente se tragaba como si fueran helados.

Aunque en ese momento a él nada le importaba, sino Cloé. Había dejado que el pensamiento de haberla perdido invadiera su mente. Él sabía que la volvería a ver al final de la Tribulación, pero ¿tendría la voluntad de seguir adelante sin ella? Ella se había convertido en el centro de su vida, en torno al cual giraba todo lo demás. Durante el corto tiempo en que habían estado juntos, ella había resultado ser más de lo que él hubiese esperado de una esposa. Era verdad que estaban ligados en una causa común que los hacía mirar más allá de lo insignificante y trivial, lo cual parecía interponerse en el camino de tantas otras parejas. Pero él sentía que, de todos modos, ella nunca hubiera sido maliciosa ni molesta. Era generosa y amaba. Confiaba en él y lo apoyaba en todo. Él no se detendría hasta encontrarla. Y hasta que estuviera absolutamente seguro, nunca la creería muerta.

Camilo marcó el número del Range Rover. ¿Cuántas docenas de veces había hecho esto ahora? Él sabía de memoria la rutina. Cuando consiguió una señal de ocupado, le flaquearon las rodillas. ¿Había marcado el número correcto? Tuvo que marcar de nuevo porque el remarcado le hubiera dado de nuevo la casa de Loreta. Se paró en seco en la vereda, con el caos rodeándolo, y con dedos temblorosos marcó los números con cuidado y determinación. Apretó el fono a su oreja. "El usuario del celular que usted llamó... Camilo, el "Macho", maldijo y apretó el teléfono de Verna con tanta fuerza que pensó que podía quebrarlo. Dio un pasó y tiró su brazo hacia atrás como si fuera a tirar la máquina estúpida contra el lado de un edificio. Siguió el movimiento pero aferró el teléfono dándose cuenta de que sería la cosa más estúpida que hubiese hecho jamás. Movió la cabeza por la palabra que había estallado de entre sus labios cuando la maldita grabación había salido. *Así, pues, el viejo hombre sigue ahí justo debajo de la superficie*.

Estaba enojado consigo mismo. ¿Cómo podía en circunstancias tan apremiantes haber marcado mal el número?

Aunque sabía que oiría de nuevo esa grabación y que la odiaría como nunca antes, no podía refrenarse de apretar una vez más el botón de remarcado. ¡Ahora la línea estaba ocupada! ¿Era que funcionaba mal? ¿Un cruel chiste cósmico? ¿O era alguien en alguna parte que trataba de usar ese teléfono?

No había garantías de que fuera Cloé. Podía ser cualquiera. Podía ser un policía. Podía ser un trabajador de emergencia. Podía ser alguien que había hallado el destrozado Range Rover de ella.

No, él no se permitiría creer eso. Cloé estaba viva. Cloé estaba tratando de llamarlo a él, pero ¿desde dónde llamaría? No había nadie en la iglesia. Por lo que él sabía, aún no había nadie en la oficina del *Semanario de la Comunidad Mundial* ¿Sabía Cloé el teléfono de Loreta? Sería muy fácil conseguirlo. La cuestión era si él tenía que seguir tratando de comunicarse con los lugares donde ella hubiera podido llamar, o sólo seguir remarcando su número esperando comunicarse con ella entre sus llamadas.

La asistente de vuelo principal de una tripulación que sumaba dos tercios de todos los que estaban en la lista de pasajeros, golpeó la puerta de la cabina de pilotaje y la abrió mientras Raimundo se desplazaba lentamente por la pista.

—Capitán —dijo ella mientras él se quitaba el audífono de su oreja derecha—, no todos están sentados y con el cinturón de seguridad puesto.

—Bueno, no voy a parar —dijo él—, ¿no puede resolverlo?

—La persona que transgrede es el mismo señor Carpatia.

—Yo no tengo jurisdicción sobre él —repuso Raimundo—. Y tampoco usted.

—Las reglas de la Administración Federal de Aviación exigen que...

—Por si usted no lo ha notado, cualquier cosa federal ya nada significa. Todo es mundial. Y Carpatia está por encima de lo mundial. Si no se quiere sentar, puede quedarse de pie. Yo hice mi anuncio y usted dio las instrucciones, ¿correcto?

—Correcto.

—Entonces vaya, siéntese, póngase el cinturón de seguridad y deje que la Potestad se preocupe por sí mismo.

—Si usted lo dice, capitán. Pero si este avión es tan potente como un 757, no quisiera estar de pie cuando acelere...

Pero Raimundo se había vuelto a poner los audífonos y estaba colocando el avión en la posición para despegar. Mientras esperaba las instrucciones de la torre, Raimundo deslizó sigilosamente su mano izquierda debajo del asiento y apretó el botón del intercomunicador. Alguien le estaba preguntando a Carpatia si no quería sentarse. Raimundo estaba consciente de que McCullum lo miraba expectante, como si hubiera oído algo en sus audífonos que Raimundo no hubiera escuchado. Raimundo soltó rápidamente el botón del intercomunicador y oyó que McCullum decía: —Tenemos vía libre, capitán. Podemos rodar.

Raimundo podría haber empezado lentamente y acelerar poco a poco hasta cobrar suficiente velocidad para quedar volando. Pero a todos les gustaba un despegue potente de vez en cuando, ¿cierto? Aceleró y salió por la pista con tanta velocidad y potencia, que él y McCullum fueron echados hacia atrás en sus asientos.

—¡Adelante! —gritó McCullum— ¡Móntalas, vaquero!

Raimundo tenía mucho que pensar, y al despegar por tan sólo la segunda vez con un avión nuevo, hubiera tenido que mantenerse concentrado en la tarea inmediata. Pero no pudo resistir apretar de nuevo el botón del intercomunicador y oír lo que podría haberle hecho a Carpatia. En su imaginación se pintó al hombre dando una vuelta de campana hasta la cola del avión, y deseó que tan sólo hubiera una puerta trasera que pudiera abrir desde la cabina.

—¡Oh, qué cosa! —oyó por el intercomunicador—, ¿Potestad, está bien?

Raimundo oyó movimientos como si los demás estuvieran tratando de soltarse del cinturón de seguridad para ayudar a Carpatia, pero con el avión todavía corriendo por la pista a toda velocidad, esa gente tenía que estar apretada en sus asientos por la fuerza centrífuga.

—Estoy bien —insistía Carpatia— Es culpa mía. Estaré bien.

Raimundo apagó el intercomunicador y se concentró en el despegue. Secretamente esperaba que Carpatia hubiera estado apoyado contra uno de los asientos en el momento del impulso inicial. Eso lo hubiera hecho girar y casi tirado. *Probablemente esa sería mi última oportunidad para hacer justicia.*

Nadie prestó atención a Camilo pero, de todos modos, él no quería destacarse. Se agachó para dar la vuelta a una esquina y se mantuvo entre las sombras, apretando el botón de remarcado una y otra vez, no queriendo que pasara un segundo entre las llamadas, si es que Cloé estaba usando el teléfono. De alguna manera, en el breve momento que llevaba entre oír esa señal de ocupado y colgar y volver a marcar, su propio teléfono sonó, Camilo gritó:

—¡Hola! ¿Cloé? —antes de siquiera apretar el botón para recibir. Sus dedos temblaban tanto que casi dejó caer el teléfono. Apretó el botón y gritó—. ¿Cloé?

—No, Camilo soy Verna. Pero acabo de saber por la oficina que Cloé trató de conseguirte allá.

—¿Alguien le dio el número de este teléfono?

—No. Ellos no sabían que tú tenías mi teléfono.

—Estoy tratando de hablar con ella ahora, Verna. La línea está ocupada.

—Sigue tratando, Camilo. Ella no dijo dónde o cómo estaba pero, por lo menos, sabes que está viva.

—¡Gracias a Dios por eso!

Cinco

Camilo quería saltar o gritar o correr para alguna parte, pero no sabía dónde ir. Saber que Cloé estaba viva era la mejor noticia que hubiera tenido jamás pero, ahora quería hacer algo al respecto. Siguió apretando el botón de remarcado y seguía recibiendo la señal de ocupado. De repente su teléfono volvió a sonar.

—¡Cloé!

—No, lo siento Camilo, soy Verna de nuevo.

—¡Verna, por favor, estoy tratando de comunicarme con Cloé!

—Cálmate, muchachón. Ella volvió a llamar a la oficina del *Semanario*. Ahora, escucha. ¿Dónde estás ahora y dónde has estado?

—Estoy en la avenida Michigan cerca del Water Tower Place.[1]

—¿Cómo llegaste ahí?

—De Sheridan a la vía del Lago.

—Está bien —dijo Verna—, Cloé le dijo a alguien de la oficina que está al otro lado de la vía del Lago.

—¿Al otro lado?

—Eso es todo lo que sé, Camilo. Vas a tener que mirar fuera del camino, a la orilla del lago, hacia la dirección opuesta de donde estabas esperando sobre la vía del Lago.

Camilo ya se estaba moviendo hacia esa dirección mientras hablaba. —No veo cómo podría ella haber llegado a la orilla del lago si estaba dirigiéndose al sur, por la autopista.

---

1. Edificio de oficinas y tiendas muy elegantes de Chicago, cerca de la antigua Torre de Agua de la ciudad) o lo que fue el Water Tower Place.

—Tampoco yo —dijo Verna—. Quizás estaba tratando de evitar todo el caos dirigiéndose por ese camino, vio que no podía seguir, y trató de regresar.

—Dile a todos los que hablen con ella que le digan que no use el teléfono hasta que yo pueda comunicarme con ella. Va a tener que dirigirme hasta ella, si puede.

Cualquier duda que le hubiese quedado a Raimundo Steele sobre el poder maligno increíble e instantáneo que blandía Nicolás Carpatia, quedaron eliminadas a los pocos minutos después que el Cóndor 216 despegara desde el Aeropuerto Internacional de San Francisco.

Escuchó a través del intercomunicador con el micrófono oculto, que uno de los ayudantes de Carpatia preguntaba.

—Señor, ¿y en relación a lo de San Francisco?

—Aprieta el gatillo —llegó la respuesta susurrada.

El ayudante dijo sencillamente. —Pueden proceder —hablando obviamente por un teléfono.

—Miren por la ventana de aquel lado —dijo Carpatia, con la excitación evidente en su voz—. ¡Miren eso!

Raimundo se vio tentado de virar el avión para poder ver también, pero esto era algo que trataría de olvidar antes que tenerlo visualmente estampado a fuego en su memoria. Él y McCullum se miraron uno al otro al estallar sus audífonos con gritos de terror desde la torre de control. —¡Socorro! ¡Socorro! ¡Nos atacan desde el aire!

Los estallidos cortaron las comunicaciones, pero Raimundo sabía que las mismas bombas iban a arrasar fácilmente toda la torre, el resto del aeropuerto, y quién sabe qué porción de la zona circundante.

Raimundo no sabía por cuánto tiempo más podría tolerar ser el piloto del diablo.

Camilo estaba en buen estado físico, para un hombre a comienzos de su treintena de años, pero ahora, le dolían las coyunturas y le faltaba el aire mientras corría velozmente hacia la avenida Chicago, en dirección oriental hacia el lago. ¿Cuán lejos al sur podía haber llegado Cloé antes de dar la vuelta? Ella tuvo que tratar de virar. De lo contrario, ¿cómo podría haberse salido del camino y terminar en ese sitio?

Cuando llegó por fin a la vía del Lago, la halló vacía. Sabía que había barricadas desde el norte a la salida de la avenida Michigan. Tenía que haber sido bloqueada desde el extremo sur también. Falto de oxígeno, saltó la barandilla, trotó hacia el medio, oyó el ruido inútil de las luces del tránsito, y corrió cruzando al otro lado. Trotó al sur, sabiendo que Cloé estaba viva pero sin saber lo que podría hallar. La pregunta más importante era, suponiendo que Cloé no tuviera alguna herida grave, si las hojas impresas de los comentarios personales de Bruno —o peor, la computadora misma— hubieran caído en las manos equivocadas. Con toda seguridad que partes de ese relato eran sumamente claras respecto a la creencia de Bruno de que Nicolás Carpatia era el anticristo.

Camilo no sabía cómo iba a ser capaz de poner un pie delante del otro, pero siguió corriendo, apretando el remarcado y sosteniendo el teléfono en su oreja mientras andaba. Cuando ya no pudo seguir más, se dejó caer en la arena, y se recostó contra la parte externa de la barandilla, respirando con dificultad. Finalmente, Cloé contestó el teléfono.

Sin haber planeado qué decir, Camilo se encontró preguntando lo principal. —¿Estás bien? ¿Estás herida? ¿Dónde estás?

No le había dicho que la amaba o que él estaba mortalmente asustado por ella, o que estaba feliz que ella estuviera viva. Él supondría que ella sabía eso hasta que él pudiera decírselo más tarde.

Ella se escuchaba débil. —Camilo —dijo ella—, ¿dónde estás tú?

—Estoy dirigiéndome hacia el sur por la vía del Lago, al sur de la avenida Chicago.

—Gracias a Dios —dijo ella—, supongo que tienes como una milla más por recorrer.

—¿Estás herida?

—Me temo que sí, Camilo —dijo ella—. No sé por cuánto tiempo estuve inconsciente. Ni siquiera estoy segura de cómo llegué donde estoy.

—¿Dónde estás exactamente?

Camilo se había levantado y estaba caminando rápidamente. Ya no podía correr, a pesar del temor que sentía al pensar que ella estuviera sangrando o en estado de conmoción.

—Estoy en el lugar más extraño —dijo ella, y él percibió que se estaba desvaneciendo. Sabía que todavía tenía que estar dentro del vehículo porque ese teléfono no se podía sacar—. La bolsa de aire se abrió —agregó ella.

—¿Todavía se puede manejar el Rover?

—No tengo idea, Camilo.

—Cloé, vas a tener que decirme qué es lo que estoy buscando. ¿Estás en campo abierto? ¿Eludiste a ese policía?

—Camilo, el Range Rover parece estar atascado entre un árbol y un contrafuerte de concreto.

—¿Qué?

—Yo iba como a 60 millas —dijo ella—, cuando me pareció ver una rampa de salida de la autopista. La tomé, y ahí fue cuando oí que la bomba explotaba.

—¿La bomba?

—Sí, Camilo, seguramente sabes que una bomba explotó en Chicago.

¿Una bomba? —pensó Camilo— *Quizá fue misericordioso que ella estuviera desmayada durante el tiempo en que estallaron todas las bombas que siguieron*

—De todos modos, vi al automóvil de la policía que me pasaba. Quizá no iba detrás de mí, después de todo. Todo el tráfico de la vía del Lago se detuvo cuando vieron y oyeron la bomba, y el policía chocó con alguien. Espero que esté bien. Espero que no muera. Me sentiría responsable.

—Entonces, ¿dónde fuiste a parar Cloé?

—Bueno, supongo que lo que me pareció una salida no era realmente una salida. Nunca toqué el freno pero sí saqué el pie del acelerador. El Range Rover estuvo en el aire por unos pocos segundos. Me sentí como si estuviera flotando unos treinta metros o algo así. Hay una especie de pendiente profunda cerca de mí, y aterricé en la copa de unos árboles y de costado. Lo siguiente que recuerdo es que me desperté y estaba aquí sola.

—¿Dónde? —Camilo estaba exasperado pero ciertamente no podía culpar a Cloé por no ser más específica.

—Nadie me vio, Camilo —dijo ella como dormida—, algo debe haber apagado las luces. Yo estoy atrapada en el asiento delantero, como colgando por el cinturón de seguridad. Puedo mirar por el espejo retrovisor, y todo lo que vi fue autos alejándose a toda velocidad, y luego, no más tránsito. No más luces de emergencia, nada más.

—¿No hay nadie cerca de ti?

—Nadie. Tuve que apagar el motor y luego encenderlo de nuevo para hacer que funcionara el teléfono. Estaba orando que tú vinieras a buscarme Camilo.

Sonaba como si estuviera por desvanecerse. —Quédate en la línea conmigo, Cloé. No hables, sólo mantén la línea abierta para que yo pueda llegar a ti.

Las únicas luces que Camilo veía eran las de emergencia, lejos en la distancia, hacia el centro de la ciudad; incendios que aún ardían por aquí y allá, y unas pocas lucecitas de los botes en el lago. La vía del Lago estaba tan oscura como la medianoche. Todas las luces de las calles estaban apagadas hacia el norte, donde él había visto el relampaguear de las luces de tránsito. Pasó dando la vuelta a una larga curva y observó a lo lejos con detenimiento. A la suave luz de la luna pensó que veía un tramo destrozado de la barandilla, unos árboles y un contrafuerte de concreto, uno de esos que forman un paso bajo nivel para pasar a la playa. Adelantó con lentitud y luego se detuvo para mirar bien. Supuso que estaba a poca distancia del lugar.

—¿Cloé? —dijo en el teléfono.

No hubo respuesta.

—¿Cloé? ¿Estás ahí?

Oyó un suspiro. —Estoy aquí, Camilo, pero no me siento muy bien.

—¿Puedes llegar a las luces?

—Puedo tratar.

—Hazlo, sólo que no te vayas a lastimar.

—Trataré de empujarme en esa dirección con el volante.

Camilo la oyó quejarse dolorosamente. De repente, a lo lejos, vio el loco ángulo vertical de las luces delanteras brillando sobre la arena.

—Te veo, Cloé. Resiste.

Raimundo supuso que McCullum presumía que él estaba durmiendo. Estaba recostado en su asiento de piloto, con el mentón en el pecho, respirando uniformemente. Pero tenía puestos los audífonos, y su mano izquierda había apretado el receptor del intercomunicador. Carpatia estaba hablando en tono bajo, pensando que escondía sus secretos de la tripulación.

—Estaba tan excitado y tan lleno de ideas —decía el Potentado—, que no pude quedarme sentado. Espero no tener una magulladura. Todos sus lacayos rugieron de risa.

Nada más divertido que el chiste del jefe —pensó Raimundo.

—Tenemos tanto de qué hablar, tanto que hacer —continuó Carpatia—. Cuando nuestros compatriotas se nos reúnan en Bagdad, nos pondremos a trabajar de inmediato.

La destrucción del aeropuerto de San Francisco y gran parte de la zona de la Bahía, ya había llegado a las noticias. Raimundo vio el miedo en los ojos de McCullum. Quizás el hombre se hubiera sentido más confiado si hubiera sabido que su jefe, Nicolás Carpatia tendría casi absolutamente todo bajo su control, por los próximos años.

Súbitamente Raimundo oyó la voz inequívoca de León Fortunato.

—Potestad —susurró— necesitaremos reemplazos para Hernández, Halliday y su prometida, ¿no cree?

Raimundo se enderezó en el asiento. ¿Era posible? ¿Ya había eliminado a estos tres, y por qué Patty Durán? Se sentía responsable de que su ex jefe de asistentes de vuelo estuviera ahora, no sólo empleada por Carpatia, sino que también fuera su amante y la futura madre de su hijo. Así que, ¿no iba a casarse con ella? ¿No quería ese hijo? Él había presentado una buena fachada ante Raimundo y Amanda cuando Patty anunció la noticia.

Carpatia se rió. —Por favor, no ponga a la señora Durán en la misma categoría que nuestros difuntos amigos. Hernández era desechable. Halliday fue una necesidad transitoria. Reemplacemos a Hernández y no nos preocupemos por reemplazar a Halliday. Él sirvió un propósito. La única razón por la que le pedía que reemplazara a Patty es que el trabajo la ha superado. Yo sabía que sus habilidades de secretaria eran sospechosas cuando la traje. Necesitaba una asistente y por supuesto que la quería a ella. Pero usaré la disculpa de su embarazo para sacarla de la oficina.

—¿Quiere que yo maneje esto por usted? —dijo Fortunato.

—Yo mismo se lo diré, si eso es lo que usted quiere decir —dijo Carpatia—. Me gustaría que se encargara de buscar nuevo personal secretarial.

Raimundo luchó por componerse. Él no quería delatar nada a McCullum. Nunca nadie podría saber que Raimundo podía escuchar esas conversaciones. Pero ahora estaba oyendo cosas que nunca quiso saber. Quizá había cierta ventaja en saberlas y tal vez pudiera servir al Comando Tribulación. Pero la vida se había abaratado tanto, que en cuestión de horas, había perdido a un recién conocido, Hernández, y a un querido viejo mentor y amigo, Eulalio Halliday. Le había prometido a Eulalio que se comunicaría con su esposa si algo le pasaba a él. No le agradaba la idea de tener que hacerlo.

Raimundo cerró el intercomunicador. Accionó la palanca que le permitía hablar a su primer oficial directamente por los audífonos.

—Pienso que *me tomaré* un descanso en mi camarote —dijo.

Mc Cullum asintió con la cabeza, y Raimundo salió de la cabina de pilotaje y se fue a su camarote, que estaba aun más lujosamente arreglado que el anterior en el ahora destruido *Comunidad Mundial Uno*. Se quitó los zapatos y se estiró de espaldas en la cama. Pensó en Eulalio. Pensó en Amanda. Pensó en Cloé y Camilo. Y se preocupó. Y todo había empezado con la pérdida de Bruno. Raimundo se puso de costado y enterró la cara en las manos y lloró. ¿Cuántos más de lo que le eran cercanos podía perder tan sólo hoy?

El Range Rover estaba encajado entre el tronco y las ramas más bajas de un árbol grande y el contrafuerte de concreto. —¡Apaga esas luces, querida! —dijo Camilo—. No atraigamos la atención a nosotros ahora.

Las ruedas estaban apretadas contra el muro, y Camilo se asombró de que el árbol pudiera sostener el peso. Camilo tuvo que treparse al árbol para mirar por la ventanilla del conductor.

—¿Puedes llegar al encendido? —preguntó.

—Sí, tuve que apagar el motor porque las ruedas estaban girando contra el muro.

—Sólo da media vuelta a la llave y baja la ventanilla para poder ayudarte.

Cloé parecía estar colgando del cinturón de seguridad. —No estoy segura de poder llegar al botón de la ventanilla de ese lado.

—¿No puedes soltar el cinturón de seguridad sin hacerte daño?

—Trataré, Camilo, pero me duele todo. No estoy segura de lo que está quebrado y lo que está bien.

Pero Cloé estaba tan desesperadamente enredada en el cinturón que todo lo que pudo hacer fue girar su cuerpo y girar a medias la palanca del arranque. Se empujó con su mano derecha para llegar al botón de la ventanilla. Cuando se abrió la ventanilla, Camilo metió sus dos manos para tratar de sostenerla.

—Estaba tan preocupado por ti —dijo.

—Yo también estaba preocupada por mí —dijo Cloé—. Creo que recibí todo el daño en el lado izquierdo. Creo que tengo quebrado el tobillo, la muñeca está lastimada y me duele la rodilla y el hombro izquierdo.

—Lógico, por lo que se ve —dijo Camilo—. ¿Te duele si te sujeto de este modo, para que puedas pasar tu pie bueno por la ventanilla del lado del pasajero?

Camilo estaba al lado del Range Rover casi vertical y se agachó para poner su antebrazo bajo el brazo derecho de Cloé, y tomó por atrás el cinturón de seguridad con su otra mano. Tiró mientras ella apretaba el botón del cinturón de seguridad. Era menuda, pero al no haber una base ni forma de poder afirmarse, todo lo que Camilo hizo fue para evitar dejarla caer. Ella sacó sus pies desde abajo del panel de instrumentos y se paró con cautela. Sus pies se apoyaban sobre la puerta del lado del pasajero y su cabeza estaba ahora cerca del volante.

—¿No estás sangrando en alguna parte?

—No lo creo.

—Espero que no estés sangrando internamente.

—Camilo, estoy segura de que ya me hubiera muerto hace rato si hubiera estado sangrando por dentro.

—¿Así que, básicamente estás bien si es que puedo sacarte de ahí?

—Realmente quiero salir de aquí, Camilo. ¿Podemos abrir esa puerta y puedes ayudarme a subir?

—Primero tengo una pregunta que hacerte. ¿Es así como va a ser nuestra vida de casados? Voy a comprar vehículos caros y tú los vas a destruir en el primer día?

—En una situación normal eso sería cómico...

—Lo siento.

Camilo dijo a Cloé que usara su pie bueno como base, y su brazo bueno para empujar cuando él abriera la puerta. La base de la puerta raspó el contrafuerte y Camilo se asombró de ver cuán poco daño, relativamente hablando, había en el vehículo, por lo que podía ver con la poca luz disponible.

—Debiera haber una linterna en la guantera —dijo él.

Cloé se la pasó. Él miró todo el vehículo. Los neumáticos aún estaban bien. Había cierto daño en la parrilla delantera pero nada de importancia. Apagó la linterna y la metió en su bolsillo. Con muchos quejidos y gemidos Cloé salió del vehículo con la ayuda de Camilo.

Mientras estaban sentados en el lado del conductor, Camilo sintió que la pesada máquina se movía de su precaria posición.

—Tenemos que bajarte de aquí —dijo.

—Déjame ver esa linterna por un segundo —dijo Cloé—. Ella la encendió iluminando por encima de ella, —Sería más fácil subir dos pies a la parte de arriba del contrafuerte —dijo ella.

—Tienes razón —dijo él— ¿Puedes hacerlo?

—Creo que puedo —dijo ella—. Soy la pequeña maquinaria que pudo.

—¡Dímelo a mí!

Cloé saltó hasta donde pudo alcanzar la parte de arriba del muro con su mano buena, y le pidió a Camilo que la empujara hasta que tuviera la mayor parte de su peso sobre el muro. Cuando se dio el último impulso con su pierna buena, el Range Rover se movió justo lo suficiente para soltarse de las ramas del árbol, terriblemente dobladas. El árbol y el Range Rover temblaron y empezaron a moverse.

—¡Camilo! ¡Apártate de ahí! ¡Te va a aplastar!

Camilo estaba tirado de espaldas sobre el costado del Range Rover que había estado hacia arriba. Ahora estaba girando hacia el contrafuerte, los neumáticos estaban raspando la pared, dejando tremendas marcas en el concreto. Mientras más trataba Camilo de moverse, más rápido giraba el vehículo, y él se dio cuenta de que tenía que alejarse de ese muro para sobrevivir. Tomó la parrilla del equipaje que se le venía encima y se impulsó para quedar sobre el techo del Range Rover. Las ramas se soltaron de debajo del vehículo y lo golpearon en la cabeza, raspando su oreja. Mientras más se movía el jeep, más parecía querer moverse, y eso era una buena noticia para Camilo, siempre que pudiera evitar la caída. Primero se movió el vehículo, luego se movió el árbol, entonces pareció que ambos se ajustaban de inmediato. Camilo supuso que el Range Rover, una vez libre de la presión de las ramas, tenía unos pocos metros para caer al suelo. Él sólo esperaba que aterrizara derecho. No fue así.

El pesado vehículo, con sus ruedas izquierdas apretadas contra el concreto y varias ramas sumamente arqueadas empujándolo desde el lado derecho, empezó a deslizarse hacia la derecha. Camilo enterró la cabeza en sus manos para evitar los arañazos de las ramas al ir soltándose de ellas el Range Rover. Casi lo tiraron de nuevo contra el muro. Una vez que el Range Rover estuvo libre de la presión de las ramas, se bandeó sobre sus ruedas laterales de la derecha y casi se fue abajo. Si se hubiera dado vuelta hacia ese lado lo habría aplastado contra el árbol. Pero tan pronto como las ruedas tocaron el suelo, todo el auto rebotó y se cayó y las ruedas de la izquierda aterrizaron, separadas del concreto. El impulso que llevaba hizo que el lado izquierdo del vehículo se azotara contra el concreto, y por fin, se quedó quieto. Ahora había menos de una pulgada separando el vehículo del muro, pero ahí estaba sobre terreno disparejo. Ramas quebradas colgaban por encima. Camilo usó la linterna para iluminar el herido vehículo. Salvo por el daño de la parrilla delantera y de los arañazos en ambos costados, uno por el concreto y el otro por las ramas, el vehículo no se veía tan mal como para no usarlo.

Camilo no tenía idea de cómo volver a instalar la bolsa de aire, así que decidió cortarla y preocuparse después de eso, si es que podía hacer que el Range Rover arrancara. Le dolía el costado y estaba seguro de haberse quebrado una costilla cuando el Rover al fin había chocado con el suelo. Bajó con cautela y se quedó parado debajo del árbol, con las ramas que ahora le impedían ver a Cloé.

—¿Camilo? ¿Estás bien?

—Quédate donde estás, Cloé. Voy a probar algo.

Camilo subió por el lado del pasajero, se puso al volante, se aseguró el cinturón de seguridad, e hizo arrancar el motor. Sonaba perfecto. Observó cuidadosamente los indicadores para cerciorarse de que nada estuviera vacío, seco o recalentado. El Rover estaba en automático y con tracción en las cuatro ruedas. Cuando trató de ir adelante le pareció que estaba atascado en un surco. Cambió rápidamente a manual y a tracción en todas las ruedas, aceleró el motor, y tocó el embrague. En segundos quedó libre del árbol y sobre la arena. Dio una brusca vuelta a la derecha y retrocedió hasta llegar cerca de la barandilla que separaba la arena de la vía del Lago. Manejó como un cuarto de milla hasta que halló un lugar por donde cruzar la barandilla y dar la vuelta. Se dirigió de regreso hacia el paso a nivel donde estaba Cloé, apoyándose en un pie y sujetando su muñeca izquierda con la otra mano. Para Camilo, nunca había lucido mejor.

Se acercó hasta ella, y corrió para ayudarla a subir al automóvil. Aseguró el cinturón y estaba en el teléfono antes de volver al jeep.

—¿Loreta? Cloé está a salvo. Está un poco golpeada y quisiera que la examinaran lo más pronto posible. Si pudieras llamar y encontrar algún médico de la iglesia que no haya sido obligado a rendir servicio, te lo agradecería.

Camilo trató de manejar con cuidado para no agudizar el dolor de Cloé. Sin embargo, él conocía el camino más corto a casa. Cuando llegó a la gran barrera de la avenida Michigan y la vía del Lago, se puso a la izquierda y pasó por el terraplén que anteriormente había cruzado caminando. Vio el ahora difunto automóvil de Verna, e ignoró las señas y advertencias de los policías con quienes había hablado no hacía mucho. Aceleró por la vía del Lago, esquivó las barreras de Sheridan, siguió las instrucciones de Cloé para ir a Dempster y pronto estaban de vuelta en los suburbios del noroeste.

Loreta y Verna estaban mirando desde la ventana cuando él se detuvo en la entrada de automóviles. Sólo entonces se golpeó la cabeza y recordó. Saltó del automóvil y corrió a la parte de atrás. Tomando torpemente las llaves, logró abrir la puerta trasera y encontró los escritos de Bruno, todos desparramados. La computadora también estaba allí, junto con los teléfonos que Cloé había comprado.

—Cloé —dijo y ella se dio vuelta con cautela—, tan pronto como te dejemos adentro, es mejor que yo le regrese la llamada a Carpatia.

Raimundo estaba de vuelta en la cabina de pilotaje. Al avanzar la noche la cabina de pasajeros se fue poniendo más y más silenciosa. La conversación degeneró en comentarios aislados. Los dignatarios fueron bien alimentados por la tripulación, y Raimundo tuvo la impresión de que estaban preparándose para el largo trayecto.

Raimundo despertó sobresaltado y se dio cuenta de que su dedo se había deslizado del botón del intercomunicador. Lo volvió a apretar sin oír nada aún. De todos modos ya había oído más de lo que quería oír. Decidió estirar las piernas.

Al pasar por la cabina principal para ir a mirar uno de los televisores que estaban en la cola del avión, todos lo ignoraron excepto Carpatia. Algunos dormitaban y otros eran atendidos por la tripulación de vuelo, que estaba retirando bandejas y buscando almohadas y frazadas.

Carpatia saludó con la cabeza y sonrió e hizo señas a Raimundo.

¿Cómo puede él hacer eso? —se preguntó Raimundo—. *Bruno dijo que el anticristo no sería poseído por el mismo Satanás sino hacia la mitad de la Tribulación, pero este hombre, de veras, es la encarnación misma del mal.*

Raimundo no podía dejar que se supiera que él conocía la verdad, a pesar del hecho de que Carpatia estuviera muy consciente de sus creencias cristianas. Raimundo sólo saludó con la cabeza y siguió caminando. En la televisión vio los informes de todo el mundo. La Escritura había cobrado vida. Este era el caballo rojo del Apocalipsis. Luego habría más muerte por hambre y plagas, hasta que fuera eliminada una cuarta parte de la población de la Tierra que quedó después del Arrebatamiento. Su teléfono celular universal vibró en su bolsillo. Pocas personas fuera de ese avión sabían ese número. *Gracias a Dios por la tecnología,* —pensó—. No quería que nadie lo oyera. Se hundió más en la cola del avión y se quedó de pie al lado de una ventanilla. La noche era tan negra como el alma de Carpatia.

—Este es Raimundo Steele —dijo.

—¿Papito?

—¡Cloé! ¡Gracias a Dios! Cloé ¿estás bien?

—Tuve un pequeño accidente automovilístico, papá. Sólo quería que supieras que salvaste mi vida de nuevo.

—¿Qué quieres decir?

—Recibí ese mensaje que dejaste en el Drake —dijo ella—. Si me hubiera dado el tiempo para ir a nuestro cuarto, probablemente no estaría aquí.

—¿Y Camilo está bien?

—También. Se ha demorado en devolver una llamada a tú sabes quién, así que está tratando de hacerlo ahora mismo.

Raimundo se apresuró en volver a la cabina de pilotaje, tratando de no parecer apurado. Al pasar al lado de Fortunato, León estaba pasándole un teléfono a Carpatia.

—Williams desde Chicago —decía—. Ya era hora.

Carpatia hizo una mueca como si sintiera que León estaba reaccionando exageradamente. Al llegar Raimundo a la cabina oyó que Carpatia exclamaba. —Camilo, ¡amigo mío! He estado preocupado por ti.

Raimundo se sentó rápidamente y se puso los audífonos. McCullum lo miró expectante, pero Raimundo lo ignoró y cerró los ojos, apretando el botón secreto.

—Tengo curiosidad por la cobertura de noticias —estaba diciendo Carpatia—. ¿Qué está pasando allá en Chicago? Sí, sí, devastación. Entiendo, sí. Sí, una tragedia.

Qué sucio —pensó Raimundo.

—Camilo —decía Carpatia—, ¿sería posible que venga a Nueva Babilonia en los próximos días? Ah, entiendo, ¿Israel? Sí, veo lo sabio de eso. Las así llamadas tierras santas quedaron nuevamente a salvo, ¿no? Me gustaría una cobertura compuesta de las reuniones de alto nivel de Bagdad y Nueva Babilonia. Me gustaría que lo escribiera usted, pero Esteban Plank, su viejo amigo, puede manejar el asunto. Usted y él pueden trabajar juntos para ver que se realice una cobertura apropiada en todos nuestros medios impresos.

Raimundo estaría ansioso de hablar con Camilo. Admiraba la astucia y la habilidad de su yerno para establecer su propia agenda, y hasta declinar graciosamente las órdenes sugeridas de Carpatia. Raimundo se preguntaba por cuánto tiempo Carpatia toleraría eso. Por ahora, aparentaba respetar bastante a Camilo y permanecía —pensó Raimundo—, aún ignorante de las verdaderas lealtades de Camilo.

—Bueno —decía Carpatia— por supuesto que estoy dolido. Entonces, se mantendrá en contacto y yo tendré noticias suyas desde Israel.

Seis

Camilo se sentó a la mesa a la hora del desayuno, con ojos enrojecidos, con ruido en los oídos y dolor en las costillas. Sólo él y Loreta estaban levantados. Ella iba a la oficina de la iglesia luego de haberle asegurado que no tendrían que ocuparse de los arreglos para el cadáver de Bruno ni del servicio fúnebre, que sería parte del servicio matutino del domingo. Verna Zee estaba durmiendo en un pequeño dormitorio en el sótano.

—Me siento tan bien teniendo gente de nuevo en este lugar —dijo Loreta—. Todos ustedes pueden quedarse mientras lo necesiten, o quieran.

—Estamos muy agradecidos —dijo Camilo—. Amanda puede dormir hasta el mediodía, pero entonces se dedicará de inmediato a las diligencias con la oficina de la morgue. Cloé no durmió mucho con ese yeso en el tobillo. Ahora está como muerta para el mundo, así que espero que duerma mucho.

Camilo había usado la mesa del comedor para poner en orden nuevamente todas las páginas de los escritos de Bruno, que se habían desparramado en la parte trasera del Range Rover. Él tenía por delante un enorme trabajo, al verificar el texto y determinar lo que sería mejor reproducir y distribuir. Puso los montones de hojas a un lado, y colocó en fila los cinco teléfonos celulares universales de lujo que Cloé había comprado. Afortunadamente estaban envueltos en espuma de goma y habían sobrevivido al accidente.

Él le había dicho que no tuviese temor en gastar el dinero necesario, y de cierto, ella así lo había hecho. Ni siquiera quería calcular el precio total, pero estos teléfonos tenían de todo, incluso la capacidad de recibir llamadas en cualquier parte del mundo, debido a que tenían insertada una célula de comunicación vía satélite.

Después que Loreta se fue a la iglesia, Camilo buscó baterías, luego aprendió rápidamente lo básico del manual de instrucciones e intentó su primera llamada telefónica. Por primera vez estaba contento de haber sido siempre maníaco por conservar viejos números telefónicos. En el fondo de su billetera estaba precisamente el que necesitaba. Ken Ritz, un ex piloto de aviones comerciales y ahora dueño de su propio servicio de arriendo de aviones a retropropulsión, que había sacado de apuros a Camilo en el pasado. Él era quien había llevado a Camilo desde una diminuta pista de Waukegan, Illinois, a Nueva York el día después de las desapariciones.

—Sé que está ocupado, señor Ritz, y que, probablemente, no necesite que yo le arriende —empezó Camilo—, pero también sabe que tengo a mi disposición una cuenta de gastos grande y gorda, y puedo pagar más que cualquier otro.

—Estoy limitado a un jet —respondió Ritz—. Está en Palwaukee, y en este momento, él y yo estamos disponibles. Estoy cobrando dos dólares por milla y mil dólares por cada día que tenga que estar en tierra. ¿Dónde quiere ir?

—Israel —contestó Camilo— Y tengo que estar de regreso aquí a más tardar el sábado por la noche.

—El viaje afecta mucho por estar viajando contra el reloj. Crea una reacción negativa en el ánimo —explicó Ritz—. Es mejor volar para allá temprano en la noche y aterrizar al día siguiente. Encuéntrese conmigo en Palwaukee a las siete y cerraremos el trato.

Raimundo se había quedado dormido por fin, roncando por varias horas según McCullum.

Como a una hora de Bagdad, León Fortunato entró a la cabina y se arrodilló cerca de Raimundo.

—No estamos totalmente seguros de la seguridad de Nueva Babilonia —dijo—. Nadie espera que aterricemos en Bagdad. Mantengámonos en contacto con la torre de Nueva Babilonia en que vamos hacia allá en vuelo directo. Cuando recojamos nuestros otros tres embajadores, podemos quedarnos en tierra por unas pocas horas hasta que nuestras fuerzas de seguridad hayan tenido oportunidad de asegurar Nueva Babilonia.

—¿Afectará eso sus reuniones? —preguntó Raimundo, tratando de parecer casual.

—No veo cómo eso le pueda concernir a usted de una u otra manera. Podemos reunirnos fácilmente en el avión mientras se recarga combustible. Usted puede mantener funcionando el aire acondicionado, ¿correcto?

—Por supuesto —dijo Raimundo, tratando de pensar rápido—, sólo que todavía hay mucho que tengo que aprender de este avión. Me quedaré en la cabina o en mi camarote y me mantendré alejado de ustedes.

—Procure hacerlo.

Camilo habló con Dany Moore, quien le contó que había encontrado unas oportunidades increíbles en piezas individuales, y que estaba armando él mismo las computadoras portátiles de cinco mega.

—Eso le ahorrará algo de dinero —dijo— Sólo un poquito más de veinte mil por cada una, calculo.

—¿Puedo tenerlas cuando regrese de un viaje, el domingo?

—Garantizado, señor.

Camilo dio su nuevo número de teléfono celular universal a gente clave del *Semanario de la Comunidad Mundial* y les pidió que lo mantuvieran confidencial, salvo de Carpatia, Plank y Rosenzweig. Camilo empacó cuidadosamente su gran saco de cuero y pasó el resto del día trabajando en los escritos de Bruno y tratando de hablar con Rosenzweig. Parecía que el viejo había tratado decirle, no con muchas palabras, que él sabía que el doctor Ben Judá estaba vivo y a salvo en alguna parte. Él sólo esperaba que Rosenzweig hubiera seguido su consejo y estuviera manteniendo a Carpatia fuera de la película. Camilo no tenía idea de dónde podría esconderse Zión Ben-Judá. Pero si Rosenzweig lo sabía, Camilo quería hablar con él antes que él y Ken Ritz aterrizaran en el aeropuerto Ben Gurión.

¿Cuánto tiempo más pasará —se preguntó—, antes de que él y sus seres queridos tengan que esconderse en el refugio debajo de la iglesia?

La seguridad era impresionante en Bagdad. Raimundo había recibido instrucciones de no comunicarse con la torre de control para evitar que un avión enemigo supiera dónde estaban. Raimundo estaba convencido de que los ataques de contragolpe de las fuerzas de la Comunidad Mundial en Londres y El Cairo, para no mencionar América del Norte, hubieran debido mantener a todos alejados de Irak salvo a los suicidas. Sin embargo, hizo lo que le dijeron.

León Fortunato se comunicó por teléfono con ambas torres, la de Bagdad y Nueva Babilonia. Raimundo telefonó por anticipado para cerciorarse de que había un lugar dentro de la terminal en que él y McCullum pudieran estirar las piernas y relajarse. A pesar de sus años de vuelo, había ciertos momentos en que hasta él se ponía claustrofóbico a bordo de un avión.

Un numeroso grupo de soldados de la Comunidad Mundial fuertemente armados rodeó al avión en cuanto rodó lentamente hasta detenerse en el extremo más seguro de la terminal de Bagdad. Los seis tripulantes del vuelo fueron los primeros en descender. Fortunato esperó hasta que Raimundo y McCullum terminaran de hacer su chequeo posterior al vuelo. Luego salió con ellos.

—Capitán Steele —dijo—, yo traeré a los otros tres embajadores a bordo antes de una hora.

—¿Y cuándo quisieran salir para Nueva Babilonia?

—Probablemente no por otras cuatro horas o algo así.

—Las reglas internacionales de aviación me prohíben volver a volar de nuevo hasta que pasen veinticuatro horas.

—Tonterías —dijo Fortunato—, ¿cómo se siente?

—Agotado.

—Sin embargo, usted es el único calificado para hacer volar este avión, y lo piloteará cuando le digamos que lo haga volar.

—¿Así que las reglas internacionales se tiran por la ventana?

—Steele, usted sabe que las reglas internacionales relacionadas con todo, están hechas carne en el hombre sentado en este avión. Cuando él quiere ir a Nueva Babilonia, usted lo lleva a Nueva Babilonia. ¿Entendido?

—¿Y si rehúso?

—No sea necio.

—Déjeme recordarle, León, que una vez que haya descansado un poco, quiero volver a ese avión a familiarizarme con sus detalles.

—Sí, sí, lo sé. Sólo no se acerque a nosotros. Y le agradecería si usted me trata de señor Fortunato.

—Eso significa mucho para usted, ¿cierto, León?

—No me presione, Steele.

Al entrar a la terminal, Raimundo dijo:

—Como yo soy el único que puede pilotear este avión, le agradecería que me trate de capitán Steele.

Avanzada aquella tarde, según la hora de Chicago, Camilo dejó la fascinante lectura de los escritos de Bruno Barnes, y finalmente, se comunicó con Jaime Rosenzweig.

—¡Camilo! Finalmente he hablado directamente con nuestro mutuo amigo. No mencionemos su nombre por teléfono. No habló mucho tiempo conmigo, pero sonaba tan vacío y hueco que me conmovió hasta el fondo del alma. Fue un mensaje raro, Camilo. Dijo sencillamente que tú sabrías con quien hablar sobre su paradero.

—¿Qué *yo* sabría?

—Eso es lo que dijo, Camilo. Que tú sabrías. ¿Supones que quiso decir NC?

—¡No! ¡No! Jaime, todavía estoy rogando que lo dejes fuera de esto.

—¡Lo hago, Camilo, pero no es fácil! ¿Quién puede interceder mejor por la vida de mi amigo? Estoy muy preocupado porque le pudiera suceder lo peor, y yo me sentiría responsable.

—Yo voy para allá. ¿Puede conseguirme un automóvil?

—El automóvil de nuestro mutuo amigo y su chofer están disponibles, pero ¿podré confiar en él?

—¿Piensa que él tuvo algo que ver con el problema?

—Pensaría que tuvo más que ver con poner a salvo a nuestro amigo.

—Entonces es probable que corra peligro —concluyó Camilo.

—¡Oh, espero que no! —exclamó Rosenzweig—. De todos modos, yo mismo iré a recogerte al aeropuerto. De alguna forma te llevaremos adonde tengas que ir. ¿Puedo reservarte una habitación en alguna parte?

—Usted sabe dónde me quedo siempre —dijo Camilo—, pero pienso que esta vez es mejor que me quede en otra parte.

—Muy bien, Camilo. Hay un lindo hotel a la misma distancia en automóvil del que acostumbras, y allá me conocen.

Raimundo se estiró y se quedó de pie mirando la transmisión televisiva de la Red de Noticias por Cable/Red de la Comunidad

Mundial, originada en Atlanta y transmitida por todo el mundo. Era claro que Carpatia había hecho su voluntad por completo, y había impuesto su perspectiva y ángulo sobre los directores de las noticias, en cada área. Aunque las historias mostraban cuadros horrorosos de la guerra, el derramamiento de sangre, las heridas y la muerte, cada una también hablaba en forma brillante de la acción rápida y determinante de la Potestad para responder a la crisis y aplastar la rebelión. Las reservas de agua habían sido contaminadas, la electricidad estaba cortada en muchas zonas, millones de personas se quedaron sin casa en un instante.

Raimundo notó actividad afuera en la terminal. Un carro llevando equipo de televisión, con cámara y todo, estaba siendo empujado al Cóndor 216. Pronto la CNN/RCM anunció la inminente transmisión en directo de la Potestad Carpatia desde una localidad desconocida. Raimundo meneó la cabeza y fue a un escritorio que estaba en un rincón, donde encontró papel de cartas de una aerolínea del Oriente Medio y empezó a redactar una carta a la esposa de Eulalio Halliday.

La lógica le decía a Raimundo que él no debía sentirse responsable. Evidentemente Halliday había estado cooperando con Carpatia y con su gente en el Cóndor 216 desde mucho antes de que Raimundo siquiera tomara conciencia de ello. Sin embargo, no habría forma en que la señora Halliday supiera o entendiera nada salvo que parecía que Raimundo había conducido a su viejo amigo y jefe directamente a su muerte. Raimundo ni siquiera sabía todavía cómo habían matado a Eulalio. Quizá perecieron todos los de su vuelo con destino a Glenview. Todo lo que sabía es que la obra estaba hecha y que Eulalio Halliday ya no existía. Mientras estaba sentado tratando de redactar una carta con palabras que nunca serían las más apropiadas, sintió una inmensa nube oscura de depresión que empezaba a venir sobre él. Echó de menos a su esposa. Echó de menos a su hija. Se dolió por su pastor. Se dolió por la pérdida de amigos y conocidos, nuevos y viejos. ¿Cómo se había llegado a esto?

Raimundo sabía que él no era responsable de lo que Nicolás Carpatia dictaminaba contra sus enemigos. El juicio de la tierra, terrible y tenebroso, realizado por este hombre maligno, no se detendría si Raimundo sencillamente dejaba su trabajo. Cientos de pilotos podían hacer que este avión volara. Él mismo había aprendido en media hora. Él no necesitaba el trabajo, no quería el trabajo, no pidió el trabajo. De alguna manera sabía que Dios lo había puesto allí. ¿Para qué? ¿Este sorprendente micrófono instalado por Eulalio Halliday en el sistema de intercomunicación, era un regalo directo de Dios, que le permitía a Raimundo proteger de alguna forma a unos pocos de la ira de Carpatia?

Ya creía que había salvado a su hija y yerno de una muerte segura en los bombardeos de Chicago, y ahora, al mirar los informes de la televisión procedentes de la Costa Oeste de los Estados Unidos, deseaba que hubiera algo que él hubiese podido hacer para advertir a la gente de San Francisco y Los Ángeles sobre su inminente juicio. Estaba peleando una batalla cuesta arriba, y en sí mismo no tenía la fuerza para luchar.

Terminó la breve nota de pésame para la señora Halliday, reclinó la cabeza sobre sus brazos apoyados en el escritorio, sintió un nudo en su garganta, pero fue incapaz de llorar. Sabía que podía llorar las veinticuatro horas del día desde ahora hasta el final de la Tribulación, cuando su pastor había prometido que Cristo regresaría otra vez en lo que Bruno había llamado "la Manifestación Gloriosa". ¡Cuánto anhelaba ese día! ¿Sobrevivirían él o sus seres queridos para verlo, o serían "mártires de la Tribulación", como había sido Bruno? En momentos así, Raimundo deseaba que una muerte rápida y sin dolor lo llevara directamente al cielo a estar con Cristo. Era egoísta, lo sabía. En realidad, él no quería dejar a esos que amaba y que le amaban, pero era insoportable pensar en tener que resistir cinco años más de esto.

Y ahora llegó un breve discurso de Nicolás Carpatia, la Potestad de la Comunidad Mundial. Raimundo sabía que estaba sentado a doscientos pies del hombre, sin embargo, lo miraba por televisión como hacían millones en todo el planeta.

Era casi hora de que Camilo partiera para el aeropuerto de Palwaukee. Verna Zee estaba de vuelta en la oficina del *Semanario de la Comunidad Mundial* con el auto nuevo (para ella) pero usado, que Camilo le había prometido comprarle de la flota de sobrantes de la Nueva Esperanza. Loreta estaba en la oficina de la iglesia recibiendo las constantes llamadas telefónicas sobre el servicio fúnebre del domingo. Cloé andaba cojeando, con la ayuda de un bastón, necesitando muletas pero incapaz de usarlas por causa de la muñeca quebrada que tenía en cabestrillo. Eso dejaba a Amanda para llevar a Camilo al aeropuerto.

—Yo quiero ir también —dijo Cloé.

—¿Estás segura de que estás bien para ir, querida? —preguntó Camilo.

La voz de Cloé temblaba. —Camilo, detesto decirlo pero en este día y época nunca sabemos cuándo podremos volver a vernos.

—Estás un poquito sensible, ¿no crees? —preguntó él.

—¡Camilo! —Amanda lo regañó—. Ahora debes atender a sus sentimientos. Yo tuve que despedir a mi marido con un beso, frente al anticristo. ¿Piensas que eso me da confianza sobre si *lo* volveré a ver otra vez?

Camilo recibió la disciplina apropiada. —Vamos —dijo. Salió trotando hacia el Range Rover y tiró su bolsa en la parte trasera, regresando rápidamente para ayudar a Cloé a subir al vehículo. Amanda se instaló en el asiento trasero para regresar después a Cloé a casa.

Camilo se asombró de que el televisor instalado hubiera sobrevivido el choque de Cloé. No estaba en posición para verlo pero oía mientras Amanda y Cloé miraban. Nicolás Carpatia, con su acostumbrada manera de extrema humildad, estaba diciendo: "No se equivoquen, hermanos y hermanas míos, habrá muchos días tenebrosos por delante. Se necesitarán tremendos recursos para empezar el proceso de reconstrucción pero, debido a la generosidad de las siete regiones leales, y con el apoyo de los ciudadanos de las otras tres zonas que fueron leales a la Comunidad Mundial, y no a los insurrectos, estamos reuniendo el fondo de socorro más grande de la historia de la humanidad. Este será administrado desde Nueva Babilonia y las oficinas centrales de la Comunidad Global bajo mi supervisión personal, para las naciones necesitadas. Con el caos que ha resultado de esta rebelión sumamente siniestra e imprudente, los esfuerzos locales para reconstruir y cuidar a los desplazados serán probablemente distorsionados por los saqueadores y oportunistas. El esfuerzo de socorro realizado bajo los auspicios de la Comunidad Mundial será manejado en forma rápida y generosa, lo que permitirá que regresen a sus prósperos niveles de vida tantos miembros leales de la Comunidad Mundial, como sea posible.

»Sigan resistiendo a los negativos e insurrectos. Continúen apoyando a la Comunidad Mundial. Y recuerden que aunque yo no busqué este puesto, lo acepto con seriedad y determinación para vaciar mi vida al servicio de la hermandad de la humanidad.

Agradezco el apoyo de ustedes al ponernos sacrificadamente uno al lado del otro, y sacarnos de este embrollo, colocándonos en un plano más elevado que nunca se podría alcanzar sin la ayuda del prójimo".

Camilo meneó su cabeza. —De veras les dice lo que quieren oír, ¿no?

Cloé y Amanda permanecieron en silencio.

Raimundo dijo al primer oficial McCullum que se quedara en el área, y estuviera listo para partir hacia Nueva Babilonia cuando se los pidieran. Calculó que aún pasarían varias horas. —Pero, al menos, esté disponible, —lo instruyó.

Cuando Raimundo subió al avión, supuestamente para familiarizarse mejor con todos los nuevos detalles mínimos, fue primero al camarote del piloto, notando que Carpatia y sus ayudantes estaban meramente saludándose y charlando con los siete embajadores leales de la Comunidad Mundial.

Cuando Raimundo salió de su camarote hacia la cabina, notó que Fortunato miró y le susurró algo a Carpatia. Carpatia concordó y toda la reunión se fue atrás, a un compartimiento en el medio del avión.

—De todos modos, esto será más cómodo —decía Carpatia—. Hay una linda mesa de conferencias ahí dentro.

Raimundo cerró la puerta de la cabina y le puso llave. Sacó las listas de chequeo antes y después del vuelo, y las puso en un tablero junto con otras hojas en blanco, sólo para que se viera bien en caso que alguien golpeara. Se sentó en su asiento, se puso los audífonos y apretó el botón del intercomunicador.

El embajador del Oriente Medio estaba hablando. —El doctor Rosenzweig le manda sus saludos más leales y de todo corazón a usted, Potentado. Hay un asunto personal urgente que él quiere que yo le cuente.

—¿Es confidencial? —preguntó Carpatia.

—No lo creo, señor. Se refiere al rabino Zión Ben-Judá.

—¿El profesor que ha estado creando tanto furor con su polémico mensaje?

—El mismo —afirmó el embajador del Oriente Medio. —Evidentemente su esposa y dos hijastros fueron asesinados por fanáticos, y el mismo doctor Ben-Judá está oculto en alguna parte.

—No debió haber esperado nada mejor —comentó Nicolás.

Raimundo se estremeció como siempre lo hacía cuando la voz de Carpatia se ponía grave.

—No podría estar más de acuerdo con usted, Potestad —añadió el embajador—. No puedo creer que esos fanáticos lo dejaran escaparse de entre sus dedos.

—Así, pues, ¿qué quiere el doctor Rosenzweig de mí?

—Él quiere que usted interceda por Ben-Judá.

—¿Con quién?

—Supongo que con los fanáticos —aventuró el embajador, rompiendo a reír.

Raimundo reconoció asimismo la risa de Carpatia, y pronto se les unieron los demás.

—Está bien, caballeros, cálmense —ordenó Carpatia. Quizá lo que debiera hacer es acceder al pedido de Rosenzweig y hablar directamente con el jefe de la facción celota. Le daría mi plena bendición y apoyo y quizá hasta le puedo proveer de tecnología que le ayudara a encontrar su presa y eliminarla con prontitud.

El embajador respondió. —En serio, Potestad, ¿cómo debo contestar al doctor Rosenzweig?

—Demórelo un poco. Póngase difícil de hallar. Luego dígale que no ha encontrado el momento apropiado para plantearme el asunto. Después de un tiempo prudencial, dígale que yo he estado demasiado ocupado para ocuparme de eso. Finalmente, puede decirle que he optado por permanecer neutral en el asunto.

—Muy bien, señor.

Pero Carpatia no era neutral. Él sólo había empezado a entibiar el tema. Raimundo oyó el crujido de un sillón de cuero, e imaginó a Carpatia inclinándose hacia el frente para hablar fervorosamente a su cuadro de secuaces internacionales.

—Pero déjenme decirles esto, caballeros. Una persona como el doctor Ben-Judá es mucho más peligrosa para nuestra causa que un viejo tonto como Rosenzweig. Rosenzweig es un científico brillante, pero no es entendido en las cosas del mundo. Ben-Judá es más que un erudito brillante. Él tiene la habilidad de dominar a la gente, lo que no sería malo si sirviera nuestra causa. Pero él quiere llenar la mente de sus compatriotas con estas tonterías acerca del Mesías que ya ha vuelto. Cómo puede aún haber alguien insistiendo en entender literalmente la Biblia e interpretar sus profecías bajo esa luz, es algo que se me escapa, pero decenas de miles de convertidos y fieles han brotado en Israel y en todo el mundo debido a su prédica en el Estadio Teddy Kollek, y en otras inmensas campañas. La gente se cree cualquier cosa. Y cuando lo hacen, son peligrosos. El tiempo de Ben-Judá es corto y yo no me interpondré en el camino de su fallecimiento. Ahora, dediquémonos a los negocios.

Raimundo sacó las dos hojas de arriba de su tablero y empezó a tomar notas, mientras Carpatia esbozaba planes inmediatos.

—Debemos actuar rápidamente —estaba diciendo— mientras la gente esté más vulnerable y abierta. Ellos recurrirán a la Comunidad Mundial en busca de socorro y ayuda, y se los daremos. Sin embargo, ellos nos lo darán primero. Teníamos un enorme abastecimiento de ingresos antes de reconstruir Babilonia. Necesitaremos mucho más para realizar nuestro plan de elevar el nivel de los países del Tercer Mundo para que todo el planeta esté a igual nivel. Les digo, caballeros, que estaba tan excitado y tan lleno de ideas la noche pasada que no pude sentarme para el despegue desde San Francisco. Casi fui arrojado a este salón, desde la cabina de pasajeros delantera, cuando tomamos la pista. He aquí lo que estaba pensando:

»Todos ustedes han estado haciendo un trabajo maravilloso en desplazarse hacia obtener una divisa mundial única. Estamos cerca de la sociedad sin dinero en efectivo, lo que sólo puede ayudar a la administración de la Comunidad Mundial. Al regresar a sus respectivas zonas, quisiera que anuncien, simultáneamente, el inicio de un impuesto de diez centavos sobre todas las transferencias electrónicas de dinero. Cuando por fin lleguemos al sistema totalmente sin dinero efectivo, ustedes se imaginarán que toda transacción será electrónica. Yo estimo que esto originará más de un trillón y medio de dólares por año.

»También estoy iniciando un impuesto de un dólar por barril de crudo en el pozo, más un impuesto de diez centavos por galón de gasolina en la bomba de servicio. Mis asesores económicos me dicen que esto podría producir un neto de medio trillón de dólares por año. Ustedes sabían que llegaría el momento de un impuesto para la Comunidad Mundial por el Producto Nacional Bruto (PNB) de cada zona. Ese momento ha llegado. Mientras los insurrectos de Egipto, Gran Bretaña y América del Norte han sido destrozados militarmente, deben también ser disciplinados con un impuesto de cincuenta por ciento de sus PNB. El resto de ustedes pagará treinta por ciento.

»Ahora, no me miren así, caballeros. Ustedes entienden muy bien que todo lo que paguen será devuelto a ustedes en beneficios multiplicados. Estamos construyendo una nueva comunidad mundial. El dolor es parte del proceso. La devastación y la muerte de esta guerra florecerán en una utopía sin igual, que el mundo nunca ha visto. Y ustedes estarán a la vanguardia. Sus países y regiones se beneficiarán, y ustedes personalmente, por sobre todo.

»He aquí lo demás que tengo en mente. Como saben, nuestras fuentes de inteligencia se convencieron rápidamente de que el ataque a Nueva York fue planeado por una milicia norteamericana bajo el liderazgo clandestino del presidente Fitzhugh. Esto sólo confirmó mi primera decisión de despojarlo completamente del poder ejecutivo. Ahora sabemos que fue muerto en nuestro ataque de contragolpe a Washington D.C., que fuimos capaces de depositar efectivamente a los pies de los insurrectos. Aquellos pocos que siguieron leales a él, probablemente se volverán en contra de los rebeldes y verán que fueron unos tontos.

»Como ustedes saben, la segunda reserva más grande de petróleo, solamente inferior a la de Arabia Saudita, fue descubierta en la Bahía Prudhoe, en Alaska. Durante este vacío de liderazgo en América del Norte, la Comunidad Mundial se apropiará de los enormes campos petroleros de Alaska, incluyendo esa enorme reserva. Hace años fue tapada para satisfacer a los ambientalistas; sin embargo, he ordenado que vayan equipos de trabajadores a la región para instalar una serie de cañerías de dieciséis pulgadas que dirijan ese petróleo por Canadá y hacia vías acuáticas, donde se puede llevar en barco hacia los centros internacionales de comercio. Ya tenemos los derechos del petróleo de Arabia Saudita, Kuwait, Irak, Irán y el resto del Oriente Medio. Eso nos da el control de los dos tercios del abastecimiento mundial de petróleo.

»Paulatinamente iremos aumentando el precio del petróleo, lo cual financiará nuestros planes para inyectar servicios sociales en los países subprivilegiados, y hacer que el mundo sea un campo igual para todos. Del petróleo solamente, podremos lucrarnos a una taza de un trillón de dólares por año.

»Pronto voy a nombrar líderes para reemplazar a los tres embajadores de las zonas que se volvieron contra nosotros. Eso completará de nuevo la administración de la Comunidad Global al pleno de diez regiones. Aunque ahora ustedes son conocidos como los embajadores de la Comunidad Mundial, enseguida empezaré a referirme a ustedes como jefes soberanos de sus propios reinos. Cada uno de ustedes seguirá dependiendo directamente de mí. Yo aprobaré sus presupuestos, recibiré sus impuestos y les daré concesiones en bloque. Algunos criticarán esto haciendo parecer que todas las naciones y regiones dependen de la Comunidad Mundial tocante a su ingreso, y asegurando de este modo nuestro control sobre el destino de su gente. Ustedes saben la verdad. Ustedes saben que su lealtad será recompensada, que el mundo será un lugar mejor para vivir, y que nuestro destino es una sociedad utópica basada en la paz y la hermandad.

»Estoy seguro de que todos ustedes concuerdan en que el mundo está más que cansado de una prensa antagonista. Hasta yo, que no tengo intenciones de ganancia personal y ciertamente sólo motivos altruistas para aceptar humilde e involuntariamente el pesado manto de la responsabilidad del liderazgo mundial, he sido atacado y criticado por los editores. La habilidad de la Comunidad Mundial para comprar todos los más grandes medios de comunicación en masa ha eliminado virtualmente eso. Aunque hayamos sido criticados por amenazar la libertad de expresión o la libertad de la prensa, creo que el mundo puede ver que aquellas libertades sin freno condujeron a excesos que ahogaban la habilidad y la creatividad de cualquier líder. Aunque alguna vez hayan sido necesarios, para impedir que malos dictadores se tomaran el poder, cuando no hay nada que criticar, esos editores de oposición resultan anacrónicos".

Raimundo sintió un escalofrío que subía por su columna y casi se dio vuelta, convencido de que alguien estaba parado justo afuera de la puerta de la cabina. Finalmente, el sentimiento se hizo tan avasallador y penetrante que se sacó los audífonos y se paró, inclinándose para mirar por el orificio de la puerta. No había nadie ahí. ¿Era Dios tratando de decirle algo? Se recordó de la misma sensación de miedo que lo había abrumado, cuando Camilo le contó su aterradora historia de estar sentado en una reunión donde Carpatia solo, hipnotizó y lavó el cerebro de cada uno de los que estaban en el salón, salvo Camilo.

Raimundo se volvió a sentar en su sillón y se puso los audífonos. Cuando apretó el botón del intercomunicador, fue como si estuviera oyendo a un nuevo Carpatia. Nicolás hablaba muy suavemente, muy fervientemente, con voz monótona. No había evidencia alguna de la manera tan florida que habitualmente caracterizaban su hablar.

—Quiero decirles algo a todos, y quiero que escuchen muy cuidadosamente y que entiendan por completo. Este mismo control que ahora tenemos sobre todos los medios de prensa, necesitamos tener también sobre la industria y el comercio. No es necesario que compremos o seamos los dueños de todo. Eso sería demasiado obvio y demasiado fácil de oponer. La propiedad no es la cuestión. Lo es el control. Dentro de los próximos meses, todos anunciaremos decisiones unánimes que nos permitan controlar los negocios, la educación, la atención de salud y hasta la manera en que sus reinos individuales eligen a sus líderes. El hecho es que la democracia y la votación serán suspendidos. Son ineficientes y no son para el mejor interés de la gente. Debido a lo que le proporcionaremos a la gente, ellos entenderán rápidamente que esto es correcto. Cada uno de ustedes volverá a sus súbditos y les dirán honestamente que esta fue idea suya, que ustedes la propusieron, que buscaron el apoyo de sus colegas y el mío al respecto, y que ganaron. Yo accederé públicamente con renuencia a sus deseos y todos ganaremos".

Se hizo un largo silencio, tanto que Raimundo se preguntó si su micrófono espía estaba funcionando mal. Soltó y apretó varias veces el botón, decidiendo al fin que nadie estaba hablando en la sala de conferencias. Así que eso era el control de la mente que Camilo había presenciado de primera mano. Por fin, León Fortunato habló.

—Potestad Carpatia —empezó con deferencia—, sé que soy simplemente su asistente y no un miembro de este augusto cuerpo. Sin embargo, ¿puedo hacer una sugerencia?

—Vaya, claro que sí, León —respondió Carpatia, pareciendo estar agradablemente sorprendido—. Usted está en un importante puesto de confianza y confidencia, y todos valoramos su aporte.

—Estaba pensando, señor —dijo Fortunato— que usted y sus colegas aquí presentes podrían considerar suspender la votación popular por ineficiente y contraria a los mejores intereses de la gente, por lo menos transitoriamente.

—Oh, señor Fortunato —exclamó Carpatia—. No sé. ¿Cómo creen ustedes que responderá la gente a una propuesta tan polémica?

Los demás parecieron incapaces de contenerse para hablar al mismo tiempo. Raimundo los escuchó a todos expresar su acuerdo con Fortunato, e instar a Carpatia a considerar esto. Uno repitió una declaración de Carpatia sobre cuánto mucho más sana era la prensa ahora que la Comunidad Mundial era la dueña, y agregó que tener la propiedad de la industria y del comercio no era tan necesaria como adueñarse de la prensa, en la medida en que fuera Carpatia quien la controlara y la Comunidad Mundial la dirigiera.

—Muchas gracias a ustedes por sus aportes, caballeros. Ha sido muy estimulante e inspirador. Consideraré muy seriamente todos estos asuntos y pronto les haré saber de su disposición e implementación.

La reunión duró otro par de horas, y consistió mayormente en que los así llamados reyes de Carpatia, le repetían como cotorras todo lo que él les había asegurado que ellos encontrarían brillante, cuando lo pensaran. Cada uno parecía presentar estas ideas como si fueran nuevas y frescas. No sólo Carpatia las había mencionado sino que a menudo los embajadores se las repetían unos a otros como si no las hubieran oído.

—Ahora, caballeros —concluyó Carpatia—, en unas pocas horas estaremos en Nueva Babilonia y pronto nombraré a los tres nuevos embajadores reinantes. Quiero que tengan conciencia de lo inevitable. No podemos pretender que el mundo, como lo conocimos, no haya sido casi destruido por este estallido de la guerra mundial. No ha terminado aún. Habrá más escaramuzas. Habrá más ataques subrepticios. Tendremos que echar mano reacios a nuestro poderío en armamento, cosas que todos ustedes saben que yo detesto hacer, y muchos miles más de vidas se perderán, además de los cientos de miles ya segadas. A pesar de todos nuestros mejores esfuerzos y de las ideas maravillosas que ustedes han compartido conmigo hoy, debemos enfrentar el hecho de que por largo tiempo vamos a estar batallando cuesta arriba.

»Los oportunistas siempre saldrán adelante en una época como esta. Aquellos que se nos oponen, se aprovecharán de la imposibilidad de nuestras fuerzas pacificadoras para estar en todas partes al mismo tiempo, y esto producirá hambre, pobreza y enfermedad. En cierto modo hay un aspecto positivo en esto. Debido al increíble costo de la reconstrucción, mientras menos sea la gente que debamos alimentar y cuyo estándar de vida debamos elevar, más rápido y económico podemos hacer esto. Al disminuir el nivel de la población, y luego, estabilizarse, será importante que nos aseguremos de que no incremente de nuevo rápidamente. Con la legislación adecuada tocante al aborto, el suicidio asistido y la reducción de la costosa atención de los defectuosos e incapacitados, deberemos poder manejar el control de la población mundial".

Todo lo que Raimundo pudo hacer fue orar. —Señor —oró en silencio—, deseo ser un siervo más dispuesto. ¿No hay otro papel para mí? ¿No puedo ser usado en alguna especie de oposición activa o juicio contra este maligno? Yo sólo puedo confiar en Tu propósito. Mantén a salvo a mis seres queridos hasta que te veamos en toda tu gloria. Sé que hace mucho que me has perdonado por mis años de incredulidad e indiferencia, pero aún eso me pesa mucho. Gracias por ayudarme a encontrar la verdad. Gracias por Bruno Barnes. Y gracias por estar con nosotros mientras libramos esta última batalla decisiva y final.

Siete

Camilo siempre había tenido la habilidad de dormir bien aunque no pudiera hacerlo mucho tiempo. Él podría haber dormido unas doce horas o más la noche anterior, después del día que había tenido. Sin embargo, poco más de siete horas habían sido suficientes porque cuando él se dormía, se dormía. Supo que Cloé había dormido en forma irregular sólo porque ella se lo dijo por la mañana. Que ella se revolviera y respingara de dolor, no había afectado su sueño.

Ahora Camilo estaba totalmente despierto mientras Ken Ritz aterrizaba el Learjet en Easton, Pennsylvania, sólo para llenar bien el tanque antes de tomar rumbo a Tel Aviv. Él y el flaco y curtido piloto veterano, a fines de su cincuentena, parecían haber continuado donde habían quedado la última vez que había empleado este servicio de alquiler independiente. Ritz era conversador, un narrador, de firmes opiniones, interesante e interesado. Estaba ansioso por conocer las últimas ideas de Camilo acerca de las desapariciones y la guerra mundial, mientras contaba sus propios puntos de vista.

—Así, pues, ¿cuáles son las noticias de este joven escritor de revistas que viaja continuamente en jet, desde la última vez que lo vi, vaya, hace casi dos años? —había comenzado Ritz.

Camilo le contó. Recordó que Ritz había sido franco y abierto cuando recién se conocieron, admitiendo que él no tenía más ideas que cualquier otro sobre lo que hubiera podido causar las desapariciones, pero que se estaba inclinando hacia la teoría de los extraterrestres. Eso impactó a Camilo como una idea loca para un piloto tan experto, pero él mismo no había concluido nada en aquel momento. Una teoría era tan buena como cualquier otra. Ritz le había hablado de muchos encuentros raros en el espacio, los cuales hacían posible el que un hombre del aire pudiera creer tales cosas.

Eso infundio confianza en Camilo para contar su propia historia sin disculpas. No pareció desconcertar a Ritz, al menos no negativamente. Lo oyó callado y cuando Camilo terminó, Ritz sencillamente asintió con la cabeza.

—Entonces —preguntó Camilo— ¿le parezco tan raro ahora como me pareció usted cuando propuso la teoría de los extraterrestres?

—En realidad, no —repuso Ritz—. Se asombraría de la cantidad de gente como usted que he encontrado desde la última vez que hablamos. No sé qué significa todo esto, pero estoy empezando a creer que hay más gente que concuerda con usted de la que pueda estar de acuerdo conmigo.

—Le diré una cosa —afirmó Camilo—, si yo tengo razón, todavía estoy metido en un gran problema. Todos estamos pasando por un horror real, pero la gente que no cree van a estar en problemas peores de lo que pudiesen imaginar.

—No puedo imaginar nada peor que los problemas en que estamos ahora.

—Sé lo que quiere decir —asintió Camilo—. Yo acostumbraba a disculparme y trataba de asegurarme de que no pareciera demasiado enfático o molesto, pero permita que le inste a investigar lo que he dicho. Y no suponga que tiene mucho tiempo para hacerlo.

—Todo eso es parte del sistema de creencias, ¿no? —preguntó Ritz—. Si lo que usted dice es verdad, el final no está tan lejos. Apenas unos pocos años.

—Exactamente.

—Entonces, si alguien fuera a investigar lo que dice, es mejor que lo haga pronto.

—Yo mismo no pudiera haberlo dicho mejor —asintió Camilo.

Después de recargar combustible en Easton, Ritz se pasó las horas de vuelo sobre el Atlántico preguntando cosas como: "¿Y qué pasa si...?" Camilo tuvo que asegurarle continuamente que él no era un estudiante ni un erudito, sino que hasta él mismo se asombraba de las cosas que recordaba de las enseñanzas de Bruno.

—Debe haber dolido mucho haber perdido un amigo como ése, —comentó Ritz.

—No se lo imagina.

León Fortunato instruyó a todos los del avión de cuándo descender, y dónde ponerse para las cámaras, cuando llegaron finalmente a Nueva Babilonia.

—Señor Fortunato —dijo Raimundo, cuidadoso de obedecer los deseos de León, al menos delante de los demás—. En realidad, McCullum y yo no tenemos que estar para las fotografías, ¿cierto?

—No a menos que quisieran contrariar los deseos de su Potestad —repuso Fortunato—. Por favor, hagan sólo lo que se les dice.

El avión estaba en tierra y seguro en Nueva Babilonia hacía varios minutos antes de abrir la puerta y se reuniera la prensa controlada por Carpatia. Raimundo estaba en la cabina de pilotaje, oyendo por el intercomunicador de doble sentido.

—Recuerden —instruía Carpatia— nada de sonrisas. Este es un día grave y triste. Expresiones apropiadas, por favor.

Raimundo se preguntaba por qué se le tenía que recordar a alguien que no sonriera en un día como éste.

Luego llegó la voz de Fortunato: —Potestad, evidentemente hay una sorpresa esperándolo.

—Usted sabe que no me gustan las sorpresas —repuso Carpatia.

—Parece que su novia está esperando entre la multitud.

—Eso es totalmente inapropiado.

—¿Quiere que yo la saque?

—No, no estoy seguro de cómo pudiera reaccionar ella. Ciertamente no queremos una escena. Sólo espero que ella sepa cómo actuar. Esto no es su lado fuerte, como usted sabe.

Raimundo pensó que Fortunato fue diplomático al no responder al comentario.

Hubo un toque en la puerta de la cabina. —Piloto y copiloto primero —decía Fortunato—, ¡Vamos!

Raimundo se abotonó el saco de su uniforme y se puso la gorra al salir de la cabina. Él y McCullum bajaron trotando los escalones y comenzaron el lado derecho de una V formada por gente que flanquearía a la Potestad, que desembarcaba último.

Luego salieron los tripulantes de servicio del vuelo, que parecían incómodos y nerviosos. Prudentemente no sonrieron sino que se limitaron a mirar al suelo y caminaron directo a sus puestos. Fortunato y otros dos ayudantes de Carpatia dirigieron la bajada de los siete embajadores por las gradas. Raimundo se dio vuelta para mirar a Carpatia que aparecía en la abertura en el tope de la escalerilla.

La Potestad siempre parecía en estas situaciones más alto de lo que realmente era —pensó Raimundo—. Parecía que recién se había afeitado y lavado el pelo, aunque Raimundo no se había dado cuenta de que hubiese tenido tiempo para eso. Su traje, camisa y corbata eran exquisitos y él simulaba que restaba importancia a la elegancia de sus accesorios. Había esperado muy brevemente, con una mano en el bolsillo derecho de su saco, llevando en la otra un maletín delgado de cuero fino. *Siempre parece como si estuviera muy ocupado en la tarea que tiene a mano* —pensó Raimundo.

Ray se sorprendía de la habilidad de Carpatia para hallar precisamente la pose y la expresión correctas. Parecía concentrado, grave, y de todos modos, y de algún modo confiado y decidido. Al relampaguear las luces alrededor de él y rechinar las cámaras, bajó resueltamente los escalones y se acercó a un banco de micrófonos. Todas las insignias de las redes puestas en todos los micrófonos habían sido diseñadas de nuevo para incluir las letras RCM, la Red de la Comunidad Mundial.

La única persona que él no podía controlar por completo, eligió ese momento para romper la burbuja de perfección de Carpatia. Patty Durán salió de la multitud y corrió directamente hacia él. Los guardias de seguridad que se interpusieron en su camino se dieron cuenta rápidamente de quién era y la dejaron pasar. Ella hizo todo —pensó Raimundo—, salvo chillar de deleite. Carpatia parecía avergonzado e incómodo por primera vez —recordó Raimundo—. Era como si tuviera que decidir qué sería peor: sacarla de allí o acogerla a su lado.

Él optó por lo último, pero era evidente que estaba manteniéndola a raya. Ella se inclinó para besarlo y él se dobló para rozar la mejilla de ella con sus labios. Cuando ella se dio vuelta para besar con su boca entreabierta los labios de él, él acercó su boca a la oreja de ella y susurró con austeridad. Patty se vio impactada. Casi al punto de llorar, empezó a alejarse de él pero él la tomó por la muñeca y la mantuvo de pie a su lado, allí en los micrófonos.

—Es bueno estar de regreso donde uno pertenece —afirmó—. Es maravilloso reunirse con los seres queridos. Mi novia está abrumada de pena, como yo, por los horribles sucesos que empezaron hace relativamente tan pocas horas. Esta es una época difícil que vivimos, y sin embargo, nuestros horizontes nunca han sido más amplios, nuestros desafíos tan grandes, nuestro futuro tan potencialmente esplendoroso.

»Esto puede parecer una declaración incongruente a la luz de la tragedia y la desolación que todos hemos sufrido, pero todos nosotros estamos destinados a la prosperidad si nos comprometemos a permanecer juntos. Resistiremos contra cualquier enemigo de la paz y abrazaremos a todo amigo de la Comunidad Mundial".

La multitud, incluyendo a la prensa, aplaudió justamente con la solemnidad correcta. Raimundo se sentía enfermo del estómago, ansioso por llegar a su departamento y desesperado por llamar a su esposa tan pronto como se asegurara de que era de día en Estados Unidos.

—Compañero, no se preocupe por mí —dijo Ken Ritz a Camilo ayudándole a desembarcar del Learjet—. Meteré a este bebé en un hangar y encontraré un lugar donde echarme por unos días. Siempre quise recorrer este país, y es lindo estar en un lugar que no ha sido volado en pedazos. Usted sabe cómo comunicarse conmigo. Cuando esté listo para volver, sólo déjeme un mensaje aquí en el aeropuerto. Yo estaré verificando a menudo.

Camilo le dio las gracias y tomó su bolsa, echándosela al hombro. Se dirigió a la terminal. Allí, más allá del ventanal de vidrio, vio las entusiastas señas del viejito alfeñique con el pelo batido por el aire, Jaime Rosenzweig. ¡Cuánto quería él que este hombre llegara a ser un creyente! Camilo había llegado a amar a Jaime. Esa no era una expresión que él hubiera usado tocante al otro hombre, cuando conoció al científico por primera vez. Entonces era el escritor titular más joven de la historia del *Semanario Mundial*, *de hecho* de la historia del periodismo internacional. Había hecho campaña descaradamente por la tarea de escribir un perfil sobre el doctor Rosenzweig como el "Hombre del Año" del *Semanario*.

Camilo había conocido por primera vez al hombre poco más de un año antes de ese cometido, después que Rosenzweig había ganado un enorme premio internacional por su invento (el mismo Jaime siempre lo había catalogado más como descubrimiento) de una fórmula botánica. El brebaje de Rosenzweig, decían algunos sin exagerar mucho, permitía que la flora creciera en cualquier parte —hasta en el concreto.

Nunca se había probado lo último; sin embargo, las arenas del desierto de Israel empezaron a florecer pronto como un invernadero. Flores, maíz, legumbres, lo que usted quisiera, cada pulgada libre de la pequeña nación fue rápidamente limpiada para agricultura. Israel se había convertido de la noche a la mañana en la nación más rica del mundo.

Otras naciones se habían puesto celosas para conseguir la fórmula. Era claro que ésta era la respuesta a toda preocupación económica. Israel había pasado de ser un país vulnerable, geográficamente indefenso, a ser una potencia mundial: respetada, temida, envidiada.

Rosenzweig había llegado a ser el hombre del día, y según el *Semanario Mundial*, el "Hombre del Año".

Camilo había disfrutado el reunirse con él más que con cualquier otro político poderoso que hubiera entrevistado alguna vez. Aquí estaba un brillante hombre de ciencia, humilde y modesto, ingenuo al extremo del infantilismo, cálido, bien parecido e inolvidable. Trataba a Camilo como hijo.

Otras naciones querían tanto la fórmula de Rosenzweig que asignaron diplomáticos y políticos de alto nivel para cortejarlo. Tuvo audiencias con tantos dignatarios que el trabajo de su vida tuvo que ser puesto a un lado. De todos modos ya estaba pasado de su edad de jubilación, pero era claro que aquí era un hombre que estaba más cómodo en un laboratorio o un aula, que en un escenario diplomático. El venerado de Israel se había vuelto como una reliquia para los gobiernos mundiales, y todos venían a pedir.

Jaime le había dicho a Camilo una vez que cada pretendiente tenía su propia agenda no tan oculta. —Hice lo mejor que pude para permanecer tranquilo y diplomático —le dijo a Camilo—, pero sólo porque estaba representando a mi patria. Yo casi me enfermé —agregó con su encantador y acentuado dialecto hebreo—, cuando cada uno empezó a tratar de convencerme de que yo me convertiría, personalmente, en el hombre más rico del mundo si condescendía a alquilarles mi fórmula.

El gobierno israelita protegió aun más la fórmula. Ellos expresaron tan claramente que la fórmula no estaba a la venta ni para arrendar, que otros países amenazaron con la guerra, y Rusia atacó realmente. Camilo había estado en Haifa en la noche en que llegaron aullando los aviones de combate. La liberación milagrosa de ese país de todo daño, lesión o muerte —a pesar del increíble ataque aéreo— hizo de Camilo un creyente en Dios, aunque todavía no en Cristo. No había otra explicación para las bombas, los misiles y las naves de guerra estrellándose y ardiendo por todo el país, pero todo ciudadano y edificio escaparon ilesos.

Eso había enviado a Camilo, que había temido por su vida en esa noche, a una búsqueda de la verdad que quedó satisfecha sólo después de las desapariciones y su encuentro con Raimundo y Cloé Steele.

Jaime Rosenzweig fue el primero en mencionar el nombre de Nicolás Carpatia a Camilo. Este había preguntado al anciano si algunos de los que habían sido enviados a cortejarlo por la fórmula le había impresionado. Sólo uno, le había dicho Rosenzweig; un joven político de nivel medio del pequeño país de Rumania. Jaime había sido comprado por los puntos de vista pacifistas de Carpatia, su conducta altruista y su insistencia en que la fórmula tenía el potencial de cambiar al mundo y salvar vidas. Todavía sonaba en los oídos de Camilo aquello que Rosenweig le había dicho una vez: "Tú y Carpatia deben conocerse un día. Ustedes se gustarán mutuamente".

Camilo apenas podía recordar cuándo no había tenido conciencia de Nicolás Carpatia, aunque había oído el nombre por primera vez en aquella entrevista con Rosenzweig. Pocos días después de las desapariciones, el hombre que había llegado a ser presidente de Rumania de la noche a la mañana, era el orador invitado de las Naciones Unidas. Su breve discurso fue tan fuerte, tan lleno de magnetismo, tan impresionante, que había recibido una ovación de pie hasta de la prensa, ¡hasta de Camilo! Por supuesto que el mundo estaba estupefacto, aterrorizado por las desapariciones, y el momento había sido perfecto para que alguien saliera al frente y ofreciera una nueva agenda internacional para la paz, la armonía y la hermandad.

Carpatia fue impulsado al poder, supuestamente contra su voluntad. Él desplazó al anterior Secretario General de las Naciones Unidas, reorganizó la institución para que comprendiera diez mega-territorios internacionales, le dio el nombre de Comunidad Mundial, la mudó a Babilonia (que fue reconstruida y rebautizada Nueva Babilonia), y entonces, se puso a desarmar a todo el planeta.

Se había necesitado más que la carismática personalidad de Carpatia para hacer todo esto. Él tenía una carta de triunfo: había llegado a Rosenzweig. Había convencido al anciano y a su gobierno de que la clave del nuevo mundo era la habilidad de Carpatia y de la Comunidad Mundial para comercializar la fórmula de Rosenzweig a cambio del cumplimiento de las reglas internacionales del desarme. A cambio de una garantía firmada por Carpatia de un mínimo de siete años de protección contra sus enemigos, Israel le dio la licencia de la fórmula, que le permitió extraer cualquier promesa de cualquier país del mundo. Con la fórmula, Rusia pudo cultivar granos en la tundra helada de Siberia. Las naciones africanas empobrecidas se volvieron invernaderos de recursos alimenticios nacionales y exportaciones agrícolas.

El poder que la fórmula le otorgó a Carpatia, le hizo posible poner de rodillas voluntariamente al resto del mundo. Bajo el disfraz de sus filosofías pacifistas fanáticas, exigió a las naciones miembros de la Comunidad Mundial que destruyeran noventa por ciento de su armamento y que donaran el restante diez por ciento a las oficinas centrales de la Comunidad Mundial. Antes que nadie se diera cuenta de lo que pasaba, Nicolás Carpatia, ahora llamado la Gran Potestad de la Comunidad Mundial, se había convertido tranquilamente en el pacifista con más poderío militar de la historia del planeta. Sólo unas pocas naciones que sospechaban de él fueron las que retuvieron cierto poder de fuego. Egipto, los nuevos Estados Unidos de Gran Bretaña, y un sorprendente grupo clandestino organizado de las fuerzas de milicia de Estados Unidos, habían juntado suficientes armamentos para convertirse en una molestia, un irritante, un gatillo del enojado contragolpe de Carpatia. En resumen, su insurrección y la increíble reacción exagerada de él, habían sido la receta para la Tercera Guerra Mundial, que la Biblia predijo simbólicamente como el Caballo Rojo del Apocalipsis.

La ironía de todo esto era que Jaime Rosenzweig, de espíritu dulce e inocente, que siempre parecía llevar en su corazón los intereses de todos los demás, se convirtió en un franco devoto de Nicolás Carpatia. El hombre, de quien Camilo y sus seres queridos del Comando Tribulación habían llegado a creer que era el mismo anticristo, manejaba al dulce botánico como a un violín. Carpatia incluyó a Rosenzweig en muchas situaciones diplomáticas visibles, y hasta fingía que Jaime era parte de la élite de su círculo íntimo. Para todos los demás era claro que Rosenzweig era meramente tolerado y complacido. Carpatia hacía lo que quería. Aún así, Rosenzweig casi idolatraba al hombre y una vez le sugirió a Camilo que si alguien encarnaba las cualidades del tan largamente buscado Mesías de los judíos, ése era el mismo Nicolás.

Eso había sido antes de que el rabino Zión Ben-Judá, uno de los protegidos más jóvenes de Rosenzweig, hubiera concluido que solamente Jesucristo había cumplido todas las profecías necesarias para calificar para ese papel. Lamentablemente, el rabino Ben-Judá no había llegado a recibir a Cristo y entregar su vida a Él cuando ocurrió el arrebatamiento. Eso selló con seguridad su punto de vista de que Jesús era el Mesías y que había venido por los suyos. El rabino, a mitad de los cuarenta, había sido dejado atrás con su esposa desde hacía seis años y dos hijastros adolescentes, un muchacho y una muchacha. Él había impactado al mundo, y sobre todo a su propia nación, cuando se reservó la conclusión de sus tres años de estudio hasta un programa de televisión internacional en vivo. Una vez que hubo manifestado claramente su fe, se convirtió en un hombre marcado.

Aunque Ben-Judá, había sido un estudiante, protegido y, al final, colega del doctor Rosenzweig, este último todavía lo consideraba como un judío no religioso y no practicante. En resumen, él no estaba de acuerdo con la conclusión de Ben-Judá sobre Jesús, pero eso era algo de lo que sencillamente, no quería hablar.

Sin embargo, eso no lo hizo menos amigo de Ben-Judá y no menos paladín suyo. Cuando Ben-Judá, con el aliento y apoyo de los dos raros predicadores de otro mundo que estaban en el Muro de los Lamentos, empezaron a anunciar su mensaje, primero en el Estadio Teddy Kollek, y luego en otras campañas parecidas en todo el mundo, todos supieron que sólo era cuestión de tiempo antes de que pagara las consecuencias.

Camilo sabía que una razón por la que el rabino Zión Ben-Judá seguía vivo, era que todo intento contra su vida era controlado por los dos predicadores, Moisés y Elías, como si fueran atentados contra ellos mismos. Muchos habían sufrido muertes misteriosas y ardientes al tratar de atacar a esos dos. La mayoría sabía que Ben-Judá era "hombre de ellos" y, de ese modo, había eludido hasta ahora un ataque mortal.

Esa seguridad parecía haber terminado ahora y por esta razón era que Camilo estaba en Israel. Camilo estaba convencido de que Carpatia estaba detrás del horror y la tragedia que había recaído en la familia de Ben-Judá. Los informes de los noticieros decían que matones encapuchados de negro se estacionaron en la casa de Ben-Judá, en medio de una asoleada tarde, cuando los adolescentes acababan de volver de la escuela hebrea. Dos guardias armados fueron muertos a balazos y la señora Ben-Judá y su hijo e hija fueron arrastrados a la calle, decapitados y dejados en charcos de su propia sangre.

Los asesinos se habían fugado en un bus indescriptible y sin marcas. El chofer de Ben-Judá se había precipitado a la oficina del rabino en la universidad tan pronto supo la noticia, y se decía que había llevado a lugar seguro a Ben-Judá. Nadie sabía dónde. Al regresar, el chofer negó a las autoridades y a la prensa saber el paradero de Ben-Judá, clamando que él no lo había visto desde antes de los asesinatos, y que meramente esperaba saber de él en algún momento.

Ocho

Raimundo pensó que había dormido bastante, tomando siestas cortas en su largo viaje. No se había dado cuenta de la exigencia que la tensión, el terror y el disgusto significarían para su mente y su cuerpo. En el departamento de él y Amanda, tan cómodo como el aire acondicionado pudiera hacer un lugar en Irán, Raimundo se desvistió, quedando con la ropa interior y se sentó en la punta de la cama. Con los hombros doblados, los codos en las rodillas, exhaló ruidosamente y se dio cuenta de todo lo verdaderamente agotado que estaba. Por fin se había comunicado con casa. Sabía que Amanda estaba a salvo, Cloé estaba recuperándose, y Camilo como de costumbre, estaba en camino. No sabía que pensar de esta Verna Zee que amenazaba la seguridad de la nueva casa refugio del Comando Tribulación (la de Loreta), pero iba a confiar en Camilo y en Dios respecto a eso.

Raimundo se estiró de espaldas, encima de la ropa de cama. Puso las manos detrás de la cabeza y contempló el cielorraso. Cuánto le gustaría dar un vistazo al tesoro de los archivos computacionales de Bruno. Mientras iba cayendo en un profundo sueño estaba tramando una manera de regresar a Chicago para el domingo. Ciertamente que debía haber una forma en que él pudiera asistir al servicio en memoria de Bruno. Estaba tratando su caso con Dios cuando el sueño lo invadió.

Camilo se había conmovido frecuentemente con la sonrisa de saludo estilo cara antigua de Jaime Rosenzweig. No había ni rastros de ella ahora. Al acercarse Camilo al anciano, Rosenzweig abrió simplemente sus brazos para abrazarlo y dijo, enronquecido. —¡Camilo! Camilo!

Camilo se dobló para abrazar a su diminuto amigo, y Rosenzweig entrelazó sus manos detrás de Camilo y apretó fuerte como un niño. Enterró su rostro en su cuello y lloró amargamente. Camilo casi perdió el equilibrio, con el peso de su bolsa tirando a un lado y el abrazo apretado de Jaime Rosenzweig, tirándolo hacia adelante. Se sintió como si fuera a tropezar y caerse encima de su amigo. Luchó por permanecer derecho, abrazando a Jaime y dejándolo llorar.

Rosenzweig soltó finalmente su abrazo y llevó a Camilo a una hilera de asientos. Camilo se dio cuenta de que el alto chofer de oscuro aspecto de Jaime estaba de pie, a unos diez pies de distancia, con sus manos tomadas por detrás. Parecía preocupado por su empleador y avergonzado.

Jaime le hizo señas. —¿Te acuerdas de Andrés? —preguntó Rosenzweig.

—Sí —contestó Camilo, saludando con la cabeza—, ¿cómo le va?

Andrés contestó en hebreo. No hablaba ni entendía inglés. Camilo no sabía hebreo.

Rosenzweig habló con André y éste se alejó presuroso. —Él va a traer el automóvil —explicó Jaime.

—Yo sólo tengo pocos días para estar aquí —contestó Camilo—. ¿Qué puede decirme? ¿Sabe dónde está Zión?

—¡No! Camilo, ¡es tan terrible! ¡Qué profanación odiosa y horrible de la familia de un hombre y de su nombre!

—Pero usted sabe de él...

—Una llamada telefónica. Dijo que tú sabrías dónde empezar a buscarlo, pero Camilo, ¿no has sabido lo último?

—No me imagino.

—Las autoridades están tratando de implicarlo a él en los asesinatos de su propia familia.

—¡Oh, vamos! ¡Nadie se va a tragar eso! Nada apunta siquiera en ese sentido. ¿Por qué lo querría hacer?

—Por supuesto que tú y yo sabemos que él nunca haría algo así Camilo, pero cuando los elementos malos están acechándote no se detienen ante nada. Por supuesto que sabes de su chofer.

—No.

Rosenzweig meneó su cabeza y bajó su mentón al pecho.

—¿Qué? —preguntó Camilo—. ¿No él también?

—Me lo temo. Una bomba en el automóvil. Su cuerpo era apenas reconocible.

—¡Jaime! ¿Está seguro de estar a salvo? ¿Sabe su chofer cómo...

—¿Manejar a la defensiva? ¿Revisar por si hay bombas en el automóvil? ¿Defenderme a mí y defenderse él? Sí, a todo eso. Andrés es muy diestro. Admito que eso no me calma el terror, pero siento que estoy óptimamente protegido dentro de lo posible.

—Pero lo asocian con el doctor Ben-Judá. Aquellos que andan detrás de él, tratarán de seguirle a usted para llegar a él.

—Lo que significa que tampoco tú debieras ser visto conmigo —adujo Rosenzweig.

—Demasiado tarde para eso —repuso Camilo.

—No estés tan seguro. Andrés me aseguró que no nos siguieron hasta aquí. No me sorprendería si alguien nos descubriera en este momento y nos siguiera, pero por el momento, creo que estamos aquí sin ser detectados.

—¡Bien! Yo pasé la aduana con mi pasaporte falso. ¿Usó mi nombre cuando me reservó habitación?

—Desafortunadamente lo hice, Camilo. Lo siento. Hasta usé mi propio nombre para garantizarlo.

Camilo tuvo que suprimir una sonrisa ante la dulce ingenuidad del hombre. —Bueno, amigo, usaremos eso para mantenerlos despistados, ¿hmm?

—Camilo, me temo no ser muy bueno para todo esto.

—¿Por qué no hace que Andrés lo lleve directamente a ese hotel? Dígales que mis planes cambiaron y que no iré allí hasta el domingo.

—¡Camilo! ¿Cómo piensas en esas cosas con tanta rapidez?

—Apúrese ahora. Y no nos deben ver juntos. Yo me iré de aquí a más tardar el sábado por la noche. Usted puede llamarme a este número.

—¿Es seguro?

—Es un teléfono por satélite, lo último en tecnología. Nadie puede espiarlo. Sólo que no escriba mi nombre al lado del número y no le dé el número a nadie más.

—Camilo, ¿dónde empezarás a buscar a Zión?

—Tengo un par de ideas —afirmó Camilo— y sepa usted que si lo puedo sacar de este país, lo haré.

—¡Excelente! Si yo fuera un hombre de oración, yo oraría por ti.

—Jaime, uno de estos días, pronto, usted *tendrá* que convertirse en hombre de oración.

Jaime cambió el tema. —Una cosa más, Camilo. He hecho una llamada a Carpatia para pedir su ayuda en esto.

—Desearía que no lo hubiera hecho, Jaime. Yo no le tengo confianza como usted.

—Me he percatado de eso, Camilo —contestó Rosenzweig— pero tienes que conocer mejor al hombre.

Si sólo supieras —pensó Camilo—.

—Jaime, trataré de comunicarme con usted tan pronto como sepa algo. Llámeme sólo si es necesario.

Rosenzweig lo volvió a abrazar con fuerza y se fue rápido. Camilo usó un teléfono público para llamar al hotel King David. Reservó una habitación por dos semanas a nombre de Heriberto Katz.

—¿Cuál compañía representa? —preguntó el empleado.

Camilo pensó un momento. —Cosechadores Internacionales —dijo, decidiendo que eso sería una descripción grandiosa de Bruno Barnes y Zión Ben-Judá.

Los ojos de Raimundo se abrieron. No había movido un músculo. No tenía idea de cuánto tiempo había dormido. Algo había interrumpido su sueño. El teléfono sonando en la mesa al lado de la cama lo hizo saltar. Tomándolo, se dio cuenta de que su brazo estaba dormido. No quería ir donde él quería que fuera. De alguna forma se obligó a tomar el auricular.

—Aquí, Steele —contestó como haciendo gárgaras.

—¿Capitán Steele? ¿Está bien? —Era Patty Durán.

Raimundo se dio vuelta a un costado y metió el auricular debajo de su mentón. Apoyado sobre un codo respondió:

—Estoy muy bien, Patty ¿Cómo estás tú?

—No tan bien. Me gustaría verle si pudiera.

A pesar de las cortinas cerradas el brillante sol de la tarde forzaba su entrada al cuarto. —¿Cuándo? —preguntó Raimundo.

—¿Cena esta noche? —sugirió ella— ¿A eso de las seis?

La mente de Raimundo era como un torbellino ¿Ya le habían dicho de su papel disminuido en la administración Carpatia? ¿Quería él que lo vieran en público con ella, mientras Amanda estaba ausente?

—¿Hay apuro, Patty? Amanda está en Estados Unidos pero volverá en cosa de una semana.

—No, Raimundo, realmente necesito hablar contigo. Nicolás tiene reuniones desde ahora hasta la medianoche y su cena está dispuesta. Dijo que no tenía inconveniente en que yo hablara contigo. Sé que quieres ser apropiado y todo eso. Esto no es una cita. Sólo comamos en alguna parte donde sea obvio que sólo somos viejos amigos que conversan, ¿Por favor?

—Supongo —asintió Raimundo, con curiosidad.

—Mi chofer te recogerá a las seis entonces, Raimundo.

—Patty, hazme un favor. Si estás de acuerdo en que esto no debe lucir como una cita, entonces no te vistas con algo llamativo.

—Capitán Steele —contestó ella, súbitamente formal—, llamar la atención es lo último que tengo en mente.

Camilo se instaló en su cuarto del tercer piso del hotel King David. Por intuición llamó a las oficinas del *Diario de la Costa Este de la Comunidad Mundial* en Boston y preguntó por Esteban Plank, su viejo amigo. Plank había sido su jefe en el *Semanario Mundial* en lo que parecía milenios atrás. Había dejado repentinamente su puesto ahí para convertirse en el secretario de prensa de Carpatia, cuando Nicolás llegó a ser el Secretario General de las Naciones Unidas. No pasó mucho tiempo antes que Esteban fuera designado para el lucrativo cargo que ahora tenía.

No fue sorpresa para Camilo que Plank no estuviera en la oficina. Estaba en Nueva Babilonia a las órdenes de Carpatia, y sin duda, sintiéndose muy especial por eso.

Camilo se duchó y durmió una siesta.

Raimundo se sentía como si pudiera dormir otras cuantas horas más. Ciertamente no pretendía quedarse fuera mucho tiempo con Patty Durán. Se vistió informalmente, lo justo para estar apenas presentable para un lugar como el Bistró Mundial, donde se veía a menudo a Patty y Nicolás.

Por supuesto que Raimundo no podía dejarle saber que había sabido de la degradación de Patty antes que ella. Tendría que permitirle contar la historia con toda su emoción y angustia características. No le importaba. Le debía eso. Aún se sentía culpable por el lugar donde ella estaba, tanto geográfica como personalmente. No le parecía que había pasado tanto tiempo desde que ella había sido el objeto de su lujuria.

Raimundo nunca había hecho nada al respecto, por supuesto, pero era Patty en quien él estaba pensando en la noche del Arrebatamiento. ¿Cómo pudo haber estado tan sordo, tan ciego, tan desconectado de la realidad? Un profesional exitoso, casado por más de veinte años, con una hija de edad universitaria y un hijo de doce años, soñando despierto con la jefe de azafatas de su vuelo, y justificándolo porque ¡su esposa era una fervorosa religiosa! Meneó la cabeza. Irene, la amorosa mujercita a quien había considerado obvia por tanto tiempo, aquella que tenía el nombre de una tía muchos años mayor, había conocido la verdad real, con V mayúscula mucho antes que cualquiera de ellos.

Raimundo siempre había sido hombre de ir a la iglesia y se hubiese considerado cristiano, pero para él la iglesia era un lugar para ver y ser visto, para relacionarse, para lucir respetable. Cuando los predicadores se ponían demasiado acusatorios o demasiado literales, se ponía nervioso. Y cuando Irene halló una congregación nueva, más pequeña, que parecía mucho más afirmativa en su fe, él comenzó a encontrar razones para no ir con ella. Cuando ella empezó a hablar de la salvación de las almas, la sangre de Jesús, y el regreso de Cristo, él se convenció de que ella estaba chiflada. ¿Cuánto tiempo transcurriría antes de que ella lo tuviera andando detrás suyo, distribuyendo literatura de puerta en puerta?

Así era cómo él había justificado su desliz, sólo en su mente, con Patty Durán. Patty tenía quince años menos que él, y era despampanante. Aunque habían cenado juntos unas cuantas veces y tomado tragos varias veces, y a pesar del lenguaje silencioso del cuerpo y los ojos, Raimundo nunca la había tocado siquiera. No había estado fuera del alcance de Patty tomarlo del brazo cuando pasaba a su lado, o hasta poner sus manos en sus hombros cuando le hablaba en la cabina, pero Raimundo había evitado, de alguna forma, que las cosas llegaran más lejos. Esa noche sobre el Atlántico, con un 747 totalmente cargado y puesto en piloto automático, él había reunido finalmente el valor para sugerirle algo concreto a ella. Avergonzado como estaba ahora de siquiera admitírselo a sí mismo, había estado listo para atreverse a dar el siguiente paso y decidido a iniciar una relación física.

Pero aquellas palabras nunca habían llegado a salir de su boca. Cuando dejó la cabina para ir a buscarla, ella casi lo había derribado con las noticias de que casi una cuarta parte de los pasajeros habían desaparecido, dejando atrás todo lo material. La cabina que normalmente a las cuatro de la madrugada era un dormitorio oscuro y calmado, se volvió rápidamente una colmena de pánico al irse dando cuenta la gente de lo que estaba pasando. Esa fue la noche en que Raimundo le dijo a Patty que no sabía más que ella de qué era lo que sucedía. La verdad era que lo sabía demasiado bien. Irene había tenido la razón. Cristo había regresado a arrebatar a Su Iglesia, y Raimundo, Patty y tres cuartas partes de sus pasajeros habían sido dejados atrás.

Raimundo no conocía en esa época a Camilo, no sabía que era un pasajero de primera clase en ese mismo vuelo. No podía saber que Camilo y Patty habían hablado, que Camilo había usado su computadora y la Internet para tratar de llegar a la familia de ella y ver si estaban bien. Sólo después descubriría que Camilo había presentado a Patty al nuevo y chispeante líder y celebridad internacional, Nicolás Carpatia. Raimundo había conocido a Camilo en Nueva York. Raimundo fue allá para pedirle perdón a Patty por su conducta inapropiada del pasado hacia ella, y para tratar de convencerla de la verdadera causa de las desapariciones. Camilo estaba ahí para presentarla a Carpatia, para entrevistar a Carpatia y para entrevistar a Raimundo, el capitán de Patty. Camilo trataba meramente de producir una historia sobre varios puntos de vista tocante a las desapariciones.

Raimundo había sido fervoroso y muy concentrado en sus intentos de persuadir a Camilo de que él también había encontrado la verdad real. Esa fue la noche en que Camilo conoció a Cloé. Tanto había pasado en tan poco tiempo. Menos de dos años después, Patty era la asistente personal y la amante de Nicolás Carpatia, el anticristo. Raimundo, Camilo y Cloé eran creyentes en Cristo. Y los tres agonizaban por la situación de Patty Durán.

Quizás esta noche, pensó Raimundo, podría finalmente ejercer una influencia positiva en Patty.

Camilo siempre había podido despertarse cuando quería. El don le había fallado muy rara vez. Él se había dicho que quería estar levantado y moviéndose a las 6 de la tarde. Se despertó a tiempo, menos descansado de lo que esperaba, pero ansioso de seguir adelante. Le dijo al chofer de su taxi. —Al Muro de los Lamentos, por favor.

Momentos después Camilo se bajaba del automóvil de alquiler. Allí, no lejos del Muro de los Lamentos, detrás de una reja de hierro forjado, estaban los hombres que Camilo había llegado a conocer como los dos testigos profetizados en la Escritura.

Ellos se llamaban a sí mismos Moisés y Elías, y verdaderamente parecían haber venido de otro tiempo y otro lugar. Usaban túnicas gastadas. Estaban descalzos, con piel oscura y curtida. Ambos tenían largo cabello entrecano y barbas descuidadas. Eran vigorosos y huesudos, con largos brazos y piernas musculosos. Cualquiera que se atreviera a acercarse a ellos podían oler el humo. Aquellos que se atrevían a atacarlos, habían sido muertos. Era así de simple. Varios habían corrido a ellos con armas automáticas sólo para estrellarse contra una pared invisible y caer muertos allí mismo. Otros habían sido incinerados donde estaban, por el fuego que salía de las bocas de los testigos.

Ellos predicaban casi constantemente en el idioma y la cadencia de la Biblia, y lo que decían era blasfemo para los oídos de los fieles judíos. Predicaban a Cristo, y a éste, crucificado, proclamándolo el Mesías, el Hijo de Dios.

El único momento en que se habían separado del Muro de los Lamentos fue en el Estadio Teddy Kollek, cuando aparecieron en el estrado con el rabino Zión Ben-Judá, un recien convertido a Cristo. La transmisión de la cobertura noticiosa a todo el mundo mostró a estos dos hombres extranjeros, hablando al unísono, sin usar micrófonos pero siendo escuchados claramente en las filas de atrás.

"Acercaos y oíd —habían gritado— al siervo elegido del Dios Altísimo! Él está entre los primeros de los ciento cuarenta y cuatro mil que saldrán de ésta y muchas naciones a proclamar el evangelio de Cristo por todo el mundo! ¡Aquellos que vengan en su contra morirán de cierto, tal como aquellos que han venido en contra nuestra antes del tiempo debido!"

Los testigos no habían permanecido en la plataforma o ni siquiera en el estadio en esa primera campaña evangelizadora en el Estadio Kollek. Se alejaron sigilosos y estaban de vuelta al Muro de los Lamentos cuando terminó la reunión. Esa reunión en un estadio enorme, fue reproducida docenas de veces en casi todos los países del mundo en el año y medio siguiente, produciendo decenas de miles de conversos.

Los enemigos del rabino Ben-Judá trataron de "ir en contra de él" durante esos dieciocho meses, como lo habían advertido los testigos. Parecía que otros habían entendido el punto y se arrepintieron de sus intenciones. Hubo una tregua de tres a cuatro semanas sin ninguna amenaza contra su vida, lo que había sido un respiro agradable para el infatigable Ben-Judá. Pero, ahora, él estaba escondido y su familia y su chofer habían sido degollados.

Irónicamente, la última vez que Camilo había estado en el Muro de los Lamentos para mirar y oír a los dos testigos, había sido con el rabino Ben-Judá. Ellos habían regresado más tarde esa misma noche, y se atrevieron a acercarse a la reja y hablar con los hombres que habían matado a todos los otros que se habían aproximado. Camilo había podido entenderlos en su propio idioma, aunque su grabación del hecho demostró, más tarde, que habían estado hablando en hebreo. El rabino Ben-Judá había empezado a recitar las palabras de Nicodemo, de aquella famosa reunión nocturna con Jesús, y los testigos habían contestado a la manera de Jesús. Había sido la noche más espeluznante en la vida de Camilo.

Ahora, él estaba allí solo. Estaba buscando a Ben-Judá, que le había dicho a Jaime Rosenzweig que Camilo sabría dónde empezar a buscar. Él no podía pensar en otro lugar mejor.

Como de costumbre, se había juntado una enorme multitud delante de los testigos, aunque la gente sabía muy bien mantenerse a distancia. Hasta el furor y el odio de Nicolás Carpatia no había afectado aún a Moisés y Elías. Más de una vez, y hasta en público, Carpatia había preguntado si no había alguien que pudiera terminar con esas dos molestias. Jefes militares le habían informado, con muchas disculpas, que no parecía haber armas capaces de herirlos. Los mismos testigos se referían continuamente a la necedad de tratar de hacerles daño " antes del tiempo debido" .

Bruno Barnes había explicado al Comando Tribulación, que sin duda, en el debido tiempo, Dios permitiría que los testigos fueran vulnerables y serían atacados. Ese incidente distaba aún más de año y medio, creía Camilo, pero hasta sólo pensar en eso era como una pesadilla para su alma.

Esta noche los testigos estaban haciendo lo que habían hecho cada día desde la firma del tratado entre Israel y Carpatia. Estaban proclamando el día terrible del Señor. Y estaban reconociendo a Jesucristo como "El Dios Todopoderoso, el Padre eterno y el Príncipe de paz. ¡Que ningún otro hombre de cualquier lugar se llame rey de este mundo! Cualquiera que proclame eso no es el Cristo sino el anticristo ¡y por cierto morirá! ¡Ay de aquel que predique otro evangelio! ¡Jesús es el único Dios verdadero, Hacedor de cielo y tierra!"

Camilo siempre se entusiasmaba y conmovía por la prédica de los testigos. Miró en torno de la multitud y vio a gente de varias razas y culturas. Él sabía por experiencia que muchos no entendían hebreo. Ellos estaban entendiendo a los testigos en sus propios idiomas, igual que él.

Camilo anduvo como un cuarto del camino entre la multitud de unas trescientas personas. Se paró de puntillas para ver a los testigos. Súbitamente ambos pararon de predicar y se movieron hacia adelante, hacia la reja. La multitud pareció una sola al dar un paso atrás, temiendo por su vida. Los testigos estaban ahora a pulgadas de la reja, la multitud se mantenía a unos cincuenta pies de distancia con Camilo casi en la parte de atrás.

A Camilo le quedó claro que los testigos lo habían notado. Ambos miraban directamente a sus ojos y él no podía moverse. Sin gesticular ni moverse, Elías empezó a predicar. "El que tenga oídos para oír, ¡que oiga! No temas pues yo sé que tú buscas a Jesús, el que fue crucificado. Él no está aquí; pues Él ha resucitado, como dijo".

Los creyentes de la multitud murmuraron sus amén y su acuerdo con lo dicho. Camilo estaba clavado al suelo. Moisés se adelantó y pareció hablarle directamente a él. "No temas, pues yo sé a quien buscas. Él no está aquí".

Elías de nuevo: "¡Anda rápidamente y dile a Sus discípulos que Cristo ha resucitado de entre los muertos!"

Moisés, aún mirando fijo a Camilo: "Sin duda que Él va delante de ti a Galilea. Ahí le verás. He aquí, te lo he dicho".

Los testigos se detuvieron y miraron fijamente en silencio por tanto tiempo, inmóviles, era como si se hubieran vuelto de piedra. La multitud se puso nerviosa y empezó a dispersarse. Algunos esperaron para ver si los testigos hablarían de nuevo, pero no lo hicieron. Pronto sólo quedó Camilo donde había estado por los últimos minutos. Él no podía despegar la vista de los ojos de Moisés. Los dos estaban meramente parados en la reja y lo miraban fijo. Camilo empezó a acercarse a ellos, llegando a unos veinte pies. Los testigos no se movieron. Parecía que ni siquiera respiraban. Camilo se fijó que no parpadeaban, ni el más mínimo movimiento. En la luz crepuscular observó cuidadosamente sus rostros. Ninguno abrió su boca, y sin embargo Camilo oyó, claro como el día, y en su propio idioma: "El que tenga oídos para oír, que oiga."

Nueve

El intercomunicador llamó a Raimundo a acudir a la puerta principal de su casa, donde esperaba el chofer de Patty. Éste condujo a Raimundo al amplio Mercedes Benz blanco y abrió la puerta trasera. Había lugar en el asiento al lado de Patty, pero Raimundo prefirió sentarse al frente de ella. Ella había complacido su pedido de no vestirse llamativamente, pero aun ataviada informalmente, se veía preciosa. Decidió no decirlo.

El problema estaba grabado en su cara. —Realmente aprecio que hayas accedido a verme.

—Seguro ¿Qué pasa?

Patty miró en dirección al chofer. —Hablemos durante la cena —propuso—. El Bistró, ¿está bien?

Camilo estaba como clavado al suelo delante de los testigos mientras el sol se ponía. Miró alrededor para asegurarse de que aún era sólo él y ellos.

—¿Eso es todo lo que me dicen? ¿Él está en Galilea?

De nuevo, sin mover los labios, los testigos hablaron:

—El que tenga oídos para oír, que oiga.

¿Galilea? ¿Existía todavía siquiera? ¿Dónde empezaría Camilo y cuándo empezaría? Ciertamente que no quería estar husmeando por ahí en la noche. Él tenía que saber adónde ir, tener alguna clase de indicador. Giró sobre sus talones para ver si había algún taxi en la zona. Vio unos pocos. Se dio vuelta hacia los testigos.

—Si esta noche regreso aquí más tarde, ¿podría saber más?

Moisés se alejó de la reja y se sentó en el pavimento, apoyado contra una pared. Elías hizo gestos y habló en voz alta.

—Las aves del cielo tienen nidos —dijo—, pero el Hijo del Hombre no tiene donde apoyar su cabeza.

—No entiendo —repuso Camilo—. Dígame más.

—El que tiene oídos...

Camilo se molestó. —Regresaré a la medianoche. Estoy rogando que me ayuden.

Elías estaba ahora retrocediendo también. —He aquí, Yo estoy contigo siempre, hasta el fin del tiempo.

Camilo se fue, aún planeando volver pero también raramente consolado por esa última promesa misteriosa. Aquéllas eran las palabras de Cristo. ¿Estaba Jesús hablándole directamente a través de las bocas de estos testigos? ¡Qué privilegio inexpresable! Tomó un taxi de vuelta al King David, confiado en que, no antes de mucho, se reuniría con Zión Ben-Judá.

Raimundo y Patty fueron calurosamente bien recibidos por el mayordomo del Bistró Mundial. El hombre la reconoció, por supuesto, pero no a Raimundo.

—¿Su mesa de costumbre, señora?

—No, gracias, Godofredo, pero tampoco quisiéramos estar escondidos.

Fueron llevados a una mesa preparada para cuatro. Pero aunque dos ayudantes se apuraron para sacar los dos juegos de servicios de comida, y el mozo retiró una silla para Patty, mientras señalaba a Raimundo otra cerca de ella, Raimundo seguía pensando en las apariencias. Se sentó directamente frente a Patty, sabiendo que casi tendrían que gritarse uno al otro para oírse en el bullicioso lugar. El mozo vaciló, pareciendo irritado, y por fin, cambió el servicio de Raimundo poniéndolo frente a él. Eso era algo de lo que Patty y Raimundo podrían haberse reído en el pasado, que comprendía una media docena de cenas clandestinas donde cada uno parecía preguntarse qué estaría pensando el otro sobre el futuro de ellos. Patty había coqueteado más que Raimundo aunque él nunca la había desanimado.

Los televisores en todo el Bistró traían las continuas noticias de la guerra alrededor del mundo. Patty hizo señales al mayordomo que vino corriendo.

—Dudo que la Potestad aprecie estas noticias que deprimen a los clientes que vienen aquí a relajarse un poco.

—Me temo que están en todas las estaciones, señora.

—¿No hay siquiera una estación de música de cualquier tipo?

—Veré.

En pocos momentos todos los televisores del Bistró Mundial mostraban videos musicales. Varios aplaudieron esto, pero Raimundo percibió que Patty apenas se dio cuenta.

En el pasado, cuando estaban jugando por los límites de una aventura imaginaria, Raimundo tenía que recordar a Patty que pidiera la comida y luego animarla a que comiera. Su atención se fijaba en él, y eso le parecía halagador y seductor. Ahora, parecía que era lo opuesto.

Patty estudió el menú como si tuviera que tomar un examen final del mismo por la mañana. Ella estaba tan bella como siempre, ahora de veintinueve años y embarazada por primera vez. Estaba en los primeros meses, de modo que nadie lo sabría a menos que ella lo dijera. Se lo había dicho a Raimundo y Amanda la última vez que estuvieron juntos. En esa época ella parecía entusiasmada, orgullosa de su nuevo diamante, y ansiosa por hablar de su inminente matrimonio. Ella había dicho a Amanda que Nicolás iba a "hacerme una mujer decente".

Patty estaba usando su ostentoso anillo de compromiso; sin embargo, el diamante estaba dado vuelta a su palma de modo que sólo la banda era visible. Era claro que Patty no era una mujer feliz y Raimundo se preguntaba si todo esto era el resultado de la frialdad con que Nicolás la había tratado en el aeropuerto. Él quería preguntárselo pero esta reunión era idea de ella. Pronto le diría lo que quisiera.

Aunque el Bistró Mundial tenía un nombre que sonaba francés, la misma Patty había ayudado a concebirlo, y el menú ofrecía cocina internacional, mayormente norteamericana. Ella pidió una comida inusualmente grande. Raimundo pidió sólo un sandwich. Patty parloteó hasta que terminó su comida, incluyendo el postre. Raimundo conocía todos sus clichés como que ahora estaba comiendo por dos, pero creía que ella comía de nerviosismo, y tratando de postergar lo que realmente quería decir.

—¿Puedes creer que han pasado casi dos años desde que trabajaste por última vez como mi jefe de azafatas? —preguntó él, tratando de hacer que la pelota empezara a rodar.

Patty se sentó derecha en su silla, dobló sus manos en su regazo y se inclinó adelante. —Raimundo, estos han sido los dos años más increíbles de mi vida.

Él la miró expectante, preguntándose si quería decir bueno o malo. —Has ampliado tus horizontes —repuso él.

—Piensa en eso, Raimundo. Todo lo que siempre quise, era ser una azafata. Todo el conjunto de porristas de la Escuela Secundaria de Maine del Este, querían ser azafatas. Todas presentamos solicitudes pero yo fui la única que lo logró. Estaba tan orgullosa, pero rápidamente volar perdió su atractivo. La mitad del tiempo tenía que recordarme adónde íbamos y cuándo llegaríamos ahí y cuándo volveríamos. Pero me gustaba la gente, me gustaba la libertad de viajar y me gustaba visitar todos esos lugares. Tú sabes que tuve un par de novios en serio por aquí y por allá, pero nada funcionó nunca. Cuando finalmente me abrí paso a los aviones y las rutas que sólo el largo tiempo de servicio puede dar, tuve un tremendo enamoramiento con uno de mis pilotos, pero eso tampoco funcionó nunca.

—Patty, desearía que no sacaras a luz eso. Tú sabes cómo me siento sobre ese período.

—Lo sé, y lo siento. Nada resultó nunca de eso, aunque yo hubiera esperado más. He aceptado tu explicación y tus disculpas y no es de eso de lo que se trata esta conversación.

—Está muy bien, porque como sabes, estoy felizmente casado de nuevo.

—Te envidio, Raimundo.

—Pensé que tú y Nicolás iban a casarse.

—Yo también. Ahora no estoy tan segura. Y tampoco estoy tan segura de querer casarme.

—Si quieres hablar de eso, me complace escucharte. No soy experto en cosas del corazón, así que probablemente, no tengo consejo pero soy una oreja si eso es lo que quieres.

Patty esperó hasta que sacaron los platos, entonces le dijo al mozo. —Nos quedaremos un rato aquí.

—Pondré esto a su cuenta —dijo el mozo—. Dudo que alguien la vaya a apurar a *usted*. Le sonrió a Raimundo, demostrando que apreciaba su propio humor. Raimundo forzó una sonrisa.

Cuando se fue el mozo, Patty pareció sentir la libertad de continuar. —Raimundo, puede que no sepas esto pero en realidad tuve algo por "Macho" Williams. Te acuerdas que él estaba en tu avión esa noche.

—Por supuesto.

—No lo miré románticamente entonces, claro, porque todavía estaba enamorada de ti, pero él fue dulce. Y era simpático. Y tenía ese trabajo importante. Él y yo tenemos casi la misma edad, también.

—¿Y..?

—Bueno, a decir verdad, cuando me botaste...

—Patty, nunca te boté. No había nada que botar. No éramos pareja.

—Pero.

—Está bien, pero —repuso él—. Eso es justo. Pero tienes que admitir que no había habido compromiso ni siquiera una expresión de compromiso.

—Había habido muchas señales, Raimundo.

—Tengo que reconocer eso. Pero es injusto que digas que yo te boté.

—Llámalo como quieras para que puedas tratar con el asunto, pero yo me sentí botada, ¿bien? De todos modos, de repente "Macho" Williams me pareció más atractivo que nunca. Estoy segura de que él pensó que yo lo estaba usando para conocer a una celebridad, cosa que también pasó. Yo estaba tan agradecida de Camilo por presentarme a Nicolás.

—Perdóname, Patty, pero esto es noticia vieja.

—Lo sé, pero estoy yendo al punto. Tolérame un poco. Me quedé impactada en cuanto conocí a Nicolás. Él le llevaba a "Macho" lo mismo que "Macho" me llevaba a mí. Pero él parecía mucho mayor. Era un viajero mundial, un político internacional, un líder. Ya era el hombre más famoso del mundo. Supe que llegaría lejos. Me sentí como una escolar risueña y no podía imaginarme que yo le hubiera impresionado en lo más mínimo. Cuando él empezó a demostrar interés, yo pensé que era meramente físico. Y tengo que admitirlo, me hubiera acostado con él en un minuto y sin lamentarlo. Tuvimos una aventura, y me enamoré, pero Dios es mi testigo —oh, Ray, lo lamento. No debiera usar esa clase de referencias en presencia tuya—, nunca esperé que él estuviera verdaderamente interesado en mí. Sabía que todo era transitorio, y estaba decidida a disfrutarlo mientras durara.

»Llegó el momento en que temía que él se fuera. Seguía diciéndome a mí misma que debía mantener la cabeza equilibrada. El final tendría que venir pronto y realmente creí que estaba preparada para eso. Pero entonces él me dejó estupefacta. Me hizo su asistente personal. Yo no tenía experiencia ni habilidades. Sabía que era una manera de mantenerme a su disposición después de las horas de trabajo. Eso me parecía bien, aunque temía en qué se convertiría mi vida cuando él tuviera aun más trabajo. Bueno, mis peores temores se volvieron realidad. Él sigue siendo la persona más encantadora, suave, dinámica, poderosa e increíble que yo haya conocido. Pero significo para él exactamente lo que siempre temí significar. ¿Tú sabes que el hombre trabaja habitualmente dieciocho horas diarias por lo menos, y a veces veinte? Yo nada significo para él y lo sé.

»Yo acostumbraba a meterme en algunas discusiones. Él acostumbraba a compartir algunas ideas conmigo, pero ¿qué sé yo de política internacional? Yo hacía una declaración estúpida basada en mi conocimiento limitado, y él se reía de mí o me ignoraba. Luego, llegó al punto en que él ya no pedía más mis opiniones. Me permitía juguetitos, como ayudar a organizar este restaurante, y estar a disposición para saludar a los grupos que visitan las nuevas oficinas centrales de la Comunidad Mundial. Pero ahora estoy solamente para exhibición, Raimundo. Él no me dio un anillo hasta después de quedar embarazada, y aún no me ha preguntado si yo me casaría con él. Supongo que piensa que eso se sobrentiende.

—Al aceptar el anillo, ¿no indicaste que tú te casarías con él?

—Oh, Raimundo, no fue ni siquiera así de romántico. Él me pidió sencillamente que cerrara mis ojos y estirara mi mano. Entonces puso el anillo en mi dedo. No supe que decir. Él sólo sonrió.

—¿Estás diciendo que no te sientes comprometida?

—No siento nada ya. Y no creo que él haya sentido algo por mí alguna vez, salvo la atracción física.

—¿Y todo el decorado? ¿La riqueza? ¿Tu propio automóvil con chofer? Supongo que tienes una cuenta para gastos...

—Sí, tengo todo eso. —Patty parecía cansada—. Continuó. —A decir verdad, para mí, todo eso se parece mucho a lo que era volar. Te cansas rápido de la rutina. Yo me emborraché por un tiempo con el poder y el brillo y el encanto, seguro. Pero no es quién soy yo. No conozco a nadie aquí. La gente me trata con deferencia y respeto solamente por aquel con quien vivo. Pero en realidad, no lo conocen. Tampoco yo. Yo preferiría que estuviera enojado conmigo a que me ignorara. Le pregunté el otro día si podía volver por un tiempo a Estados Unidos para visitar a mis amistades y mi familia. Se irritó. Dijo que ni siquiera tenía que preguntar. Dijo: "Sólo házmelo saber y adelante, haz los arreglos. Tengo más de que preocuparme que por tu programita". Raimundo, yo soy sólo un mueble para él.

Raimundo estaba midiendo su tiempo. Había tanto que quería decirle. —¿Cuánto hablan entre ustedes dos?

—¿Qué quieres decir? Nosotros no hablamos. Ahora sólo coexistimos.

Raimundo habló cuidadosamente: —Sólo siento curiosidad por saber cuánto sabe él de Cloé y Camilo.

—Oh, no tienes que preocuparte por eso. Inteligente como es y tan bien conectado como está, y por más "ojos" que tenga por ahí vigilando todo y a todos, no creo que tenga idea de una conexión entre tú y Camilo. Nunca he mencionado que Camilo se casó con tu hija. Y nunca lo haré.

—¿Por qué?

—No pienso que tenga que saberlo, eso es todo. Raimundo, por cierta razón él confía implícitamente en ti para algunas cosas, y nada en absoluto para otras.

—Me he dado cuenta.

—¿Qué has captado? —preguntó ella.

—Una es, ser dejado fuera de los planes para el Cóndor 216 —explicó Raimundo.

—Sí —asintió ella— ¿Y no fue original de su parte usar el número de su oficina como parte del nombre del avión?

—Sólo que pareció absurdo ser su piloto y ser sorprendido por el nuevo equipo.

—Si vivieras con él, eso no te sorprendería. Yo he estado fuera del lazo por meses. Raimundo, ¿te das cuenta de que nadie me contactó cuando estalló la guerra?

—¿Él no te llamó?

—Ni siquiera sabía si él estaba vivo o muerto. Lo oí en el noticiero, igual que cualquiera de los demás. Ni siquiera me llamó después de eso. Ningún asistente me informó. Ningún asistente me mandó siquiera un aviso. Yo llamé a todas partes. Hablé con cada persona de la organización que conociera. Hasta llegué a León Fortunato. Él me dijo que le diría a Nicolás que yo llamé. ¿Te imaginas? ¡Él le diría que yo llamé!

—¿Entonces, cuando lo viste en la pista...?

—Yo estaba probándolo. No lo negaría. No estaba tan ansiosa de verlo como dejé ver, sino que le estaba dando una oportunidad más. ¿No fue obvio que eché a perder su gran aparición?

—Esa es la impresión que tuve —asintió Raimundo, preguntándose si era sabio dejar su papel neutral.

—Cuando traté de besarlo me dijo que era inapropiado y que actuara como adulta. Por lo menos en sus comentarios se refirió a mí como su novia. Afirmó que yo estaba abrumada de pena, como él. Lo conozco bastante bien como para saber que no tenía pena. Se le veía por encima de la ropa. Él ama todo esto. Y no importa lo que diga, él está metido en el medio de esto. Habla como pacifista, pero espera que la gente lo ataque para poder justificar el contragolpe. Yo estaba tan horrorizada y triste, oyendo de toda la muerte y la destrucción, pero él regresa aquí a su palacio, pretendiendo condolerse con toda la gente que hay en el mundo que tiene el corazón roto. Pero en privado es como que celebra. Esto no basta para satisfacerlo. Él se restriega las manos haciendo planes, diseñando estrategias. Está formando su nuevo equipo. Ahora mismo están en reunión. ¡Quién sabe que soñarán!

—¿Qué vas a hacer Patty? Esta no es vida para ti.

—Él ni siquiera me quiere más en la oficina.

Raimundo lo sabía pero no podía dejarlo traslucir. —¿Qué quieres decir?

—Fui realmente despedida hoy por mi propio novio. Me preguntó si podía reunirse conmigo en mis habitaciones.

—¿Tus habitaciones?

—En realidad ya no vivimos más juntos. Yo estoy allá por el pasillo, y él hace visitas una vez cada tanto en medio de la noche —entre las reuniones supongo. Pero yo llevo mucho tiempo siendo una vecina bastante cara de mantener.

—¿Entonces qué quería?

—Pensé que sabía. Pensé que había estado suficiente tiempo lejos para querer lo de costumbre. Pero sólo me dijo que me estaba reemplazando.

—¿Quieres decir que te echó?

—No. Él todavía me quiere cerca. Todavía quiere que tenga su hijo. Sólo piensa que el trabajo me superó. Le dije: "Nicolás, ese trabajo me superó el día antes de asumirlo. Nunca fui hecha para secretaria. Estaba bien con las relaciones públicas y los contactos con la gente, pero hacerme tu asistente personal fue un error".

—Siempre pensé que te desempeñabas bien en esa parte.

—Bueno, gracias por eso, Raimundo. Pero perder ese trabajo fue un alivio en cierto modo.

—¿Sólo en cierto modo?

—Sí. ¿Dónde me deja esto? Le pregunté cuál era el futuro para nosotros. Tuvo la audacia de preguntar: ¿nosotros? Yo contesté: "¡Sí! ¡Nosotros! Yo uso tu anillo y llevo tu hijo. ¿Cuándo hacemos de esto algo permanente?"

Camilo se despertó sobresaltado. Había estado soñando. Estaba oscuro. Encendió una lamparita y dio una ojeada a su reloj. Aún tenía varias horas antes de su cita a la medianoche con Moisés y Elías. Pero ¿de qué se trataba ese sueño? Camilo había soñado que él era José, el marido de María. Oyó a un ángel del Señor que decía: "Levántate, huye a Egipto y permanece allá hasta que yo te diga".

Camilo estaba confundido. Nunca había recibido comunicaciones en un sueño de parte de Dios o de nadie. Siempre consideró que los sueños eran sólo aberraciones basadas en la vida diaria. Aquí estaba él en la Tierra Santa, pensando en Dios, pensando en Jesús, comunicándose con los dos testigos, tratando de alejarse del anticristo y sus secuaces. Era sensato que pudiera soñar con algo relacionado a las historias bíblicas. ¿O sería Dios tratando de decirle que él hallaría a Zión Ben-Judá en Egipto, más que donde parecía que los testigos lo enviaban? Ellos siempre hablaron con tanta circunspección. Sencillamente él tendría que preguntarles. ¿Cómo se podía esperar que entendiera referencias bíblicas, cuando era tan nuevo en todo esto? Él quería dormir hasta las once y media de la noche antes de tomar un taxi hacia el Muro de los Lamentos, pero le costó mucho volver a dormirse con ese sueño raro repitiéndose una y otra vez en su mente. Una cosa que no quería hacer, especialmente con las noticias de guerra saliendo del Cairo, era siquiera acercarse a Egipto. Él no estaba a mucho más de doscientas millas del Cairo en línea recta. Eso era suficientemente cerca, aunque Carpatia no hubiera usado armas nucleares contra la capital egipcia.

Camilo yació en la oscuridad, cavilando.

Raimundo estaba atormentado. ¿Qué podía decirle a su vieja amiga? Ella estaba claramente dolida, claramente perdida. No podía decirle que su amante era el anticristo y que Raimundo y sus amigos lo sabían. Lo que él quería en realidad era suplicarle, rogarle que recibiera a Cristo, pero ¿no había hecho eso una vez? ¿No le había dicho todo lo que él había aprendido luego de las desapariciones, que ahora conocía como el Rapto?

Ella conocía la verdad. Por lo menos sabía que lo que él creía era la verdad. Él le había dicho todo a ella, a Cloé y a Camilo en un restaurante de Nueva York, y él sentía que había enajenado a Patty repitiendo lo que antes le había dicho en privado ese mismo día. Él había tenido toda la seguridad de que su hija estaba mortalmente avergonzada. Y había estado convencido de que el erudito "Macho" Williams meramente lo toleraba. Había sido un impacto grande saber que Cloé dio un tremendo paso que la acercó más a su decisión personal de seguir a Cristo, luego de ver su pasión esa noche. Esa reunión tuvo también una enorme influencia en Camilo.

Esta vez trató una táctica nueva. —Patty, permíteme decirte algo. Tú tienes que saber que Camilo, Cloé y yo, todos nos interesamos profundamente por ti, y cada uno de nosotros se siente responsable en cierta forma por que hayas dejado tu trabajo y a tus seres queridos y te hayas ido, primero a Nueva York, y ahora a Nueva Babilonia. ¿Y para qué?

Patty lo miraba fijo. —Pero rara vez he sabido de ustedes.

—No sentimos que teníamos derecho a decir algo. Tú eres adulta. Es tu vida. Yo sentí que mis payasadas te habían alejado de la aviación. Camilo se siente culpable, en primer lugar, por haberte presentado a Nicolás. Cloé se pregunta a menudo si ella no pudiera haber dicho o hecho algo que te hubiese hecho cambiar de idea.

—Pero ¿por qué? —preguntó Patty—. ¿Cómo podía uno de ustedes saber que yo no era feliz aquí?

Ahora era Raimundo el que estaba en gran lío. Sin duda, ¿cómo supieron ellos? —Sólo percibimos que las posibilidades estaban en contra tuya —aventuró.

—Y no supongo que les diera alguna indicación de que tenían la razón, al tratar siempre de impresionarlos cada vez que te veía a ti o a Camilo con Nicolás.

—Así era, sí.

—Bueno, Raimundo, puede también impactarte el saber que tampoco nunca pensé quedar embarazada fuera del matrimonio.

—¿Por qué debiera sorprenderme eso?

—Porque no puedo decir que mi moral fuera exactamente prístina. Quiero decir, estuve cerca de tener una aventura contigo. Sólo digo que no fui criada de esa manera, y por cierto, no hubiera planeado tener un bebé sin estar casada.

—¿Y ahora?

—Ahora es igual, Raimundo —la voz de Patty se había apagado. Era claro que estaba cansada pero ahora sonaba derrotada, casi muerta—. No voy a usar este embarazo para obligar a Nicolás Carpatia a casarse conmigo. De todos modos él no lo haría. A él nadie lo obliga a hacer algo. Si lo presionara probablemente me diría que me haga un aborto.

—¡Oh, no! —exclamó Raimundo—. Tú nunca considerarías eso, ¿verdad que no?

—¿No lo consideraría? Pienso en eso todos los días.

Raimundo hizo una mueca de dolor y se frotó la frente. ¿Por qué esperaba que Patty viviera como creyente cuando no lo era? No era justo suponer que ella estaría de acuerdo con él en estos temas.
—Patty, hazme un gran favor ¿quieres?

—Quizá.

—¿Pensarías eso muy cuidadosamente antes de decidir hacer algo? ¿Buscarías el consejo de tu familia, de tus amigos.

—Raimundo, casi ya no tengo amigos.

—Cloé, Camilo y yo aún te consideramos como amiga nuestra. Y creo que Amanda podría llegar a ser amiga tuya si llegara a conocerte.

Patty resopló. —Tengo la sensación de que mientras más me conociera Amanda, menos le gustaría a ella.

—Eso sólo prueba que tú no la conoces a ella —repuso Raimundo—. Ella es del tipo al que ni siquiera tienes que gustarle para que te quiera, si sabes lo que quiero decir.

Patty arqueó las cejas. —Qué manera interesante de decir eso —opinó—. Supongo que es la forma en que los padres sienten a veces por sus hijos. Una vez, cuando yo era una adolescente rebelde, mi papá me dijo eso. Él dijo: "Patty, es bueno que te ame tanto porque no me gustas en absoluto". Eso me detuvo, Raimundo. ¿Sabes lo que quiero decir?

—Seguro —contestó él—. Realmente debieras conocer a Amanda. Ella sería como otra figura maternal para ti.

—Una es más que suficiente —concluyó Patty—. No te olvides que mi madre es la que me dio este nombre ridículo que pertenece a alguien dos generaciones mayor que yo.

Raimundo sonrió. Siempre había cavilado en eso. —De todos modos, ¿dijiste que a Nicolás no le importaba si te ibas a Estados Unidos?

—Sí, pero eso fue antes que estallara la guerra.

—Patty, hay varios aeropuertos que todavía reciben vuelos de llegada. Y que yo sepa, no hubo cabezas nucleares que bombardearan ninguna ciudad grande. La única lluvia radioactiva que hubo fue en Londres. Yo diría que uno debiera estar lejos de ahí un año por lo menos. Pero hasta en la devastación del Cairo no hubo radiación.

—Entonces, ¿piensas que él todavía me dejaría ir a Estados Unidos pronto?

—No sabría decirlo, pero yo voy a tratar de llegar allá el domingo para ver a Amanda y asistir a un servicio fúnebre.

—¿Cómo vas a llegar allá, Raimundo?

—Vuelos comerciales. Personalmente pienso que andar trasladando por todos lados hasta una docena de dignatarios, o menos, es extravagante para el Cóndor 216. De todos modos, la Potestad...

—Oh, por favor, Raimundo, no lo llames así.

—¿Te suena tan ridículo como a mí?

—Desde siempre. Ese estúpido título hace parecer como un bufón a un hombre tan brillante y poderoso.

—Bueno. Yo no lo conozco tan bien, en realidad, como para tratarlo de Nicolás, y su apellido es un trabalenguas.

—¿La mayoría de ustedes, gente de iglesia, no lo consideran como el anticristo?

Raimundo se encogió. Él nunca hubiera esperado eso de la boca de ella. ¿Hablaba en serio? Decidió que era demasiado pronto para demostrarse abierto. —¿El anticristo?—

—Yo sé leer —prosiguió ella—. Efectivamente, me gusta como escribe Camilo. He leído sus artículos en el *Semanario.* Cuando él trata todas las diversas teorías y habla de lo que piensa la gente, resulta que hay un grupo grande que cree que Nicolás podría ser el anticristo.

—He oído eso —aventuró Raimundo.

—Así, pues, se puede tratarlo de anticristo o A.C. para abreviar —afirmó ella.

—Eso no es nada divertido —opinó él.

—Lo sé —dijo ella—. Lo siento. De todos modos, yo no creo todo eso de la guerra cósmica entre el bien y el mal. No sabría si una persona es el anticristo aunque estuviera mirándome fijo a la cara.

Probablemente él te ha mirado fijo a la cara más que cualquier otra persona en los últimos dos años —pensó Raimundo.

—De todos modos, Patty, pienso que debieras preguntarle a Nicolás Carpatia, la Gran Potestad de la Comunidad Mundial, a falta de otro título mejor, si todavía está bien que hagas un corto viaje a casa. Yo me voy en un vuelo sin escalas el domingo por la mañana, que llegará a Milwaukee a eso del mediodía, hora de Chicago, en el mismo día. Por lo que entiendo, hay espacio disponible en la casa grande que tiene una mujer de nuestra iglesia. Podrías quedarte con nosotros.

—No podría hacer eso, Raimundo. Mi madre está en Denver. Ellos no han sufrido ningún daño todavía, ¿cierto?

—Ninguno que yo sepa. Estoy seguro que podríamos hacerte las reservaciones hasta Denver. Raimundo estaba decepcionado. Aquí había una oportunidad para influir algo en Patty, pero no habría manera de llevarla a la zona de Chicago.

—No voy a preguntarle a Nicolás —decidió ella.

—¿No quieres ir?

—Oh, quiero ir. E iré. Sólo voy a dejarle recado que me fui. Eso es lo que dijo la última vez que hablé con él. Me dijo que yo era adulta y que debía tomar esas decisiones por mí misma. Él tiene cosas más importantes en su mente. Quizá te vea en el vuelo a Milwaukee. De hecho, a menos que te avise otra cosa, ¿por qué no quedamos en que mi chofer te recoja el sábado por la mañana? ¿Crees que a Amanda le parecería bien que nos sentáramos juntos?

—Espero que no estés haciéndote la chistosa —dijo Raimundo—, porque si realmente quisieras hablar, yo se lo diría de antemano.

—Vaya, no recuerdo que tu primera esposa fuera tan posesiva.

—Lo hubiera sido si hubiese sabido la clase de hombre que yo era.

—O la clase de mujer que era *yo.*

—Bueno, quizá...

—Tú sigue adelante y habla con tu esposa, Raimundo. Lo comprenderé si tengo que sentarme sola. ¿Quién sabe? Quizá podamos sentarnos con el pasillo de por medio.

Raimundo sonrió tolerante. Él esperaba eso al menos.

Diez

Camilo siguió un extraño impulso de tomar su bolso cuando salió del hotel King David esa noche. En la bolsa estaban su pequeño dictáfono, su computadora portátil (que pronto sería sustituida por la mejor de todas las computadoras), su cámara, ese grandioso teléfono celular, sus artículos de aseo personal, y dos mudas de ropa.

Dejó la llave en el mostrador y tomó un taxi al Muro de los Lamentos, preguntándole al taxista si hablaba inglés. El chofer sostuvo en alto su pulgar e índice a una pulgada de distancia entre sí, y sonrió disculpándose.

—¿Qué tan lejos queda Galilea? —preguntó Camilo.

El taxista sacó su pie del acelerador. —¿Usted va a Galilea? Muro de los Lamentos en Jerusalén.

Camilo le hizo señas. —Lo sé. Muro de los Lamentos ahora. Galilea, después.

El taxista se dirigió al Muro de los Lamentos. —Galilea ahora Lago Tiberíades —dijo—. Unos ciento veinte kilómetros.

Apenas había gente en el Muro de los Lamentos o en toda la zona del Monte del Templo a esa hora de la noche. El templo recientemente reconstruido estaba magníficamente iluminado, y lucía algo así como una exposición de pinturas tridimensionales. Parecía flotar sobre el horizonte. Bruno le había enseñado a Camilo que un día Carpatia iba a sentarse en ese nuevo templo y se proclamaría Dios. El periodista que había en Camilo quería estar allí cuando eso sucediera.

Camilo no vio inicialmente a los dos testigos. Un grupito de marineros pasó más allá de la reja de hierro forjado que estaba en el extremo del Muro, donde habitualmente se paraban los testigos a predicar. Los marineros charlaban en inglés y uno apuntó. —Creo que son ellos, allá, —señaló.

Los otros se dieron vuelta y miraron. Camilo siguió la mirada de ellos más allá de la reja y a un edificio de piedra. Las dos figuras misteriosas estaban sentadas con sus espaldas contra el edificio, los pies doblados debajo de ellos, las quijadas apoyadas sobre las rodillas. Estaban inmóviles, pareciendo dormir. Los marineros hicieron silencio y se acercaron en puntillas. Nunca llegaron ni a cien pies de la reja, habiendo oído evidentemente suficientes cuentos. Ellos no iban a molestar a esos dos, en la manera en que podrían hacerlo con los animales del zoológico, por entretenerse. Estos dos eran más que animales. Estos eran seres peligrosos que tenían la fama de quemar a quien los molestara. Camilo no quería llamar la atención acercándose directamente a la reja. Esperó hasta que los marineros se aburrieron y se fueron.

Tan pronto como esos jóvenes estuvieron fuera de la zona, Elías y Moisés levantaron sus cabezas y miraron directamente a Camilo. Se sintió atraído a ellos. Caminó directamente a la reja. Los testigos se levantaron y se quedaron de pie a unos veinte pies de Camilo.

—Necesito esclarecimiento —susurró Camilo—. ¿Puedo saber más sobre el paradero de mi amigo?

—El que tenga oídos...

—Sé eso —interrumpió Camilo— pero yo...

—¿Te atreves a interrumpir a los siervos del Altísimo? —dijo Elías.

—Perdónenme —se excusó Camilo queriendo dar explicaciones pero decidió quedarse callado.

Moisés habló. —Primero debes comunicarte con alguien que te ama.

Camilo esperó más. Los testigos siguieron ahí, en silencio. Él estiró sus manos, perplejo. Sintió una vibración en su saco y se dio cuenta de que su celular estaba zumbando. ¿Qué se suponía que él hiciera ahora? Si no quería interrumpir a los siervos del Dios Altísimo, ¿se iba a atrever a recibir una llamada telefónica mientras conversaba con ellos? Se sintió tonto. Se alejó de la reja y tomó el teléfono, lo abrió y dijo: —Este es Camilo.

—¡Camilo! ¡Soy Cloé! ¿Es cerca de la medianoche, verdad?

—Cierto, Cloé, pero ahora estoy en...

—Camilo ¿estabas durmiendo?

—No, estoy levantado y estoy...

—Camilo, dime que no estás en el King David.

—Bueno estoy hospedándome ahí, pero...

—Pero ahora no estás allí, ¿verdad?

—No, estoy en el...

—Querido, no sé cómo decirte esto, pero es que tengo esta sensación de que no debes estar en ese hotel esta noche. Efectivamente, acabo de tener un presentimiento de que tampoco tienes que quedarte esta noche en Jerusalén. No sé de mañana y no sé de premoniciones y todo eso, pero la sensación es tan fuerte...

—Cloé, voy a tener que llamarte de vuelta, ¿está bién?

Cloé vaciló. —Bueno, está bien, pero no puedes tomarte el tiempo para hablar conmigo un momento cuando...

—Cloé, no me quedará en el King David esta noche y no me quedaré tampoco en Jerusalén, ¿bien?

—Eso me hace sentir mejor, Camilo, pero aún quisiera hablar...

—Yo te llamaré de nuevo, amor, ¿bien?

Camilo no sabía qué pensar de este nuevo nivel, al cual Bruno se refería como "andar en el espíritu". Los testigos habían insinuado que él hallaría al que andaba buscando en Galilea, la cual ya no existía en realidad. El mar de Galilea era ahora el lago Tiberíades. Su sueño, si podía atribuirle algún significado, suponía que él se fuera a Egipto por alguna razón. Ahora, los testigos querían que él usara sus oídos para entender. Él lamentaba no ser "Juan, el del Apocalipsis" pues iba a tener que pedir más información. Y ¿cómo habían sabido ellos que tenía que hablar con Cloé primero? Él había estado cerca de los dos testigos por el tiempo suficiente como para saber que nunca estaban demasiado alejados de lo milagroso. Sólo deseaba que no tuvieran que ser tan enigmáticos. Él estaba aquí en una misión peligrosa. Si ellos podían ayudarle, él quería su ayuda.

Camilo puso su saco en el suelo y se sentó a horcajadas, tratando de indicar que estaba dispuesto a dejar todo lo demás que estuviera haciendo y escuchar sencillamente. Moisés y Elías se pusieron a hablar en secreto y parecían susurrar. Se acercaron a la reja. Camilo empezó a moverse hacia ellos, como lo había hecho la última vez que estuvo allí con el rabino Zión Ben-Judá, pero ambos testigos alzaron una mano y él se detuvo a unos pasos del saco y a varios pasos de la reja. Súbitamente ellos empezaron a gritar a todo pulmón. Camilo se sorprendió primero y retrocedió, tropezando con su saco. Se enderezó. Elías y Moisés se turnaban para citar versículos que Camilo reconocían eran del Libro de los Hechos y de la enseñanza de Bruno.

Ellos gritaban: " Y sucederá que después de esto, derramaré mi Espíritu sobre toda carne; y vuestros hijos y vuestras hijas profetizarán, vuestros ancianos soñarán sueños, vuestros jóvenes verán visiones" (Joel 2).

Camilo sabía que había más en el pasaje, pero los testigos se detuvieron y lo miraron fijo. ¿Era él ya un hombre viejo, acabando de cumplir los treinta y dos? ¿Era él uno de los ancianos que soñaban sueños? ¿Sabían eso? ¿Le estaban diciendo que su sueño era válido?

Ellos siguieron: " Y aun sobre los siervos y la siervas derramaré mi Espíritu en esos días; y profetizarán. Y haré prodigios en el cielo y en la tierra: sangre, fuego y vapor de humo. El sol se convertirá en tinieblas, y la luna en sangre, antes que venga el día del Señor, grande y terrible. Y sucederá que todo aquel que invoque el nombre del Señor será salvo" (Joel 2).

Camilo se sintió inspirado, conmovido, entusiasmado por seguir adelante con su tarea, pero ¿por dónde empezar? Y ¿por qué no podían los testigos decírselo sencillamente? Le sorprendió darse cuenta de que ya no estaba solo. Al gritar Escrituras los testigos, se había juntado un pequeño grupo. Camilo no quería seguir esperando. Recogió su bolso y se acercó a la reja. La gente le advirtió no seguir avanzando. Él oyó advertencias en otros idiomas y unas pocas en inglés.

—¡Hijo, pronto lamentarás eso!

Camilo llegó a unos pocos pies de distancia de los testigos. Nadie más se animó a acercarse. Él susurró. —¿Sólo puedo suponer que ustedes quieren decir el lago Tiberíades en lugar de " Galilea" ? —preguntó—.

¿Cómo se suponía que uno le dijera a la gente que parecía haber regresado de los tiempos bíblicos, que su geografía estaba obsoleta? —¿Encontraré a mi amigo en Galilea o en el mar de Galilea o dónde?

—El que tenga oídos para oír...

Camilo sabía que no debía interrumpir ni mostrar su frustración. —¿Cómo llego allá? —preguntó.

Elías habló suavemente. —Te irá bien si regresas a la multitud —sugirió.

¿Regresar a la multitud? —pensó Camilo. Retrocedió y se unió al grupo.

—¿Está bien, hijo? —dijo alguien— ¿Lo lastimaron? —Camilo movió la cabeza.

Moisés empezó a predicar en voz alta: "Después que Juan había sido encarcelado, Jesús vino a Galilea proclamando el evangelio del reino de Dios, diciendo: *El tiempo se ha cumplido y el reino de Dios se ha acercado; arrepentíos y creed en el evangelio. Mientras Él caminaba junto al mar de Galilea, vio a Simón y a Andrés, hermano de Simón, echando una red en el mar, porque eran pescadores. Y Jesús les dijo: Seguidme, y yo haré que seáis pescadores de hombres. Y dejando al instante las redes, le siguieron*" (Marcos 1:15-18).

Camilo no estaba seguro de qué hacer con todo eso, pero sentía que había conseguido todo lo que iba a obtener de los testigos en esa noche. Aunque ellos siguieron predicando, y se juntaba más gente a oír, Camilo se fue. Cargó con su bulto hacia la corta fila de taxis en espera, y subió al asiento trasero de un pequeño taxi.

—¿Se puede conseguir un viaje en bote por el río Jordán hasta el lago Tiberíades a estas horas de la noche? —le preguntó al chofer.

—Bueno, señor, a decir verdad es mucho más fácil ir de la otra manera. Pero sí, hay botes a motor que van al norte. Y algunos navegan en la noche. Por supuesto, los botes de turismo son cosa de día, pero siempre hay alguien que lo llevará donde quiera por el precio justo, a cualquier hora del día o la noche.

—Me imaginaba eso —comentó Camilo—. No mucho después estaba negociando con Miguel, un dueño de bote que rehusaba decir su apellido.

—En horas diurnas puedo llevar veinte turistas en esta nave, y cuatro jóvenes fuertes y yo lo pilotamos a fuerza de brazo, si usted entiende lo que quiero decir.

—¿Remos?

—Sí, señor, igual que en la Biblia. El bote es de madera. Tapamos los dos motores fuera de borda con tablas y arpillera, y nadie sabe. Eso sirve para un día largo y de mucho cansancio. Pero cuando tenemos que regresar río arriba, no podemos navegarlo con los remos.

Era sólo Miguel, los dos motores fuera de borda y Camilo, los que se dirigían al norte pasada la medianoche, pero Camilo se sentía como si hubiera pagado por veinte turistas y los cuatro remeros también.

Camilo empezó el viaje de pie en la proa, dejando que el fresco aire corriera por sus cabellos. Pronto tuvo que abrocharse la chaqueta de cuero hasta el cuello y hundir bien sus manos en los bolsillos. No pasó mucho antes que regresara al lado de Miguel, quien pilotaba el largo y rústico bote de madera desde el frente de los dos motores. Esa noche había pocas embarcaciones en el Jordán.

Miguel gritaba por sobre el viento y el ruido del agua. —Así que usted realmente no sabe a quiénes está buscando o exactamente dónde estarán?

Ellos habían zarpado desde cerca de Jericó, y Miguel le había dicho que tenía que viajar más de cien kilómetros contra la corriente. —Podría tomar casi tres horas sólo en llegar a la boca del lago Tiberíades —había agregado.

—No sé mucho —admitió Camilo—. Yo sólo cuento con darme cuenta cuando llegue allí.

Miguel movió su cabeza. —El lago Tiberíades no es una poza. Su amigo o amigos pueden estar en una de las riberas o en una de las puntas.

Camilo asintió y se sentó, enterrando su mentón en su pecho para mantener el calor, pensar y orar.

—Señor —oró en silencio—, Tú nunca me hablaste en forma audible y no espero que empieces ahora, pero ciertamente que me vendría bien tener más instrucciones. No sé si el sueño vino de Ti y se supone que yo pase por Egipto al regresar, o qué. No sé si voy a hallar a Ben-Judá con algunos pescadores, o ni siquiera si estoy en la pista correcta yendo al antiguo mar de Galilea. Siempre he disfrutado el ser independiente y lleno de recursos, pero confieso que ahora he llegado al final, no puedo más. Hay mucha gente que tiene que estar buscando a Ben-Judá y yo quiero desesperadamente ser el primero que lo encuentre.

La pequeña embarcación acababa de surcar un codo cuando los motores comenzaron a fallar, y la luces de popa y proa se apagaron. Qué clase de respuesta a esa oración —pensó Camilo.

—¿Hay problemas, Miguel?

Camilo se quedó impactado por el súbito silencio mientras el bote iba a la deriva. Parecía dirigirse hacia la ribera. —No hay problema, señor Katz. Hasta que sus ojos se acostumbren a la oscuridad, no será capaz de ver que tengo un arma de fuego de alto poder dirigida a su cabeza. Me gustaría que se quedara sentado y contestara unas cuantas preguntas.

Camilo sintió una rara calma. Esto era demasiado absurdo, demasiado raro hasta para su extraña vida.

—No tengo intención de hacerle daño, Miguel —aseguró—. No tiene nada que temer de mí.

—Yo no soy quien debiera estar asustado ahora, señor —afirmó Miguel—. En las últimas cuarenta y ocho horas, he disparado esta arma dos veces a las cabezas de gente que creía eran enemigos de Dios.

Camilo se quedó casi sin habla. —Una cosa puedo asegurarle, Miguel, yo no soy en lo absoluto un enemigo de Dios. ¿Me está diciendo que usted es un siervo de Él?

—Lo soy. La pregunta, señor Katz es, ¿y usted lo es? Si lo es, ¿cómo lo demuestra?

—Evidentemente —repuso Camilo— tenemos que asegurarnos el uno al otro que estamos en el mismo lado.

—La responsabilidad es suya. La gente que llega a este río buscando a alguien que no quiero que encuentren, termina muerta. Si usted es el tercero en partir, yo de igual manera dormiré como un bebé esta noche.

—¿Y cómo justifica este homicidio? —preguntó Camilo.

—Aquellos que eran la gente equivocada buscando a la persona equivocada. Lo que quiero de usted es su nombre verdadero, el nombre de la persona que busca, por qué está buscando a esa persona, y qué piensa hacer si halla a esa persona.

—Pero, Miguel, hasta que yo me asegure de que usted está de mi lado, no podría arriesgarme a revelar esa información.

—¿Aun al punto de que estaría dispuesto a morir por proteger a su amigo?

—Espero que no llegue a eso, pero sí.

Los ojos de Camilo estaban adaptándose a la oscuridad. Miguel había apuntado cuidadosamente el bote en forma que cuando cortara el motor, la nave derivara hacia atrás y se apoyara con suavidad en una saliente de tierra y roca que venía desde la playa.

—Estoy impresionado con esa respuesta —aseveró Miguel—, pero no vacilaré en agregarlo a la lista de los enemigos muertos, si no logra convencerme de que sus motivos son los correctos para ubicar a quien desea localizar.

—Pruébeme —ofreció Camilo—. ¿Qué le convencería de que no estoy mintiendo pero, al mismo tiempo, me convenciera a mí de que usted piensa en la misma persona?

—Excelente —dijo Miguel—. Verdadero o falso: la persona que usted busca es joven.

Camilo respondió rápidamente. —Comparado con usted, falso.

Miguel siguió: —La persona que busca es una mujer.

—Falso.

—La persona que busca es un médico.

—Falso.

—¿Un gentil?

—Falso.

—Sin educación.

—Falso.

—¿Bilingüe?

—Falso.

Camilo oyó que Miguel movía la enorme arma de fuego en sus manos. Camilo agregó rápidamente.

—Bilingüe no es suficiente. Multilingüe es más adecuado. Miguel retrocedió y apretó el cañón del arma contra la garganta de Camilo. Este hizo una mueca y cerró los ojos.

—El hombre que está buscando es un rabino, el doctor Zión Ben-Judá.

Camilo no contestó. El arma empujó más firme contra su cuello. Miguel siguió: —Si está tratando de matarlo, y yo fuera su compatriota, yo lo mataré. Si está tratando de rescatarlo, y yo representara a sus captores, lo mataría a usted.

—Pero en el último caso —pudo articular Camilo—, usted hubiera mentido en eso de servir a Dios.

—Cierto, y ¿qué me pasaría entonces?

—Podría matarme, pero en última instancia perdería.

—Y ¿cómo sabemos eso?

Camilo no tenía nada que perder. —Todo está predicho. Dios gana.

—Si eso es cierto, y yo resulto ser su hermano, usted puede decirme su nombre verdadero.

Camilo vaciló. —Si resulta que soy su enemigo —siguió Miguel—, lo mataré de todos modos.

Camilo no pudo argumentar eso. —Mi nombre es Camilo Williams. Yo soy amigo del doctor Ben-Judá.

—¿Será usted el norteamericano del que él habla?

—Probablemente.

—Una última prueba, si no le importa.

—Parece que no tengo otra opción.

—Cierto. Rápidamente nombre seis profecías del Mesías que fueron cumplidas en Jesucristo, conforme a los testigos que predican en el Muro de los Lamentos.

Camilo dio un tremendo suspiro de alivio y sonrió.

—Miguel, eres mi hermano en Cristo. Todas las profecías del Mesías fueron cumplidas en Jesucristo. Yo puedo decirte seis relacionadas sólo con tu cultura. Él sería descendiente de Abraham, descendiente de Isaac, descendiente de Jacob, de la tribu de Judá, heredero del trono de David, y nacido en Belén.

El arma resonó al dejarla Miguel sobre el puente e ir a abrazar a Camilo. Él lo apretó con un tremendo abrazo estilo oso y estaba riendo y llorando a la vez. —¿Y quién te dijo dónde podía hallar a Zión?

—Moisés y Elías.

—Son mis mentores —afirmó Miguel—. Yo soy uno que llegó a ser creyente por medio de la prédica de ellos y la de Zión.

—¿Y has matado a otros que andan buscando al doctor Ben-Judá?

—No lo considero asesinato. Cuando sus cuerpos lleguen al Mar Muerto, estarán quemados y aligerados por la sal. Mejor sus cadáveres que el de él.

—¿Entonces, eres un evangelista?

—A la manera del apóstol Pablo, conforme al doctor Ben-Judá. Él dice que hay ciento cuarenta y cuatro mil de nosotros en todo el mundo, todos con el mismo cometido que tienen Moisés y Elías: predicar a Cristo como el único Hijo eterno del Padre.

—¿Podrás creer que fuiste una respuesta a la oración casi instantánea? —preguntó Camilo.

—Eso no me sorprendería en lo más mínimo —contestó Miguel—. Debes darte cuenta de que tú también lo eres.

Camilo estaba agotado. Estaba feliz de que Miguel tuviera que volver a los motores fuera de borda y atarearse con el bote. Camilo volvió la cara y lloró. Dios era tan bueno. Miguel lo dejó solo con sus pensamientos por un momento, pero luego le gritó una buena noticia. —Mira, sabías que no vamos a ir hasta el lago Tiberíades.

—¿No? —preguntó Camilo volviéndose otra vez hacia Miguel.

—Estás haciendo lo que se supone que hagas al dirigirte *hacia* Galilea —explicó Miguel—. Como a medio camino entre Jericó y el lago Tiberíades, atracaremos en el lado este del río. Caminaremos unos cinco kilómetros tierra adentro, donde mis compatriotas y yo hemos escondido al doctor Ben-Judá.

—¿Cómo puedes eludir a los celotes?

—Se tiene listo un plan de escape desde la primera vez que el doctor Ben-Judá habló en el Estadio Kollek. Por muchos meses pensamos que no era necesario resguardar a su familia. Los fanáticos lo querían a él. A la primera señal de amenaza o ataque, enviamos a la oficina de Zión un automóvil tan pequeño que parecía que sólo el chofer podía entrar. Zión se acomodó en el piso del asiento trasero, enroscado como una bola y tapado con una frazada. Se lo trajo a toda prisa a este mismo bote y yo lo llevé río arriba.

—¿Y esas historias sobre su chofer, el que habría estado involucrado en la matanza de su familia?

Miguel movió la cabeza. —Ese hombre quedó exonerado en la forma más decisiva, ¿no estarías de acuerdo?

—¿Él también era un creyente?

—Desgraciadamente no, pero era leal y simpatizante. Creíamos que sólo era cuestión de tiempo. Nos equivocamos. A propósito, el doctor Ben-Judá no sabe que perdió a su chofer.

—Pero ¿sabe lo de su familia?

—Sí, y puedes imaginarte cuán terrible es para él. Cuando lo embarcamos en el bote, él se quedó en esa posición fetal tapado con la frazada. En cierta forma fue bueno. Nos permitió mantenerlo escondido hasta que lo llevamos al punto de desembarco. Yo oí sus fuertes sollozos por encima del ruido del bote durante todo el viaje. Todavía puedo oírlos.

—Sólo Dios puede consolarlo —opinó Camilo.

—Eso le ruego —asintió Miguel—. Confieso que el período de consuelo no ha empezado aún. Él no ha sido capaz de hablar. Él sólo llora y llora.

—¿Cuáles son tus planes para él? —preguntó Camilo.

—Él debe salir del país. Su vida no vale nada aquí. Sus enemigos nos superan en cantidad. No estará a salvo en ninguna parte, pero fuera de Israel tiene al menos una oportunidad.

—¿Y dónde lo llevarán tú y tus amigos?

—¿Yo y mis amigos?

—¿Quién entonces?

—¡Tú, amigo mío!

—¿Yo? —preguntó Camilo.

—Dios habló por medio de los dos testigos. Él nos aseguró que vendría un libertador. Él conocería al rabino. Él conocería a los testigos. Él conocería las profecías mesiánicas. Y lo principal, él conocería al Ungido del Señor. Ese, amigo mío, eres tú.

Camilo casi se cayó. Él había sentido la protección de Dios. Él había sentido la excitación de servirle. Pero nunca se había sentido siervo de Dios en forma tan directa y específica. Se sintió humillado hasta la vergüenza. Súbitamente se sintió indigno, indisciplinado, inconsistente. Había sido tan bendecido, y ¿qué había hecho con su recién adquirida fe? Había tratado de ser obediente y había tratado de hablar a los demás, pero ciertamente que era indigno de ser usado en tal forma.

—¿Qué esperan que yo haga con Zión?

—No sabemos. Suponemos que lo sacarás como contrabando fuera del país.

—Eso no será fácil.

—Admítelo, señor Williams, no te fue fácil encontrar al rabino, ¿verdad? Casi hiciste que te mataran.

—¿Pensaste que ibas a tener que matarme?

—Estaba esperanzado en no tener que hacerlo. Las probabilidades estaban en contra de que fueras el agente de liberación, pero yo estaba orando.

—¿En algún sitio cerca hay un aeropuerto en que pueda aterrizar un Learjet?"

—Hay una pista al oeste de Jericó, cerca de Al Birah.

—¿Eso queda río abajo, correcto?

—Sí, lo cual es un viaje más fácil, por supuesto. Pero fíjate que ése es el aeropuerto que da servicio a Jerusalén. La mayoría de los vuelos de llegada y salida de Israel, empiezan o terminan en el aeropuerto Ben Gurión, de Tel Aviv, pero también hay mucho tráfico aéreo cerca de Jerusalén.

—El rabino tiene que ser una de las personas más reconocidas de Israel —razonó Camilo—. ¿Cómo podría yo pasarlo por la aduana?

Miguel sonrió en la oscuridad. —¿De qué otro modo? Sobrenaturalmente.

Camilo pidió una frazada, que Miguel sacó de un compartimiento cerca de la popa. Camilo se la enrolló alrededor de los hombros y la tiró sobre su cabeza. —¿Cuánto falta? —preguntó.

—Unos veinte minutos —respondió Miguel.

—Tengo que decirte algo que puede parecerte raro —dijo Camilo.

—¿Algo más raro que esta noche?

Camilo se rió. —No lo creo. Sólo que puede que haya recibido advertencia en un sueño de salir por Egipto más que por Israel.

—¿*Puedes*?

—Yo no estoy acostumbrado a esta clase de comunicación de parte de Dios, así que no lo sé.

—Yo no discutiría con un sueño que parece venir de Dios —opinó Miguel.

—¿Pero tiene sentido?

—Tiene más sentido que tratar de sacar de contrabando por un aeropuerto internacional, a un hombre sentenciado a muerte por los celotes.

—Pero el Cairo fue destruido. ¿Adónde están desviando los vuelos de llegada y salida?

—Alejandría —repuso Miguel—. Pero aún tienes que salir de Israel de alguna manera.

—Búscame una pista pequeña en algún lugar, y podemos evitar la aduana y partir desde allí.

—Entonces ¿qué haces con eso de salir por Egipto?

—No sé qué hacer con eso. Quizás el sueño sencillamente significó que yo debo tomar otra ruta que no sea la acostumbrada.

—Una cosa es cierta —concluyó Miguel—. Esto tendrá que hacerse después que oscurezca. Si no esta noche, entonces mañana por la noche.

—No sería capaz de hacerlo esta noche aunque los cielos se abrieran, y Dios me apunte a la cara con su dedo.

Miguel sonrió. —Amigo mío, si yo hubiera pasado por lo que pasaste tú, y hubiera visto la oración contestada en la forma en que tú la viste, yo no desafiaría a Dios a hacer algo tan sencillo.

—Digamos entonces que estoy orando que Dios me permita esperar un día más. Tengo que comunicarme con el piloto, y todos tendremos que trabajar juntos para determinar el mejor punto desde el cual regresar a los Estados Unidos.

—Hay una cosa que debes saber —advirtió Miguel.

—¿Sólo una?

—No, pero algo muy importante. Creo que el doctor Ben-Judá se pondrá reacio ante la idea de huir.

—¿Qué opción tiene?

—Justamente eso es. Puede que no quiera ninguna opción. Al faltarle su esposa e hijos, puede que no vea razón para seguir adelante, ni siquiera hablar de vivir.

—¡De ninguna manera! ¡El mundo lo necesita! Debemos mantener vivo su ministerio.

—No tienes que convencerme a mí, señor Williams. Yo sólo te digo que quizás tengas que venderle la idea de huir a Estados Unidos. Sin embargo, creo que probablemente esté más seguro allá que en cualquier otra parte, si es que él puede estar seguro en algún lugar.

—Tus botas permanecerán más secas si te paras en la proa, y saltas fuera cuando oigas que el fondo del bote raspa la arena —instruyó Miguel—. Había virado al este y enfilado velozmente hacia la playa. Miguel paró los motores en lo que a Camilo le pareció ser el último instante, y los sacó del agua. Trotó ágilmente y se paró al lado de Camilo a la expectativa, sujetándose bien.

—¡Tira tu bulto lo más lejos que puedas, salta conmigo y asegúrate de correr más rápido que el bote!

El bote se deslizó sobre su fondo, y Camilo obedeció las órdenes. Pero cuando saltó, se cayó de lado y rodó. El bote lo esquivó apenas. Se sentó, cubierto de arena húmeda.

—¡Ayúdame, por favor! —pidió Miguel—. Había agarrado el bote y lo arrastraba a tierra. Una vez que lo ataron, Camilo se sacudió, halló felizmente que sus botas estaban bastante secas, y siguió a su nuevo amigo. Camilo sólo llevaba su bulto. Miguel sólo llevaba su arma. Pero también sabía adónde iba.

—Debo pedirte que estés muy callado ahora —susurró Miguel mientras se abrían paso a través de la maleza—. Estamos aislados pero no tentamos la suerte.

Camilo se había olvidado de cuán largos podían ser cinco kilómetros. El suelo era disparejo y estaba húmedo. La vegetación frondosa le golpeaba la cara. Él cambiaba su bulto de un hombro al otro, sin nunca estar totalmente cómodo. Estaba en buen estado físico, pero esto era duro. No era trotar ni andar en bicicleta ni correr en un aparato de ejercicios. Esto era ir abriéndose camino por una costa arenosa hacia ¿quién sabía dónde?

Temía ver al doctor Ben-Judá. Quería reunirse con su amigo y hermano en Cristo, pero ¿qué se le dice a alguien que ha perdido a su familia? Nada de convencionalismo, ninguna palabra puede mejorar la situación. El hombre había pagado uno de los precios más caros que alguien pudiese pagar, y nada, salvo el cielo mismo, podría mejorar la situación.

Media hora más tarde, resollando y doloridos, él y Miguel pudieron visualizar el escondite. Miguel se llevó un dedo a los labios y se agachó bien. Echó a un lado un manojo de ramitas secas y avanzaron. Veinte metros más allá, en una arboleda, había una entrada a un refugio subterráneo, invisible para quien no hubiera llegado allí intencionalmente.

Once

Camilo se quedó asombrado de que no hubiera camas ni almohadas de verdad en el escondite. *Así que esto es lo que quisieron decir los testigos cuando citaron ese versículo de no tener donde apoyar Su cabeza* —pensó Camilo.

Otros tres jóvenes de aspecto desesperado y demacrado, que podían ser los hermanos de Miguel, se apilaban en el refugio subterráneo, donde apenas había espacio para ponerse de pie. Camilo advirtió que el camino detrás de él se veía claramente a nivel del suelo. Eso explicaba por qué Miguel no se había anunciado ni dado señales de acercarse.

Lo presentaron a todos, pero sólo Miguel entendía inglés de los cuatro. Camilo miraba de reojo buscando a Zión. Podía oírlo pero no verlo. Al fin encendieron una linterna eléctrica de luz opaca. Allí, sentado en el rincón, con la espalda contra la pared, estaba uno de los primeros, y por cierto el más célebre, de los que serían los ciento cuarenta y cuatro mil testigos profetizados en la Biblia.

Estaba sentado con las rodillas dobladas hasta el pecho, los brazos en torno a sus piernas. Vestía una camisa blanca con las mangas enrolladas y pantalones oscuros que le llegaban a la espinilla, y dejaban un hueco entre las vueltas y el borde de sus medias. No llevaba zapatos.

¡Qué joven lucía Zión! Camilo lo conocía como un joven de mediana edad, pero sentado allí, meciéndose y llorando parecía tan joven como un niño. No alzó la vista ni reconoció a Camilo.

Camilo susurró que le gustaría un momento a solas con Zión. Miguel y los otros salieron por el agujero y se quedaron quietos entre los matorrales, con las armas preparadas. Camilo se agachó al lado del doctor Ben-Judá.

—Zión —lo llamó Camilo—, Dios le ama. Las palabras sorprendieron hasta a Camilo. ¿Le parecería ahora posible a Zión que

Dios lo amara? ¿Y qué clase de lugar común era ese? ¿Era ahora su turno de hablar por Dios?

—¿Qué sabe con absoluta seguridad? —preguntó Camilo—, cavilando qué cosa estaba diciendo.

La réplica de Zión, en su acento israelita apenas comprensible, salió chillona de una garganta constreñida. —Sé que mi Redentor vive.

—¿Qué más sabe? —prosiguió Camilo, escuchando sus propias palabras al tiempo que hablaba.

—Sé que el que comenzó la buena obra en mí será fiel para completarla.

¡Alabado sea Dios! —pensó Camilo.

Camilo se acomodó en el suelo sentándose cerca de Ben-Judá, con su espalda contra la pared. Él había venido a rescatar a este hombre, a ministrarle. Ahora, él había sido ministrado. Sólo Dios podía dar tal seguridad y confianza en un momento de tanta pena.

—Su esposa y sus hijos eran creyentes...

—Hoy ven a Dios —terminó Zión por él.

Camilo se había preocupado, Camilo se había cuestionado: ¿Estaría Zión Ben-Judá tan desconsolado por su pérdida irreparable que su fe estaría estremecida? ¿Sería tan frágil que le sería imposible seguir adelante? Él se lamentaría, no se equivoque. Él se condolería, *pero no como el pagano que no tiene esperanza.*

—Camilo, amigo mío —pudo decir Zión— ¿trajiste tu Biblia?

—No en libro, señor. Tengo toda la Escritura en mi computadora.

—Yo he perdido más que mi familia, Camilo.

—¿Señor?

—Mi biblioteca. Mis libros sagrados. Todos quemados. Todo se ha esfumado. Las únicas cosas que amaba más en esta vida era mi familia.

—¿No trajo nada de su oficina?

—Me puse un disfraz ridículo, los largos rizos del ortodoxo. Hasta una barba falsa. No saqué nada, como para no lucir como un sabio residente.

—¿No podría alguien mandarle los libros de su oficina?

—No sin hacer peligrar su vida. Yo soy el principal sospechoso del asesinato de mi familia.

—¡Eso es insensato!

—Ambos sabemos eso, amigo mío, pero la percepción del hombre pronto se convierte en su realidad. De todos modos, ¿adónde se podría enviar mis cosas sin llevar a mis enemigos a mí?

Camilo rebuscó en su bolsa y sacó su computadora portátil.

—No estoy seguro cuánta batería le quede —explicó—.

Encendió la pantalla iluminada.

—¿Esto no tendrá el Antiguo Testamento en hebreo? —preguntó Zión.

—No, pero esos programas son muy fáciles de conseguir.

—Por lo menos ahora lo están —pudo articular Zión, con un sollozo aún en su garganta—. Mis estudios más recientes me han llevado a creer que nuestras libertades religiosas pronto serán cada vez más escasas, a velocidad alarmante.

—¿Qué le gustaría ver señor?

Camilo pensó primero que Zión no había oído su pregunta. Luego se preguntó si Zión había hablado, y si él mismo no había escuchado la respuesta. La computadora funcionó mostrando una lista de los libros del Antiguo Testamento. Camilo echó una mirada a su amigo. Era claro que éste trataba de hablar. Las palabras no salían.

—A veces encuentro consuelo en los Salmos —propuso Camilo.

Zión asintió, tapándose ahora la boca con la mano. El pecho del hombre subió y bajó, y no pudo contener por más tiempo los sollozos. Se inclinó hacia Camilo y se desplomó en lágrimas.

—El gozo del Señor es mi fortaleza —gimió una y otra vez—. El gozo del Señor es mi fortaleza.

Gozo —pensó Camilo.— *Qué concepto en este lugar y en este momento*. El nombre del juego era ahora sobrevivir. Ciertamente el gozo adquiría un significado diferente más que nunca antes en la vida de Camilo. Él acostumbraba a identificar el gozo con la felicidad. Era claro que Zión Ben-Judá no suponía que él estuviera feliz. Bien podría no volver a estar feliz nunca más. Este gozo era una paz profunda permanente, la seguridad de que Dios era soberano. A ellos no les tenía que gustar lo que pasaba. Tenían que confiar en que Dios sabía lo que estaba haciendo, y nada más.

Eso no facilitaba las cosas. Camilo sabía muy bien que las cosas iban a empeorar antes de mejorar. Si el hombre no tenía ahora una fe firme como una roca, nunca la tendría. Camilo se sentó en ese escondite de tierra húmeda en el medio de la nada, sabiendo con más certeza que nunca, que él había depositado su fe en el unigénito Hijo del Padre. Con su hermano doblado y casi quebrado, que sollozaba en su regazo, Camilo se sintió tan cerca de Dios como el día en que creyó en Cristo.

Zión se compuso y tocó la computadora. Jugó un momento con las teclas antes de pedir ayuda. —Sólo llama los Salmos —pidió. Camilo lo hizo y Zión buscó en ellos, con una mano en el "ratón" de la computadora y la otra, cubriendo su boca mientras lloraba—. Pide a los demás que se nos unan para orar —susurró.

Pocos minutos después, los seis hombres se arrodillaron formando un círculo. Zión les habló brevemente en hebreo, Miguel traducía silenciosamente en el oído a Camilo.

—Amigos y hermanos míos en Cristo, aunque estoy hondamente herido, debo orar aún. Oro al Dios de Abraham, Isaac y Jacob. Te alabo porque eres el único y verdadero Dios, el Dios por sobre todos los dioses. Te sientas en lo alto por encima de los cielos. No hay otro como tú. En ti no hay variación ni sombra de cambio.

Con eso Zión volvió a quebrantarse, y pidió que los otros oraran por él.

Camilo nunca había escuchado un grupo orando juntos en voz alta, y en un idioma extranjero. Oír el fervor de estos evangelistas-testigos le hizo caer postrado. Él sintió el frío barro en el dorso de sus manos al enterrar su rostro en las palmas. No sabía de Zión, pero él se sentía como si estuviera siendo llevado en nubes de paz. Súbitamente se pudo oír la voz de Zión por encima de las otras voces. Miguel se agachó y susurró al oído de Camilo: —Si Dios es por nosotros, ¿quién contra nosotros?

Camilo no supo cuánto tiempo estuvo en el suelo. Llegó el momento en que las oraciones se volvieron quejidos y lo que sonaba como la versión hebrea de *amén* y *aleluya.* Camilo se puso de rodillas y se sintió tieso y dolorido. Zión lo miró, con su cara aún humedecida, pero evidentemente habiendo cesado de llorar por el momento.

—Creo que puedo dormir por fin —dijo el rabino.

—Entonces debe hacerlo. No vamos a ninguna parte esta noche. Yo haré arreglos para mañana después que oscurezca.

—Usted tiene que llamar a su amigo —dijo Miguel.

—¿Te das cuenta de la hora que es? —preguntó Camilo.

Miguel miró su reloj, sonrió, meneó la cabeza y dijo sencillamente, —¡Oh!

—¿Alejandría? —preguntó Ken Ritz por teléfono a la mañana siguiente—. Seguro, sí, puedo llegar allí con toda facilidad. Es un aeropuerto grande. ¿Cuándo va a llegar usted?

Camilo, que se había bañado y lavado una muda de ropa en un pequeño hilillo del río Jordán, se secó con una frazada. Uno de los guardias de Zión Ben-Judá, que hablaba hebreo, estaba cerca. Había preparado el desayuno y ahora parecía asar las medias y la ropa interior de Zión sobre la pequeña fogata.

—Nos iremos de aquí hoy a la noche, tan pronto como el cielo se oscurezca —contestó Camilo—. Entonces, el tiempo que demore en llegar a Alejandría un bote de madera de cuarenta y dos pies, con dos motores fuera de borda y seis hombres adultos a bordo...

Ritz estaba riéndose. —Es la primera vez que estoy aquí, como creo que le dije —explicó— pero de algo estoy bien seguro, si usted cree que va a ir desde donde está a Alejandría sin tener que trasladar ese bote por tierra seca hasta el mar, pues se está embromando a sí mismo.

A mediodía los seis hombres estaban fuera del refugio subterráneo. Confiaban en que nadie los había seguido hasta esta remota localidad, y que en la medida en que se mantuvieran fuera de la vista desde el aire, podían estirar las piernas y respirar un poco.

Miguel no se divertía tanto como Ken Ritz, por la ingenuidad de Camilo. Hallaba muy poco por qué sonreír, y nada por qué reírse en estos días. Miguel se reclinó contra un árbol.

—Hay en Israel unos aeropuertos pequeños aquí y allá. —preguntó—. ¿Por qué estás tan decidido a partir desde Egipto?

—Bueno, ese sueño; no sé, todo esto es nuevo para mí. Trato de ser práctico, escuchar a los testigos, seguir la dirección de Dios. ¿Qué se supone que yo haga con ese sueño?

—Yo soy un creyente más nuevo que tú, amigo mío —contestó Miguel—, pero no discutiría con un sueño que fue tan claro.

—Quizá tengamos una ventaja en Egipto que no tendríamos en Israel —sugirió Camilo.

—No puedo imaginar cuál —explicó Miguel—. Para que salgas legalmente de Israel y entres a Egipto, aún tienes que pasar por aduana en alguna parte.

—¿Cuán real es eso, considerando a mi huésped?

—¿Quieres decir tu carga de contrabando?

Eso había sido un intento de humor, pero Miguel no había sonreído aún cuando lo dijo.

—Sólo me pregunto —prosiguió Camilo—, con cuánta diligencia estarán los oficiales de aduana y los guardias de frontera buscando al doctor Ben-Judá.

—¿Te preguntas? Yo no me pregunto. O evitamos los cruces de fronteras o rogamos aun por otra intervención sobrenatural.

—Estoy abierto a sugerencias —dijo Camilo.

Raimundo estaba hablando por teléfono con Amanda. Ella lo había puesto al día en todo. —En este mismo momento te echo de menos más que nunca —le dijo a ella.

—Pedirme que volviera aquí ciertamente fue lo correcto —informó ella—. Con Camilo afuera y Cloé todavía en recuperación, me siento necesaria aquí.

—Aquí también eres necesaria querida, pero estoy contando los días.

Raimundo le contó su conversación con Patty y los planes de ella para ir a Estados Unidos.

—Yo tengo confianza en ti, Raimundo. Ella parece estar herida. Oraremos por ella. Qué no daría por ver a esa muchacha recibiendo algo de doctrina sólida.

Raimundo estuvo de acuerdo. —Si tan sólo pudiera parar en nuestra área cuando esté de regreso. Quizá cuando Bruno esté enseñando algún capítulo sobre... Raimundo se dio cuenta de lo que había dicho.

—Oh, Ray...

—Todavía está demasiado fresco, supongo —rectificó él—. Sólo espero que Dios nos proporcione otro maestro de la Biblia. Bueno, no será otro Bruno.

—No —estuvo de acuerdo Amanda—, y probablemente no será tan pronto como para que pueda ayudar a Patty, aunque ella viniera para acá.

Avanzada la tarde, Camilo recibió una llamada de Ken Ritz. —¿Todavía quiere que nos juntemos en Alejandría?

—Estamos decidiendo al respecto Ken. Lo llamaré otra vez.

—¿Sabes manejar con cambio manual, Camilo —preguntó Miguel.

—Sí.

—¿Uno antiguo?

—Son los más divertidos, ¿no?

—No los tan antiguos como éste —prosiguió Miguel—. Yo tengo un viejo autobús escolar que huele a pescado y pintura. Lo uso para ambas profesiones. Está llegando a su final, pero si pudiéramos llevarte a la boca sur del Jordán, podríamos usarlo para cruzar la frontera hasta el Sinaí. Yo te abastecería con petróleo y agua. Esa cosa beberá más agua que combustible siempre.

—¿Cuán grande es este bus?

—No es muy grande. Capacidad para unos veinte pasajeros.

—¿Tracción a las cuatro ruedas?

—No, lo lamento.

—¿Quema mucho aceite?

—No tanto como de agua, pero sí, me lo temo.

—¿Qué hay en el Sinaí?

—¿No sabes?

—Sé que es un desierto.

—Entonces sabes todo lo que tienes que saber. Serás celoso del motor del bus y de sus necesidades de agua.

—¿Qué estás proponiendo?

—Te vendo el bus, todo legal. Recibes todo el papeleo. Si te paran, las placas me identifican a mí, pero yo vendí el bus.

—Sigue hablando...

—Tú escondes al doctor Ben-Judá debajo de los asientos de atrás. Si puedes pasarlo por la frontera y entrar al Sinaí, ese bus debiera llevarte tan lejos como a Al Arish, a menos de cincuenta kilómetros al oeste de la Franja de Gaza, y derecho hacia el Mediterráneo.

—¿Y qué, ahí nos encuentras con tu bote de madera y nos llevas a Norteamérica?

Al fin, Camilo había logrado que apareciera una sonrisa resignada en Miguel. —Hay una pista aérea allí, y es improbable que los egipcios se preocupen por un hombre que es buscado en Israel. Si hay alguna muestra de que se preocupan, se les puede comprar.

Uno de los otros guardias parecía haber entendido el nombre de la ciudad portuaria, y Camilo supuso que estaba pidiendo a Miguel, en hebreo, que explicara su estrategia. Habló con fervor a Miguel, y éste se volvió a Camilo.

—Mi camarada tiene razón sobre el riesgo. Israel puede haber anunciado ya una enorme recompensa por el rabino. A menos que uno pudiera superar ese precio, los egipcios podrían inclinarse por revenderlo.

—¿Cómo podré saber el precio?

—Tendrás que calcular. Sigue ofreciendo hasta que puedas superarlo.

—¿Cuál sería tu cálculo?

—No menos de un millón de dólares.

—¿Un millón de dólares? ¿Piensas que todo norteamericano tiene esa clase de dinero?

—¿Tú no?

—¡No! Y quien lo tuviera no lo andaría trayendo en dinero efectivo.

—¿Tendrías siquiera la mitad de eso?

Camilo meneó la cabeza y se alejó. Se deslizó de nuevo en el escondite. Zión lo siguió.

—¿Qué te perturba, amigo mío? —preguntó el rabino.

—Tengo que sacarle de aquí —explicó Camilo— Y no tengo idea de cómo.

—¿Has orado?

—Constantemente.

—El Señor hará camino de alguna manera.

—Parece imposible ahora, señor.

—Jehová es el Dios de lo imposible —afirmó Zión.

Caía la noche. Camilo se sentía como vestido de gala sin tener adónde ir. Pidió prestado un mapa a Miguel y lo estudió cuidadosamente, mirando al norte y al sur a lo largo de las vías de agua que separaban a Israel de Jordania. ¡Si sólo hubiera una ruta fluvial despejada desde el río Jordán o el lago Tiberíades al Mediterráneo!

Camilo enrolló de nuevo el mapa resueltamente y se lo pasó a Miguel. —Ya sabes —dijo, pensando en voz alta—, tengo dos juegos de credenciales de identidad. Yo estoy en el país con el nombre de Heriberto Katz, un hombre de negocios norteamericano, pero tengo también mi credencial auténtica.

—¿Y qué?

—Pues, ¿qué tal si paso por la frontera como Heriberto Katz y el rabino como Camilo Williams?

—Te olvidas, señor Williams, que aun nuestros antiguos y polvorientos países están computarizados. Si entraste a Israel como Heriberto Katz, no hay registro de que Camilo Williams esté aquí. Si él no está aquí, ¿cómo puede irse?

—Entonces bien, digamos que *yo* salgo como Camilo Williams y el rabino sale como Heriberto Katz. Aunque no hay registros de que yo esté aquí con mi nombre verdadero, puedo mostrarles mi pase libre y mi cercanía a Carpatia, y decirle que no hagan ninguna pregunta. Eso funciona a menudo.

—Esa es una posibilidad remota pero Zión Ben-Judá no habla como un judío norteamericano, ¿cierto?

—No, pero...

—Y él no se parece en lo más mínimo a ti, ni a tu fotografía.

Camilo se sentía frustrado. —¿Estamos de acuerdo en que tenemos que sacarlo de aquí?, ¿no?

—Incuestionablemente —afirmó Miguel.

—Entonces ¿qué propones? Ya a mí no se me ocurre nada más.

El doctor Ben-Judá gateó hacia ellos, no queriendo obviamente ni siquiera pararse en el pequeño refugio de tierra. —Miguel —dijo— no puedo decirte cuán agradecido estoy por tu sacrificio, por tu protección. También agradezco tu comprensión y tus oraciones. Esto es muy duro para mí. En mi carne yo preferiría no irme. Una parte de mí tiene muchas ganas de morir y estar con mi esposa e hijos. Sólo la gracia de Dios me sostiene. Sólo Él me impide desear la venganza de sus muertes a cualquier precio. Preveo para mí largos y solitarios días y noches de oscura desesperación. Mi fe es inmutable y firme y por eso sólo puedo agradecer al Señor. Me siento llamado a seguir tratando de servirle aun en mi dolor. No sé por qué Él permitió esto, y no sé cuánto tiempo más me dará para predicar y enseñar el evangelio de Cristo. Pero algo profundo dentro de mí me dice que Él no me hubiera preparado tan singularmente a través de toda mi vida, y luego, darme esta segunda oportunidad para proclamar al mundo que Jesús es el Mesías, a menos que tenga más uso para mí.

»Estoy herido. Me siento como si hubiera quedado un enorme hoyo en mi pecho. No puedo imaginar que alguna vez se rellene. Oro por alivio del dolor. Ruego por la liberación del odio y los pensamientos de venganza. Pero, principalmente, ruego por la paz y el reposo para que de alguna manera pueda reconstruir algo de estos fragmentos restantes de mi vida. Sé que ahora mi vida nada vale en este país. Mi mensaje ha enojado a todos, salvo a los creyentes, y ahora con los cargos que han fabricado en mi contra, debo irme. Si Nicolás Carpatia se enfoca en mí, yo seré un fugitivo en cualquier lugar. Pero no tiene sentido que yo me quede aquí. No puedo esconderme para siempre, y necesito tener alguna avenida para ser fructífero en mi ministerio".

Miguel estaba de pie entre Zión y Camilo y puso sus manos sobre ellos. —Zión, amigo mío, tú sabes que mis compatriotas y yo estamos arriesgando todo para protegerte. Te amamos como nuestro padre espiritual y moriremos antes de verte morir. Por supuesto que estamos de acuerdo en que debes irte. A veces parece que si Dios no manda un ángel para que te lleve, nadie tan identificable y tan fugitivo como tú podría escurrirse por las fronteras de Israel. En medio de tu dolor y sufrimiento, no nos atrevemos a pedirte consejo, pero si Dios te ha dicho algo, tenemos que oírlo y necesitamos oírlo ahora.

»El cielo se está oscureciendo y a menos que queramos esperar otras veinticuatro horas, el tiempo de moverse es ahora. ¿Qué haremos? ¿Adónde iremos? Yo estoy dispuesto a pasarte por la aduana en cualquier cruce fronterizo, por medio del uso de las armas de fuego, pero todos conocemos la necedad de eso.

Camilo miró al doctor Ben-Judá, quien sencillamente inclinó su cabeza y oró en voz alta una vez más.

"Oh, Dios, ayuda nuestra en épocas pasadas..."

Camilo empezó inmediatamente a temblar y se arrodilló. Sintió que el Señor le imprimía que la respuesta estaba delante de ellos. Una frase hacía eco en su mente que él sólo podía suponer como que venía de Dios: "Yo he hablado. Yo he provisto. No vaciles".

Camilo se sintió humillado y alentado, pero aún no sabía qué hacer. Si Dios le había dicho que saliera por Egipto, él estaba dispuesto. ¿Era eso así? ¿Qué había sido provisto?

Miguel y Zión estaban ahora de rodillas con Camilo, apretados unos contra los otros, con sus hombros tocándose. Ninguno de ellos hablaba. Camilo sentía la presencia del Espíritu de Dios y empezó a llorar. Los otros dos parecían estar estremeciéndose también. De pronto Miguel habló: —La gloria del Señor será tu retaguardia.

Las palabras llenaron la mente de Camilo. Aunque apenas podía pronunciarlas en medio de su emoción, dijo: —Tú me das agua viva y no tengo más sed. ¿Qué era eso? ¿Estaba Dios diciéndoles que él podía viajar por el desierto del Sinaí sin morir de sed?

Zión Ben-Judá se postró en el suelo, sollozando y quejándose. —Oh, Dios, oh Dios, oh Dios...

Miguel levantó su rostro y dijo: —Habla Señor, pues tus siervos oyen. Obedezcan las palabras del Señor. El que tiene oídos para oír que oiga...

Zión, de nuevo: —El Señor de los ejércitos ha jurado diciendo: "Ciertamente como lo he pensado, así sucederá, y así como me lo propuse, así permanecerá".

Era como si Camilo hubiera sido aplastado por el Espíritu de Dios. De pronto supo qué debían hacer. Las piezas del rompecabezas estaban todas allí. Él, y ellos, habían estado esperando una intervención milagrosa. El hecho era que si Dios quería que Zión Ben-Judá saliera de Israel, él lograría salir. Si Él no lo quería, pues él no saldría. Dios había dicho a Camilo en un sueño que saliera por otro lado, por Egipto. Él había provisto transporte por medio de Miguel. Y ahora había prometido que Su gloria sería la retaguardia de ellos.

—¡Amén! —exclamó Camilo— y amén. —Se levantó y dijo: —Es hora, caballeros. Nos vamos.

El doctor Ben-Judá pareció sorprendido. —¿Te ha hablado el Señor?

Camilo le lanzó una mirada. —¿No le habló a usted, Zión?

—¡Sí! Yo sólo quería asegurarme de que estuviéramos de acuerdo.

—Si votamos —afirmó Miguel— tendríamos unanimidad. Vamos.

Los compatriotas de Miguel pusieron en posición el bote, mientras Camilo tiraba su bolso y Zión subía a bordo. Mientras Miguel ponía en marcha los motores y empezaban a navegar río abajo por el Jordán, Camilo le pasó a Zión los documentos de identificación que llevaban el nombre y fotografía de Camilo. Zión pareció sorprendido.

—No he sentido una dirección para tener que usarlos —dijo.

Y yo tengo la guía clara de que no debo tenerlos conmigo —repuso Camilo—. Yo estoy en el país como Heriberto Katz y saldré del país como Heriberto Katz. Le pediré que me devuelva los documentos cuando entremos al Sinaí.

—Esto es emocionante —afirmó Zión—, ¿no crees? Estamos hablando confiadamente de entrar al Sinaí y no tenemos idea de cómo Dios va a hacerlo.

Miguel dejó el bote en manos de uno de sus amigos y se sentó con Camilo y Zión. —Zión tiene algo de dinero, unas pocas tarjetas de crédito y sus propios documentos. Si lo encuentran con eso será arrestado y probablemente lo maten. ¿Debiéramos guardarlos nosotros?

Zión buscó su billetera y la abrió a la luz de la luna. Sacó el dinero en efectivo, lo dobló una vez y lo metió en su bolsillo.

Empezó a tirar al río Jordán las tarjetas de crédito, una por una. Era lo más parecido a divertirse que Camilo había notado en el hombre desde que lo había visto por primera vez en el escondite. Casi todo fue a parar al agua: todas las formas de identificación y los varios documentos que había reunido a través de los años. Sacó una pequeña sección de fotografías y carraspeó. Puso las fotografías a la luz de la luna y lloró abiertamente. —Miguel, debo pedirte que algún día me las mandes.

—Lo haré.

Zión tiró la vieja billetera al agua. —Y ahora —prosiguió Miguel—, creo que debes devolverle al señor Williams sus papeles.

Zión los tomó. —Espere un minuto —interrumpió Camilo—. ¿No debiéramos tratar de conseguirle alguna credencial de identidad falsa, si es que no va a usar la mía?

—De alguna manera —respondió Zión—, lo que Miguel dice parece bien. Yo soy un hombre que ha sido despojado de todo, hasta de su identidad.

Camilo recibió su credencial y comenzó a buscar un lugar en su saco para esconderla. —No es bueno —avisó Miguel—. No hay lugar en su persona o en tu saco que ellos no registrarán tratando de encontrar una credencial de identidad adicional.

—Bueno —dijo Camilo— no puedo tirar la mía al Jordán.

Miguel estiró la mano. —Yo te la mandaré junto con las fotografías de Zión —ofreció—. Es lo más seguro.

Camilo dudó. —Tampoco se te debe encontrar con esto en tu posesión —dijo.

Miguel los tomó. —Mi vida está destinada a ser corta de todos modos, hermano —afirmó—. Me siento muy honrado y bendecido de ser uno de los testigos predichos en las Escrituras. Pero mi cometido es predicar en Israel donde se odia al Mesías. Mis días están limitados, sea que me agarren o no con tus documentos.

Camilo le agradeció y movió su cabeza. —Aún no entiendo cómo vamos a pasar a Zión por la frontera sin ningún documento, falso o auténtico.

—Ya oramos —repuso Zión—. Yo tampoco sé cómo Dios hará esto. Sólo sé que Él lo hará.

Lo pragmático de Camilo y su capacidad de hallar recursos combatían contra su fe. —¿Pero no debiéramos hacer nuestra parte por lo menos?

—¿Y cuál es nuestra parte, Camilo? —preguntó el rabino—. Cuando se nos acaban las ideas y las opciones y las acciones, es cuando podemos depender solamente de Dios.

Camilo apretó los labios y volvió el rostro. Deseaba tener la misma fe que tenía Zión. Sabía de muchas maneras que la tenía pero aún no le parecía sensato sólo zambullirse de cabeza siguiendo adelante, como desafiando a los guardias a que adivinaran quién era Zión.

—Lamento llamar ahora —se excusó Cloé— pero papá, he tratado de comunicarme con Camilo por su teléfono celular.

—Yo no me preocuparía por Camilo, querida. Tú sabes que él halla maneras de permanecer a salvo.

—¡Oh, papá! Camilo halla maneras de hacer que casi lo maten. Sé que estaba en el King David con su nombre falso, y estoy tentada, pero él prometió que estaría lejos de allí esta noche.

—Entonces yo esperaría eso Cloé. Tú sabes que Camilo rara vez se preocupa mucho por la hora que es. Si la historia o la travesura le lleva toda la noche, entonces pues le lleva toda la noche.

—Eres una gran ayuda papá.

—Trato de serlo.

—Bueno, sólo que no entiendo por qué no tiene su celular consigo todo el tiempo. Tú llevas siempre el tuyo en el bolsillo, ¿no?

—Habitualmente, pero quizás esté en su bulto.

—¿Así que si el bulto está en el hotel y él anda callejeando, pues no tengo suerte?

—Supongo que es eso, querida.

—Me gustaría que anduviera llevando consigo el celular, aunque no lleve su bulto.

—Cloé, trata de no preocuparte. Camilo siempre aparece en alguna parte.

Cuando Miguel atracó en la boca del Jordán, él y sus compañeros observaron detenidamente el horizonte, y luego, caminaron casualmente a su pequeño automóvil y se apilaron adentro. Miguel condujo a su casa, que tenía un pequeño techo que servía como garaje, lo que era demasiado pequeño para el bus que dominaba el callejón detrás de su humilde vivienda. Se encendieron las luces. Un bebé lloró. La esposa de Miguel, envuelta en una bata, salió y lo abrazó desesperadamente. Ella le habló con urgencia en hebreo. Miguel miró a Camilo como disculpándose.

—Tengo que mantenerme más en contacto —explicó encogiéndose de hombros.

Camilo tocó su bolsillo, palpando su teléfono. No estaba ahí. Buscó en su saco y lo encontró. Debía mantenerse más en contacto con Cloé, pero por ahora era más importante llamar a Ken Ritz. Mientras Camilo hablaba por teléfono se dio cuenta de la actividad que había en su alrededor. Miguel y sus amigos se pusieron a trabajar silenciosamente. Se cargó aceite y agua en el motor y el radiador del viejo y desvencijado bus escolar. Uno de los hombres llenó el tanque de combustible con latas almacenadas al costado de la casa. La esposa de Miguel pasó una pila de frazadas y un canasto de ropas para Zión.

Al terminar de hablar Camilo con Ritz, que había acordado encontrarse con ellos en Al Arish en el Sinaí, Camilo pasó por el lado de la esposa de Miguel en su camino al bus. Ella vaciló tímidamente mirándolo. Él demoró el paso, suponiendo que ella no entendía inglés pero también queriéndole expresar su gratitud.

—¿Inglés? —probó—. Ella cerró sus ojos brevemente y meneó su cabeza—. Yo, uh, sólo quería agradecerle —explicó él—. Así, que, uh, gracias. Abrió sus manos y luego las cerró juntas bajo su mentón, esperando que ella supiera lo que él quería decir. Era una persona diminuta, de aspecto frágil y ojos oscuros. La tristeza y el terror estaban grabados en su cara y en sus ojos. Era como si supiera que estaba en el lado correcto, pero que su tiempo era limitado. No podía pasar mucho tiempo sin que hallaran a su marido. Él no sólo era un convertido al verdadero Mesías, sino que también había defendido a un enemigo del Estado. Camilo sabía que la esposa de Miguel debía preguntarse cuánto tiempo pasaría antes de que ella y sus hijos sufrieran la misma suerte que la familia de Zión Ben-Judá. Y fuera de eso, cuánto tiempo pasaría antes de que ella perdiese a su esposo por la causa, digna como era.

Hubiera sido contrario a la costumbre que ella hubiese tocado a Camilo, así que él se sobresaltó cuando ella se le acercó. Se quedó a dos pies de la cara de él y le miró fijo a los ojos. Dijo algo en hebreo y él reconoció sólo las últimas dos palabras, "*Yeshúa ja Machíaj*" (Jesús el Mesías).

Cuando Camilo se alejó en la oscuridad y llegó al bus, Zión ya estaba estirado debajo de los asientos de atrás. Ya se había guardado la comida, el agua, el aceite y el combustible adicional.

Miguel se acercó, y los otros tres amigos detrás de él. Abrazó a Camilo y le besó en ambas mejillas. —Ve con Dios —sentenció, pasándole los documentos de propiedad.

Camilo fue a dar la mano de los otros tres que sabían evidentemente que él no los entendería de todos modos, así que no dijeron nada.

Subió al bus y cerró la puerta, instalándose en el crujiente asiento detrás del volante. Miguel le hizo señas desde afuera para que abriera la ventanilla del lado del chofer. —Rózalo —instruyó Miguel.

—¿Rozarlo? —preguntó Camilo.

—El acelerador.

Camilo apretó el pedal y lo soltó, haciendo girar la llave. El motor rugió ruidosamente cobrando vida. Miguel levantó las dos manos instándole a permanecer lo más callado posible. Camilo soltó lentamente el cloche y el viejo vehículo se estremeció, saltó y se lanzó adelante. Sólo con salir del callejón al camino principal, Camilo sintió como si estuviera corriendo sobre el cloche. Haciendo los cambios, y, sí, rozando el acelerador, por fin estuvo fuera del pequeño vecindario y metido en el camino. Ahora bien, si tan sólo podía seguir las instrucciones de Miguel y llegar de alguna forma a la frontera, el resto sería cosa de Dios. Él sentía una insólita libertad, simplemente pilotando un vehículo —aunque fuese como este— por su propia cuenta. Estaba en una jornada que lo llevaría a alguna parte. Cuando amaneciera podría estar en cualquier sitio: detenido, encarcelado, en el desierto, en el aire o en el cielo.

Doce

No le llevó mucho tiempo a Camilo saber lo que Miguel quería decir con "rozar" el acelerador. Cada vez que Camilo empujaba el cloche para hacer el cambio, el motor casi se detenía. Cuando llegaba a la detención completa, tenía que mantener su pie izquierdo en el cloche, su talón derecho en el freno y rozar el acelerador con los dedos de su pie derecho.

Junto con el título del viejo carruaje, Miguel había puesto un mapa muy general. "Hay cuatro lugares diferentes por donde pueden cruzar en automóvil desde Israel a Egipto", le había explicado Miguel. Los dos más directos estaban en Rafah, Franja de Gaza. "Pero éstos siempre han estado muy patrullados. Mejor sería que fueras directamente al sur desde Jerusalén por Hebrón a Beerseba, aunque eso queda un poco fuera del camino. A unos dos tercios del camino entre Beerseba y Yeroham, hay un atajo al sur pero principalmente al oeste que te lleva por el borde norte del Negev. Allí estarás a menos de cincuenta kilómetros de la frontera y cuando llegues a menos de diez kilómetros, puedes dirigirte al noroeste o seguir al oeste. No podría decir cuál frontera será más fácil de pasar. Yo recomendaría la del sur porque entonces puedes continuar en ruta al noroeste que te lleva directamente a Al Arish. Si tomas por el paso del norte, debes volver al camino principal entre Rafah y Al Arish, que tiene un tráfico vehicular más denso y más cuidadosamente vigilado".

Eso había sido todo lo que Camilo necesitaba escuchar. Tomaría por el cruce más al sur de los cuatro pasos fronterizos, y oraría porque no lo detuvieran hasta entonces.

Zión Ben-Judá se quedó escondido en el suelo debajo de los asientos hasta que Camilo había salido bastante al sur de Jerusalén como para que ambos se sintieran seguros. Zión fue para el frente del bus, y se agachó cerca de Camilo. —¿Estás cansado? —preguntó—. ¿Quieres que yo maneje?

—Está bromeando.

—Puede que pasen muchos meses antes de que sea capaz de encontrar humor en algo —comentó Zión.

—Pero no puede hablar en serio acerca de sentarse al volante de este bus, ¿no? ¿Qué haríamos si nos detienen? ¿Cambiar de lugar?

—Sólo me ofrecía.

—Lo agradezco pero está fuera de toda consideración. Estoy bien, bien descansado. De todos modos tengo un susto mortal. Eso me mantendrá alerta.

Camilo hizo los cambios para pasar una curva y Zión fue proyectado hacia adelante por el impulso. Se aferró al poste metálico cercano al asiento del chofer, y giró y golpeó a Camilo, tirándolo a la izquierda.

—Ya le dije, Zión, que estoy despierto. No tiene que estar continuamente tratando de despertarme.

Miró a Zión para ver si había producido una sonrisa. Parecía que Zión estaba tratando de ser educado. Se deshizo en excusas y se deslizó en el asiento detrás de Camilo, con su cabeza baja, el mentón apoyado en las manos que aferraban la barra que separaba al conductor del primer asiento.

—Dime cuándo tengo que esconderme.

—Para cuando yo lo sepa, ya le habrán visto.

—No creo que pueda soportar el viaje tirado en el piso —explicó Ben-Judá—. Estemos los dos alertas mirando.

Le costó a Camilo hacer que el viejo bus se moviera a más de setenta kilómetros por hora. Temía que les llevara toda la noche llegar a la frontera. Quizás eso estaba bien. Mejor, mientras más oscuro y tarde. Resoplando, mirando los indicadores y tratando de no hacer nada que pudiera atraer la atención hacia ellos, se dio cuenta por el espejo retrovisor de que Zión se había tirado en el asiento y estaba tratando de descansar sobre su costado. Camilo pensó que el rabino había dicho algo.

—¿Perdón? —preguntó Camilo.

—Lo siento, Camilo, estaba orando.

Más tarde Camilo lo oyó cantar. Más tarde aún, llorar. Bastante después de la medianoche, Camilo miró el mapa y notó que iban pasando por Haiheul, un pueblito un poco al norte de Hebrón.

—¿Los turistas de Hebrón estarán afuera a esta hora de la noche? —preguntó Camilo.

Zión se inclinó hacia adelante. —No, pero de todos modos es zona poblada. Seré cuidadoso. Camilo hay algo que quisiera decirte.

—Lo que sea.

—Quiero que sepas que estoy profundamente agradecido de que hayas sacrificado tu tiempo y arriesgado tu vida para venir por mí.

—Para eso estamos los amigos, Zión. Yo he sentido un lazo profundo que me une a usted desde el día en que me llevó por primera vez al Muro de los Lamentos. Y luego, tuvimos que huir juntos después de su programa de televisión.

—Hemos pasado por unas experiencias increíbles, ¿no es cierto? —preguntó Zión—. Simplemente por eso, sabía que tú me encontrarías si lograba hacer que el doctor Rosenzweig te apuntara en dirección a los testigos. No me atreví a decirle dónde estaba. Hasta mi chofer sabía que debía llevarme solamente a Miguel y los otros hermanos de Jericó. Mi chofer estaba tan alterado por lo que pasó con mi familia que lloraba. Hemos estado juntos por muchos años. Miguel prometió mantenerlo informado, pero me gustaría llamarlo yo mismo. Quizá pudiera usar tu teléfono una vez que hayamos pasado la frontera.

Camilo no sabía qué decir. Él tenía más confianza que Miguel en que Zión podía recibir aún otra mala noticia, pero ¿por qué tenía que ser él quien la diera? El intuitivo rabino pareció sospechar de inmediato que Camilo estaba ocultando algo. —¿Qué? —preguntó—. ¿Piensas que es demasiado tarde para llamarlo?

—*Es* muy tarde, —confirmó Camilo.

—Pero si la situación fuera a la inversa, yo me regocijaría mucho de saber de él a cualquier hora del día o de la noche.

—Estoy seguro de que él siente lo mismo —aseguró Camilo suavemente.

Camilo dio un vistazo por el retrovisor. Zión lo miraba fijo, con una mirada de reconocimiento que le sobrevenía. —Quizá debiera llamarlo ahora —sugirió—. ¿Puedo usar tu teléfono?

—Zión, todo lo mío está a su disposición. Usted lo sabe, pero yo no lo llamaría ahora, no.

Cuando Zión respondió, Camilo supo que él sabía. Su voz era plana, llena del dolor que lo seguría por el resto de sus días. —Camilo, su nombre era Jaime. Había estado conmigo desde que empecé a dar clases en la universidad. Él no era hombre instruido, pero era sabio en las cosas del mundo. Hablábamos mucho de mis hallazgos. Él y mi esposa eran los únicos, fuera de mis alumnos asistentes, que sabían lo que iba a decir yo en el programa de televisión. Éramos muy íntimos, Camilo. Tan cercano. Pero él ya no está más con nosotros, ¿verdad?

Camilo pensó en menear meramente la cabeza pero no pudo hacer eso. Se atareó buscando señales de tráfico que indicaran hacia Hebrón, pero por supuesto, el rabino no lo iba a soltar.

—Camilo, somos demasiado íntimos y hemos pasado por demasiado para que me ocultes cosas ahora. Me has dicho claramente que a Jaime lo liquidaron. Debes entender que no pueden empeorar más lo que me han hecho las malas noticias si me entero que hay más, ni mejorar por saber que hay menos. Nosotros, los que creemos en Cristo, entre toda la gente, nunca debemos temer ninguna verdad por dura que sea.

—Jaime está muerto —confirmó Camilo.

Zión dejó caer la cabeza. Él me oyó predicar tantas veces. Él conocía el evangelio. A veces, hasta lo presioné. No se ofendía. Él sabía que yo me interesaba por él. Sólo puedo esperar y orar que quizá, después que me dejó con Miguel, tuvo tiempo de unirse a la familia. Cuéntame cómo pasó.

—Una bomba en el automóvil.

—Entonces, fue instantáneo —dijo él—. Quizá nunca supo qué lo hirió. Quizá no sufrió.

—Lo lamento, Zión. Miguel no creía que podría soportarlo.

—Él me subestima pero aprecio su preocupación. Me aflijo por todos los que estaban asociados conmigo. Todo aquel que parezca saber algo de mi paradero puede sufrir, si no coopera. Eso incluye a tantos. Nunca me perdonaré si todos ellos pagan el precio final por haberme conocido. Francamente, me preocupa Jaime Rosenzweig.

—Yo no me preocuparía por él todavía —dijo Camilo—. Él está aún íntimamente identificado con Carpatia. Por irónico que parezca, ésa es su protección por ahora.

Camilo manejó con cautela por Hebrón y él y Zión se quedaron callados durante todo el camino a Beerseba. En las primeras horas de la mañana, a unos diez kilómetros al sur de Beerseba, Camilo se dio cuenta de que estaba subiendo el indicador de temperatura. El indicador de aceite aún lucía bien, pero lo último que Camilo quería era un recalentamiento.

—Voy a echarle más agua a este radiador, Zión —dijo.

El rabino parecía estar dormitando. Camilo se paró a un costado del camino, sobre la gravilla. Buscó un trapo y bajó. Una vez que tuvo levantada la capota, abrió cautelosamente la tapa del radiador. Estaba humeando pero pudo poner un par de litros de agua antes de que hirviera. Mientras trabajaba se fijó en un automóvil patrullero de la fuerza pacificadora de la Comunidad Mundial que pasaba lentamente por el lado. Camilo trató de parecer casual y respiró profundo.

Se secó las manos y tiró el trapo a su tarro del agua, notando que el automóvil patrullero se había detenido a unos cien pies por delante del bus y estaba retrocediendo lentamente. Tratando de no parecer sospechoso, Camilo tiró el tarro del agua dentro del bus y dio la vuelta para cerrar la capota. Antes de cerrarla el patrullero retrocedió volviendo al camino y viró para enfrentarlo. Con los focos brillando en sus ojos, Camilo oyó al "pacificador" de la Comunidad Mundial que decía algo en hebreo a través de su megáfono.

Camilo estiró ambos brazos y gritó: "¡Inglés!"

Con un fuerte acento el "pacificador dijo": —Por favor, permanezca afuera de su vehículo.

Camilo se dio vuelta para bajar la capota pero el oficial le habló de nuevo. —Por favor, quédese donde está.

Camilo se encogió de hombros y se paró torpemente, con las manos en los bolsillos. El oficial habló a su radio. Por fin, el joven hombre salió del patrullero. —Felices tardes, señor —dijo.

—Gracias —contestó Camilo—. Sólo se trata de que tuve unos problemas de recalentamiento.

El oficial era oscuro y delgado, vestía el chillón uniforme de la Comunidad Mundial. Camilo deseó tener su propio pasaporte y documentos. Nada echaba a correr con más rapidez a un oficial de la CM que el pase libre nivel 2-A de Camilo. —¿Está solo? —preguntó el oficial.

—Me llamo Heriberto Katz —contestó Camilo.

—Le pregunté si está solo.

—Yo soy un hombre de negocios norteamericano, que estoy en viaje de placer.

—Sus documentos, por favor.

Camilo sacó su pasaporte falso y la billetera. El joven los estudió a la luz de una linterna y apuntó la luz a la cara de Camilo. Este no creía que eso era necesario pues las luces delanteras ya lo cegaban pero no dijo nada.

—Señor Katz, ¿puede decirme dónde consiguió este vehículo?

—Lo compré anoche. Justo antes de la medianoche.

—¿Y se lo compró a quién?

—Tengo los papeles. No puedo pronunciar su nombre. Soy un norteamericano.

—Señor, la patente de este vehículo pertenece a un residente de Jericó.

Camilo, todavía jugando al tonto, dijo: —Bueno, ¡eso es! Allí es donde lo compré, en Jericó.

—¿Y usted dice que lo compró antes de la medianoche?

—Sí, señor.

—¿Sabe que se anda buscando a un hombre en este país?

—Dígame —respondió Camilo.

—Resulta que el dueño de este vehículo fue detenido, justamente hace una hora, por haber ayudado y asistido a un sospechoso de asesinato.

—¡No me diga! —repuso Camilo—. Yo sólo viajé en bote con este hombre. Él tiene un bote de turismo. Le dije que necesitaba un vehículo que me sacara de Israel hacia Egipto para poder irme a casa en avión, a Norteamérica. Me dijo que tenía el vehículo y es éste.

El oficial se acercó al bus. —Voy a tener que ver esos documentos —afirmó.

—Se los mosatraré —respondió Camilo, poniéndose frente a él y saltando al bus. Tomó los papeles y los sacudió mientras bajaba. El oficial se echó atrás volviendo a la luz de sus focos delanteros.

—Los documentos parecen en orden pero es demasiada coincidencia que usted comprara este vehículo sólo horas antes de que se arrestara a ese hombre.

—No entiendo que tenga que ver la compra de un bus con que un tipo haya armado líos —argumentó Camilo.

—Tenemos razones para creer que el hombre que le vendió este vehículo ha estado albergando a un asesino. Se le capturó con los documentos del sospechoso, y los de un norteamericano. No pasará mucho tiempo sin que lo convenzamos que nos diga dónde ha albergado al sospechoso.

El oficial miró sus propias notas. —¿Conoce usted a un tal Camilo Williams, un norteamericano?

—No suena como el nombre de ningún amigo que yo tenga. Yo soy de Chicago.

—¿Y usted se va esta noche, desde Egipto?

—Correcto.

—¿Por qué?

—¿Por qué? —repitió Camilo.

—¿Por qué tiene que salir por Egipto? ¿Por qué no sale desde Jerusalén o Tel Aviv?

—No hay vuelos esta noche. Quiero llegar a casa. He contratado un vuelo.

—¿Y por qué no contrató sencillamente un automóvil que lo llevara?

—Si mira bien ese título y la factura de venta, verá que pagué menos por el bus de lo que hubiera pagado por un viaje.

—Un momento, señor.

El oficial volvió a su automóvil patrullero y se sentó a hablar por radio durante varios minutos.

Camilo oraba que se le ocurriera algo que impidiera que el "pacificador" registrara el bus.

El joven salió luego del automóvil. —Usted dice que nunca ha oído de Camilo Williams. Ahora estamos determinando si el hombre que le vendió este vehículo lo involucraría a usted en su plan.

—¿Su plan? —preguntó Camilo.

—No nos costará mucho tiempo averiguar dónde ha ocultado a nuestro sospechoso. Será lo mejor para él decirnos toda la verdad. Él tiene esposa e hijos después de todo.

Por primera vez en su vida Camilo se vio tentado a matar a un hombre. Él sabía que el oficial era sólo un peón de un juego cósmico, la guerra entre el bien y el mal, pero representaba al mal. ¿Hubiera encontrado justificación Camilo en la forma en que Miguel se sentía justificado, al matar a los que podían matar a Zión? El oficial oyó sonar su radio y se apresuró a regresar al patrullero. Volvió en un momento.

—Nuestras técnicas lo lograron —dijo—. Hemos logrado que nos diga la localización del escondite, en alguna parte entre Jericó y el lago Tiberíades, por el Jordán. Pero aun bajo amenaza de tortura y hasta muerte, él jura que usted era un simple turista al cual le vendió el vehículo.

Camilo suspiró. Otros hubiesen considerado ese ardid mutuo como una coincidencia. Para él era tanto un milagro como lo que había visto en el Muro de los Lamentos.

—Sin embargo, sólo por cuestiones de seguridad —decía el oficial—, me han pedido que registre su vehículo en busca de alguna evidencia del fugitivo.

—Pero usted dijo...

—No tema, señor. Usted está libre. Quizá lo usaron para transportar alguna prueba fuera del país sin que usted lo sepa. Sencillamente tenemos que registrar el vehículo en busca de cualquier indicio que nos pueda conducir al sospechoso. Le agradeceré que se quede a un lado y permanezca ahí mientras yo registro su vehículo.

—¿No necesita una orden o mi permiso o algo por el estilo?

El oficial se dio vuelta, en actitud amenazante, hacia Camilo. —Señor, usted se ha portado amable y cooperador. Pero no cometa el error de pensar que está hablando con un representante local de la ley. Por mi automóvil y mi uniforme puede ver que yo represento a las fuerzas pacificadoras de la Comunidad Mundial. No estamos restringidos por convencionalismos ni reglamentos. Yo podría confiscar este vehículo sin siquiera su firma. Ahora, espere aquí.

Pensamientos locos cruzaron veloces por la mente de Camilo. Consideró tratar de desarmar al oficial y huir con Zión en el patrullero del hombre. Sabía que eso era ridículo pero odiaba la pasividad. ¿Saltaría Zión contra el oficial? ¿Matarlo? Camilo oyó los pasos del oficial proceder lentamente a la parte trasera del bus y luego al frente. La luz de la linterna danzaba alrededor por dentro del bus.

El oficial volvió a él. —¿Qué pensaba que iba a hacer? ¿Pensaba que se iba a salir con la suya en esto? ¿Pensaba que yo iba a permitirle manejar este vehículo para cruzar la frontera a Egipto y sencillamente botarlo? ¿Iba usted a dejarlo en un aeropuerto de alguna parte para que las autoridades limpiaran eso?

Camilo estaba estupefacto. ¿Esto era por lo que se preocupaba el oficial ahora? ¿No había visto a Zión Ben-Judá en el bus? ¿Dios lo había cegado sobrenaturalmente?

—Uh, yo, eh... en realidad había pensado en eso. Sí, entiendo que muchos de los de la localidad que tratan de obtener algo de dinero adicional ayudando con el equipaje y cosas así, que uh... ellos se entusiasmarían por tener un vehículo así.

—Usted debe ser un norteamericano muy rico, señor. Me doy cuenta de que este bus no vale mucho, pero por cierto que es una tremenda propina para un cargador de equipaje, ¿no lo diría usted?

—Trátame de frívolo —dijo Camilo.

—Gracias por su cooperación, señor Katz.

—Bueno, no hay de qué. Y gracias.

El oficial se metió de nuevo en su automóvil y viró por el camino, dirigiéndose al norte de regreso a Beerseba. Camilo, con sus rodillas como de gelatina y sus dedos crispados, cerró la capota y subió al bus.

—¿Cómo hizo eso Zión? ¡Zión! ¡Zión! ¡Soy yo! Ahora puede salir, donde sea que esté. No hay forma de que quepa en el maletero ¿Zión?

Camilo se paró en un asiento y miró el maletero. Nada. Se tiró al piso y miró debajo de los asientos. Nada sino su saco, la pila de ropa, el alimento y el agua, el aceite y el combustible. Si Camilo no hubiera sabido que no se debía, hubiera creído que Zión Ben-Judá había sido arrebatado, después de todo.

¿Ahora, qué? No había pasado tráfico mientras Camilo estuvo ocupado con el oficial. ¿Se atrevería a gritar en la oscuridad? ¿Cuándo se había ido del bus Zión? Más que hacer una escena para alguien que pudiere pasar por el lado, Camilo subió al bus, volvió a echar a andar el motor, y manejó por el costado del camino. A unos trescientos metros trató de virar en U y halló que tenía que hacerlo con una vuelta en tres tiempos. Condujo hasta el otro costado, dejando nubes de polvo ascendentes detrás de sí, iluminadas por las luces rojas traseras. *¡Vamos, Zión! ¡Dígame que no empezó a andar todo el camino a Egipto!*

Camilo pensó en tocar la bocina pero en cambio manejó otro par de cientos de metros al norte y viró de nuevo. Esta vez sus luces captaron el gesto furtivo y pequeño de su amigo desde una arboleda a lo lejos. Hizo rodar lentamente el bus hacia la zona y abrió la puerta. Zión Ben-Judá saltó a bordo y se tiró en el suelo, cerca de Camilo. Estaba jadeando.

—Si te preguntaste alguna vez qué se quiso decir con eso de que el Señor obra en formas misteriosas —dijo Zión—, he ahí tu respuesta.

—¿Qué pasó? —preguntó Camilo—. Pensé que esto era definitivo.

—¡Yo también! —contestó Zión—. Estaba dormitando y apenas entendí que ibas a hacer algo con el motor. Cuando levantaste la capota, me di cuenta de que tenía necesidad de hacer mis necesidades. Estabas echando el agua cuando me bajé. Estaba sólo a unos quince pies del camino cuando pasó el patrullero. No supe que harías tú pero sabía que yo no podía estar en ese bus. Sólo empecé a caminar en esta dirección orando para que de alguna manera salieras del paso.

—¿Oyó la conversación entonces?

—No, ¿qué fue todo lo que se dijo?

—No lo creerá, Zión.

Y Camilo le contó toda la historia mientras iban hacia la frontera.

Zión fue cobrando valor a medida que el viejo bus rodaba por la oscuridad. Se sentó en el asiento delantero, directamente detrás de Camilo. No se ocultaba ni se doblaba. Se inclinaba adelante y hablaba con fervor en el oído de Camilo.

—Camilo —decía con voz débil y temblorosa—, voy a volverme casi loco preguntándome quién se ocupará de la sepultura de mi familia.

Camilo vaciló. —No sé cómo preguntarle eso, señor, pero ¿qué pasa generalmente en casos como este? Quiero decir, cuando las facciones pseudo oficiales hacen algo como esto.

—Eso es lo que me molesta. Nunca ves lo que pasa con los cuerpos. ¿Los entierran? ¿Los queman? No sé, pero la sola idea de eso me está perturbando profundamente.

—Zión, lejos esté yo de aconsejarle espiritualmente. Usted es hombre de la Palabra y de profunda fe.

Zión lo interrumpió. —No seas necio, mi joven amigo. Sólo porque no seas un erudito no significa que seas menos maduro en la fe. Eres un creyente desde antes que yo.

—De todos modos, señor, se me acabó la intuición para saber cómo tratar una tragedia tan personal. No podría haber manejado ni remotamente algo como lo que está pasando ni siquiera de cerca a cómo usted lo está enfrentando.

—No olvides, Camilo, que yo estoy funcionando principalmente por emoción. Sin duda que mi sistema está en estado de conmoción todavía. Mis peores días aún están por llegar.

—Francamente, Zión, he temido lo mismo. Por lo menos ha podido llorar. Las lágrimas pueden ser un tremendo alivio. Temo por aquellos que pasan tales traumas y que les resulta imposible derramar lágrimas.

Zión se sentó derecho y no dijo nada. Camilo oró en silencio por él. Finalmente, Zión volvió a inclinarse adelante. —Yo vengo de un legado de lágrimas —comentó—. Siglos de lágrimas.

—Desearía poder hacer algo concreto por usted, Zión —ofreció Camilo.

—¿Concreto? ¿Qué más concreto que esto? Has sido tal aliento para mí que no puedo decírtelo. ¿Quién más haría esto por un hombre al que apenas conoce?

—Me parece que le he conocido siempre.

—Y Dios te ha dado recursos que no tienen siquiera mis amigos más íntimos.

Zión pareció hundirse en pensamientos. Finalmente dijo: —Camilo, hay algo que puedes hacer que sería algo de alivio para mí.

—Lo que sea.

—Cuéntame de ese grupito de creyentes tuyo, allá en Norteamérica. ¿Cómo los llamas? El grupo principal, quiero decir.

—El Comando Tribulación.

—¡Sí! Me encanta oír esas historias. Dondequiera que he ido en el mundo a predicar y ser usado como instrumento para convertir a los ciento cuarenta y cuatro mil judíos que se están convirtiendo en los testigos de las Escrituras, he oído relatos maravillosos de reuniones secretas y cosas por el estilo. Cuéntame de tu Comando Tribulación.

Camilo comenzó por el principio. Empezó en el avión en que él era un pasajero más y Patty Durán era una azafata del vuelo, y Raimundo Steele, el piloto. Al ir hablando, seguía mirando por el retrovisor para ver si Zión estaba escuchando en realidad o simplemente tolerando un largo cuento. Camilo siempre se había sorprendido de que su mente pudiera ir por dos pistas a la vez. Él podía contar algo y pensar en otra historia al mismo tiempo. Mientras le contaba a Zión que oyó a Raimundo contar su propia historia de búsqueda espiritual, que conoció a Cloé y viajó de regreso desde Nueva York a Chicago con ella en el mismo día en que ella oró con su padre para recibir a Cristo, de haberse reunido con Bruno Barnes y haber sido aconsejado por éste que fue su mentor y tutor cada vez que se pudo, Camilo estaba tratando de contener su miedo de enfrentar el cruce de la frontera. Al mismo tiempo, estaba preguntándose si debía completar su historia. Zión no sabía aún de la muerte de Bruno Barnes, un hombre al que nunca había conocido pero con quien había mantenido correspondencia y con quien había esperado ministrar un día.

Camilo llevó la historia hasta unos pocos días antes, cuando se había reunido el Comando Tribulación en Chicago, justo antes de que estallara la guerra. Camilo sintió que Zión se ponía más nervioso a medida que se aproximaban a la frontera. Parecía moverse más, interrumpir más, hablar más rápido y hacer más preguntas.

—¿Y el pastor Bruno había estado en la planta de personal de la iglesia durante muchos años sin haber sido verdaderamente creyente?

—Sí, esa fue una historia difícil y triste de contar, aun para él.

—No puedo esperar para conocerlo —comentó Zión—. Me lamentaré por mi familia y echaré de menos mi patria como si ella fuera verdaderamente mi madre, pero poder orar con tu Comando Tribulación y abrir las Escrituras con ellos, será un bálsamo para mi dolor, ungüento para mi herida.

Camilo respiró profundo. Él quería dejar de hablar, concentrarse en el camino y la frontera por delante. Pero nunca podía ser nada menos que totalmente honesto con Zión. —Conocerá a Bruno Barnes en la Manifestación Gloriosa —repuso.

Camilo observó por el espejo. Era claro que Zión había oído y entendido. Bajó su cabeza. —¿Cuándo pasó? —preguntó.

Camilo se lo dijo.

—¿Y cómo murió?

Camilo le contó lo que él sabía. —Probablemente nunca vamos a saber si fue el virus con que se infectó en el extranjero o el impacto de la explosión en el hospital. Raimundo dijo parecía no haber marcas en su cuerpo.

—Quizás el Señor le ahorró el bombardeo llevándoselo primero.

Camilo consideró que Dios estaba proveyendo al rabino Ben-Judá para ser el nuevo mentor espiritual y bíblico del Comando Tribulación, pero no se atrevió a sugerir eso. No había forma de que un fugitivo internacional pudiera llegar a ser el nuevo pastor de la Iglesia de Centro de la Nueva Esperanza, especialmente si Nicolás Carpatia tenía enfocados sus ojos en él. De todos modos, Zión podría considerar loca la idea de Camilo. ¿No había una manera más fácil en que Dios pudiera haber puesto a Zión en posición de ayudar al Comando Tribulación sin costarle su esposa e hijos?

A pesar de su nerviosismo, a pesar de su miedo, a pesar de la distracción de manejar en territorio desconocido y peligroso, con un transporte menos que deseable, Camilo vio de súbito desplegado todo ante él. No diría que era una visión. Era sólo darse cuenta de las posibilidades. De pronto supo cuál era el primer uso del refugio secreto debajo de la iglesia. Vio a Zión allí, abastecido con todo lo necesario, incluida una de esas grandes computadoras que Dany Moore estaba armando.

Camilo se entusiasmó con sólo pensar en eso. Le daría al rabino todo los programas de computadora que necesitara. Le tendría la Biblia en todas las versiones, todos los idiomas con todas las notas y comentarios, diccionarios y enciclopedias que necesitara. Zión nunca tendría que volver a preocuparse por haber perdido sus libros. Todos ellos estarían en un solo lugar, un enorme disco duro.

¿Y con qué podría salir Dany que le permitiera a Zión transmitir subrepticiamente a la Internet? ¿Era posible que su ministerio fuera más espectacular y amplio que nunca? Podría enseñar y predicar y dar estudios bíblicos en la red para los millones de computadoras y televisores de todo el mundo? Seguro que debía haber alguna tecnología que le permitiera hacer esto sin ser detectado. Si los fabricantes de teléfonos celulares podían poner *chips* que permitían que un usuario saltara entre tres docenas de frecuencias diferentes en cosa de segundos, para evitar la estática y cualquier medio de poder interceptarle, seguro que había una manera de escamotear un mensaje en la red impidiendo que se identificara al emisor del mismo.

A lo lejos Camilo vio automóviles y camiones patrulleros de la CM, cerca de dos edificios de una sola planta que estaban puestos como a horcajadas por encima del camino. Los edificios debían ser la salida desde Israel. Camino arriba debía estar la entrada al Sinaí. Camilo hizo los cambios y verificó los indicadores. La temperatura estaba empezando a subir sólo levemente, y él estaba convencido de que si manejaba lentamente y era capaz de apagar el vehículo por un rato en el cruce de la frontera, eso alcanzaría para arreglarlo. Estaba bien de combustible y el indicador de aceite se veía bien.

Estaba irritado. Su mente estaba ocupada en las posibilidades de un ministerio para Zión Ben-Judá que superara todo lo que él había sido capaz de hacer antes, pero también le recordaba, que en esencia, él mismo podría transmitir por la Internet la verdad de lo que estaba pasando en el mundo. ¿Por cuánto tiempo más podía fingir que era un empleado cooperador de Nicolás Carpatia, aunque no leal? Su periodismo no era ya objetivo. Era propaganda. Era lo que George Orwell hubiera llamado "neoparla" en su famosa novela *1984*.

Camilo no quería enfrentar el cruce de la frontera. Quería sentarse con una libreta en mano y anotar sus ideas. Quería entusiasmar al rabino con las posibilidades pero no podía. Evidentemente su cacharro y su vulnerable carga personal tendrían la plena atención de los guardias de la frontera. Cualesquiera hubieran sido los vehículos que les precedieron, hacía mucho rato que se habían ido, y no se veía ninguno por el espejo retrovisor.

Zión se tiró en el piso entre los asientos. Camilo se acercó a dos guardias uniformados y con casco, que estaban frente a la barrera del cruce. El del lado del conductor del bus hizo señas que debía abrir la ventanilla y le habló en hebreo.

—Inglés —dijo Camilo.

—Pasaporte, visa, documentos de identidad, registro del vehículo, mercaderías para declarar y cualquier cosa que tenga a bordo que usted quiera que sepamos antes de que registremos y que deba ser pasada por la ventana o anunciada a nosotros antes que levantemos la barrera.

Camilo se paró y sacó del asiento delantero todos los papeles relacionados al vehículo. Agregó su pasaporte falso, visa e identificación. Se deslizó de nuevo detrás del volante y pasó todo al guardia. —También llevo comida, combustible, aceite y agua.

—¿Algo más?

—¿Algo más? —repitió Camilo.

—¡Algo más que tengamos que ver, señor! Le interrogarán adentro y su vehículo será registrado allá.

El guardia apuntó justo más allá del edificio al lado derecho del camino.

—Sí, tengo algo de ropa y frazadas.

—¿Eso es todo?

Esas son las únicas otras cosas que llevo.

—Muy bien, señor. Cuando se alce la barrera, por favor, dirija su vehículo hacia la derecha y se encuentra conmigo en el edificio a la izquierda.

Camilo manejó lentamente al pasar debajo de la barrera, manteniendo al bus en primera, la más ruidosa. Zión se estiró más allá del asiento de Camilo y le tomó el tobillo. Camilo lo consideró como ánimo y gracias, y si era necesario, adiós. —Zión —susurró—, su única esperanza es quedarse lo más atrás posible. ¿Puede gatear hasta el fondo?

—Trataré.

—Zión, la esposa de Miguel me dijo algo cuando me fui. No lo entendí. Fue en hebreo. Las últimas dos palabras fueron algo como *Yeshúa ja Ma*...algo.

—"*Yeshúa ja Machíaj*" quiere decir "Jesús el Mesías" —explicó Zión con voz temblorosa—. Ella te estaba deseando la bendición de Dios en tu viaje en el nombre de "*Yeshúa ja Machíaj*".

—Lo mismo para usted, hermano mío —repuso Camilo.

—Camilo, amigo mío, te veré pronto. Si no en esta vida, entonces en el reino eterno.

Los guardias se acercaban, obviamente preguntándose qué era lo que detenía a Camilo. Él apagó el motor y abrió la puerta, justo cuando se acercaba un joven guardia. Camilo tomó un tarro de agua y pasó al lado del guardia.

—He estado teniendo un poco de problemas con el radiador —explicó—. ¿Usted sabe algo de radiadores?

Distraído, el guardia arqueó las cejas y siguió a Camilo a la parte delantera del bus. Levantó la capota y echaron el agua. El guardia más viejo, el que había hablado con él en la barrera, dijo: —Vamos, ¡vamos, adelante!

—Estoy con usted de inmediato —contestó Camilo, consciente de cada nervio de su cuerpo. Hizo un tremendo ruido al cerrar bruscamente la capota. El guardia más joven se acercó a la puerta, pero Camilo pasó por el lado suyo, se disculpó, puso un pie en la pisadera y tiró la lata dentro del bus. Pensó en "ayudar" al guardia a registrar el bus. Podía quedarse con él y mostrar las frazadas, y las latas de combustible, aceite y agua. Pero ya se había acercado peligrosamente, temía hacerse sospechoso. Bajó del bus y se dirigió al joven guardia. —Muchas gracias por ayudarme. Yo no sé mucho de motores, en realidad. Los negocios son mi especialidad. Norteamérica, usted sabe.

El joven guardia lo miró a los ojos y asintió. Camilo oró que sólo le siguiera al edificio al otro lado del cruce fronterizo. El guardia de más edad estaba esperando, mirándolo fijo, ahora haciéndole señas para que se acercara. Camilo no tenía opción ahora. Dejó al rabino Zión Ben-Judá, el fugitivo más reconocible y notorio de Israel, en las manos de los guardias fronterizos.

Camilo se apresuró a entrar al edificio. Estaba tan distraído como nunca, pero no podía dejar que se notara. Quería darse vuelta y ver si sacaban a Zión del bus arrastrándolo. No había forma de que pudiera escapar a pie como lo había hecho en el camino, no mucho tiempo antes. No había dónde ir aquí, ningún sitio donde esconderse. Las rejas de alambre de púas se alineaban a cada lado. Una vez que uno entraba por la barrera, tenía que seguir a un lado o al otro. No había forma de dar la vuelta.

El primer guardia tenía los papeles de Camilo desplegados ante él. —Usted entró a Israel por medio de cuál puerto de entrada?

—Tel Aviv —contestó Camilo—. Todo debiera estar ahí...

—Oh, sí. Sólo verifico. Sus papeles parecen estar en orden, señor Katz —agregó, sellando el pasaporte y la visa de Camilo—. ¿Y usted representa a ...?

—Cosechadores Internacionales —contestó Camilo, en plural porque así lo sentía.

—¿Y cuándo se va de la región?

—Esta noche. Si mi piloto me encuentra en Al Arish.

—¿Y cómo dispondrá del vehículo?

—Yo esperaba venderlo barato a alguien en el aeropuerto.

—Dependiendo de cuan barato, eso no será problema.

Camilo pareció quedarse congelado en el sitio. El guardia miró por encima de su hombro y al otro lado del camino. ¿Qué estaba mirando? Camilo sólo podía imaginarse a Zión detenido, esposado y llevado al otro lado del camino. ¡Qué necio había sido al no tratar de encontrar un compartimento secreto para Zión! Esto era una locura. ¿Había conducido a su muerte a aquel hombre? Camilo no podía tolerar la idea de perder aún a otro miembro más de su nueva familia en Cristo.

El guardia estaba en la computadora. —¿Esto muestra que usted fue detenido cerca de Beerseba temprano esta mañana?

—Detenido es un poco exagerado. Yo estaba echando más agua al radiador y fui interrogado brevemente por un oficial pacificador de la CM.

—¿Le dijo él que el dueño anterior de su vehículo había sido arrestado en conexión a la fuga de Zión Ben-Judá?

—Sí.

—Entonces, puede que le interese esto. El guardia se dio vuelta y apuntó a un aparato de control remoto de un televisor que estaba en un rincón. La Red Noticiosa de la Comunidad Mundial estaba informando que un tal Miguel Shorosh había sido arrestado en conexión a dar albergue a un fugitivo de la justicia. "Voceros de la Comunidad Mundial dicen que Ben-Judá, antes un sabio y clérigo respetado, se había vuelto evidentemente un fundamentalista fanático radical, y señalaron el sermón dado justo hace una semana, como prueba de que reaccionó exageradamente a un pasaje del Nuevo Testamento, y más tarde fue visto por varios vecinos matando a su propia familia".

Camilo miró horrorizado que el noticiero pasaba una película de Zión hablando en una enorme campaña en un estadio repleto de Larnaca, isla de Chipre. "Usted notará —decía el locutor de las noticias, al ser detenida la cinta—, el hombre en la plataforma, detrás del doctor Ben-Judá, fue identificado como Miguel Shorosh. En un allanamiento hecho a su casa de Jericó, poco después de esta medianoche, las fuerzas pacificadoras encontraron fotos personales de la familia de Ben-Judá y documentos de identidad de Ben-Judá, así como los de un periodista norteamericano, Camilo Williams. La conexión de Williams con el caso no se ha determinado".

Camilo rogó orando que no mostraran su cara por televisión. Se sobresaltó al ver que el guardia miraba por encima de su hombro, hacia la puerta. Camilo giró para ver entrar al joven guardia que lo miraba fijo. El joven dejó que se cerrara la puerta detrás de él y se apoyó contra ella, con sus brazos cruzados en su pecho. Miró el noticiero con ellos. La cinta mostró a Ben-Judá leyendo de Mateo. Camilo había oído a Zión predicar este sermón. Los versículos habían sido sacados fuera de contexto por supuesto. *Pero cualquiera que me niegue delante de los hombres, yo también lo negaré delante de mi Padre que está en los cielos. No penséis que vine a traer paz a la tierra; no vine a traer paz, sino espada. Porque vine a poner al hombre contra su padre, a la hija contra su madre, y a la nuera contra su suegra; y los enemigos del hombre serán los de su misma casa. El que ama al padre o a la madre más que a mí, no es digno de mí; y el que ama al hijo o la hija más que a mí, no es digno de mí. Y el que no toma su cruz y sigue en pos de mí, no es digno de mí.*

El locutor de las noticias dijo con solemnidad: "Esto es sólo pocos días antes que el rabino asesinara a su esposa e hijos a plena luz del día".

—Eso es algo tremendo, ¿no? —preguntó el guardia más viejo.

—Correcto, es algo tremendo —repitió Camilo, temiendo que su voz lo traicionara.

El guardia del escritorio estaba apilando los documentos de Camilo. Miró más allá de Camilo, al guardia joven. —Todo correcto ¿está bien con el vehículo, Anis?

Camilo tuvo que pensar rápido. ¿Qué parecería más sospechoso, no darse vuelta para mirar al joven o darse vuelta para mirarlo? Se dio vuelta para mirarlo. Aún de pie delante de la puerta cerrada, con los brazos cruzados sobre el pecho, el rígido joven asintió una vez. —Todo está en orden. Frazadas y víveres.

Camilo había estado reteniendo el aliento. El hombre del escritorio deslizó los documentos. —Que tenga un viaje seguro —deseó.

Camilo casi lloró mientras exhalaba. —Gracias —respondió.

Se dio vuelta hacia la puerta pero el guardia más viejo aún no había terminado. —Gracias por visitar Israel —agregó.

Camilo quiso gritar. Se dio vuelta y asintió. —Sí, uh, sí. De nada.

Él tuvo que obligarse a caminar. Anis no se movió al acercarse Camilo a la puerta. Se enfrentó cara a cara con el joven y se detuvo. Sintió que el guardia mayor observaba.

—Discúlpeme —pidió Camilo.

—Mi nombre es Anis —dijo el hombre.

—Sí, Anis. Gracias. Discúlpeme por favor.

Finalmente Anis se hizo a un lado y Camilo se fue temblando. Sus manos temblaban mientras doblaba los papeles y los metía en su bolsillo. Abordó el viejo bus y lo echó a andar. Si Zión había hallado dónde esconderse, ¿cómo lo iba a hallar ahora? Hizo la frágil danza entre el cloche y el acelerador y logró que el cacharro se moviera. Cuando al fin tomó velocidad, cambió a tercera y el motor se estabilizó un poco. Llamó.

—Si aún está a bordo amigo mío, quédese donde está hasta que desaparezcan las luces de ese cruce fronterizo. Entonces quiero saberlo todo.

Trece

Raimundo estaba cansado de que el teléfono lo despertara. Sin embargo, poca gente de Nueva Babilonia aparte de Carpatia y Fortunato lo llamaban. Y ellos habitualmente tenían la sensatez de no perturbarlo a medianoche. Así que —decidió— el teléfono que sonaba tenía buenas o malas noticias. Una de dos posibilidades, en este día y época no estaba tan mal.

Tomó el teléfono y contestó: —Steele.

Era Amanda. —Oh, Raimundo, sé que es medianoche allá y lamento despertarte. Lo que sucede es que aquí pasó algo excitante y queremos saber si tú sabes algo.

—¿Saber algo de qué?

—Bueno, Cloé y yo estábamos revisando todas esas hojas impresas de la computadora de Bruno. ¿Te contamos eso?

—Sí.

—Recibimos la llamada más rara de Loreta, desde la iglesia. Nos contó que estaba trabajando allá, sola, recibiendo unas cuantas llamadas telefónicas, cuando había sentido una urgencia abrumadora de orar por Camilo.

—¿Por Camilo?

—Sí. Contó que la emoción la compelió de tal modo, que se paró rápidamente de su silla. Pensaba que eso la había mareado pero algo la hizo caer de rodillas. Una vez que estuvo arrodillada, se dio cuenta de que no estaba mareada sino que estaba orando fervorosamente por Camilo.

—Todo lo que sé, querida, es que Camilo está en Israel. Pienso que está tratando de hallar a Zión Ben-Judá, y tú sabes lo que le pasó a su familia.

—Lo sabemos —contestó Amanda—. Es sólo que Camilo tiene esa manera de meterse en líos.

—Él también tiene una manera de salirse de los líos —repuso Raimundo.

—Entonces, ¿qué te parece este presentimiento de Loreta o lo que haya sido?

—Yo no lo llamaría presentimiento. Todos podemos beneficiarnos de la oración en estos días, ¿no?

Amanda sonó molesta. —Raimundo, esto no fue falso. Tú sabes que Loreta es tan sensata como se pudiera pedir. Ella estaba tan alterada que cerró la oficina y vino a casa.

—¿Quieres decir antes de la nueve de la noche? ¿Pero qué se ha vuelto ella, una holgazana?

—Vamos, Raimundo. Ella no fue hasta cerca del mediodía de hoy. Tú sabes que a menudo se queda hasta las nueve. La gente llama a toda hora.

—Lo sé. Lo siento.

—Ella quiere hablar contigo.

—¿Conmigo?

—Sí. ¿Hablarás tú con ella?

—Seguro, ponla al teléfono. —Raimundo no tenía idea de qué decirle. Bruno hubiese tenido una respuesta para algo como esto.

Loreta sonaba indudablemente estremecida. —Capitán Steele, lamento molestarlo a esta hora de la noche. ¿Qué es, como las tres de la madrugada allá?

—Sí, señora, pero está bien.

—No, no está bien. No hay razón para sacar a alguien de un sueño profundo pero, señor, Dios me dijo que ore por ese muchacho, lo sé bien.

—Entonces me alegro de que lo hiciera.

—¿Piensa que estoy loca?

—Siempre he pensado que estaba loca, Loreta. Por eso es que la amamos tanto.

—Sé que está haciendo bromas, capitán Steele, pero en serio, ¿se me ha aflojado un tornillo?

—No, señora. Parece que Dios está obrando en formas mucho más directas y espectaculares todo el tiempo. Si la guió a usted a orar por Camilo, entonces recuerde preguntarle qué estaba pasando.

—Eso es precisamente la cuestión, señor Steele. Tengo esta sensación abrumadora de que Camilo estaba en graves aprietos. Sólo espero que salga de ahí vivo. Todos esperamos que él pueda regresar a tiempo para el servicio del domingo. Usted estará aquí, ¿no?

—Si Dios quiere —repuso Raimundo, asombrado de oír de sus propios labios una frase que siempre había considerado tonta, cuando los viejos amigos de Irene la decían.

—Queremos estar todos juntos el domingo —afirmó Loreta.

—Es mi máxima prioridad, señora. Y Loreta, ¿me haría un favor?

—¿Después de despertarlo a medianoche? Usted diga.

—Si el Señor le impulsa a orar por mí, ¿lo haría con toda su fuerza?

—Por supuesto que sí. Usted sabe eso. Espero que ahora no esté haciendo bromas.

—Nunca he hablado más serio.

Cuando las luces del cruce fronterizo desaparecieron tras él, Camilo guió el bus fuera del camino, puso neutro, frenó, se dio vuelta en su asiento y suspiró pesadamente. Apenas podía alzar el volumen de su voz.

—Zión, ¿está en el bus? Salga ahora, donde quiera que esté.

Desde la parte de atrás del bus llegó una voz cargada de emoción. —Aquí estoy Camilo. Bendito sea el Señor Dios Todopoderoso, Creador del cielo y de la tierra.

El rabino salió gateando desde bajo de los asientos. Camilo lo encontró en el pasillo y se abrazaron.

—Cuénteme —pidió Camilo.

—Te dije que el Señor haría camino de alguna manera —prosiguió Zión—. No sé si el joven Anis fue un ángel o un hombre, pero fue enviado de Dios.

—¿Anis?

—Anis. Él caminó de arriba abajo el pasillo del bus, alumbrando con su linterna aquí y allá. Entonces se arrodilló y alumbró debajo de los asientos. Yo miré directo al rayo. Oraba que Dios cegara sus ojos pero Dios no lo cegó. Él regresó donde yo estaba y se dejó caer sobre sus codos y rodillas. Mantuvo la luz de la linterna en mi cara con una mano y estiró la otra para agarrarme por la camisa. Me acercó a él. Pensé que mi corazón se iba a reventar. Me imaginé arrastrado al edificio, un trofeo del joven oficial.

»Él susurró en voz ronca, por entre los dientes apretados, en hebreo: "Es mejor que usted sea quien pienso que es, o es hombre muerto". ¿Qué podía yo hacer? No había más escondite. No más futuro en fingir que no estaba allí. Le dije: "Joven, mi nombre es Zión Ben-Judá".

»Todavía agarrando mi camisa en su puño y con su linterna cegándome me espetó: "Rabino Ben-Judá, mi nombre es Anis. Ore como nunca ha orado antes para que crean mi informe. Y ahora, que el Señor le bendiga y le guarde. Que el Señor haga brillar Su rostro sobre usted y le dé paz". Camilo, como que Dios es mi testigo, el joven se paró y salió del bus. Yo he estado tirado ahí, alabando a Dios con mis lágrimas desde entonces.

No hubo más que decir. Zión se derrumbó sobre un asiento a mitad del bus. Camilo regresó al volante y manejó al cruce fronterizo egipcio.

Media hora después Camilo y Zión pararon a la entrada del Sinaí. Esta vez Dios usó simplemente la negligencia del sistema para permitir que Ben-Judá pasara. La única puerta de cruce estaba al otro lado de la frontera en el Sinaí. Cuando le dijeron a Camilo que parara, un guardia abordó de inmediato y empezó a gritar órdenes en su propio idioma.

Camilo dijo —¿Inglés?

—Inglés lo es, caballeros. —Miró a Zión—. Usted podrá volver a dormirse en pocos minutos, veterano —dijo—. Tienen que venir y ser procesados primero. Yo registraré su bus mientras ustedes están allá, y luego estarán en camino.

Camilo, lleno de valentía por el milagro más reciente, miró a Zión y se encogió de hombros. Esperó a que Zión diera paso para que el guardia pasara y empezara su registro, pero Zión le hizo gestos a Camilo de que tenía que ir. Camilo se apresuró a bajarse del bus e ir al edificio. Al ser procesados sus papeles, el guardia preguntó: —¿Entonces no tuvo problemas en el puesto de control israelita?

Camilo casi sonrió. *¿Ningún problema? No hay problema cuando Dios está de tu lado.* —No, señor.

Camilo no podía contenerse. Seguía mirando por encima de su hombro en busca de Zión. ¿Adónde se había ido ahora? ¿Dios lo había hecho invisible?

Este fue un proceso mucho más fácil y rápido. Evidentemente los egipcios estaban sencillamente acostumbrados a sellar con timbres de goma lo que los israelitas habían aprobado. Uno no podía llegar a este puesto de control sin pasar por el anterior, a menos que los israelitas estuvieran tratando de deshacerse de los rechazados, era habitualmente un paso fácil. Los documentos de Camilo recibieron más sellos y fueron juntados y devueltos a él con unas pocas preguntas.

—Menos de cien kilómetros a Al Arish —dijo el guardia—. No hay vuelos comerciales programados para despegar desde ahí a esta hora, naturalmente.

—Lo sé —contestó Camilo—. He hecho mis propios arreglos.

—Muy bien entonces, señor Katz. Le deseo lo mejor.

¡Todo lo mejor es correcto! —pensó Camilo.

Se dio vuelta para apresurarse al bus. No había señales de Zión. El guardia original todavía estaba en el bus. Al empezar Camilo a subir, Zión salió desde atrás del bus y se puso delante de Camilo. Subieron juntos. El guardia estaba revisando el saco de Camilo. —Impresionante el equipo señor Katz.

—Gracias.

Zión se movió al descuido pasando por el lado del guardia y yéndose hacia atrás, donde había estado sentado cuando llegaron. Se estiró en el asiento.

—¿Y ustedes para quién trabajan? —preguntó el guardia.

—Cosechadores Internacionales —informó Camilo—. Zión se incorpó brevemente en su asiento y Camilo casi se rió. Seguro que Zión apreciaba eso.

El guardia cerró el bolso. —¿Ambos están entonces procesados y listos para seguir?

—Todo listo —contestó Camilo.

El guardia miró hacia atrás. Zión roncaba. El guardia se volvió a Camilo y dijo tranquilamente. —Pueden continuar.

Camilo trató de no mostrarse muy ansioso al alejarse manejando, pero accionó el cloche tan pronto el guardia estuvo fuera del frente del bus y pronto estaba afuera, de nuevo en el camino. —Bien, Zión, ¿dónde estuvo esta vez?

Zión se sentó. —¿Te gustó mi ronquido?

Camilo se rió. —Muy impresionante. ¿Dónde estaba cuando el guardia pensaba que estaba siendo procesado conmigo?

—Sencillamente parado detrás del bus. Te bajaste y fuiste para un lado, yo me bajé y fui para el otro.

—Está bromeando.

—No sabía qué hacer, Camilo. Él fue tan amistoso y me había visto. Ciertamente no iba a entrar al centro de procesamiento sin tener documentos. Cuando volviste me imaginé que yo me había ido por el tiempo apropiado.

—La cuestión ahora —comentó Camilo— es cuánto tiempo pasará antes de que ese guardia mencione que vio a *dos* hombres en el bus.

Zión se movió cuidadosamente hasta el asiento detrás de Camilo. —Sí —asintió—. Primero tendrá que convencerlos de que no estaba viendo visiones. Quizá no llegará a eso pero si llega, pronto nos darán caza.

—Confío en que el Señor nos libre porque Él ha prometido que lo hará —repuso Camilo—, pero también pienso que es mejor que estemos tan preparados como podamos. Se detuvo a un costado del camino. Llenó de agua el radiador y echó casi dos litros de aceite en el motor. Llenó los tanques de combustible.

—Es como si estuviéramos viviendo en el Nuevo Testamento —afirmó Zión.

Camilo, pisó el cloche y tirando los cambios, dijo: —Puede que logren alcanzar este viejo bus, pero si podemos llegar a Al Arish, estaremos en ese Learjet camino sobre el Mediterráneo antes de que sepan que nos fuimos.

El camino se puso peor en las siguientes dos horas. La temperatura subió. Camilo mantenía un ojo en el retrovisor y se dio cuenta de que Zión miraba para atrás también. De cuando en cuando, aparecía un automóvil más pequeño en el horizonte y les pasaba por el lado volando.

—¿De qué nos preocupamos, Camilo? Dios no nos habría traído tan lejos sólo para hacer que nos capturen, ¿no?

—¿Es una pregunta la que me hace? ¡Nunca me había pasado algo como esto hasta que me topé con usted!

Viajaron en silencio por media hora, y finalmente, Zión habló y Camilo pensó que él no había sonado tan firme desde que Camilo lo había visto en el escondite.

—Camilo, tú sabes que tuve que forzarme a comer hasta ahora y que no me he portado bien en eso.

—¡Pues coma algo! ¡Hay muchas cosas ahí!

—Creo que lo haré. El dolor de mi corazón es tan profundo que siento como que nunca volveré a hacer algo otra vez sólo por mi propio disfrute. Me gustaba mucho comer. Hasta antes de conocer a Cristo, sabía que el alimento era provisión de Dios para nosotros. Él quería que lo disfrutáramos. Ahora tengo hambre, pero comeré sólo para sostenerme y recobrar las fuerzas.

—No tiene que darme explicaciones, Zión. Yo sólo ruego que en algún momento entre ahora y la Manifestación Gloriosa, pueda recibir algo de consuelo por la profunda herida que debe sentir.

—¿Quieres algo?

Camilo meneó la cabeza, luego lo pensó mejor. —¿Hay algo ahí con mucha fibra y azúcar natural?

No sabía qué había por delante, pero no quería estar físicamente débil.

Zión resopló. —¿Alto en fibra y azúcares naturales? Eso es comida de Israel, Camilo. Acabas de describir todo lo que comemos.

El rabino le tiró varias barras de higos que le recordaron el cereal "granola" con fruta. Camilo no se había dado cuenta del hambre que tenía hasta que empezó a comer. Súbitamente se sintió supercargado y esperó que Zión sintiera lo mismo. Especialmente cuando vio luces amarillas relampagueando en el horizonte distante atrás de ellos.

Ahora la cuestión era si tratar de correr más que el vehículo oficial, o fingir inocencia y dejarlo pasar sencillamente. Quizá no iba tras ellos después de todo. Camilo meneó la cabeza. ¿Qué estaba pensando? Por supuesto, que probablemente, este era el desastre para ellos. Confiaba que Dios los pasaría por eso, pero tampoco quería ser tan ingenuo como para pensar que un vehículo de emergencia vendría hacia ellos desde el cruce fronterizo sin tener a Camilo y Zión en su mira. —Zión, es mejor que asegure todo y se ponga fuera de la vista.

Zión se inclinó a mirar para atrás. —Más excitación —murmuró—. Señor, ¿no hemos tenido suficiente por un día? Camilo, guardaré la mayor parte de todo esto pero me llevo unos cuantos bocados a mi lecho.

—Como guste. Por el aspecto parece que esos automóviles de la frontera son pequeños y tienen poca fuerza. Si acelero a fondo, les llevará un buen rato alcanzarnos.

—¿Y cuando lo hagan? —preguntó Zión desde atrás de los asientos del fondo.

—Estoy tratando de pensar una estrategia ahora.

—Estaré orando —dijo Zión.

Camilo casi se rió. —Su oración ha producido bastante caos esta noche —contestó.

No hubo respuesta desde el fondo. Camilo forzó el bus todo lo que pudo. Obtuvo casi ochenta kilómetros por hora, lo que supuso estaba cerca de las cincuenta millas por hora. Sonaba y se estremecía y daba brincos, y las diversas partes metálicas chillaban protestando. Él sabía que si podía ver el automóvil patrullero de la frontera, su chofer podía verlo a él. No tenía sentido apagar las luces y esperar que supusieran que se había salido del camino.

Parecía que él podría estar alejándose de ellos. No podía juzgar bien las distancias en la oscuridad pero no parecía que ellos vinieran a alta velocidad. Las luces relampagueaban y él se convenció de que estaban persiguiéndolo a él, pero siguió adelante.

Desde atrás oyó: —Camilo, creo que tengo derecho a saber ¿Cuál es tu plan? ¿Qué harás cuando nos alcancen, como seguramente lo harán?

—Bueno, le diré una cosa. Yo no voy a regresar a esa frontera. Ni siquiera estoy seguro de que les dejaré que me pasen.

—¿Cómo sabrás lo que quieren?

—Si es el hombre que registró el bus, sabremos lo que quieren, ¿cierto?

—Supongo que sí.

—Le gritaré fuerte desde la ventanilla y le instaré a hablar con nosotros en el aeropuerto. No tiene sentido manejar todo el camino de vuelta a la frontera.

—Pero ¿esa no será decisión *suya*?

—Supongo que tendré que cometer desobediencia civil entonces —contestó Camilo.

—Pero, ¿qué si él te obliga a salirte del camino? ¿Si te hace parar a un costado?

—Trataré de evitar golpearlo a toda costa, pero no pararé y si me obligan a parar, no viraré.

—Aprecio tu resolución, Camilo. Oraré y tú harás como Dios te guíe.

—Sabe que lo haré.

Camilo supuso que estaban a treinta kilómetros del aeropuerto de las afueras de Al Arish. Si pudiese mantener el bus cerca de los sesenta kilómetros por hora, podrían llegar en media hora. El automóvil patrullero de la frontera seguramente los adelantaría antes de eso. Pero ellos estaban mucho más cerca del aeropuerto que de la frontera, y estaba seguro de que el oficial entendería la sabiduría de seguirlos al aeropuerto más que llevarlos de vuelta a la frontera.

—Zión, necesito su ayuda.

—Lo que sea.

—Quédese abajo y fuera de la vista, pero busque mi teléfono en mi bolso y pásemelo.

Cuando Zión se acercó a Camilo gateando y con el teléfono, Camilo le preguntó. —Zión, ¿qué edad tiene?

—Eso es considerado pregunta de maleducados en mi cultura —repuso Zión.

—Sí, como que ahora me importa eso.

—Tengo cuarenta y seis, Camilo, ¿por qué preguntas?

—Parece estar en muy buen estado físico.

—Gracias. Lo trabajo.

—¿Lo hace? ¿Realmente?

—¿Te sorprende eso? Te sorprenderías de la cantidad de eruditos que hacen ejercicio. Por supuesto hay muchos que no, pero...

—Sólo quiero asegurarme de que puede correr si tiene que hacerlo.

—Espero que no llegue a eso pero sí, puedo correr. No soy tan veloz como lo fui cuando era joven, pero tengo una resistencia sorprendente para alguien de mi edad.

—Eso es todo lo que quería saber.

—Recuérdame preguntarte algo personal alguna vez —advirtió Zión.

—En serio, Zión, ¿no le ofendí, verdad?

Camilo se sintió extrañamente cálido. El rabino había sofocado una risita, en realidad. —Oh, amigo mío, piensa en eso. ¿Qué se necesitaría para ofenderme ahora?

—Zión, es mejor que vuelva donde estaba, pero ¿puede decirme cuánto combustible nos queda?

—El indicador está justo ahí, frente a ti, Camilo. Dime tú.

—No, quiero decir nuestras latas adicionales.

—Veré, pero seguramente que no tenemos tiempo para llenar los tanques mientras nos persiguen. ¿Qué tienes en mente?

—¿Por qué hace tantas preguntas?

—Porque soy un estudioso. Siempre seré un estudioso. De todos modos, estamos metidos en esto juntos, ¿no?

—Bueno, déjeme darle una pista. Mientras toca los lados de esas latas de combustible para decirme cuánto nos queda, voy a examinar el encendedor de cigarrillos del tablero.

—Camilo, los encendedores de cigarrillos son lo que primero se echa a perder en los vehículos viejos, ¿no?

—Por nuestro bien, esperemos que no.

El teléfono de Camilo sonó. Asombrado, lo abrió. —Aquí, Camilo.

—¡Camilo!, ¡Soy Cloé!

—¡Cloé! En realidad no puedo hablar contigo ahora. Confía en mí. No hagas preguntas. Por ahora estoy bien, pero por favor, pide a todos que oren y oren ahora. Y escucha, de alguna manera, busca en la Internet o donde sea, el teléfono del aeropuerto de Al Arish, al sur de la Franja de Gaza, en el Mediterráneo, en el Sinaí. Llama a Ken Ritz, que debe estar esperando ahí y dile que me llame a este número.

—Pero Camilo...

—¡Cloé, esto es cosa de vida o muerte!

—¡Me llamas tan pronto como estés a salvo!

—¡Prometido!

Camilo cerró el teléfono y oyó a Zión desde el fondo. —¡Camilo! ¿Estás planeando volar este bus?

—De verdad que es un estudioso, ¿eh? —repuso Camilo.

—Sólo deseo que esperes hasta que lleguemos al aeropuerto. Quiero decir, un autobús en llamas ciertamente nos hará llegar rápido, pero tu amigo el piloto tendrá que transportar nuestros restos a Estados Unidos.

—Está bien, Cloé —dijo Raimundo—. Hace mucho que cesé de tratar de dormir. Estoy levantado leyendo.

Cloé le contó la extraña conversación con Camilo. —No pierdas tiempo en la Internet —contestó Raimundo—, yo tengo una guía con todos esos teléfonos. Espera.

—Papito —prosiguió ella—, tiene que ser una llamada mucho más cerca para ti, de todos modos. Llama a Ken Ritz y dile que llame a Camilo.

—Me tienta ir yo mismo volando para allá, si tuviera un avión suficientemente pequeño.

—Papito, no necesitamos que ustedes dos arriesguen sus vidas al mismo tiempo.

—Cloé, hacemos eso cada día.

—Mejor que te apures, papá.

Camilo supuso que el automóvil patrullero de la frontera estaba a menos de media milla, detrás de él. Pisó el acelerador a fondo y el bus saltó hacia delante. El volante tembló y rebotó mientras aceleraban estrepitosamente por el camino. Los indicadores todavía lucían bien por el momento, pero Camilo sabía que era cuestión de tiempo antes que el radiador se recalentara.

—Calculo que tenemos unos ocho litros de combustible —informó Zión.

—Eso será suficiente.

—De acuerdo, Camilo. Eso será más que suficiente para hacernos mártires a ambos.

Camilo soltó el acelerador sólo lo bastante para aminorar la marcha. Aminorar era, por supuesto, un decir. Camilo lo sintió en su espalda y caderas mientras rebotaban. El patrullero fronterizo se había acercado a un cuarto de milla.

Zión llamó desde atrás. —Camilo, es evidente que no vamos a sacarles la delantera para llegar al aeropuerto, ¿de acuerdo?

—¡Sí! ¿Y qué?

—Entonces no tiene sentido forzar este vehículo a su límite. Sería más inteligente conservar agua, aceite y combustible para asegurarnos de llegar al aeropuerto. Si se rompe, todo tu empeño habrá servido para nada.

Camilo no podía discutir eso. Inmediatamente desaceleró a unos cincuenta kilómetros por hora y sintió que había comprado varias millas. Sin embargo, esto también permitió que el patrullero se les pusiera justo por detrás.

Sonó una sirena y un foco potente relampagueó en su espejo retrovisor externo. Camilo se limitó a hacer señas y seguir adelante. Pronto todo eran luces amarillas, el foco, la sirena y la bocina del patrullero. Camilo los ignoró a todos.

Finalmente el patrullero se puso a la misma altura que él. Él miró para ver al mismo guardia que había registrado el bus. —¡Asegúrese el cinturón, Zión! —aulló Camilo— ¡Comienza la cacería!

—¡Me gustaría *tener* un cinturón!

Camilo siguió a su modesta velocidad mientras el patrullero se quedaba a su lado y el guardia hacía señas de que debía detenerse.

Camilo le saludaba y seguía. El guardia se puso por delante del bus y frenó, volviendo a señalar hacia el costado del camino. Cuando Camilo no hizo ningún intento por detenerse, el automóvil frenó aun más, forzándolo a esquivarlo. Sin embargo, Camilo no tenía modo de acelerar y el patrullero, ahora al otro lado suyo, aceleró para impedir que el bus pasara. Camilo se limitó a frenar y ponerse detrás del patrullero de nuevo. Cuando éste se detuvo, él se detuvo.

Cuando el guardia se bajó, Camilo retrocedió y manejó esquivándolo, poniendo otra brecha de unos trescientos metros entre ellos antes de que el guardia saltara de nuevo al patrullero y rápidamente acortara distancia. Esta vez, el guardia se detuvo a un costado y le mostró un revólver a Camilo. Éste abrió su ventanilla y gritó.

—¡Si me detengo, este bus se para! ¡Sígame a Al Arish!

—¡No! —llegó la respuesta— ¡Usted me sigue de vuelta a la frontera!

—¡Estamos mucho más cerca del aeropuerto! ¡No creo que este bus alcance a llegar a la frontera!

—Entonces, ¡déjelo! ¡Usted puede volver conmigo!

—¡Lo veré en el aeropuerto!

—¡No!

Pero Camilo cerró su ventanilla. Cuando el guardia apunto su arma a la ventanilla de Camilo, éste se agachó pero siguió adelante.

El teléfono de Camilo sonaba. Lo abrió. —¡Hábleme!

—Es Ritz ¿qué pasa?

—Ken, ¿Ha pasado por la aduana ahí?

—¡Sí! Estoy listo cuando usted lo esté.

—¿Listo para un poco de diversión?

—¡Pensé que no iba a preguntar nunca! Hace años que no tengo un poco de diversión de verdad.

—Va a arriesgar su vida y transgredir la ley —le informó Camilo.

—¿Eso es todo? Ya lo he hecho antes.

—Dígame su posición y todo, Ken —pidió Camilo.

—Parece como que soy el único avión que sale de aquí esta noche. Estoy justo afuera de un hangar al final de la pista. Mi avión está, quiero decir, le estoy hablando desde la pequeña terminal de aquí.

—¿Pero ya fue procesado y está listo para irse de Egipto?

—Sí, sin problemas.

—¿Qué les dijo tocante a otros pasajeros y carga?

—Me imaginé que usted no querría que mencionara a nadie sino a usted.

—¡Perfecto, Ken! ¡Gracias! ¿Y quién se creen que soy yo?

—Usted es exactamente quien digo que es, señor Katz.

—Ken, eso es estupendo. Espere un segundo.

El guardia se había adelantado al bus y ahora había frenado por completo. Camilo tuvo que esquivarlo casi saliéndose totalmente del camino para no chocarlo, y cuando volvió a enderezarse, el bus se meció y casi se dio vuelta.

—¡Estoy rodando aquí atrás! —exclamó Zión.

—¡Disfrute el viaje! —contestó Camilo—. Yo no me voy a detener y no voy a virar para atrás.

El guardia había apagado sus luces amarillas relampagueantes y su foco. La sirena también estaba silenciosa ahora. Se puso rápidamente a la altura del bus y lo tocó desde atrás. Lo volvió a tocar, y otra vez.

—Tiene miedo de dañar ese auto patrullero, ¿no? —comentó Camilo.

—No estés tan seguro —contestó Zión.

—Estoy seguro —afirmó Camilo, frenando brusco, lo que hizo que Zión se deslizara para adelante y gritara. Camilo escuchó las ruedas chirriantes detrás de él y vio al patrullero que se salía del lado derecho del camino cayendo a la gravilla suelta. Camilo apretó el acelerador. El bus se detuvo. Al tratar de echarlo a andar de nuevo, vio al patrullero todavía en la gravilla que se le aparejaba por el costado derecho. El motor prendió y Camilo maniobró el acelerador. Tomó el teléfono. —Ken, ¿todavía está ahí?

—Sí, ¿qué cosa está pasando?

—¡No lo creería!

—¿Lo están persiguiendo o algo por el estilo?

—¡Ese es el eufemismo del año, Ritz! No creo que tengamos tiempo de pasar por aduana ahí. Tengo que saber cómo llegar al avión. Tiene que estar listo para partir, con los motores funcionando, la puerta abierta y la escalerilla abajo.

—¡Esto *va* a ser divertido! —exclamó Ritz.

—No tiene idea de cuánto —repuso Camilo.

El piloto le explicó rápidamente a Camilo cómo era el trazado de la pista aérea y la terminal y el lugar preciso donde estaba.

—Estamos a unos diez minutos de usted —dijo Camilo—. Si puedo mantener andando esta cosa, trataré de acercarme lo más que pueda a la pista y a su avión. ¿Con qué me voy a encontrar?

El patrullero subió al camino, viró y ahora enfrentó al bus. Camilo se tiró a la izquierda, pero el automóvil lo cortó. Camilo no pudo evitar chocarlo. El impacto hizo girar al automóvil en el camino y le sacó la capota. Camilo sintió que hubo poco daño al gran y viejo bus, pero el indicador de la temperatura estaba subiendo.

—¿Quién le persigue de todos modos? —preguntó Ritz.

—La patrulla fronteriza egipcia —informó Camilo.

—Entonces puede apostar que ellos van a hablar por radio acá. Habrá alguna especie de barrera en el camino.

—Acabo de chocar al patrullero. ¿Será esta una barrera a través de la cual podré romper?

—Tendrá que actuar según como vaya saliendo. Si está tan cerca como dice que está, es mejor que me vaya al avión.

—¡El encendedor de cigarrillos funciona! —le gritó Camilo a Zión.

—¡No estoy seguro de querer oír eso!

El patrullero chocado reasumió la persecución. Camilo vio las luces del aeropuerto a lo lejos. —Zión, venga acá. Tenemos que hablar de estrategia.

—¿Estrategia? ¡Esto es demencia!

—¿Y qué diría que es lo demás que hemos pasado?

—¡La demencia del Señor! Sólo dime qué hacer, Camilo, y lo haré. Nada podrá detenernos esta noche.

El guardia del patrullero había hablado por radio, por anticipado, pidiendo no sólo una barrera en el camino sino también ayuda. Dos juegos de luces delanteras, lado a lado y cubriendo ambas pistas del camino, se dirigían hacia el bus. —¿Ha oído la frase "jugar a la gallina"? —preguntó Camilo.

—No —respondió Zión—, pero me está pareciendo bastante claro. ¿Vas a desafiarlos?

—¿No está de acuerdo en que ellos tienen más que perder que nosotros?

—Sí. Estoy sujetándome. ¡Haz lo que tengas que hacer!

Camilo apretó el acelerador a fondo. El indicador de temperatura fue presionado al máximo y tembló. El vapor surgió del motor. —¡Zión, esto es lo que vamos a hacer! ¡Escuche atentamente!

—¡Sólo concéntrate en manejar, Camilo! ¡Dímelo después!

—¡No habrá después! Si esos automóviles no retroceden va a haber un tremendo choque. Pienso que podremos mantenernos yendo de una u otra forma. Cuando lleguemos a cualquier barrera que tengan para nosotros en el aeropuerto, tenemos que decidir rápido. Necesito que usted vierta todos esos tarros de combustible en el balde grande, ese que tiene una boca bien amplia arriba. Yo tendré el encendedor de cigarrillos bien caliente y listo para prenderse. Si llegamos a una barrera pienso que puedo pasar aplastándola, así que seguiré adelante y me acercaré lo más posible a la pista. El Learjet va a estar a nuestra derecha y a unas cien yardas de la terminal. Si la barrera no es algo que podamos aplastar para pasarla, trataré de esquivarla. Si eso es imposible, voy a tirar fuerte la rueda a la izquierda y frenar fuerte. Eso hará que la parte trasera barra la barrera y todo lo suelto se deslizará a la puerta trasera. Debe poner ese balde con combustible en el pasillo a unos ocho pies de la puerta trasera, y cuando le dé la señal, tire el encendedor de cigarrillos adentro. Tiene que ser justo lo suficientemente antes del choque, para que arda antes que choquemos.

—¡No entiendo! ¿Cómo *escaparemos* de eso?

—Si la barrera es impenetrable, ¡es nuestra única esperanza! Cuando esa puerta trasera vuele abriéndose y ese combustible ardiendo salga volando, tendremos que sujetarnos aquí adentro con toda nuestra fuerza para que no salgamos arrojados de aquí. Mientras ellos se concentran en el fuego, nosotros saltamos al frente y corremos al jet. ¿Entendió?

—Entiendo, Camilo, ¡pero no soy optimista!

—¡Sujétese! —gritó Camilo al encerrarlos los dos automóviles del aeropuerto. Zión enganchó un brazo alrededor del poste de metal detrás de Camilo, y con el otro rodeó el pecho de Camilo, agarrando el respaldo del asiento como un cinturón de seguridad humano.

Camilo no dio señales de desacelerar ni esquivar y se dirigió derecho a los dos juegos de luces delanteras. A último minuto, cerró los ojos, esperando un tremendo choque. Cuando abrió los ojos vio que el camino estaba despejado. Miró primero a un lado y luego al otro, detrás de él. Ambos automóviles se habían salido del camino, uno de ellos rodando. El automóvil que los perseguía originalmente, aún seguía detrás de ellos, y Camilo oyó disparos.

A menos de una milla por delante estaba el pequeño aeropuerto. Inmensas rejas de malla y alambre de púas flanqueaban la entrada, y justo por dentro había una barrera de media docena de vehículos y varios soldados armados. Camilo pudo ver que él no sería capaz de pasar estrellándose con todo o de esquivarlos.

Apretó el encendedor de cigarrillos mientras Zión arrastraba los tarros de combustible y el balde hacia atrás. —¡Está salpicando por todos lados! —exclamó Zión.

—¡Sólo haga lo mejor que pueda!

Mientras Camilo se precipitaba hacia la puerta abierta y la inmensa barrera, con el patrullero aún en sus talones, saltó el encendedor de cigarrillos. Camilo lo tomó y se lo tiró a Zión. Rebotó y rodó debajo de un asiento.

—¡Oh, no! —gritó Camilo.

—¡Lo tengo! —exclamó Zión.

Camilo observ por el espejo retrovisor mientras Zión salía desde bajo un asiento, e iba a tropezones hacia el frente.

La parte de atrás del bus estalló en llamas.

—¡Sujétese! —gritó Camilo, virando fuerte a la izquierda y frenando brusco.

El bus giró tan rápido que casi se dio vuelta. La parte de atrás golpeó a la barrera de automóviles, y la puerta trasera se abrió echando combustible en llamas por todas partes.

Camilo y Zión saltaron afuera y corrieron, tan agachados como podían, alrededor del flanco izquierdo de la barrera, mientras los guardias empezaban a disparar al bus y los otros gritaban y corrían huyendo de las llamas. Zión estaba cojeando. Camilo miró dos veces para atrás pero nadie parecía haberlos visto escapar. Era demasiado bueno para ser verdad pero encajaba con todo lo demás que había pasado esa noche.

A cincuenta pies del avión, Camilo oyó disparos y se dio vuelta para ver una media docena de guardias corriendo hacia ellos, disparando armas de alto poder. Cuando llegaron a la escalerilla, Camilo agarró a Zión por el cinturón en la espalda y lo tiró a bordo. Al zambullirse Camilo en el avión, una bala le atravesó por el fondo del tacón de su bota derecha. El dolor le golpeó por el lado de su pie al cerrar de un tirón la puerta, cuando Ritz ya tenía el avión rodando. Camilo y Zión gatearon hasta detrás de la cabina.

Ritz murmuró. —Esos sinvergüenzas balearon mi avión, me voy a enojar en serio.

El avión despegó como un jet y se elevó rápidamente.

—Próxima parada —anunció Ritz—, aeropuerto Paulwakee, Estado de Illinois, en Estados Unidos.

Camilo yacía tirado en el piso, incapaz de moverse. Quería mirar por la ventana pero no se atrevía. Zión enterró la cara en las manos. Lloró y parecía estar orando.

Ritz se dio vuelta. —Bueno, Williams, seguro que dejó un lío allá abajo. ¿De qué se trataba todo eso?

—Se necesitaría una semana para contarlo —respondió Camilo, resollando.

—Bueno, —comentó Ritz—, lo que haya sido, por cierto que fue divertido.

Una hora después, Camilo y Zión estaban sentados en asientos reclinables, calculando el daño. —Sólo está lesionado —dijo Zión—. Me agarré el pie debajo de uno de esos apoyos de los asientos cuando chocamos inicialmente. Temía que se me hubiera quebrado. Sanará rápido.

Camilo se sacó lentamente su bota derecha y la sostuvo para que Zión pudiera ver la trayectoria de la bala. Un agujero limpio había sido hecho desde la suela al tobillo. Camilo se sacó una media ensangrentada.

—¿Ve eso? —preguntó, sonriendo—, ni siquiera necesitaré puntos. Sólo un rasguño ahí.

Zión usó el botiquín de primeros auxilios de Ritz para tratar el pie de Camilo, y encontró un vendaje para su propio tobillo.

Finalmente, se sentaron de nuevo, manteniendo en alto sus extremidades lesionadas, y Zión y Camilo se miraron el uno al otro.

—¿Está tan cansado como lo estoy yo? —preguntó Camilo.

—Yo estoy listo para dormir —repuso Zión—, pero seríamos ingratos no te parece, si no diéramos las gracias.

Camilo se inclinó hacia adelante y dobló su cabeza. Lo último que oyó, antes de deslizarse en un sueño de dulce alivio, fue la bella cadencia de la oración del rabino Zión Ben-Judá, agradeciendo a Dios pues "la gloria del Señor fue nuestra retaguardia".

Catorce

Camilo se despertó casi diez horas más tarde, contento de que Zión aún estuviera durmiendo. Revisó el vendaje de Zión. El tobillo estaba hinchado pero no lucía grave. Su propio pie estaba demasiado adolorido todavía como para ponerse la bota. Fue cojeando hacia el frente del avión.

—¿Cómo le está yendo, capitán?

Mucho mejor ahora que estamos en espacio aéreo norteamericano. No tenía idea de en qué se metieron ustedes, y quién sabe qué clase de pilotos de combate pueden haber estado persiguiéndome.

—No creo que mereciéramos la pena de eso, con la Tercera Guerra Mundial en plena actividad —repuso Camilo.

—¿Dónde dejó todas sus cosas?

Camilo giró. ¿Qué estaba buscando? Él no había traído nada consigo. Todo lo que había traído estaba en aquel bolso de cuero, que ahora estaba calcinado y derretido. —¡También prometí volver a llamar a mi esposa! —exclamó.

—Se alegrará de saber que ya hablé con su gente —le informó Ritz—. Ellos se aliviaron mucho al saber que usted va camino a casa.

—¿No dijo nada de mi herida o de mi pasajero, cierto?

—Déme algo de mérito, Williams. Usted y yo sabemos que no vale la pena preocuparse por su herida, así que ninguna esposa tiene que saberlo hasta que no la vea. Y en cuanto a su pasajero, no tengo idea quién es o si su gente sabía que usted lo llevaría a casa para la cena, así que no, tampoco dije una palabra de él.

—Usted es un buen hombre, Ritz —lo alabó Camilo, palmeándole el hombro.

—Me gusta una felicitación como a cualquier otro, pero espero que sepa que me debe pago por combate, además de todo lo demás.

—Eso puede arreglarse.

Como Ritz había documentado cuidadosamente su avión y su pasajero al salir del país unos pocos días antes, estaba registrado, de modo que volvió a entrar fácilmente en la red de radares norteamericanos. No anunció a su pasajero adicional, y como el personal del aeropuerto de Palwaukee no estaba acostumbrado a procesar viajeros internacionales, nadie de ahí prestó ninguna atención cuando desembarcaron un piloto norteamericano de unos cincuenta años de edad, un rabino israelita de unos cuarenta, y un escritor norteamericano de unos treinta. Ritz era el único que no cojeaba.

Por fin Camilo se había comunicado con Cloé desde el avión. Le pareció que estaba lista para arrancarle la cabeza por haberla tenido toda la noche preocupándose y orando, si no hubiera sentido tanto alivio al oír su voz. —Créeme, niña —afirmó él— cuando oigas todo el cuento, entenderás.

Camilo la convenció que sólo el Comando Tribulación y Loreta podían enterarse de Zión. —No se lo digas a Verna. ¿Puedes venir sola a Palwaukee?

—Todavía no puedo manejar, Camilo —respondió ella—. Amanda puede llevarme. Verna ni siquiera está quedándose con nosotras. Se mudó con unos amigos.

—Eso podría ser un problema —se preocupó Camilo—. Me volví vulnerable con la peor persona posible de mi profesión.

—Tendremos que hablar de eso, Camilo.

Era como si Zión Ben-Judá estuviera en un programa de protección de testigos internacionales. Fue contrabandeado a la casa de Loreta bajo la oscuridad de la noche. Amanda y Cloé, que sabían la noticia sobre la familia de Zión por Raimundo, lo saludaron afectuosa y compasivamente, pero pareció que no sabían cuánto decir sobre el asunto. Loreta tenía una comida ligera esperándolos a todos.

—Yo soy vieja y no me meto en nada —apuntó ella—, pero aquí me estoy formando la idea rápidamente. Mientras menos sepa de su amigo, mejor ¿verdad?

Zión le contestó. —Estoy profundamente agradecido por su hospitalidad.

Loreta pronto se volvió a la cama expresando su deleite por ofrecer hospitalidad como parte de su servicio al Señor.

Camilo, Cloé y Zión se fueron cojeando a la sala seguidos por una Amanda que sonreía ante el espectáculo. —Desearía que Raimundo estuviera aquí —comentó—. Me siento como el único sobrio en un automóvil lleno de borrachos. Cada cosa que requiera usar dos pies va a recaer en mí.

Cloé, típicamente directa, se inclinó hacia adelante y le tomó la mano a Zión con las dos suyas. —Doctor Ben-Judá, hemos oído tanto de usted. Nos sentimos bendecidos por Dios de tenerlo con nosotros. No podemos imaginarnos su pena.

El rabino respiró hondo y exhaló lentamente, con sus labios temblando. —No puedo expresarle cuán profundamente agradecido estoy de Dios que me ha traído acá, y de ustedes que me han acogido bien. Confieso que mi corazón está destrozado. El Señor me ha mostrado Su mano tan claramente desde la muerte de mi familia, que no puedo negar Su presencia. Pero hay ocasiones en que me pregunto cómo seguiré adelante. No quiero dedicar mucho tiempo a pensar cómo perdieron sus vidas mis seres amados. No debo pensar en quién ni en cómo lo hizo. Sé que ahora mi esposa e hijos están a salvo y felices, pero me cuesta muchísimo imaginarme su horror y su dolor antes de que Dios los recibiera. Debo orar rogando alivio al rencor y al odio. Lo más importante de todo es que me siento terriblemente culpable por haberles ocasionado eso a ellos. No sé qué más podría haber hecho yo, fuera de tratar de darles mayor seguridad. No podía dejar de servir a Dios en la forma en que Él me ha llamado.

Amanda y Camilo se acercaron para poner una mano en los hombros de Zión, y con los tres tocándole, todos oraron mientras él lloraba.

Hablaron hasta bien avanzada la noche, Camilo explicando que Zión sería objeto de una cacería humana internacional, que probablemente tendría hasta la aprobación de Carpatia.

—¿Cuánta gente sabe del refugio subterráneo de la iglesia?

—Créanlo o no —dijo Cloé— a menos que Loreta haya leído los impresos de la computadora de Bruno, hasta ella piensa que era sólo la instalación de un nuevo sistema de servicio.

—¿Cómo pudo él mantener eso sin que ella lo supiese? Ella estaba todos los días en la iglesia mientras se hacía la excavación.

—Tendrás que leer los escritos de Bruno, Camilo. En resumen, ella tenía la impresión de que todo ese trabajo era para el nuevo tanque de agua y las mejoras del estacionamiento. Tal como todos los demás de la iglesia pensaron.

Dos horas después, Camilo y Cloé estaban acostados, sin poder dormir. —Yo sabía que esto iba a ser difícil —dijo ella—, aunque en verdad no sabía cuánto.

—¿Deseas no haberte acercado nunca a alguien como yo? Digamos sólo que no ha sido aburrido.

Cloé le contó entonces de Verna Zee. —Ella pensaba que todos estábamos chiflados.

—¿Y no lo estamos? La cuestión es ¿cuánto daño puede ella hacerme? Ella sabe muy bien cuál es mi posición ahora y si eso llega a la gente del *Semanario*, subirá por la línea como el rayo hasta Carpatia. ¿Entonces, qué?

Cloé le dijo a Camilo que ella, Amanda y Loreta habían, al menos, convencido a Verna de que guardara el secreto de Camilo por ahora.

—Pero ¿por qué tendría que hacerlo? —preguntó Camilo—. Nunca nos hemos caído bien uno al otro. Hemos estado agarrados por el cuello. La única razón por la que intercambiamos favores la otra noche fue porque la Tercera Guerra Mundial hizo que nuestras escaramuzas lucieran triviales.

—Las escaramuzas de ustedes *eran* triviales —afirmó Cloé—. Ella admitió que tú la intimidabas y que tenía celos de ti. Tú eras lo que ella siempre había deseado ser y hasta confesó que sabía que como periodista no podía compararse contigo.

—Eso no me da confianza en su capacidad de guardar mi secreto.

—Te hubieras enorgullecido de nosotras, Camilo. Loreta ya le había contado a Verna toda su historia completa; como fue la única persona de toda su familia que no fue incluida en el Rapto. Entonces yo metí lo mío, contándole todo sobre la manera en que tú y yo nos conocimos, dónde estabas tú cuando aconteció el Arrebatamiento, y cómo papá, tú y yo llegamos a ser creyentes.

—Verna debe haber pensado que todos éramos de otro planeta —concluyó Camilo—. ¿Por eso se mudó?

—No. Creo que sintió que estaba en el medio.

—¿Dio muestras de simpatizar en algo?

—Realmente, sí. La llevé aparte una vez y le aseguré que lo más importante era lo que decidiera hacer tocante a Cristo, pero también agregué que nuestras vidas dependían de que ella se reservara la noticia de tu fe de tus colegas y superiores. Me contestó: " ¿Sus *superiores*? El único superior de Camilo es Carpatia". Pero también dijo algo más muy interesante, Camilo. Afirmó que por mucho que admira a Carpatia y lo que ha hecho por Norteamérica y el mundo —uuff— detesta la forma en que él controla y manipula las noticias.

—La cuestión, Cloé, es si le sacaste alguna promesa de reserva.

—Ella quería intercambiar favores. Probablemente quisiera alguna especie de ascenso o aumento. Le dije que tú nunca trabajarías de esa manera, y contestó que se lo imaginaba. Le pregunté si me prometería que al menos no diría nada a nadie hasta después de hablar contigo. Y entonces, ¿estás listo para eso? la hice prometer que vendría el domingo al servicio fúnebre en memoria de Bruno.

—¿Y va a venir?

—Me lo aseguró. Le advertí que es mejor que llegue temprano. Estará repleto.

—Seguro que sí. ¿Cuán extraño va a ser todo esto para ella?

—Me contó que ha estado en la iglesia sólo una docena de veces en su vida, para bodas y funerales y cosas por el estilo. Su padre era un supuesto ateo, y evidentemente su madre fue criada dentro de una especie de denominación estricta a la cual ella le dio la espalda como adulta. Verna dice que la idea de ir a una iglesia jamás fue tema de conversación en su casa.

—¿Y nunca tuvo curiosidad? ¿Nunca buscó un significado más profundo en la vida?

—No. De hecho, admitió que ha sido por años una persona muy cínica y desgraciada. Pensó que eso la hacía ser la periodista perfecta.

—Ella siempre me puso los pelos de punta —observó Camilo—. Yo era tan cínico y negativo como cualquiera, pero espero que haya habido un equilibrio de humor y buena disposición ahí.

—Oh, sí, ése eres tú de pies a cabeza —bromeó Cloé—. Por eso aún me tienta tener un hijo contigo, incluso ahora.

Camilo no supo qué decir o pensar. Ellos habían tenido esa conversación antes. La idea de traer un hijo a la Tribulación era desmesurada en la superficie, y sin embargo, ambos habían acordado pensarlo, orar, y ver qué decía la Escritura al respecto.

—¿Quieres hablar de eso ahora?

—Ella movió la cabeza. —No. Estoy cansada, pero no le cerremos la puerta.

—Sabes que no lo haré, Clo —respondió él—. Yo también tengo que decirte que estoy en una zona de horario diferente. Dormí todo el camino de vuelta.

—¡Oh, Camilo! Te eché de menos. ¿No puedes quedarte conmigo al menos hasta que *yo* me duerma?

—Seguro. Entonces me iré a la iglesia a ver cómo quedó el refugio de Bruno.

—Te diré que lo que debieras hacer —sugirió Cloé—, es terminar de leer las cosas de Bruno. Nosotras hemos estado marcando pasajes que queremos que papá lea en el servicio fúnebre en su memoria. No sé cómo realizó todo eso sin ocupar todo el día, pero es algo que deja estupefacto. Espera hasta que lo veas.

—No puedo esperar.

Raimundo Steele estaba teniendo una crisis de conciencia. Con todo empacado y listo para partir, se sentó a leer el *Diario Internacional de la Comunidad Mundial* mientras esperaba la llegada del chofer de Patty Durán.

Raimundo echaba de menos a Amanda. Aún eran casi extraños en muchos aspectos, y él sabía que en el corto tiempo de no más de cinco años que les quedaba, antes de la Manifestación Gloriosa, nunca tendrían tiempo para llegar a conocerse y desarrollar la relación y el lazo profundo que él había compartido con Irene. Por eso aún echaba de menos a Irene. Por otro lado, Raimundo se sentía culpable en muchos sentidos de estar ya más cercano a Amanda, de lo que nunca había estado con Irene.

Eso era culpa suya, lo sabía. Él no había conocido ni compartido la fe de Irene sino hasta que fue demasiado tarde. Ella había sido tan dulce, tan generosa. Aunque él sabía de matrimonios peores y de maridos menos fieles, a menudo lamentaba no haber sido el marido que debió haber sido para ella. Irene se había merecido algo mejor.

Amanda era un regalo de Dios para Raimundo. Él recordaba que al principio ni siquiera le había gustado. Siendo una mujer bonita y rica, un poco mayor que él, ella estaba tan nerviosa durante su primer encuentro con él, que le dio la impresión de ser una cotorra. Ella no dejó que él ni Cloé pudieran intercalar una palabra, sino que estuvo corrigiéndose, contestando sus propias preguntas, y hasta algo incoherente.

Raimundo y Cloé se divirtieron con ella pero nunca le pasó por la mente verla como un futuro interés amoroso. Ellos se impresionaron por lo impactada que había quedado Amanda en su breve encuentro con Irene. Parecía que Amanda había captado la esencia del corazón y alma de Irene. Por la manera en que la describió, Raimundo y Cloé hubiesen pensado que la había conocido durante años.

Cloé había sospechado al principio que Amanda tenía segundas intenciones con Raimundo. Al haber perdido a su familia en el Rapto, se quedó súbitamente sola, y necesitada. Raimundo no había captado nada, sino un genuino deseo de hacerle saber a él lo que su ex esposa había significado para ella. Pero la sospecha de Cloé lo había puesto en guardia. No hizo intentos de buscar a Amanda, y puso cuidado en observar señales procedentes del otro lado. No hubo ninguna.

Eso puso curioso a Raimundo. Pudo observar cómo ella se asimiló a la Iglesia Centro de la Nueva Esperanza. Era amable con él pero nunca inapropiada, y nunca —en su opinión— descarada. Hasta Cloé tuvo que admitir, cuando llegó el momento, que Amanda no daba a nadie la impresión de estar coqueteando. Rápidamente se dio a conocer en la Nueva Esperanza como una a quien le gustaba servir. Ese era su don espiritual. Se ocupaba con el trabajo de la iglesia. Cocinaba, limpiaba, manejaba, enseñaba, daba la bienvenida a los visitantes, servía en juntas y comités, lo que fuera necesario. Una mujer profesional completa que dedicaba su tiempo libre a la vida de la iglesia. "Siempre ha sido todo o nada para mí —había dicho—. Cuando llegué a ser creyente, me entregué por completo".

Raimundo se convirtió en un admirador suyo, de lejos, habiéndola tratado apenas después de aquel primer encuentro en que ella sólo quería hablar de Irene, a él y a Cloé. La encontraba tranquila, amable, un espíritu generoso muy atractivo. Cuando se percató por primera vez de que quería pasar tiempo con ella, aún no tenía ideas románticas. A él sólo le gustaba. Le gustaba su sonrisa. Le gustaba su aspecto. Le gustaba su actitud. Él había ido a una de sus clases de la escuela dominical. Ella era una maestra muy simpática y deseosa de enseñar más. A la semana siguiente él la vio a *ella* en *su* clase. Ella sabía elogiar. Ellos hacían chistes sobre enseñar en equipo algún día. Pero ese día no llegó, sino después que habían salido en una cita doble con Camilo y Cloé. No pasó mucho tiempo antes de que se enamoraran locamente. Haberse casado sólo unos pocos meses antes, en una ceremonia doble con Camilo y Cloé, era una de las islitas de felicidad en la vida de Raimundo, durante el peor período de la historia humana.

Raimundo estaba ansioso por regresar a su patria para ver a Amanda. Él también esperaba pasar un momento con Patty en el avión. Sabía que la obra de atraerla a Cristo era del Espíritu y no responsabilidad suya, pero aún sentía que debía aprovechar al máximo toda oportunidad legítima de persuadirla. Su problema de esa mañana sabatina era que cada fibra de su ser luchaba contra su papel de piloto de Nicolás Carpatia. Todo lo que había leído, estudiado y aprendido con la supervisión de Bruno Barnes, le había convencido a él y a los demás miembros del Comando Tribulación, así como a la congregación de la Nueva Esperanza, de que Carpatia era el mismo anticristo. Había ventajas para los creyentes en que Raimundo estuviera en ese puesto y que Carpatia supiera bien dónde estaba Raimundo. Lo que Nicolás no sabía, por supuesto, era que uno de sus otros empleados de confianza, Camilo Williams, era ahora yerno de Raimundo y que era creyente casi desde hacía tanto tiempo como Raimundo.

¿Cuánto más podía durar esto? —se preguntaba Raimundo—. ¿Estaba haciendo peligrar las vidas de Camilo y Cloé? ¿La de Amanda? ¿La suya propia? Él sabía que llegaría el día en que los que Bruno llamaba *los santos de la Tribulación* se convertirían en enemigos mortales del anticristo. Raimundo tendría que saber tomar decisiones cuidadosamente, y en el momento oportuno. Algún día, conforme a la enseñanza de Bruno, para tener el simple derecho a comprar y vender, los ciudadanos de la Comunidad Mundial tendrían que aceptar la *marca de la bestia*. Nadie sabía aún exactamente qué forma tendría esta marca, pero la Biblia lo indicaba como una marca en la frente o en la mano. No habría disimulos. La marca sería específicamente detectable de alguna manera. Aquellos que aceptaran la marca nunca podrían arrepentirse de ello. Estarían perdidos para siempre. Aquellos que no aceptaran la marca tendrían que vivir escondidos, pues sus vidas nada valdrían para la Comunidad Mundial.

Por ahora, Carpatia parecía entretenido con Raimundo e impresionado por éste. Quizá pensaba que obtenía alguna conexión, alguna idea respecto a la oposición, manteniendo a Raimundo alrededor suyo. Pero ¿qué pasaría cuando Carpatia descubriera que Camilo no era leal, y que Raimundo lo había sabido todo el tiempo? Peor aun, ¿cuánto tiempo más podría Raimundo justificar en su propia mente que los beneficios de ser capaz de escuchar indiscretamente y espiar a Nicolás, superaban su propia culpabilidad por ayudar a la obra del inicuo?

Raimundo dio un vistazo a su reloj y leyó velozmente el resto del periódico. Patty y su chofer llegarían dentro de poco. Raimundo sintió como si hubiera recibido una sobrecarga sensorial. Cualquiera de los traumas que había presenciado desde el día en que estalló la guerra, pudiera haber dejado a un hombre normal hospitalizado para siempre en una institución psiquiátrica en épocas normales. Ahora, le parecía a Raimundo que tenía que tomarse todo con calma. Las atrocidades más detestables, más horribles, eran parte de la vida diaria. La Tercera Guerra Mundial había hecho erupción y él había escuchado a Nicolás Carpatia dar la orden de destruir ciudades grandes, y luego, anunciar su pena y desconsuelo por la televisión internacional.

Raimundo meneó la cabeza. Él había hecho su trabajo, piloteó su nuevo avión, lo había aterrizado tres veces con Carpatia a bordo, había ido a cenar con una vieja amiga, se había acostado, había tenido varias conversaciones telefónicas, se había levantado, había leído el periódico y ahora estaba listo para volar alegremente de regreso a casa, a su familia. ¿En qué clase de mundo loco se había vuelto éste? ¿Cómo podía haber vestigios de normalidad en un mundo que iba camino al infierno?

El periódico publicó las historias desde Israel, cómo se había enloquecido súbitamente el rabino que había impactado tanto a su propia nación, cultura, religión y pueblo —sin mencionar al resto del mundo— con sus conclusiones sobre la autenticidad de Jesús como el Mesías. Raimundo conocía la verdad, por supuesto, y esperaba con gran expectativa conocer a este valiente santo.

Raimundo sabía que Camilo lo había sacado de alguna forma del país, pero no sabía cómo. Estaba ansioso por conocer los detalles. ¿Era esto lo que todos ellos tenían que esperar? ¿La muerte de sus familias? ¿Sus propias muertes? Sabía que era así. Trató de apartarlo de su mente. La diferencia que había entre la fácil y rutinaria vida diaria de un piloto de enormes aviones a retropropulsión —el Raimundo Steele de hace escasos dos años— y la bola de billar política internacional que se sentía hoy, era casi más de lo que su mente podía asimilar.

Sonó el teléfono. Su automóvil había llegado.

Camilo se asombró de lo que encontró en la iglesia. Bruno había hecho un trabajo tan bueno al camuflar el refugio, que Camilo casi no había podido encontrarlo otra vez.

A solas en el lugar cavernoso, Camilo se dirigió escalera abajo. Caminó por el salón de confraternización, por un estrecho pasillo, pasó los baños, y la sala de calderas. Ahora estaba al final de un pasillo sin luz; incluso al mediodía hubiera estado muy oscuro. ¿Dónde estaba la entrada? Tanteó el muro. Nada. Regresó a la sala de calderas y accionó la palanca. Había una linterna encima de la caldera. La usó para hallar la ranura del tamaño de una mano que había en uno de los bloques de concreto de la pared. Afirmándose y sintiendo la molesta punzada en su tobillo derecho debido a la reciente lesión, empujó con toda su fuerza, y se abrió un poco una sección de la pared. Entró y la cerró detrás de sí. La linterna iluminó directamente un cartel frente a él y seis escalones: *¡Peligro! Alto voltaje. Personal autorizado solamente.*

Sonrió. Eso lo hubiera asustado si no hubiera sabido la verdad. Bajó las gradas y dio vuelta a la izquierda. Cuatro escalones más abajo había una enorme puerta de acero. El cartel al pie de la escalera estaba duplicado en la puerta. Bruno le había enseñado, el día de las bodas, cómo abrirla aparentemente con llave.

Camilo tomó la manija y le dio vuelta primero a la derecha luego a la izquierda. Empujó la manija como un cuarto de pulgada y luego para atrás como media pulgada. Pareció soltarse, pero aún no giraba ni a la derecha ni a la izquierda. La empujó mientras la hacía girar ligeramente hacia la derecha y luego hacia la izquierda, siguiendo un patrón secreto diseñado por Bruno. La puerta se abrió y se enfrentó a lo que parecía ser una caja de fusibles del tamaño de un hombre. Camilo sabía que ni siquiera una iglesia del tamaño de la Nueva Esperanza podía tener tantos interruptores de circuito. Y que por muy reales que parecían todas esas palancas, no llevaban a circuito alguno. El marco de esa caja era meramente otra puerta. Se abrió fácilmente y llegó al refugio secreto. Bruno había llevado a cabo una asombrosa cantidad de trabajo, desde que Camilo la había visto sólo unos pocos meses atrás.

Se preguntó cuándo había tenido tiempo Bruno para meterse allí hora tras hora y hacer todo ese trabajo. Nadie más lo sabía, ni siquiera Loreta, así que era bueno que Bruno fuera diestro. Estaba ventilado, tenía aire acondicionado, bien iluminado, con paredes, cielorraso, piso, y contenía todo lo necesario. Bruno había dividido en tres cuartos todo el espacio de veinticuatro por veinticuatro pies. Había un baño completo con ducha, un dormitorio con cuatro literas dobles y un cuarto más grande, con una cocinilla en un extremo y un conjunto de sala de estar/estudio en el otro. A Camilo le impresionó la ausencia de claustrofobia, pero sabía que con más de dos personas allí —estando conscientes de cuán profundo bajo tierra uno estaba— pronto se sentirían encerrados.

Bruno no había escatimado gastos. Todo era nuevo. Había un congelador, un refrigerador, un horno de microondas, un horno con cocina eléctrica, y parecía que cada pulgada no usada había sido convertida en lugar para almacenar y guardar. Camilo se preguntó *¿Y qué hizo Bruno con las conexiones?*

Camilo gateó por el suelo alfombrado y miró detrás de un sofá-cama. Allí había un banco de enchufes para teléfono. Siguió los cables muro arriba y trató de marcar donde salían al pasillo. Apagó las luces, cerró la puerta de la caja de los fusibles, cerró la puerta de metal, subió cojeando los escalones y cerró bien la puerta de ladrillo. En un oscuro rincón del pasillo prendió la linterna, y vio la sección de un conducto que iba desde el suelo hasta el techo. Volvió al salón de confraternizar y miró por la ventana para afuera. Por las luces del estacionamiento pudo darse cuenta de que el conducto salía a nivel del cielorraso y serpenteaba hacia arriba al campanario.

Bruno le había dicho a Camilo que el campanario reacondicionado había sido el único vestigio de la vieja iglesia, el edificio original que había sido demolido treinta años antes. En los viejos tiempos tuvo realmente campanas que convocaban a la gente a venir a la iglesia. Las campanas todavía estaban allí, pero se habían cortado las cuerdas que una vez se extendían por medio de una puerta-trampa a un punto donde uno de los ujieres podía tocarlas desde el vestíbulo. El campanario era ahora solamente decorativo. ¿O lo era?

Camilo sacó una escalera de mano de un cuarto de útiles necesarios, la llevó al vestíbulo y abrió la puerta-trampa. Subió más allá del cielorraso y encontró una escalera de hierro forjado, que llevaba al campanario. Subió hasta cerca de las viejas campanas que estaban cubiertas de telarañas, polvo y hollín. Cuando llegó a la sección abierta al aire, su último paso hizo que su pelo rozara una telaraña y sintió que la araña le correteaba por el pelo. Casi perdió el equilibrio tratando de golpear la araña y sujetar la linterna y afirmarse en la escalera. Tan sólo ayer lo habían perseguido por el desierto, atacado, chocado, disparado y virtualmente dado caza a través de las llamas, por escapar a la libertad. Resopló. Casi volvería a pasar por todo eso antes que tener una araña corriéndole por el pelo.

Camilo miró por la abertura y buscó el conducto. Corría hacia arriba a la parte angosta del campanario. Llegó a la parte de arriba de la escalera y salió por la abertura. Estaba en el lado del campanario que no estaba iluminado desde el suelo. La vieja madera no parecía muy firme. Su pie lastimado empezó a doler. Pensó, *¿no sería grandioso? Resbalarte del campanario de tu iglesia y matarte en medio de la noche.*

Observando cuidadosamente el área para asegurarse de que no hubiese automóviles alrededor, prendió brevemente la linterna encima de donde el conducto subía por la aguja del campanario. Allí había lo que parecía ser una antena satélite en miniatura, de unas dos y media pulgadas de diámetro. Camilo no podía leer el diminuto rótulo adherido al frente, así que se paró en puntillas y lo sacó. Lo metió en su bolsillo y esperó para sacarlo hasta que estuvo a salvo y de regreso dentro del campanario, abajo de la escalera y habiendo pasado por la puerta-trampa a la escalera portátil. Decía *Tecnologías Dany Moore: Su Doctor en Computadoras*.

Camilo guardó la escalera de mano y empezó a apagar las luces. Sacó una concordancia de un estante de la oficina de Bruno y buscó la palabra *azotea*. La instalación de esa loca miniantena satélite que hizo Bruno, le hizo pensar en un versículo que él había oído o leído una vez tocante a gritar la buena nueva desde la azotea. Mateo 10:27-28 decía:

"Lo que os digo en la oscuridad, habladlo en la luz; y lo que oís al oído, proclamadlo desde las azoteas. Y no temáis a los que matan el cuerpo, pero no pueden matar el alma; más bien temed a

aquel que puede hacer perecer tanto el alma como el cuerpo en el infierno.

¿No era típico de Bruno el tomarse tan literalmente la Biblia?

Camilo se dirigió de regreso a la casa de Loreta donde leería el material de Bruno hasta las seis. Entonces quiso dormir hasta el mediodía, para poder estar levantado cuando Amanda trajera a Raimundo desde el Campo Mitchell, en Milwaukee.

¿Alguna vez dejaría de asombrarse? Al manejar las pocas cuadras, le impactó la diferencia entre los dos vehículos que había manejado en las últimas veinticuatro horas. Este era un Range Rover carísimo, equipado con todo salvo un lavaplatos, y el otro, un bus que probablemente todavía humeaba, el cual le había "comprado" a un hombre que pronto podría ser un mártir.

Sin embargo, más sorprendente era que Bruno hubiera planeado tan bien y preparado tanto antes de su partida. Con un poco de tecnología, el Comando Tribulación y su miembro más nuevo, Zión Ben-Judá, pronto estarían proclamando el evangelio desde una localidad oculta y mandándola por la Internet, a cualquier persona alrededor del mundo que quisieran oírlo, y a muchos que no.

Eran las dos y media de la madrugada, hora de Chicago, cuando Camilo regresó de la iglesia y se sentó con los papeles de Bruno en la mesa del comedor de la casa de Loreta. Era como leer una novela. Bebió los estudios bíblicos y los comentarios de Bruno, encontrando sus notas para los sermones para ese mismo domingo. Camilo no podía hablar en público en esa iglesia. Él era vulnerable y ya estaba demasiado expuesto, pero ciertamente podría ayudar a Raimundo a preparar algunos comentarios.

A pesar de sus años de vuelo, Raimundo nunca había hallado una cura para el efecto físico causado por el horario en un viaje tan largo en avión a retropropulsión, especialmente cuando se volaba del este al oeste. Su cuerpo le decía que estaba en la mitad de la noche, y después de un día entero de volar, estaba listo para acostarse. Pero era al mediodía, hora estándar del Centro, cuando el DC-10 carreteaba hacia la puerta en Milwaukee. Al otro lado del pasillo dormía la bella y elegante Patty Durán. Su largo pelo rubio estaba recogido en un moño y se había echado a perder el maquillaje tratando de enjugarse las lágrimas.

Había llorado intermitentemente casi todo el vuelo. A través de dos comidas, una película y una merienda, ella se había descargado emocionalmente contándole sus penas a Raimundo. No quería seguir con Nicolás Carpatia. Ya no sentía amor por el hombre. No lo entendía. Aunque no estaba lista para decir que era el anticristo, ciertamente no estaba tan impresionada con él a puertas cerradas como la mayor parte de su público.

Raimundo había evitado cuidadosamente declarar sus más resueltas creencias sobre Carpatia. Estaba claro que Raimundo no era fanático y apenas leal, pero no consideraba que era prudente manifestar categóricamente que él estaba de acuerdo con la mayoría de los creyentes, en que Carpatia cumplía con los requisitos del anticristo. Por supuesto que Raimundo no tenía dudas al respecto; pero él había visto romances rotos sanarse, y lo último que quería era darle razones a Patty que podrían ser usadas en su contra con Carpatia. Pronto ya no importaría quien pudiese hablarle mal de él a Nicolás. De todos modos iban a ser enemigos mortales.

Lo más perturbador de todo para Raimundo era la confusión de Patty sobre su embarazo. Él deseaba que ella se refiriera a lo que llevaba en su vientre como un niño, pero para ella era simplemente un embarazo, un embarazo no deseado. Quizá no había sido así al principio, pero ahora, dado su estado mental, no quería dar a luz al hijo de Nicolás Carpatia. No se refería a aquello como niño ni siquiera como un bebé.

Raimundo tuvo la difícil tarea de tratar de argumentar su caso sin ser demasiado obvio. Le había preguntado: —Patty, ¿cuáles crees que son tus opciones?

—Sé que hay sólo tres, Raimundo. Toda mujer tiene que considerar estas tres opciones cuando está embarazada.

No toda mujer —pensó Raimundo.

Patty había seguido. —Puedo llevarlo a término y quedarme con él, cosa que no quiero hacer. Puedo darlo en adopción pero no estoy segura de querer soportar todo el embarazo y el proceso del parto. Y por supuesto, puedo terminar el embarazo.

—¿Qué significa exactamente eso?

—¿Qué quieres decir con eso de "qué significa eso"? —le había preguntado Patty—. Terminar el embarazo significa terminar el embarazo.

—¿Quieres decir hacerte un aborto?

Patty lo miró fijo como si él fuera un imbécil.

—¡Sí! ¿Qué pensaste que significaba?

—Bueno, parece que tú estás usando un lenguaje que lo hace sonar como la opción más fácil.

—*Es* la opción más fácil, Raimundo. Piénsalo. Obviamente el peor escenario sería dejar que el embarazo llegue a su término completo, pasar por todas las incomodidades, luego tener que pasar por el dolor del parto. Y entonces ¿qué pasa si me dan esos instintos maternales del que hablan todos? Además de vivir nueve meses en el hoyo, pasaría por todo eso de dar a luz el hijo de otra persona. Entonces tendría que entregarlo, lo cual empeora todo aun más.

—Ahí lo trataste de niño —había dicho Raimundo.

—¿Qué?

—Te has estado refiriendo a eso como tu embarazo pero una vez que des a luz, entonces ¿es un niño?

—Bueno, será el hijo de *alguien*. Espero que no el mío.

Raimundo había dejado el tema mientras se servía una comida. Oró silenciosamente que él pudiera comunicarle a ella algo de la verdad. El ser sutil no era su punto fuerte. Ella no era una mujer tonta. Quizá la mejor táctica era ser directo.

Más adelante en el vuelo, la misma Patty volvió a tocar el tema.

—¿Por qué quieres hacerme sentir culpable por considerar un aborto?

—Patty —había dicho él—, no puedo hacerte sentir culpable. Tú tienes que tomar tus propias decisiones. Lo que yo piense al respecto significa muy poco, ¿no es cierto?

—Bueno, me interesa lo que piensas. Te respeto como a alguien que tiene experiencia. Espero que no pienses que yo creo que el aborto es una decisión fácil, aunque es la solución mejor y más sencilla.

—Mejor y más sencilla ¿para quién?

—Para mí, lo sé. A veces tienes que velar por ti mismo. Cuando dejé mi trabajo y corrí a Nueva York a estar con Nicolás, pensé que finalmente estaba haciendo algo por Patty. Ahora no me gusta lo que hice por Patty, así que tengo que hacer otra cosa por Patty. ¿Entendido?

Raimundo había asentido. Él entendía demasiado bien. Él tenía que recordarse que ella no era creyente. Ella no pensaba en el bien de nadie sino en el suyo propio. ¿Por qué debiera hacerlo?

—Patty, sólo dame el gusto por un momento y supone que ese embarazo, esa “cosa” que estás cargando en tu vientre es ya un niño. Es tu hijo. Quizá no te guste su padre. Quizá detestes ver qué clase de persona su padre podría criar. Pero ese bebé es *tu* pariente consanguíneo también. Ya tienes instinto maternal o no estarías tan confusa por esto. Mi pregunta es ¿quién se ocupa de velar por los mejores intereses de tu hijo? Digamos que se ha hecho un mal. Digamos que fue inmoral que tú vivieras con Nicolás Carpatia sin estar casados. Digamos que este embarazo, este niño, fue producido por una unión inmoral. Vayamos más lejos. Digamos que hay gente que tiene la razón al considerar a Nicolás Carpatia como el anticristo. Hasta aceptaré el argumento de que quizá tú lamentes la idea de tener hijos y que por eso no serías la mejor madre. No pienso que puedas evadir el ser responsable, en la forma en que sería justificable que lo hiciera la víctima de una violación o incesto.

»Pero aun en esos casos, la solución no es matar a la parte inocente, ¿no? Algo está mal, realmente mal, y así la gente defiende su derecho a elegir. Por supuesto lo que eligen no es sólo el fin del embarazo, no sólo un aborto sino la muerte de una persona. Pero, ¿de cuál persona? ¿Una de las que cometió el error? ¿Una de las que cometió la violación o el incesto? ¿O una de las que se embarazó sin estar casada? No, la solución siempre es matar a la parte más inocente de todas.

Raimundo había llegado demasiado lejos y se dio cuenta. Él había mirado a Patty que tenía las manos en sus orejas, con las lágrimas corriéndole por las mejillas. Él había tocado su brazo y ella se había alejado. Él se inclinó un poco más y tomó su codo.

—Patty, por favor, no te alejes de mí. Por favor, no pienses que lo que dije fue para herirte personalmente. Sólo atribúyelo a alguien que defiende los derechos de alguien que no puede defenderse a sí mismo. Si tú no defiendes a tu propio hijo, alguien tiene que hacerlo.

Con eso, ella se había alejado totalmente de él y había enterrado su cara en las manos y llorado. Raimundo se enojó consigo mismo. ¿Por qué no podía aprender? ¿Cómo pudo estar sentado ahí escupiendo todo eso? Él lo creía y estaba convencido de que era el punto de vista de Dios. Tenía sentido para él. Pero también sabía que ella podía rechazar el argumento enseguida, sencillamente porque él era hombre. ¿Cómo podría entender? Nadie sugería lo que él podía o no hacer con su cuerpo. Él había querido decirle que él comprendía eso, pero nuevamente, ¿qué si ese niño no deseado era una niña? ¿Quién defendía los derechos del cuerpo de esa mujer?

Patty no le había hablado por horas. Él sabía que se lo merecía. *Pero* —se preguntaba—, *¿cuánto tiempo hay para uno ser diplomático?* Él no tenía idea cuáles eran los planes de ella. Él sólo podía argumentar con ella cuando tenía la oportunidad. —Patty —había dicho. Ella no lo había mirado—. Patty, por favor, permíteme decirte una sola cosa más.

Ella se había dado vuelta ligeramente, sin mirarlo de frente pero tuvo la impresión de que al menos escucharía.

—Quiero que me perdones por lo que haya dicho que te haya herido o insultado personalmente. Espero que me conozcas lo suficiente a estas alturas para saber que yo no haría eso con intención. Más importante aún es que deseo que sepas que soy uno entre algunos pocos amigos que tienes en el área de Chicago, que te quiere y desea solamente lo mejor para ti. Deseo que pienses en pasar a vernos en Monte Prospect cuando estés de regreso. Aunque yo no esté allí, aunque tenga que volver a Nueva Babilonia antes que tú, pasa por allí para ver a Cloé y a Camilo. Habla con Amanda. ¿Harías eso?

Entonces lo había mirado. Había apretado los labios y meneado la cabeza disculpándose. —Probablemente no. Agradezco tus sentimientos y acepto tus disculpas pero no, probablemente no.

Y así habían quedado. Raimundo estaba enojado consigo mismo. Sus motivos eran puros y creía que su lógica era correcta. Pero quizá había contado demasiado con su propia personalidad y estilo, y no lo suficiente en Dios mismo para obrar en el corazón de Patty. Todo lo que ahora podía hacer era orar por ella.

Cuando el avión se detuvo finalmente en la puerta, Raimundo la ayudó a sacar su bolso del maletero de arriba. Ella le dio las gracias. Él no confiaba en sí mismo para decir nada más. Se había disculpado bastante. Patty enjugó su rostro una vez más y le dijo: —Raimundo, sé que tienes buenas intenciones. Pero a veces me vuelves loca. Debiera alegrarme que entre nosotros no hubiese nada en realidad.

—Muchas gracias —contestó Raimundo haciéndose el ofendido.

—Hablo en serio —prosiguió ella—. Tú sabes lo que quiero decir. Estamos demasiado distanciados en edad o algo, supongo.

—Supongo —repitió Raimundo. Así, pues, era como ella lo resumía. Estupendo. Por supuesto, ése no era el problema en absoluto. Quizás no manejó la situación de la mejor manera, pero sabía que si trataba de arreglarlo ahora, no lograría nada.

Al salir de la puerta, vio la sonrisa de bienvenida de Amanda. Corrió a ella, y ella lo abrazó fuerte. Lo besó apasionadamente pero se separó en seguida. —No quise ignorarte, Patty, pero francamente estaba más deseosa de ver a Raimundo.

—Entiendo —contestó Patty en forma seca y desviando la mirada.

—¿Podemos dejarte en alguna parte? —preguntó Amanda.

Patty soltó una risita entre dientes. —Bueno, mi equipaje está verificado hasta Denver. ¿Pueden dejarme allá?

—Oh, ¡lo sabía! —exclamó Amanda—. ¿Podemos acompañarte hasta la puerta del vuelo?

—No. Estaré bien. Conozco este aeropuerto. Tengo una parada corta aquí y sólo voy a tratar de relajarme.

Raimundo y Amanda se despidieron de Patty y ella fue bastante cordial, pero mientras se alejaban miró a los ojos de Raimundo. Apretó los labios y meneó su cabeza. Él se sintió muy mal.

Raimundo y Amanda iban caminando de la mano, después agarrados del brazo, luego abrazados por la cintura hasta llegar a las escaleras mecánicas que llevaban a la zona del equipaje. Amanda vaciló y sacó a Raimundo de la escalera en movimiento. Algo en una pantalla de televisor había atraído su mirada.

—Ray —señaló—, ven, mira esto.

Se quedaron mirando un informe de CNN/RCM que resumía la magnitud del daño causado por la guerra en todo el mundo. Carpatia ya estaba poniendo su dedo en el asunto. El locutor decía: "Los expertos mundiales en atención de salud predicen que el recuento de muertos subirá en más de veinte por ciento a nivel internacional. Nicolás Carpatia, la Potestad de la Comunidad Mundial, ha anunciado la formación de una organización internacional de atención de la salud que asumirá la precedencia sobre todos los esfuerzos locales y regionales. Él y sus diez embajadores mundiales entregaron una declaración de sus reuniones privadas de alto nivel, sostenidas en Nueva Babilonia, esbozando una propuesta de medidas estrictas que regulen la salud y el bienestar de toda la comunidad mundial por entero. Tenemos una reacción ahora del renombrado cirujano cardiovascular, doctor Samuel Kline, de Noruega".

Raimundo susurró. —Este tipo está metido en el bolsillo trasero de Carpatia. Lo he visto por ahí. Dice lo que San Nicolás quiera que diga.

El doctor estaba diciendo: "La Cruz Roja Internacional y la Organización Mundial de la Salud, por maravillosas y eficaces que hayan sido en el pasado, no están equipadas para manejar la devastación, la enfermedad y la muerte a esta escala. El visionario plan de la Potestad Carpatia no es sólo nuestra única esperanza de sobrevivir en medio de las inminentes hambruna y plagas, sino que me parece a primera vista, un plan de la agenda de atención de salud más activa que haya habido. Si la tasa de mortalidad llegara a veinticinco por ciento debido a la contaminación del agua y del aire, la escasez de alimentos y cosas por el estilo, como han predicho algunos, las nuevas reglas que gobiernan la vida desde el vientre a la tumba, pueden llevar a este planeta desde el borde de la muerte a un estado utópico en lo tocante a la salud física".

Raimundo y Amanda regresaron a la escalera mecánica, Raimundo moviendo su cabeza. —En otras palabras, Carpatia saca los cadáveres que él hizo volar en pedazos o que mató por hambre o que permitió que se enfermaran con pestes debido a su guerra, y el resto de nosotros, sujetos afortunados, seremos más sanos y más prósperos que nunca antes.

Amanda lo miró. —Hablas como un verdadero empleado leal —comentó ella. Él la rodeó con sus brazos y la besó. Tropezaron y casi se cayeron cuando la escalera mecánica llegó abajo.

Camilo abrazó a su nuevo suegro y viejo amigo como al hermano que era. Consideró un tremendo honor presentar a Zión Ben-Judá a Raimundo y observar como se familiarizaban. El Comando Tribulación estaba junto una vez más, poniéndose al día unos con otros y tratando de planificar para un futuro que nunca había parecido menos seguro.

Quince

Raimundo se obligó a estar en pie hasta la hora normal de acostarse el sábado por la noche. Él, Camilo y Zión revisaron repetidamente el material de Bruno. Raimundo se sintió conmovido hasta las lágrimas más de una vez.

—No estoy seguro de estar a la altura de esto —dijo.

Zión habló suavemente. —Lo estás.

—¿Qué hubieran hecho ustedes si yo no hubiera podido regresar?

Camilo respondió. —No sé, pero no puedo arriesgarme a hablar en público, y por supuesto, tampoco Zión.

Raimundo preguntó qué iban a hacer tocante a Zión. —Él no puede estar aquí por mucho tiempo, ¿cierto? —preguntó.

—No —asintió Camilo—. No pasará mucho antes que la jerarquía de la Comunidad Global sepa que yo estuve involucrado en su fuga. De hecho no me sorprendería si Carpatia ya lo sabe.

Decidieron entre ellos que Zión debía poder ir el domingo por la mañana a la Nueva Esperanza, posiblemente con Loreta, como invitado que luciera como un viejo amigo. Había bastante diferencia de edad, salvo por su aspecto del Oriente Medio, para que pareciera como hijo o sobrino de ella.

—Pero no me arriesgaría a exponerlo más allá de eso —opinó Raimundo—. Si el refugio está listo, tenemos que meterlo ahí antes que termine el día de mañana.

Tarde esa noche un Raimundo de ojos enrojecidos convocó la reunión del Comando Tribulación, pidiendo a Zión Ben-Judá que esperara en otra sala. Raimundo, Amanda, Camilo y Cloé se sentaron en torno a la mesa del comedor, con los escritos de Bruno apilados bien alto ante ellos.

—Supongo que me corresponde —comenzó Raimundo— como el miembro más antiguo de esta bandita de luchadores por la libertad, convocar al orden a la primera reunión después de perder a nuestro líder.

Amanda levantó tímidamente su mano. —Disculpa, pero creo que yo soy el miembro más antiguo, si te refieres a los años.

Raimundo sonrió. Ya quedaba muy poca de la preciosa ligereza y él apreciaba sus débiles intentos. — Sé que eres la más vieja, querida —contestó— pero yo he sido creyente por más tiempo. Quizá por una semana o algo así.

—Es bastante justo —asintió ella.

—El único asunto sobre la mesa hoy es votar sobre un nuevo miembro. Pienso que nos resulta evidente a todos, que Dios nos ha provisto un nuevo líder y mentor en el doctor Ben-Judá.

Cloé habló. —Estamos pidiendo mucho de él, ¿no creen? ¿Estamos seguros de que él quiere vivir en este país? ¿En esta ciudad?

—¿Dónde más podría ir? —preguntó Camilo—. Quiero decir, es sólo justo preguntarle antes que suponer, pero creo que sus opciones son limitadas.

Camilo le dijo a los otros sobre los nuevos teléfonos, de las computadoras por llegar, de cómo Bruno había equipado el refugio para transmitir por teléfono y computadora, y cómo Dany Moore estaba diseñando un sistema que sería a prueba de bloqueo y detección.

Raimundo pensó que todos parecieron animados. Él finalizó los preparativos para el servicio fúnebre de la mañana siguiente, y dijo que planeaba que fuera descaradamente evangelístico. Oraron por confianza, paz y por la bendición de Dios para su decisión de incluir a Zión en el Comando Tribulación. Raimundo lo invitó a la reunión.

—Zión, hermano mío, queremos pedirte que ingreses a nuestro grupito-núcleo de creyentes. Sabemos que has sido profundamente herido, y que puedes estar apenado por mucho, mucho tiempo. No te pedimos una decisión inmediata. Como puedes imaginarte, te necesitamos no sólo para que seas uno de nosotros sino también para que seas nuestro líder, en esencia, nuestro pastor. Reconocemos que puede llegar el día en que todos tengamos que vivir en el refugio secreto. Mientras tanto, trataremos de mantener vidas lo más normales que sea posible, tratando de sobrevivir y difundir la buena nueva de Cristo a los demás, hasta el día de Su Manifestación Gloriosa.

Zión se levantó y puso ambas manos sobre la mesa. Camilo, que hasta hace poco había pensado que Zión lucía joven para sus cuarenta y seis años, ahora lo vio agotado y agobiado, con el dolor marcado en su rostro. Sus palabras salieron lentas y vacilantes a través de labios temblorosos.

—Mis queridos hermanos y hermanas en Cristo —empezó con su fuerte acento israelita—, me siento profundamente honrado y conmovido. Estoy agradecido a Dios por su providencia y bendición para mí al traer al joven Camilo a buscarme y salvar mi vida. Debemos orar por nuestros hermanos, Miguel y sus tres amigos, que creo se cuentan entre los ciento cuarenta y cuatro mil testigos que Dios está levantando de las tribus de Israel en todo el mundo. También debemos orar por nuestro hermano Anis de quien Camilo les ha hablado. Dios lo usó para librarnos. Nada más sé de él, salvo que sí se sabe que él podría haberme detenido, y que también puede convertirse en un mártir en cualquier momento.

»Devastado como estoy por mi pérdida personal, veo la clara mano de Dios Todopoderoso guiando mis pasos. Fue como si mi bendita patria fuera un salero en su mano, y él lo volcó y me tiró por el desierto y al aire. Aterricé justo donde él me quiere. ¿Dónde más puedo ir?

»No necesito tiempo para pensar esto. Ya he orado por esto. Estoy donde Dios quiere que esté y estaré aquí por el tiempo que Él lo desee. No me gusta tener que vivir escondido, pero tampoco soy hombre inquieto. Aceptaré agradecido su ofrecimiento de refugio y provisiones, y espero con ansias por el programa de la Biblia que Camilo me ha prometido poner en la nueva computadora. Agradeceré si ustedes y su asesor técnico, el joven señor Moore, pueden diseñar una manera de multiplicar mi ministerio. Claramente se acabaron mis días de viajes y conferencias internacionales. Espero sentarme mañana por la mañana con hermanos creyentes en su iglesia, y oír más de su maravilloso mentor, mi hermano Bruno Barnes.

»No puedo, ni quiero prometer reemplazarlo en sus corazones. ¿Quién puede reemplazar al padre espiritual de uno? Pero como Dios me ha bendecido con una mente que entiende muchos idiomas, con un corazón que lo busca a Él y siempre lo ha hecho, y con la verdad que Él me ha impartido y que descubrí, acepté y recibí sólo un poco demasiado tarde, dedicaré el resto de mi vida a compartir la Buena Nueva del evangelio de Jesucristo, el Mesías, el Salvador, mi Mesías y mi Salvador con ustedes y cualquier otro que desee escuchar".

Zión pareció derrumbarse en su asiento, y a la misma vez, Raimundo y el resto del Comando Tribulación se volvieron y se arrodillaron ante su Dios.

Camilo sintió la presencia de Dios tan claramente como durante su escapada de Israel y Egipto. Se dio cuenta de que su Dios no estaba limitado por espacio ni tiempo. Más tarde, cuando él y Cloé se fueron a acostar, dejando solo a Raimundo en el comedor para dar los toques finales al mensaje del servicio fúnebre, oraron porque Verna Zee cumpliera su promesa de asistir.

—Ella es la clave —insistió Camilo—. Cloé, si ella se asusta y dice algo a alguien sobre mí, nuestras vidas nunca serán las mismas de nuevo.

—Camilo, nuestras vidas no han sido las mismas de un día para otro en casi dos años.

Camilo la abrazó y ella se acurrucó contra su pecho. Camilo sintió que ella se relajaba y oyó su respiración profunda y regular al quedarse dormida minutos más tarde. Él estuvo despierto por otra hora, mirando fijo el cielorraso.

Camilo despertó a las ocho en una cama vacía. En seguida percibió el rico aroma del desayno. Loreta ya estaría en la iglesia. Él sabía que Amanda y Cloé se habían unido y trabajaban juntas a menudo, pero se sorprendió al hallar a Zión también haciendo cosas en la cocina.

—Agregaremos un poquito de sabor del Oriente Medio a nuestra comida matutina, ¿qué les parece? —preguntó.

—Me parece bien, hermano —opinó Camilo—. Loreta regresará a buscarte a eso de las nueve. Amanda, Cloé y yo iremos para allá tan pronto como terminemos de desayunar.

Camilo sabía que habría una multitud esa mañana, pero no esperaba que los estacionamientos estuviesen llenos y las calles alineadas de automóviles por cuadras. Si Loreta no hubiera tenido un sitio reservado, le hubiera sido mejor dejar su automóvil en la casa, e ir a la iglesia con Zión caminando. Aun así, le dijo a Camilo después, que tuvo que hacer señas a alguien para que saliera de su sitio cuando volvió con él.

No tenía sentido para Zión que lo vieran con Camilo en la iglesia. Camilo se sentó con Cloé y Amanda. Loreta se sentó cerca del fondo con Zión. Loreta, Camilo, Cloé y Amanda vigilaban por si veían a Verna.

Raimundo no hubiera conocido a Verna si la hubiese tenido delante de él. Estaba ocupado con sus pensamientos y responsabilidades de esa mañana. Cincuenta minutos antes del servicio, hizo señas al director de la empresa funeraria para que entrara el ataúd al santuario y lo abriera.

Raimundo estaba en la oficina de Bruno cuando el director se apresuró a ir a su encuentro.

—Señor, ¿está seguro de querer todavía que yo haga eso? El santuario ya está repleto.

Raimundo no dudó de él pero lo siguió para ver por sí mismo. Miró por la puerta de la plataforma. Hubiera sido inapropiado abrir el ataúd frente a toda esa gente. Si el cadáver de Bruno hubiera estado listo para ser exhibido cuando la gente llegara, eso hubiera sido otra cosa.

—Sólo lleve el ataúd cerrado al santuario —ordenó Raimundo—. Programaremos exhibirlo más tarde.

Al dirigirse Raimundo de vuelta a la oficina, él y el director llegaron donde estaba el ataúd junto a los ayudantes, en un pasillo vacío que llevaba a la plataforma. Raimundo sintió una urgencia repentina. —¿Podría abrirlo para verlo yo solo, brevemente?

—Por cierto, señor, si usted mira para otro lado un momento.

Raimundo dio la espalda y oyó la tapa abrirse y el movimiento de cosas.

—Listo, señor —dijo el director.

Bruno lucía menos vivo y más como la cáscara que Raimundo sabía era este cuerpo, de lo que se había visto debajo de la sábana afuera del demolido hospital donde Raimundo lo había encontrado. Raimundo no sabía si era la luz, el paso del tiempo o su propia pena y cansancio. Él sabía que esto era meramente la casa terrenal de su querido amigo. Bruno se había ido. La semejanza que yacía allí era sólo un reflejo del hombre que él fuera una vez. Raimundo dio las gracias al director y se encaminó a su oficina.

Se alegró de haber dado esa última mirada. No era que necesitara un fin como decían tantos sobre eso de ver al muerto. Sencillamente había temido que el impacto de Bruno luciendo tan sin vida en una exhibición colectiva podía dejarlo sin habla. Pero no ahora. Estaba nervioso, aunque sentía más confianza que nunca para representar a Bruno y representar a Dios ante esta gente.

El nudo en la garganta de Camilo empezó en el momento en que entró al santuario y vio a la multitud. La cantidad de gente no lo sorprendió sino lo temprano que se habían juntado. Además, no había el murmullo acostumbrado como en el servicio matutino normal del domingo. Aquí nadie parecía siquiera susurrar. El silencio era misterioso y cualquiera lo hubiera interpretado como tributo a Bruno. La gente lloraba pero nadie sollozaba. Al menos no todavía. Sencillamente estaban sentados, la mayoría con sus cabezas inclinadas, algunos leían el corto boletín que incluía datos de la vida de Bruno. Camilo se sorprendió con el versículo que alguien, probablemente Loreta, había puesto al final del boletín. Decía simplemente: *"Yo sé que mi Redentor vive"*.

Camilo sintió que Cloé se estremecía y supo que estaba cerca de las lágrimas. Le pasó el brazo por los hombros y su mano rozó a Amanda quien estaba sentada a su lado. Amanda se volvió y Camilo vio sus lágrimas. Le puso una mano en el hombro y ahí se quedaron con su pena silenciosa.

Precisamente a las diez de la mañana, justo como lo haría un piloto —pensó Camilo—, salieron Raimundo y otro líder por la puerta a un costado de la plataforma. Raimundo se sentó mientras que el otro hombre subió al púlpito e hizo señas que todos debían ponerse de pie. Dirigió a la congregación en dos himnos, cantados tan lenta y calladamente y con tanto significado que Camilo apenas si podía pronunciar la letra. Cuando concluyeron los cánticos, el anciano dijo: —Ese es nuestro servicio preliminar. Hoy no habrá ofrendas. Hoy no habrá anuncios. Todas las reuniones se reiniciarán el próximo domingo conforme a lo programado. Este servicio fúnebre es en memoria de nuestro amado pastor Bruno Barnes que partió.

Procedió entonces a decir cuándo y dónde había nacido Bruno y cuándo y dónde había muerto. —Él fue precedido por su esposa, una hija y dos hijos, que fueron arrebatados con la iglesia. Nuestro orador de esta mañana es el anciano Raimundo Steele, miembro de esta congregación desde precisamente después del Rapto. Él era amigo y confidente de Bruno. Él hará la elegía y dará un corto mensaje. Pueden regresar a las cuatro de la tarde para ver el cuerpo si así lo desean.

Raimundo sintió como si estuviera flotando en otra dimensión. Había escuchado su nombre y sabía muy bien lo que estaban haciendo esta mañana. ¿Era esto un mecanismo mental de defensa? ¿Dios le estaba permitiendo poner a un lado su pena y sus emociones para que pudiera hablar claramente? Eso era todo lo que podía imaginarse. Si sus emociones lo vencían no habría forma de que pudiera hablar.

Dio las gracias al otro líder y abrió sus notas. "Miembros y amigos de la Iglesia de Centro de la Nueva Esperanza —empezó—, y parientes y amigos de Bruno Barnes, yo les saludo hoy en el incomparable nombre de nuestro Señor y Salvador Jesucristo.

»Si hay algo que he aprendido allá afuera en el mundo es que el orador nunca debe disculparse por sí mismo. Permitan que rompa esa regla primero y la saque del camino, porque sé, que pese a lo cercano que fuimos Bruno y yo, esto no se trata de mí. De hecho Bruno les diría que tampoco se trata de él. Se trata de Jesús.

»Debo decirles que estoy aquí en esta mañana no como líder, ni como feligrés, y por cierto, no como predicador. Hablar no es mi don. Nadie ha siquiera sugerido que yo pudiese reemplazar a Bruno. Estoy aquí porque lo amaba y porque, de muchas maneras —primordialmente porque él dejó un tesoro de notas tras él— puedo hablar por él en mínima medida".

Camilo abrazó fuerte a Cloé, tanto para su propio consuelo como el de ella. Sentía por Raimundo. Esto tenía que ser tan difícil. Estaba impresionado con la capacidad de Raimundo para expresarse en esta situación. Sabía que él hubiera estado lloriqueando.

Raimundo estaba diciendo: "Quiero contarles cómo conocí a Bruno, porque sé que muchos de ustedes lo conocieron en forma muy parecida. Estábamos en el momento de mayor necesidad de nuestras vidas y Bruno se nos había adelantado por unas pocas horas.

Camilo oyó el relato que había escuchado tantas veces antes, de Raimundo que había recibido advertencias de su esposa sobre que el Rapto era inminente. Cuando él y Cloé fueron dejados atrás e Irene y Raimundito fueron llevados, sintiéndose él acabado, había buscado la iglesia donde ella había oído el mensaje. Bruno Barnes había sido la única persona del personal de la iglesia que quedó, y Bruno sabía exactamente por qué. En un instante se convirtió en un converso y evangelista sin vergüenza alguna de compartir el mensaje. Bruno había rogado a Raimundo y Cloé que escucharan su testimonio de cómo perdió a su esposa y tres hijos pequeños en medio de la noche. Raimundo había estado listo. Cloé había sido escéptica. Pasaría un tiempo antes que ella cediera.

Bruno le había dado una copia de una cinta de video que su pastor titular había dejado atrás justamente para este propósito. Raimundo se había asombrado de que el pastor hubiera sabido anticipadamente por lo que él iba a pasar. Él había explicado, usando la Biblia, que todo esto había sido predicho, y luego, había tenido el cuidado de explicar el plan de salvación. Raimundo se tomó ahora el tiempo, como lo había hecho en tantas ocasiones en las clases de la escuela dominical y reuniones de testimonio, para examinar a fondo ese mismo sencillo plan.

Camilo nunca dejaba de conmoverse por lo que Bruno siempre había llamado "la vieja y antigua historia". Raimundo decía: "Este ha sido el mensaje más malentendido de todos los tiempos. Si ustedes le hubieran preguntado a la gente de la calle, cinco minutos antes del Rapto, qué era lo que enseñaban los cristianos sobre Dios y el cielo, nueve de cada diez les hubiera dicho que la iglesia esperaba que ellos viviesen una buena vida, que hicieran lo mejor que pudieran, que pensaran en los demás, que fueran bondadosos, que vivieran en paz. Eso sonaba tan bueno, y no obstante, era tan malo. ¡Cuán lejos del objetivo!

»La Biblia es clara al declarar que toda nuestra justicia es como trapo de inmundicias. No hay justo, ni aun uno solo. Todos nos hemos vuelto a nuestro propio camino. Todos hemos pecado y caído de la gloria de Dios. En la economía de Dios todos somos dignos sólo del castigo y de la muerte.

»Yo les fallaría muy malamente, si llegáramos al final de un servicio fúnebre en memoria de un hombre con el corazón evangelizador de Bruno Barnes, y no les hablara lo que él me dijo, a mí y a todos con quienes tuvo contacto durante los últimos dos años de su vida en esta tierra. Jesús ya ha pagado el precio, sufrido el castigo. La obra ha sido hecha. ¿Tenemos que llevar buenas vidas? ¿Tenemos que hacer lo mejor que podamos? ¿Tenemos que pensar en los demás y vivir en paz? ¡Por supuesto! Pero ¿para ganar nuestra salvación? La Escritura es clara para decir que somos salvos por gracia por medio de la fe, y eso no de nosotros; no por obras para que nadie se gloríe. Nosotros vivimos nuestras vidas en la manera más recta que podamos como respuesta agradecida a ese regalo inapreciable de Dios, nuestra salvación, libremente pagada en la cruz por el mismo Cristo.

»Eso es lo que Bruno Barnes les diría esta mañana si aún estuviera albergado en esa cáscara que yace en el ataúd que está ante ustedes. Todo el que le conoció sabe que este mensaje se hizo su vida. Él estaba destruido y apenado por la pérdida de su familia, y por el pecado de su vida y su falla final en haber hecho la transacción con Dios que él sabía era necesaria para asegurarle la vida eterna.

»Pero no se revolcó en la autocompasión. Rápidamente se convirtió en un estudioso de las Escrituras, y en un predicador de la Buena Nueva. Este púlpito no podía contenerlo. Empezó iglesias a domicilio en todos los Estados Unidos, y luego, empezó a hablar en todo el mundo. Sí, acostumbraba a estar aquí el domingo porque creía que su rebaño era su primera responsabilidad. Pero ustedes y yo, todos nosotros, lo dejamos viajar debido a que sabíamos que ahí había un hombre de quien el mundo no era digno".

Camilo observó intensamente al dejar Raimundo de hablar. Se puso a un lado del púlpito e hizo señas al ataúd. "Y ahora —prosiguió— si puedo lograr terminar con esto, quisiera hablarle directamente a Bruno. Todos ustedes saben que el cuerpo está muerto. No puede oír. Pero, Bruno —dijo, elevando los ojos—, te damos gracias. Te envidiamos. Sabemos que estás con Cristo, cosa que el apóstol Pablo dice que es "muchísimo mejor".

»Confesamos que no nos gusta esto. Duele. Te echamos de menos. Pero en tu memoria prometemos seguir adelante, perseverar en la tarea, seguir adelante contra todas las fuerzas superiores. Estudiaremos los materiales que dejaste atrás, y mantendremos esta iglesia como el faro que la hiciste para la gloria de Dios".

Raimundo regresó al púlpito, sintiéndose exhausto, pero no había llegado ni a la mitad. "También sería irresponsable si no tratara de compartirles por lo menos las ideas centrales del sermón que Bruno había preparado para hoy. Es un mensaje importante, uno que ninguno de nosotros que estamos en el liderazgo aquí, quisiéramos perdérnoslo. Puedo decirles que lo he repasado muchas veces y me bendice cada vez. Pero antes que haga eso, me siento impulsado a dejar la palabra a cualquiera que se sienta guiado a decir algo en memoria de nuestro amado hermano".

Raimundo dio un paso atrás del micrófono y esperó. Por unos pocos segundos se preguntó si los había agarrado a todos con la guardia baja. Nadie se movió. Finalmente, Loreta se paró.

—Todos ustedes me conocen —afirmó—. Yo he sido la secretaria de Bruno desde el día en que todos los demás desaparecieron. Si ustedes oran para que yo pueda mantener la compostura, tengo unas cuantas cosas que decir del pastor Barnes.

Loreta contó su ahora familiar historia, cómo fue la única de más de cien parientes consanguíneos que fue dejada atrás en el Rapto. —Sólo hay una docena de nosotros en este salón que fuimos miembros de esta iglesia antes de aquel día —dijo—. Todos sabemos quiénes somos, y por más agradecidos que estemos de haber encontrado finalmente la verdad, vivimos lamentando todos los años desperdiciados.

Camilo, Cloé y Amanda se movieron en su banca para oír mejor a Loreta. Camilo vio pañuelos de papel y de tela en todo el santuario. Loreta terminó con esto: —El hermano Barnes era un hombre muy brillante que había cometido un error inmenso. Tan pronto como arregló cuentas con el Señor y se consagró a servirle por el resto de sus días, se hizo pastor para el resto de nosotros. No puedo hablarles de la incontable cantidad de personas que él condujo a Cristo, personalmente. Pero puedo decirles esto: Él nunca fue condescendiente, nunca fue iracundo con nadie. Era fervoroso y compasivo, y amaba a la gente guiándolas de esta manera a entrar al reino. Oh, nunca fue educado hasta el punto en que no dijera a la gente exactamente lo que tenían que escuchar. Hay bastantes personas aquí que pueden atestiguar de eso. Pero ganar gente para Cristo era su meta principal, total y única. Yo sólo ruego en oración que si aquí hay alguien que aún está cuestionándose o reteniéndose a lo que sabe que debe hacer, que se dé cuenta de que quizá usted sea la razón por la que siempre podamos decir que Bruno no murió en vano. Su pasión por las almas sigue más allá de la tumba.

Loreta se quebrantó. Se sentó. El extraño que estaba sentado a su lado, el hombre moreno que era conocido sólo por ella y el Comando Tribulación, la rodeó gentilmente con su brazo.

Raimundo estuvo de pie oyendo a medida que gente de todo el santuario se paraba y testificaba del impacto que Bruno Barnes había hecho en sus vidas. Esto siguió sin parar por más de una hora. Finalmente, cuando pareció producirse una calma, Raimundo dijo: —No me gusta terminar arbitrariamente esto, pero si hay alguien más, permita que le pida que se ponga de pie rápidamente. Después uno más, y entonces dejaré que los que tengan que irse lo hagan. Quedarse para mi resumen de lo que hubiera sido el sermón de Bruno en esta mañana es optativo.

Zión Ben-Judá se paró. —Ustedes no me conocen —dijo—. Yo represento a la comunidad internacional donde su pastor trabajó tanto tiempo y con tanto fervor y tanta efectividad. Muchos líderes cristianos de todo el planeta lo vieron, recibieron su ministerio y fueron llevados más cerca de Cristo debido a él. Mi oración por ustedes es que sigan su ministerio y su memoria, que ustedes "no se cansen de hacer el bien" como dicen las Escrituras.

Raimundo anunció. —Párense si lo desean. Estírense. Abracen a un amigo, saluden a alguien. La gente se puso de pie y se estiró y estrechó manos y se abrazó pero pocos hablaron. Raimundo dijo: —Mientras están de pie yo quisiera disculpar a todo aquel que esté abrumado, hambriento, inquieto o que tenga cualquier otra razón para irse. Resumiré el mensaje de Bruno para esta mañana, disculpándome anticipadamente por leer algo. Yo no soy el predicador que él fue, así que sopórtenme. Ahora nos tomaremos una pausa de un par de minutos, así que siéntanse libres para irse si tienen que hacerlo.

Raimundo salió del púlpito y se sentó. La congregación se sentó, como uno solo, y lo miraron expectantes. Cuando quedó claro que nadie se iría, alguien ahogó una risita, luego otro y otros más. Raimundo sonrió y se encogió de hombros y volvió al púlpito.

—Supongo que hay cosas más importantes en esta vida que el bienestar personal, ¿no? —prosiguió—. Resonaron unos cuantos amén. Raimundo abrió su Biblia y las notas de Bruno.

Camilo sabía lo que venía. Él había repasado el material casi tantas veces como Raimundo y había ayudado a condensarlo. Aun así, estaba excitado. La gente se sentiría inspirada por lo que Bruno creía que había pasado, lo que él predijo que acontecería y lo que aún estaba por suceder.

Raimundo empezó explicando: "Según lo mejor que pudimos determinar, estas notas para sermones fueron escritas en la semana pasada a bordo de un avión cuando Bruno volvía de Indonesia. El archivo se titula 'Sermón', tiene la fecha de hoy, y lo que tiene aquí es un esbozo rudimentario y muchos comentarios. Ocasionalmente hace notas personales, algunas de las cuales creo poder compartirlas con ustedes ahora que él se fue, otras que me siento obligado a no contarlas ahora que él se fue.

»Por ejemplo, poco después de bosquejar donde quiere llegar con este mensaje, comenta:

> ...estuve enfermo toda la noche pasada y hoy no me siento mucho mejor. Me advirtieron de los virus pese a todas mis vacunas. No me puedo quejar. He viajado mucho sin problemas. Dios ha estado conmigo. Por supuesto que también Él está ahora conmigo pero temo la deshidratación. Si no mejoro cuando regrese, iré a que me examinen.

»Así —agregó Raimundo—, tenemos un vistazo de la enfermedad que lo debilitó y condujo a su colapso en la iglesia cuando volvió. Como la mayoría de ustedes sabe, fue llevado a toda prisa al hospital, donde como creemos, murió por la enfermedad y no por el bombardeo.

»Bruno bosquejó aquí un mensaje que creía era particularmente urgente, porque, como escribe:

> ...me he convencido de que estamos al final de los dieciocho meses del período de paz que sigue al pacto que el anticristo hizo con Israel. Si tengo razón, y podemos fijar el comienzo de la Tribulación en la época de la firma del tratado entre la nación de Israel y lo que entonces se conocía como las Naciones Unidas, estamos peligrosamente cerca de la próxima predicción ominosa y terrible de la línea temporal de la Tribulación, para lo cual debemos prepararnos: El Caballo Rojo del Apocalipsis. En Apocalipsis 6:3-4 se indica que fue concedido al que lo montaba que sacara la paz de la tierra y que la gente se matarían unos a otros; y a él le fue dada una espada grande. En mi opinión, eso es una predicción de guerra mundial. Probablemente llegue a conocerse como la Tercera Guerra Mundial. Será instigada por el anticristo, y de ese modo, él surgirá como el gran solucionador de ella, el gran pacifista, como es el gran mentiroso engañador.

Esto introducirá inmediatamente los dos caballos siguientes del Apocalipsis: el caballo negro de la plaga y el hambre, y el caballo amarillo (pálido) de la muerte. Estos serán casi simultáneos; no debe tomar por sorpresa a ninguno de ustedes saber que la guerra mundial resulte en hambre, plagas y muerte.

—¿Alguno de ustedes encuentra que esto es aterrador como me pasó cuando lo leí por primera vez? —preguntó Raimundo. En todo el santuario la gente dio señales de asentir. —Les recuerdo que esto fue escrito por un hombre que murió justo antes o justo después de detonar la primera bomba de la guerra mundial en la cual nos encontramos. Él no sabía con exactitud cuándo ocurriría, pero no quería dejar que transcurriera un solo domingo más sin compartir este mensaje con ustedes. Yo no sé de ustedes, pero yo me inclino a creer las palabras de quien interpreta la profecía de la Escritura con tanta exactitud. He aquí lo que Bruno dice en sus propias notas que aún está por venir:

> El tiempo es ahora corto para todos. Apocalipsis 6:7-8 dice que el jinete del caballo pálido es la Muerte y que el Hades le sigue. Se les dio poder sobre una cuarta parte de la tierra, para matar con espada, con hambre, con muerte y por medio de las bestias de la tierra. Confieso que no sé a qué se refiere la Escritura cuando dice las bestias de la tierra, pero quizás éstas sean animales que se comen a la gente cuando quedan sin protección debido a la guerra. Quizá una gran bestia de la tierra sea una metáfora simbólica de las armas empleadas por el anticristo y sus enemigos. Independientemente, en breve, una cuarta parte de la población mundial será exterminada.

—Bruno continúa:

> Compartí esto con tres compatriotas íntimos no hace mucho, y les pedí que consideraran que éramos cuatro los que estábamos en la habitación. ¿Era posible que uno de nosotros partiera en el momento debido? Por supuesto que sí. ¿Podía yo perder una cuarta parte de la congregación. Ruego que a mi iglesia se le perdone la vida, pero tengo ahora tantas congregaciones en todo

el mundo que es imposible imaginarse que a todos se les perdonará la vida. Seguramente muchos de esa cuarta parte de la población de la tierra que perecerá, muchos serán santos de la tribulación.

Dado el nivel de la tecnología moderna, la guerra mundial necesitará muy poco tiempo para hacer estragos y devastar. Estos últimos tres jinetes del Apocalipsis galoparán uno tras el otro. Si la gente se horrorizó con la desaparición indolora y sin sangre de los santos en el Rapto, cosa que produjo bastante caos por sí sola debido a los choques, incendios y suicidios, imaginen la desesperación de un mundo hecho pedazos por la guerra mundial, el hambre, la plagas y la muerte.

Raimundo levantó la vista de las notas de Bruno. —Mi esposa y yo miramos ayer las noticias en el aeropuerto —intercaló— como estoy seguro de que muchos de ustedes las vieron, y vimos estas mismas cosas siendo informadas desde todo el mundo. Sólo el escéptico más grande nos acusaría de haber escrito esto después de los hechos. Pero digamos que ustedes son escépticos. Digamos que creen que somos charlatanes. Entonces, ¿quién escribió la Biblia? Y ¿cuándo fue escrita? Olvídense de Bruno Barnes y sus predicciones actuales, una semana antes de que ocurrieran los hechos. Consideren estas profecías hechas hace miles de años. Pueden imaginarse el dolor que le produjo a Bruno tener que preparar este sermón. En una nota marginal, escribe:

...detesto predicar malas noticias. Mi problema de antes era también que siempre detesté oír malas noticias. Me cerraba a eso. No escuchaba. Estaban a mi alcance si sólo hubiese tenido oídos para oír. Debo compartir más malas noticias en este mensaje, y aunque me apene, no puedo eludir la responsabilidad.

—Aquí advertirán la inquietud de Bruno —prosiguió Raimundo—. Debido a que soy yo quien tiene que compartir esto, simpatizo totalmente con su posición. La próxima parte de su esbozo indica que los Cuatro Jinetes del Apocalipsis, una vez que han llevado a cabo sus juicios en la tierra, representan los primeros cuatro de los juicios de los Siete Sellos que Apocalipsis 6:1-16 indica ocurrirán durante los primeros veintiún meses de la Tribulación. De acuerdo con los cálculos de Bruno, usando como punto de referencia el tratado firmado entre Israel y las Naciones Unidas, que ahora conocemos como la Comunidad Mundial, estamos llegando al final de ese período de veintiún meses. Por lo tanto, nos conviene entender claramente el quinto, sexto y séptimo juicio de los Sellos predichos en Apocalipsis. Como bien saben, por lo que Bruno enseñó antes, aún están por suceder dos juicios más de siete partes, los que nos llevarán al final de los siete años de la Tribulación y a la Manifestación Gloriosa de Cristo. Los próximos siete serán los Juicios de las Trompetas y los siete siguientes, los Juicios de las Copas. Quienquiera que sea su pastor-maestro, los guiará cuidadosamente por éstos al ir acercándose el tiempo, de eso estoy seguro. Mientras tanto, permítanme que con las notas y comentarios de Bruno, les haga tomar conciencia de lo que tenemos que esperar precisamente dentro de las próximas semanas.

Raimundo estaba agotado, pero peor que eso, había repasado repetidamente en su mente lo que iba a compartir. No eran buenas noticias. Se sentía débil. Tenía hambre. Estaba suficientemente sintonizado con su cuerpo como para saber que necesitaba azúcar.

—Voy a pedir una pausa de cinco minutos. Sé que muchos tienen que ir al baño. Yo necesito tomar algo. Nos volveremos a encontrar aquí precisamente a la una de la tarde.

Dejó la plataforma y Amanda fue derecho a la puerta lateral, encontrándolo en el corredor. —¿Qué necesitas? —preguntó ella.

—¿Además de oración?

—He estado orando por ti toda la mañana —aseguró ella. —Tú sabes eso. ¿Qué quieres? ¿Un poco de jugo de naranja?

—Tú me haces parecer como diabético.

—Sólo sé lo que yo necesitaría si hubiera estado allí de pie tanto tiempo entre las comidas.

—El jugo está bien —aceptó él.

Mientras ella se apresuraba a ir, Camilo se reunió con Raimundo en el pasillo.

—¿Piensas que están preparados para lo que viene? —preguntó Camilo.

—Francamente, pienso que Bruno estuvo tratando de decirles esto durante meses. No hay nada como las noticias de hoy para convencerte de que tu pastor tiene razón.

Camilo aseguró a Raimundo que seguiría orando por él. Cuando regresó a su asiento, halló que de nuevo, no parecía que se hubiera ido ni una sola persona. No sorprendió a Camilo que Raimundo estuviera de regreso en el púlpito exactamente cuando dijo que estaría.

—No los detendré por mucho más tiempo —aseguró—. Pero estoy seguro de que todos están de acuerdo en que esto es cosa de vida o muerte. De las notas y enseñanza de Bruno sabemos que Apocalipsis 6:9-11 indica que el quinto juicio de los siete Sellos concierne a los mártires de la Tribulación. La Escritura dice: "*Vi debajo del altar las almas de los que habían sido muertos a causa de la palabra de Dios y del testimonio que habían mantenido; y clamaban a gran voz, diciendo: ¿Hasta cuándo, oh Señor santo y verdadero, esperarás para juzgar y vengar nuestra sangre de los que moran en la tierra? Y se les dio a cada uno una vestidura blanca; y se les dijo que descansaran un poco más de tiempo, hasta que se completara también el número de sus consiervos y de sus hermanos que habrían de ser muertos como ellos lo habían sido.*

—En otras palabras —continuó Raimundo—, muchos de aquellos que han muerto en esta guerra mundial y los que van a morir aun hasta que desaparezca una cuarta parte de la población mundial, son considerados mártires de la Tribulación. Yo coloco a Bruno en esta categoría. Aunque él puede no haber muerto específicamente por predicar el evangelio o *mientras* lo predicaba, es claro que fue la obra de su vida, y resultó en su muerte. Veo a Bruno bajo el altar con las almas de aquellos muertos por la palabra de Dios y por el testimonio que mantuvieron. Se le dará una vestidura blanca y se le dirá que descanse un poco más hasta que aun más mártires sean agregados al total. Debo preguntarles a ustedes, ¿están preparados? ¿Están dispuestos? ¿Darían su vida por la causa del evangelio?

Raimundo se detuvo a respirar y se asombró cuando alguien gritó:
—¡Yo sí!

Raimundo no supo qué decir. Súbitamente de otra parte del santuario: —¡Yo también!

Tres o cuatro más dijeron lo mismo al unísono. Raimundo sofocó las lágrimas. Había sido una pregunta retórica. Él no esperaba respuesta. ¡Qué conmovedor! ¡Qué inspirador! Se sintió guiado a no dejar que otros siguieran, basados en la sola emoción. Continuó, con su voz ronca.

—Gracias hermanos y hermanas. Temo que todos seremos llamados a expresar nuestra disposición a morir por la causa. Bendito sea Dios porque ustedes están dispuestos. Las notas de Bruno indican que él creía que estos juicios son cronológicos. Si los Cuatro Jinetes del Apocalipsis condujeron a los mártires de la Tribulación vestidos de blanco debajo del altar del cielo, eso podría estar pasando mientras hablamos. Y si es así, tenemos que saber cuál es el sexto sello. Bruno se sentía tan seguro acerca de este Sello de juicio, que en su computadora, cortó y adosó ahí mismo sus notas sobre varias traducciones y versiones distintas de Apocalipsis 6:12-17. Permitan que lea la que él marcó como la más pura y fácil de entender: *"Vi cuando el Cordero abrió el sexto sello, y hubo un gran terremoto, y el sol se puso negro como cilicio hecho de cerda, y la luna toda se volvió como sangre; y las estrellas del cielo cayeron a la tierra, como la higuera deja caer sus higos verdes al ser sacudida por un fuerte viento. Y el cielo desapareció como un pergamino que se enrolla, y todo monte e isla fueron removidos de su lugar. Y los reyes de la tierra, y los grandes, los comandantes, los ricos, los poderosos, y todo siervo y todo libre, se escondieron en las cuevas y entre las peñas de los montes; y decían a los montes y a las peñas: Caed sobre nosotros y escondednos de la presencia del que está sentado en el trono y de la ira del Cordero, porque ha llegado el gran día de la ira de ellos, ¿y quién podrá sostenerse?*

Raimundo alzó la vista y recorrió el santuario. Algunos lo miraban fijo, pálidos. Otros miraban atentamente sus Biblias.

—Yo no soy teólogo, hermanos. No soy un sabio. He tenido tantos problemas leyendo la Biblia como cualquiera de ustedes durante mi vida, y especialmente en los casi dos años pasados desde el Rapto. Pero les pregunto, ¿hay alguna dificultad para entender un pasaje que empieza diciendo: *"Y hubo un gran terremoto"*? Bruno ha seguido cuidadosamente estos sucesos y creía que los primeros siete sellos cubren los primeros veintiún meses de los siete años de la tribulación, que empezó en el momento del pacto entre Israel y el anticristo. Si ustedes son de esos que no creen que el anticristo ya entró en escena, entonces ustedes no creen que haya un pacto entre Israel y esa persona. Si eso es cierto, todo esto está aún por ocurrir. La Tribulación no empezó con el Rapto. Empieza con la firma de ese tratado.

»Bruno nos enseñó que los primeros cuatro juicios de los Sellos estaban representados por los Cuatro Jinetes del Apocalipsis. Yo les digo que esos jinetes están galopando a todo correr. El quinto sello, los mártires de la Tribulación que fueron muertos por la palabra de Dios y por el testimonio que mantuvieron, y cuyas almas están debajo del altar, ya ha empezó.

»El comentario de Bruno indica que ahora se agregarán más y más mártires. El anticristo atacará a los santos de la Tribulación y a los ciento cuarenta y cuatro mil testigos de las tribus de Israel que surgen en todo el mundo.

»Óiganme, desde un punto de vista muy práctico, si Bruno tiene razón —hasta ahora la ha tenido— estamos cerca del final de los primeros veintiún meses. Creo en Dios. Creo en Cristo. Creo que la Biblia es la Palabra de Dios. Creo que nuestro querido hermano que partió "maneja con precisión la palabra de verdad", y de ese modo, estoy preparándome para soportar lo que este pasaje llama "la ira del Cordero". Viene un terremoto, y no es simbólico. Este pasaje indica que todos, grandes o pequeños, preferirán morir aplastados antes que enfrentarse al que se sienta en el trono.

Camilo tomaba apuntes furiosamente. Esto no era nuevo para él, pero estaba tan conmovido por la pasión de Raimundo y la idea del terremoto conocido como la ira del Cordero, que sabía que tenía que publicarlo al mundo.

Quizá sería su canto del cisne, su toque de difunto, pero él iba a poner en el *Semanario de la Comunidad Mundial* que los cristianos estaban enseñando la inminente "ira del Cordero". Una cosa era predecir un terremoto. Los científicos de escritorio y los clarividentes llevaban años haciéndolo. Pero había algo en la psiques del ciudadano corriente del mundo que le hacía enamorarse de las frases pegajosas. ¿Qué mejor frase pegajosa que una de la Palabra de Dios?

Camilo escuchó a Raimundo que terminaba: —Al final de este primer período de veintiún meses, el misterioso juicio del séptimo sello introducirá al siguiente período de veintiún meses, durante el cual recibiremos los siete juicios de las trompetas. Digo que el juicio del séptimo sello es misterioso porque la Escritura no es clara tocante a cuál forma tomará. Todo lo que la Biblia dice es que evidentemente es tan espectacular que habrá silencio en el cielo por media hora. Entonces, siete ángeles, cada uno con una trompeta, se prepararán para tocar. Estudiaremos esos juicios y hablaremos de ellos al ir entrando a ese período. Sin embargo, por ahora, creo que Bruno nos dejó mucho para pensar y orar.

»Nosotros amamos a este hombre, aprendimos de este hombre y ahora hacemos la elegía de este hombre. Aunque sabemos que finalmente está con Cristo, no vacilemos en dolernos y lamentarnos. La Biblia dice que no tenemos que hacer duelo como los paganos que no tienen esperanza, pero no dice que no debamos hacer duelo en absoluto. Acojan la pena y laméntense con toda su fuerza. Pero no permitan que eso les impida hacer su tarea. Lo que Bruno hubiese querido por sobre todo lo demás, es que perseveremos en llevar al reino a cada persona que podamos antes de que sea demasiado tarde.

Raimundo estaba agotado. Terminó orando, pero antes de salir de la plataforma se sentó y bajó su cabeza. No hubo el acostumbrado apuro por llegar a la puerta. La mayoría se quedó sentada, aunque unos pocos empezaron a salir lenta y calladamente.

Dieciséis

Camilo ayudó a Cloé a subir al Range Rover pero antes de que pudiera dar la vuelta al lado del chofer, fue acosado por Verna Zee.

—¡Verna! ¡No te vi! Me alegro de que vinieras.

—Llegué bien, Camilo. También reconocí a Zión Ben-Judá.

Camilo luchó por impedirse taparle la boca con su mano.

—¿Perdón, cómo?

—Él va a estar en tremendo problema cuando las fuerzas pacificadoras de la Comunidad Mundial sepan dónde está. ¿No sabes que lo buscan por todo el mundo? ¿Y que tu pasaporte y tu credencial de identidad se hallaron en uno de sus cómplices? Camilo, tú estás metido en tanto problema como él. Esteban Plank ha estado tratando de comunicarse contigo, y yo estoy cansada de fingir que no tengo idea en qué andas.

—Verna, vamos a tener que ir a alguna parte y hablar de esto.

—No puedo guardar tu secreto para siempre, "Macho". No voy a caer contigo. Esa fue una reunión muy impresionante y es evidente que todos amaban a este tal Barnes, pero ¿toda esta gente cree que Nicolás Carpatia es el anticristo?

—No puedo hablar por todos.

—Pero ¿qué pasa contigo, "Macho"? Tú dependes y respondes directamente al hombre. ¿Vas a escribir una historia en una de sus propias revistas que diga eso?

—Ya lo hice, Verna.

—Sí, pero siempre lo representaste como un informe neutro de lo que algunos creen. ¡Esta es tu iglesia! Tú te tragas toda esta cosa.

—¿Podemos ir a alguna parte y conversar de esto o no? —preguntó Camilo.

—Pienso que es mejor que vayamos. De todos modos yo quiero entrevistar a Zión Ben-Judá. No puedes culparme por perseguir la noticia de toda una vida.

Camilo se mordió la lengua para impedirse decir, que de todos modos, ella no era lo suficientemente diestra como escritora para hacerle justicia a una historia como Ben-Judá. —Permite que te llame mañana —propuso— y entonces podemos...

—¿Mañana? Hoy, "Macho". Juntémonos en la oficina esta tarde.

—Esta tarde no puedo. Pienso regresar aquí a las cuatro para la exhibición.

—Entonces, ¿qué tal a eso de las seis y media?

—¿Por qué tiene que ser hoy? —preguntó Camilo.

—No tiene que ser hoy. Sólo que yo podría decirle a Esteban Plank o a Carpatia mismo, o a cualquiera que me parezca, exactamente lo que vi aquí hoy.

—Verna, yo me arriesgué enormemente al ayudarte la otra noche y dejarte estar en la casa de Loreta.

—Seguro que sí y puede que lo lamentes el resto de tu vida.

—¿Así que nada de lo que oíste aquí hoy te impactó?

—Sí, me llegó. Me hizo preguntarme por qué me puse tan blanda contigo así de súbito. Ustedes son chiflados, "Macho". Yo voy a necesitar una razón muy buena para quedarme callada respecto a ti.

Eso sonaba como extorsión, pero Camilo se dio cuenta también de que Verna se había quedado evidentemente todo el servicio de la mañana. Algo tenía que estar obrando en ella. Camilo quería saber cómo podía ella relegar a mera coincidencia las profecías del Apocalipsis, y lo que había sucedido en el mundo en los últimos veinte meses o algo así.

—Muy bien —asintió él—. A las seis y media en la oficina.

Raimundo y los otros líderes habían acordado que no habría más formalidades en la exhibición del cuerpo. Nada de oración, nada de mensaje, ni elegías, nada de nada. Sólo un desfile de gente pasando por el ataúd y rindiendo sus últimos respetos. Alguien había sugerido abrir el salón social para refrigerios, pero Raimundo, que había sido informado por Camilo, decidió no hacerlo. Se cruzó una cinta en la escalera de muro a muro, para impedir que alguien bajara. Un cartel indicaba que la exhibición del cuerpo duraría de cuatro a seis de la tarde.

A eso de las cinco, mientras una multitud de cientos de personas pasaban lentamente por el ataúd en una fila que se estiraba desde la puerta principal, pasando por el estacionamiento, y por la calle, Camilo estacionó en el sitio de Loreta con el Range Rover lleno de gente.

—Cloé, te prometo que ésta es la última vez que me aprovecho de tu dolencia y te uso como pantalla.

—¿Pantalla para qué? ¿Piensas que Carpatia está aquí y que va a tratar de prenderte a ti o a Zión?

Camilo sofocó una risita. Raimundo había estado en el santuario justo antes de las cuatro. Ahora, Camilo, Cloé, Amanda, Zión y Loreta salieron del Range Rover. Amanda se puso a un lado de Cloé y Loreta al otro. La ayudaron a subir los escalones mientras Camilo abría la puerta trasera. Camilo echó un vistazo a los feligreses que esperaban en fila para entrar a la iglesia. Casi todos ignoraron este pequeño grupo. Aquéllos que los miraron distraídamente parecieron concentrarse en la preciosa recién casada, su tobillo enyesado, su cabestrillo, y su bastón.

Al encaminarse las tres mujeres hacia la oficina, planeando ver el cuerpo cuando se disipara la muchedumbre, Camilo y Zión se deslizaron alejándose. Cuando Camilo entró a la oficina unos veinte minutos después, Cloé preguntó: —¿Dónde está Zión?

—Por ahí —respondió Camilo.

Raimundo estaba de pie cerca del ataúd de Bruno, dando la mano a los dolientes. Dany Moore se acercó. —Lamento molestarlo con una pregunta justo aquí —se excusó Dany— pero ¿sabría dónde puedo hallar al señor Williams? Él me pidió algunas cosas y las tengo.

Raimundo lo dirigió a la oficina.

Al desfilar Dany y docenas más por su lado, Raimundo se preguntaba cuánto tiempo estaría Patty Durán en Denver con su madre. Carpatia tenía programada una reunión con Pedro Mathews, el Pontífice Máximo, que acababa de ser nombrado Pontífice Supremo de La Única Fe Mundial Enigma Babilonia, un conglomerado de todas las religiones del mundo. Carpatia quería que Raimundo estuviera de regreso en Nueva Babilonia el martes siguiente al próximo, para pilotar el Cóndor 216 a Roma. Ahí tenía que recoger a Mathews y traerlo a Nueva Babilonia. Carpatia había hecho mucho ruido con esto de instalar a Mathews y la Única Fe Mundial en las oficinas centrales de Nueva Babilonia, junto con casi todas las demás organizaciones internacionales.

Raimundo se halló como entumecido, estrechando mano tras mano. Trataba de no mirar el cadáver de Bruno. Se atareó en recordar qué más había oído decir a Carpatia por medio de ese ingenioso micrófono espía del intercomunicador, que el difunto Eulalio Halliday había instalado en el Cóndor. Lo más interesante para Raimundo era la insistencia de Carpatia en asumir el liderazgo de varios de los grupos y comités que habían sido encabezados por Jonatán Stonagal, su viejo amigo y ángel financiero. Camilo le había dicho a Raimundo y al resto del Comando Tribulación que él estaba en el salón cuando Carpatia asesinó a Stonagal, y luego, le lavó el cerebro a todos los demás para que creyeran que acababan de presenciar un suicidio. Con Carpatia ahora encaminándose hacia el proceso de asumir la dirección de los comités de relaciones internacionales, las comisiones de la armonía internacional, y lo más importante, las cooperativas financieras secretas, quedaron claros sus motivos para aquel asesinato.

Raimundo dejó que su mente divagara a los buenos tiempos pasados cuando todo lo que él tenía que hacer era llegar a O'Hare a tiempo, volar sus rutas y volver a casa. Claro que entonces él no era creyente. Tampoco, la clase de marido y padre que debería haber sido. Los buenos tiempos pasados no habían sido realmente tan buenos en absoluto.

Él no podía quejarse de que su vida no era excitante. Aunque despreciaba a Carpatia y odiaba estar en un puesto de servicio personal a ese hombre, hacía ya mucho tiempo que había decidido ser obediente a Dios. Si ahí era donde Dios lo quería, pues ahí era donde él serviría. Sólo esperaba que Patty Durán pudiera regresar por Chicago antes de que él tuviera que irse. De alguna forma, él, Amanda, Cloé y Camilo tenían que alejarla de Nicolás Carpatia. Había sido alentador para él, de un modo torcido, que ella hubiera hallado sus propias razones para distanciarse de Nicolás. Pero Carpatia podía resultar nada fácil de dejar, considerando que ella llevaba su hijo, y que él era tan celoso de su imagen pública.

Camilo estaba ocupado con Dany Moore, aprendiendo las características increíbles de las nuevas computadoras, cuando escuchó a Loreta en el teléfono.

—Sí, Verna —estaba diciendo—, él está ocupado con alguien en este momento, pero le diré que dijiste que Esteban Plank llamó.

Camilo se disculpó con Dany por un momento y le dijo a Loreta: —Si ella está en la oficina, pregúntale si mis cheques están ahí.

Camilo había estado alejado de las oficinas de Nueva York y Chicago en los días de pago durante varias semanas, y se agradó al ver a Loreta asintiendo después de haberle preguntado a Verna por los cheques. Una cosa había visto en los escritos de Bruno, y que había sido corroborada por Zión, era que debía empezar a invertir en oro. El dinero efectivo pronto no tendría valor. Él tenía que empezar a juntar alguna especie de recurso financiero, porque aun en el mejor escenario, aunque Verna llegara a ser creyente y lo protegiera de Carpatia, él no podría mantener por mucho tiempo esta treta. Esa relación terminaría. Su ingreso se terminaría. De todos modos, él no sería capaz de comprar ni vender sin la marca de la bestia, y el nuevo orden mundial del cual Carpatia estaba tan orgulloso, virtualmente lo mataría de hambre.

El santuario estaba casi vacío faltando un cuarto para las seis. Raimundo se dirigió de vuelta a la oficina. Entró y cerró la puerta tras de él.

—Podemos tener nuestro momento a solas con el cuerpo de Bruno en unos pocos minutos,—anunció.

El Comando Tribulación, más Loreta sin que Zión estuviera, se sentaron sombríos. —¿Así que esto es lo que Dany Moore te trajo? —preguntó Raimundo, meneando la cabeza hacia la pila de computadoras.

—Sí. Uno para cada uno de nosotros. Le pregunté a Loreta si quería una también.

Loreta le hizo señas que no, sonriendo. —No sabría qué hacer con eso. Probablemente ni siquiera lo podría abrir.

—¿Dónde está Zión? —preguntó Raimundo—. Realmente pienso que debemos mantenerlo con nosotros por un tiempo y...

—Zión está seguro —respondió Camilo, mirando cuidadosamente a Raimundo.

—Uh, uh.

—¿Qué significa eso? —preguntó Loreta—. ¿Dónde está él?

Raimundo se sentó en una silla con ruedas y la hizo rodar cerca de Loreta. —Señora, hay algunas cosas que no le vamos a decir por su propio bien.

—Bueno —repuso ella—, ¿qué dirías si te dijera que no agradezco eso mucho?

—Puedo entenderlo, Loreta...

—No estoy tan segura de que puedas, capitán Steele. Toda mi vida me han ocultado cosas sólo porque yo era una dama sureña educada.

—Una belleza sureña es mejor —enmendó Raimundo.

—Ahora, me estás tratando con condescendencia y tampoco lo agradezco.

Raimundo fue tomado por sorpresa. —Lo lamento, Loreta, no tengo intención de ofender.

—Bueno, me ofende que se tengan secretos que no sé.

Raimundo se inclinó adelante. —Yo hablo muy en serio de hacer esto por su propio bien. El hecho es que un día, y quiero decir un día muy pronto, oficiales de alto rango podrían tratar de forzarle a decirles dónde está Zión.

—Y tú piensas que si sé dónde está, me quebrantarán.

—Si no sabe dónde está, no pueden quebrantarle y ni siquiera tiene que preocuparse por eso.

Loreta apretó los labios y meneó la cabeza. —Sé que todos ustedes están llevando vidas peligrosas. Siento como si hubiera arriesgado mucho sólo soportándolos. Ahora bien, yo sólo soy quien les alquila vivienda, ¿no es así?

—Loreta, usted es una de las personas más queridas del mundo para nosotros, eso es quien es usted. No haríamos nada para herirle. Por eso, aunque sé que se ofende, y eso es lo último que quiero hacer, no voy a dejar que me intimide para que le diga dónde está Zión. Podrá comunicarse con él por teléfono, y nosotros podemos comunicarnos con él por computadora. Un día puede que nos agradezca por no decirle esto.

Amanda interrumpió. —Raimundo, ¿tú y Camilo están diciendo que Zión está donde yo pienso que está?

Raimundo asintió.

—¿Y eso ya es necesario? —preguntó Cloé.

—Me temo que sí. Desearía poder decir por cuánto tiempo será para el resto de nosotros.

Loreta, claramente malhumorada, se paró y se paseó de brazos cruzados. —Capitán Steele, señor, ¿podría decirme una cosa? ¿Podría decirme que no está manteniendo esto fuera de mi conocimiento porque piensa que yo lo diría todo?

Raimundo se paró. —Loreta, venga para acá.

Ella se detuvo y lo miró fijo.

—Venga ahora —dijo él—. Venga aquí ahora y déjeme abrazarla. Yo soy bastante joven como para ser su hijo, así que no se tome esto como condescendencia.

Loreta parecía negarse a sonreír pero se acercó lentamente a Raimundo. Él la abrazó. —Señora, le he conocido bastante tiempo para saber que no cuenta los secretos. El hecho es que la gente que pudiera preguntarle por el paradero de Zión Ben-Judá, no vacilaría en usar un detector de mentiras y hasta el suero de la verdad si pensaran que usted sabe. Si de alguna forma pudieran forzarle a entregarlo contra su voluntad, eso podría dañar realmente la causa de Cristo.

Ella lo abrazó. —Está bien entonces —estuvo de acuerdo ella—. Todavía pienso que soy un ave más recia de lo que ustedes parecen pensar, pero está bien. Si no creyera que están haciendo esto pensando en lo mejor para mí, equivocados como todos están, yo los echaría de mi casa de pensión.

Eso hizo que todos sonrieran. Todos menos Loreta.

Hubo un golpe en la puerta. —Discúlpeme, señor —dijo el director de la funeraria a Raimundo—. El santuario está vacío.

Camilo fue el último de la fila de los cinco que fueron al santuario y se quedaron al lado del ataúd de Bruno. Camilo se sintió culpable al principio. Raramente, no estaba conmovido. Se daba cuenta de que se había agotado la emoción durante el servicio fúnebre. Estaba tan consciente de que Bruno ya no estaba allí, que no sentía nada absolutamente al ver que su amigo estaba indudablemente muerto.

Y de todos modos era capaz de usar estos momentos, de pie allí con la gente más cercana a él del mundo, para pensar cuán dramática y específicamente Dios había actuado a su favor aun dentro de las últimas pocas horas. Si había algo que había aprendido de Bruno, era que la vida cristiana era una sucesión de comienzos. ¿Qué había hecho Dios por él últimamente? ¿Qué *no* había hecho por él? Camilo sólo deseaba sentir la misma compulsión a renovar su compromiso al servicio de Cristo cuando Dios no pareciera estar tan cerca.

Veinte minutos después, Camilo y Cloé entraron al estacionamiento del *Semanario de la Comunidad Mundial.* Sólo el automóvil de Verna estaba en el lugar.

A Camilo le pareció que Verna se sorprendió y se desencantó de ver a Cloé entrar cojeando con él. Cloé debió haberlo notado también.

—¿No soy bienvenida aquí? —preguntó.

—Por supuesto —contestó Verna—. Si Camilo necesita a alguien que le tome la mano.

—¿Por qué necesitaría a alguien que me tome la mano?

Se sentaron en una pequeña sala de conferencias, con Verna en la cabecera de la mesa. Ella se echó para atrás en su asiento y juntó sus dedos. —Camilo, ambos sabemos que yo tengo todas las cartas ahora, ¿no?

—¿Qué pasó con la nueva Verna? —preguntó Camilo.

—No hubo nueva Verna —contestó ella—. Sólo una versión de la antigua Verna ligeramente suavizada.

Cloé se inclinó adelante. —Entonces nada de lo que dijimos, nada de lo que tú y yo hablamos, nada de lo que viste o viviste en la casa de Loreta o en la iglesia, ha significado algo para ti...

—Bueno, tengo que reconocer que aprecio el automóvil nuevo. Es mejor que el que tenía. Por supuesto, eso fue solamente justo y lo menos que Camilo podía hacer por mí después de arruinar el mío.

—Así que —prosiguió Cloé— tus momentos de vulnerabilidad, el haber admitido que estabas celosa de Camilo y darte cuenta de que habías sido inapropiada en la manera de hablarle, eso fue todo, qué, fabricado?

Verna se paró. Se puso las manos en las caderas y miró fijo a Camilo y a Cloé. —Estoy realmente sorprendida de cuán baja empezó esta conversación. No estamos hablando de política de oficina aquí. No estamos hablando de conflictos de personalidad. El hecho es, Camilo, que no eres leal a tu empleador. No es cuestión de preocuparse, porque no es periodismo en la forma en que se supone sea. Yo misma tengo un problema con eso. Hasta le dije eso a Cloé, ¿cierto, Cloé?

—Sí.

—Carpatia ha comprado todos los medios noticiosos, yo sé eso —continuó Verna—. Ninguno de nosotros, los periodistas estilo antiguo, disfruta la perspectiva de cubrir noticias que nuestro dueño fabrica. No nos gusta que se espere que pongamos su sello en todo.

Pero, Camilo, tú eres un lobo disfrazado de oveja. Eres un espía. Eres el enemigo. No sólo no te gusta el hombre, sino que también piensas que él es el mismo anticristo.

—¿Por qué no te sientas, Verna? —pidió Cloé—. Todos sabemos los datitos para negociar que están en los libros que te enseñan cómo cuidar siempre del número uno. Yo no puedo hablar por Camilo, pero no me intimida que trates de elevarte por encima de mí.

—Me sentaré, pero sólo porque quiero.

—Así que, ¿cuál es tu juego? —preguntó Cloé— ¿Vas a meterte a chantajear?

—Hablando de eso —intercaló Camilo— te agradeceré mis cheques de las últimas semanas.

—No los he tocado. Están en el cajón de arriba de tu escritorio. Y no, no soy una chantajista. Sólo que parece que tu vida depende de quien sepa o no que estás albergando a Zión Ben-Judá.

—Y eso es algo que piensas que sabes.

—¡Lo vi esta mañana en la iglesia!

—Al menos, piensas que lo viste —intervino Cloé.

Camilo se encogió y la miró. También, Verna. Por primera vez, Camilo vio un relumbre de incertidumbre en la cara de Verna.

—¿Me estás diciendo que no vi a Zión Ben-Judá en la iglesia esta mañana?

—Ciertamente suena improbable —repuso Cloé—. ¿No dirías?

—No realmente. Sé que Camilo estuvo en Israel y que sus documentos se encontraron con un simpatizante de Ben-Judá.

—Y, ¿así que viste a Camilo en la iglesia con Ben-Judá?

—No dije eso. Dije que vi a Ben-Judá. Él estaba sentado con esa mujer que me hospedó la otra noche, Loreta.

—Así qué Loreta está saliendo con Zión Ben-Judá, ¿es eso lo que estás diciendo?

—Tú sabes lo que estoy diciendo, Cloé. Ben-Judá hasta habló en ese servicio. Si no era él, yo no soy periodista.

—Sin comentarios —resumió Camilo.

—¡Yo resiento eso!

Cloé mantuvo la presión alta. —Tú estabas sentada en alguna parte donde no pudimos verte...

—Estaba arriba, si quieren saber.

—¿Y desde arriba pudiste ver a un hombre sentado en el fondo con Loreta?

—No dije eso. Quise decir que supe que estaba sentado con ella. Ambos hablaban y sonaba como que venía de la misma parte.

—Así que Ben-Judá se escapa de Israel, evidentemente con la ayuda de Camilo, quien de manera muy brillante deja sus documentos oficiales con un enemigo del Estado. Cuando Camilo hace entrar a Ben-Judá a salvo en Norteamérica, él lo saca a lucir en público en su propia iglesia, y entonces, Ben-Judá se para y habla frente a cientos de personas. ¿Esto es lo que piensas?

Verna estaba balbuceando. —Bueno, bueno, él, si ése no era Ben-Judá, ¿quién era?

—Esta es tu historia, Verna.

—Loreta me dirá. Tengo la impresión de que le gusté. Estoy segura de que lo vi caminando en el fondo con ella. ¿Una especie de israelita bajo y robusto?

—¿Y tú puedes saber desde atrás quién era él?

—Voy a llamar a Loreta ahora mismo. —Ella tomó un teléfono—. No creo que me darán su número de teléfono.

Camilo se preguntó si eso era una buena idea. Ellos no habían preparado a Loreta. Pero después del incidente de la oficina con Raimundo, él creía que Loreta podía manejar a Verna Zee.

—Seguro —afirmó Camilo, garrapateando el número.

Verna tocó el botón del micrófono y marcó.

—Este es el teléfono de Loreta, habla Raimundo Steele.

—Evidentemente Verna no había esperado eso. —Oh, uh, sí, por favor, con Loreta.

—¿Puedo preguntar...?

—Dígale que es Verna Zee.

Cuando Loreta habló, era su característico ser encantador. —¡Verna, querida! ¿Cómo estás? Supe que hoy estuviste en el servicio pero no te vi. ¿Lo encontraste tan conmovedor como yo?

—Tendremos que hablar de eso alguna otra vez, Loreta. Yo sólo quería...

—No se me ocurre un momento mejor que ahora, querida. ¿Quieres que nos encontremos en alguna parte, quieres venir o qué?

Verna lucía irritada. —No, señora, no ahora. Quizás en alguna otra ocasión. Sólo quería hacerle una pregunta. ¿Quién era ese hombre que estuvo con usted en la iglesia esta mañana?

—¿Ese hombre?

—¡Sí! Estaba con un hombre del Oriente Medio. Él habló brevemente ¿Quién era?

—¿Esto es asunto oficial?

—¡No! Sólo estoy preguntando.

—Bueno, sólo te digo que esa es una pregunta personal e impertinente.

—¿Así que no va a decirme?

—No creo que sea nada de tu incumbencia.

—¿Qué pasa si le digo que Camilo y Cloé dijeron que usted me diría?

—Primero, probablemente diría que tú eres una mentirosa. Pero eso sería descortés y más impertinente que la pregunta que hiciste.

—¡Sólo dígame si era el rabino Zión Ben-Judá de Israel!

—Suena como si tú ya le hubieras nombrado ¿para qué necesitas mi aporte?

—Así, pues, ¿*era* él?

—Tú lo dijiste. Yo no.

—Pero ¿era?

—¿Quieres la pura verdad, Verna? Ese hombre es mi amante secreto. Lo guardo debajo de la cama.

—¿Qué? ¿Qué? Vamos, hable...

—Verna, si tú quieres hablar de cuánto te emocionó nuestro servicio de esta mañana, me encantaría hablar más contigo, ¿quieres?

Verna colgó. —Está bien, así que todos ustedes se pusieron de acuerdo y decidieron no decir la verdad. No creo que tendré mucho problema para convencer a Esteban Plank o hasta a Nicolás Carpatia de que, según parece, ustedes albergan a Zión Ben-Judá.

Cloé miró a Camilo. —¿Piensas que Camilo haría algo tan majestuosamente estúpido que no sólo haría que lo despidieran, sino que también lo mataran? ¿Y vas a usar la amenaza de esta noticia a los jerarcas de la Comunidad Mundial a cambio de qué?

Verna salió refunfuñando de la oficina. Camilo miró a Cloé, guiñó, y meneó la cabeza. —Eres inapreciable —sentenció.

Verna volvió a entrar apurada y tiró los cheques de Camilo en la mesa. —Tú sabes que te queda poco tiempo, "Macho".

—A decir verdad —acordó Camilo— creo que todo nuestro tiempo es poco.

Verna se sentó resignada. —Realmente te crees esta cosa, ¿no?

Camilo trató de cambiar el tono. Habló comprensivamente. —Verna, hablaste con Loreta, con Amanda, con Cloé y conmigo.

Todos te contamos nuestras historias. Oíste la historia de Raimundo esta mañana. Si todos fuéramos chiflados, entonces todos estamos chiflados, pero ¿no te impresionó en lo más mínimo algunas de las cosas que Bruno Barnes sacó de la Biblia? ¿Cosas que se están volviendo verdad ahora mismo?

Verna se quedó por fin, callada por un momento. Finalmente, habló. —*Fue* como raro. Como impresionante. Pero ¿no es como Nostradamus? ¿No pueden leerse estas profecías allí? ¿No pueden significar cualquier cosa que uno quiera que signifiquen?

—No sé cómo puedes creer eso —repuso Cloé—. Eres más inteligente que para eso. Bruno dijo que si el tratado entre Israel y las Naciones Unidas era el pacto a que se refiere la Biblia, éste marcaría el principio del período de la Tribulación de siete años. Primero habría los juicios de los siete sellos. Los cuatro jinetes del Apocalipsis serían el caballo de la paz, por dieciocho meses, el caballo de la guerra, el caballo de la plaga, y el caballo de la muerte.

—¿Todo eso es simbólico, no? —preguntó Verna.

—Claro que sí —asintió Cloé—. No he visto ningún jinete pero he visto un año y medio de paz. He visto estallar la Tercera Guerra Mundial. He visto que produjo plagas y hambre con más por venir. He visto morir a montones de gente, y más morirán. ¿Qué se necesitaría para convencerte? No puedes ver el juicio del quinto sello, los santos martirizados al pie del altar del cielo, pero ¿oíste que Raimundo dijo lo que Bruno cree seguirá enseguida?

—Sí, un terremoto, lo sé.

—¿Qué te convencerá?

Verna dio vuelta en su silla y miró por la ventana. —Supongo que eso sería muy difícil de discutir.

—Yo tengo un consejo para ti —propuso Cloé—. Si ese terremoto es tan destructor como la Biblia lo hace parecer, puede que no tengas tiempo de cambiar de idea sobre todo esto antes de que *tu* tiempo se acabe.

Verna se paró y caminó lentamente hacia la puerta. Sosteniéndola abierta sugirió suavemente: —Aún no me gusta la idea de que Camilo le finja a Carpatia ser algo que no es.

Camilo y Cloé la siguieron hacia la puerta principal. —Nuestras vidas privadas, nuestras creencias, no son cosa de nuestro empleador —comentó Camilo—. Por ejemplo, si yo supiera que eres una lesbiana, no sentiría que fuera necesario decirlo a tus superiores.

Verna giró para enfrentarlo. —¿Quién te dijo eso? ¿Qué te importa eso? Tú le dices eso a alguien y yo...

Camilo levantó ambas manos. —Verna, tu vida personal es confidencial para mí. No tienes que preocuparte porque yo vaya a decir algo a alguien sobre eso.

—¡No hay nada que decir!

—Exactamente lo que yo digo.

Camilo sostuvo abierta la puerta para Cloé. En el estacionamiento Verna preguntó: —¿Así que estamos de acuerdo?

—¿De acuerdo? —repitió Camilo.

—¿Que ninguno de nosotros va a decir nada de la vida personal del otro?

Camilo se encogió de hombros. —Me parece justo.

El director de la funeraria estaba hablando por teléfono con Raimundo. —Así que —estaba diciendo— con la acumulación de muertes, la escasez de sepulturas, y cosas parecidas, estimamos que el entierro no será antes de tres semanas, posiblemente tarde tanto como cinco semanas. Nosotros almacenamos los cuerpos sin cobrarle, pues esto es materia de salud pública.

—Entiendo. Si sencillamente usted nos informa una vez que el entierro esté hecho, se lo agradeceremos. No tendremos un servicio y nadie irá.

Loreta estaba sentada a la mesa del comedor al lado de Raimundo. —Eso parece tan triste —comentó—. ¿Estás seguro de que ni siquiera uno de nosotros debiera ir?

—Nunca he sido muy partidario de servicios al lado de la tumba —dijo Raimundo—. Y no creo que haya que decir nada más sobre el cadáver de Bruno.

—Eso es verdad —asintió ella—. No es como si fuera él. Él no va a sentirse solo ni abandonado.

Raimundo asintió y sacó una hoja de una pila de documentos de Bruno.

—Loreta, pienso que Bruno hubiera querido que viera esto.

—¿Qué es?

—Es de su diario personal. Unos pocos pensamientos privados sobre usted.

—¿Estás seguro?

—Por supuesto.

—Quiero decir, ¿estás seguro de que él querría que yo lo viera?

—Sólo puedo guiarme por mi *propio* sentir —contestó él—. Si yo hubiera escrito algo como esto, querría que lo viera, especialmente después que yo hubiese partido.

Con dedos temblorosos Loreta tomó la hoja hasta dónde pudiera leerla con sus anteojos bifocales. Se quebrantó pronto.

—Gracias, Raimundo —se las arregló para decir entre sus lágrimas—. Gracias por dejarme ver esto.

—¡Camilo! ¡No tenía idea de que Verna era lesbiana! —exclamó Cloé.

—¿*Tú* no tenías idea? ¡Yo tampoco!

—¡Bromeas!

—No ¿Tú piensas que esa pequeña revelación también fue de Dios?

—Yo preferiría pensar que fue una coincidencia loca, pero uno nunca sabe. Ese pequeño dato puede haberte salvado la vida.

—*Tú* puedes haberme salvado la vida, Cloé. Estuviste brillante.

—Sólo defendiendo mi hombre. Ella meneó la jaula equivocada.

Diecisiete

Una semana y media después, mientras Raimundo se preparaba para volver a Nueva Babilonia a reanudar sus deberes, recibió una llamada de León Fortunato.

—¿No ha sabido nada de la mujer de la Potestad, no?

—¿La mujer de la Potestad? —repitió Raimundo, tratando que se viera su disgusto.

—Usted sabe de quién hablo. Ella viajó allá en el mismo vuelo que usted. ¿Dónde está ella?

—No tenía la impresión de que yo era responsable por ella.

—Steele, realmente no quiere retener información sobre alguien de quien Carpatia quiere saber.

—Oh, *¿él* quiere saber dónde está ella. En otras palabras, él no ha sabido de ella?

—Usted sabe que ésa es la única razón para que yo lo esté llamando.

—¿Dónde piensa él que ella esté?

—Steele, no se ponga a jugar conmigo. Dígame lo que sabe.

—No sé precisamente dónde esté ella. Y no me siento libre para informar de su paradero, o ni siquiera decir dónde creo que ella está, sin que ella lo sepa.

—Compañero, pienso que es mejor que recuerde para quién trabaja.

—¿Cómo podría olvidarme?

—Entonces usted quiere que yo le diga a Carpatia que usted está encubriendo a su novia?

—Si eso es lo que le preocupa, puedo tranquilizarlo. La última vez que vi a Patty Durán fue en el Campo Mitchell de Milwaukee, cuando yo llegué.

—¿Y ella se fue adónde?

—Realmente no pienso que debiera decir su itinerario si ella optó por no decirlo.

—Usted podría lamentar eso, Steele.

—¿Sabe qué León? Esta noche dormiré.

—Estamos suponiendo que ella fue a ver a su familia a Denver. Allá no hubo daños por la guerra. Así que no entendemos por qué no podemos comunicarnos por teléfono.

—Estoy seguro de que ustedes tienen muchos recursos para localizarla. Prefiero no ser uno de ellos.

—Capitán Steele, espero que tenga seguridad financiera. —Raimundo no contestó. No quería meterse más en una guerra de palabras con León Fortunato.

—A propósito, ha habido un ligero cambio de planes, en lo que se refiere a que usted vaya a Roma a buscar al Pontífice Supremo Mathews.

—Estoy escuchando.

—Carpatia irá con usted. Él quiere acompañar a Mathews de vuelta a Nueva Babilonia.

—¿Cómo me afecta eso?

—Sólo quería asegurarme de que usted no se fuera sin él.

Camilo ya había recibido por teléfono su azote verbal de parte de Esteban Plank, sobre haber permitido que su pasaporte y credencial de identidad cayeran en malas manos en Israel. —Ellos torturaron a ese tipo Shorosh hasta casi matarlo, y él seguía jurando que fuiste sólo un pasajero de su bote.

—Era un bote de madera grande y lindo —había dicho Camilo.

—Bueno, el bote no existe más.

—¿Cuál fue el sentido de destruir el bote de un hombre y torturarlo?

—¿Estamos hablando oficialmente?

—No sé, Esteban. ¿Estamos hablando como periodistas, amigos o esto es una advertencia de parte de un colega?

Esteban cambió de tema. —A Carpatia todavía le gusta la copia que le estás mandando desde Chicago. Piensa que el *Semanario de la Comunidad Mundial* es la mejor revista del mundo. Por supuesto, siempre lo ha sido.

—Sí, sí. Si te olvidas de la objetividad y la credibilidad periodísticas...

—Todos nos olvidamos de eso hace años —había dicho Plank—. Aun antes de que fuéramos propiedad de Carpatia, todavía teníamos que bailar al son de otra persona.

Camilo entrenó a Amanda, Cloé, Raimundo y Zión en sus nuevas computadoras portátiles. Zión había estado usando su teléfono de seguridad para conversar con todos los de la casa de Loreta, la cual ellos empezaron a llamar su "casa de seguridad". Loreta dijo más de una vez: —Ese hombre se escucha como si estuviera al lado.

—Así es la tecnología celular —aseguró Camilo.

Zión requería visitas diarias de sus compañeros del Comando Tribulación sólo para mantener en alto su espíritu. Estaba fascinado con la nueva tecnología, y pasaba gran parte de su tiempo viendo las noticias. Estuvo tentado de tratar de comunicarse por medio del correo electrónico con muchos de sus hijos espirituales de todo el mundo; sin embargo, temía que pudieran ser torturados en intentos de hallar su paradero. Él le pidió a Camilo que le preguntara a Dany cómo podía comunicarse ampliamente sin que los receptores de sus mensajes tuvieran que sufrir por eso. La solución era sencilla. Él tendría que poner sencillamente sus mensajes en un boletín central y nadie sabría quién estaba entrando a leerlos.

Zión pasaba gran parte de sus días revisando el material de Bruno y dándole forma de publicación. Este proceso se simplificó porque Camilo se lo daba en discos. Zión grababa porciones a menudo, y en esencia, las transmitía a ciertos miembros del Comando Tribulación. Se impresionó especialmente con lo que Bruno decía de Cloé y Amanda. Bruno mencionaba frecuentemente en su diario personal su sueño de que trabajaran juntas investigando, escribiendo y enseñando en grupos célula e iglesias a domicilio. Eventualmente todos estuvieron de acuerdo en que Amanda no debía regresar a Nueva Babilonia sino hasta después que Raimundo regresara de su vuelo a Roma. Eso le daría unos días más con Cloé para planear un ministerio semejante al que Bruno había bosquejado. Ellas no sabían adónde las llevaría este proyecto, o cuáles serían las oportunidades, pero disfrutaban trabajando juntas y parecían aprender más en esa forma.

Camilo estaba contento con que Verna Zee mantuviera su distancia. Gran parte del personal de la oficina de Chicago fue enviado a las diversas ciudades bombardeadas para reportar sobre el caos que había resultado. No le cabía duda a Camilo de que el caballo negro de las plagas y el hambre, y el caballo pálido de la muerte habían llegado galopando en los talones del caballo rojo de la guerra.

El miércoles por la noche Amanda llevó a Raimundo a Milwaukee para su vuelo a Irak. —¿Por qué Mathews no podía ir en su propio avión a ver a Carpatia? —preguntó ella.

—Tú conoces a Carpatia. Le gusta llevar ventaja siendo lo más servicial y amable. Él no sólo te manda su avión, sino que también viene en persona y te acompaña de regreso.

—¿Qué quiere de Mathews?

—¿Quién sabe? Podría ser cualquier cosa. El aumento de los conversos que estamos viendo debe ser muy intranquilizante para Mathews. Somos una facción que no se traga esto de la rutina de la única fe mundial.

A las seis de la mañana del jueves, los ocupantes de la casa de Loreta fueron despertados por el teléfono. Cloé lo contestó. Puso su mano sobre el micrófono y le dijo a Camilo, —Loreta está hablando. Es Patty.

Camilo se acercó para oír con ella. —Sí —decía Loreta—, me despertaste, querida, pero está bien. El capitán Steele dijo que podrías llamar.

—Bueno, yo estoy volando por Milwaukee en mi ruta de regreso a Nueva Babilonia y programé intencionalmente una parada de seis horas. Dígale a cualquiera que se interese que estaré en el Campo Mitchell, si quieren hablar conmigo. No deben sentirse obligados y yo no me ofenderé si no vienen.

—Oh, ellos irán, querida. No te preocupes por eso.

En ese mismo momento eran las tres de la tarde en Bagdad cuando aterrizó el vuelo comercial de Raimundo. Él había planeado quedarse a bordo esperando el corto vuelo a Nueva Babilonia, poco más de una hora después, pero su teléfono celular vibró en su bolsillo. Se preguntó si ésta sería la llamada de Camilo, o de Carpatia sobre Camilo, la cual pondría fin a la especulación y sospecha del Comando Tribulación. Todos sabían que no podría pasar mucho tiempo antes de que el puesto de Camilo corriera peligro más allá del punto de seguridad.

Raimundo también tuvo un pensamiento pasajero de que ésta podría ser una llamada de Patty Durán. Había esperado tanto tiempo como pudo antes de regresar, esperando comunicarse con ella antes de su retorno. Al igual que Carpatia y Fortunato, él no tuvo suerte al tratar de comunicarse por teléfono con ella en Denver.

Pero la llamada era de su copiloto, Mac McCullum. —Steele, bájese de ese avión y estire las piernas. Su taxi está aquí.

—¡Hola, Mac! ¿Qué significa esto?

—Significa que el gran jefe no quiere esperar. Encuéntrese conmigo en el helipuerto al otro lado de la terminal. Estoy llevándolo de vuelta a los cuarteles centrales en helicóptero.

Raimundo había querido postergar su regreso a Nueva Babilonia tanto como pudiera, pero un viaje en helicóptero al menos, era una diversión. Envidió la habilidad de McCullum de cambiar fácilmente de copilotear los gigantescos aviones a retropropulsión y hacer volar aves a hélice. Raimundo no había pilotado un helicóptero desde su época militar, hacía más de veinte años.

El *Semanario de la Comunidad Mundial* era vendido al público cada jueves, con la fecha del lunes siguiente en la portada. Camilo se estremecía de placer con la excitación de tan sólo anticipar el ejemplar de ese día.

En la casa de seguridad se decidió que Amanda y Cloé fueran a Milwaukee a recoger a Patty. Loreta volvería a casa desde la oficina de la iglesia, a tiempo para ofrecerle un ligero almuerzo. Camilo iría a la oficina a ver los primeros ejemplares de la revista, y volvería a la casa de Loreta cuando recibiera la llamada de Cloé avisando que ella, Amanda y Patty estaban en casa.

Camilo se había expuesto a una situación muy precaria con su artículo de portada. Proponiéndose como de costumbre adoptar un punto de vista periodístico neutro y objetivo, Camilo había empezado con bastante parte del material que Bruno hubiera predicado el domingo por la mañana de su propio funeral. Camilo escribió, pero asignó reporteros de cada oficina del *Semanario de la Comunidad Mundial* que aún estuviera funcionando alrededor del mundo, para que entrevistaran a los clérigos locales y regionales, respecto a las profecías del libro del Apocalipsis.

Por algún motivo, sus periodistas —la mayoría de ellos escépticos— fueron a realizar esta tarea con júbilo. Camilo recibió información por fax, correo electrónico, vía módem, llamadas telefónicas, correspondencia vía correos especiales y corrientes desde todo el mundo. El título de su artículo de portada, y la pregunta específica que él quería que sus reporteros preguntaran a los líderes religiosos era: "¿Sufriremos la *ira del Cordero*?"

Camilo había disfrutado su tarea autoasignada más que todas las otras historias de portada que él hubiera hecho jamás. Eso incluía sus artículos del Hombre del Año, hasta aquélla de Jaime Rosenzweig. Había pasado sin dormir casi tres días y noches, cotejando, contrastando y comparando los varios reportajes.

Por supuesto, él podía detectar hermanos creyentes en algunos de los comentarios. A pesar del escepticismo y cinismo de la mayoría de los periodistas, los pastores santos de la Tribulación y unos pocos judíos convertidos eran citados diciendo que "la ira del Cordero" predicha en Apocalipsis 6, era literal e inminente. La enorme mayoría de las citas eran de clérigos que antes representaban varias y diversas religiones y denominaciones, pero que ahora servían a la Única Fe Mundial Enigma Babilonia. Estos hombres y mujeres "guías de la fe" (nadie era tratado más de pastor o sacerdote) recibían sus órdenes y dirección de Pedro Mathews, el Pontífice Máximo. El mismo Camilo había hablado con Mathews. Su punto de vista, con docenas de ecos, era que el libro del Apocalipsis era "literatura maravillosa, arcaica, bella, que debía entenderse simbólica, figurativa y metafóricamente".

—Este terremoto — había dicho Mathews a Camilo por teléfono, con una sonrisa en su voz—, podría referirse a cualquier cosa. Podría haber pasado ya. Podría referirse a algo que alguien imaginó como yendo al cielo. ¿Quién sabe? Podría ser una historia relacionada a la vieja teoría del hombre eterno del cielo que creó el mundo. No sé de usted, pero no he visto ningún jinete apocalíptico. No he visto que nadie muera por su religión. No he visto a nadie siendo *muerto por la palabra de Dios* como dicen los versículos anteriores. No he visto a nadie con vestidura blanca. Y no espero soportar ningún terremoto.

»Independientemente de su punto de vista sobre la persona o el concepto de Dios, o de *un* dios, difícilmente haya hoy alguien que se imagine un ser espiritual supremo lleno de bondad y luz sometiendo a toda la tierra —que ya ha sufrido una guerra tan reciente como devastadora— a una calamidad como un terremoto.

—Pero —le había preguntado Camilo—, ¿no está usted consciente de que esta idea de temer "la ira del Cordero" es una doctrina que aún se predica en muchas iglesias?

—Por supuesto —había respondido Mathews—, pero éstos son los mismos vestigios de las facciones fundamentalistas fanáticas de derecha, que siempre han entendido literalmente la Biblia. Esos mismos predicadores, y me atrevo a decir muchos de sus feligreses, son los que se creen literalmente el relato de la creación, el mito de Adán y Eva, si le parece. Ellos creen que todo el mundo estuvo bajo agua en la época de Noé, y sólo él y su tres hijos y sus esposas sobrevivieron para empezar toda la raza humana como la conocemos.

—Pero, usted, como católico, como el ex papa...

—No sólo el ex papa, señor Williams, también como ex católico. Siento una gran responsabilidad como líder de la fe de la Comunidad Mundial para dejar de lado todos los amarres limitantes del parroquialismo. Yo debo, en el espíritu de la unidad y la conciliación y el ecumenismo, estar preparado para admitir que gran parte del pensar y el saber católicos eran tan rígidos y estrechos de criterio como los que aquí critico.

—¿Tal cómo?

—No me importa ser demasiado específico, corriendo el riesgo de ofender a los pocos que aún gustan de considerarse como católicos, pero la idea de un nacimiento virgen literal parece ser un brinco de la lógica tan increíble. La idea de que la Santa Iglesia Católica Romana fuera la única iglesia verdadera era casi tan dañina como el punto de vista de los Protestantes evangélicos, de que Jesús era el único camino a Dios. Por supuesto, eso presupone que Jesús era el "unigénito Hijo del Padre", como tantos de mis amigos adoradores de la Biblia gustan decir. Ahora yo estoy seguro de que la mayoría de la gente pensante se da cuenta de que Dios es, a lo más, un espíritu, una idea, si le parece. Si a ellos les gusta infundir algunas características de pureza y bondad en él, o ello o ella, sólo se desprende que *todos* nosotros somos hijos e hijas de Dios.

Camilo lo había guiado. —Entonces, ¿la idea del cielo y el infierno...?

—El cielo es un estado mental. El cielo es lo que puede usted hacer de su vida aquí en la tierra. Creo que estamos dirigiéndonos a un estado utópico. ¿El infierno? Se ha hecho más daño a psiques más tiernas con la idea totalmente mitológica que... bueno, déjeme decirlo de este modo: Digamos que esos fundamentalistas, esa gente que cree que estamos por sufrir "la ira del Cordero" tienen razón en que hay un Dios personal y amante que se interesa por cada uno de nosotros. ¿Cómo concuerda eso? ¿Es posible que Él creara algo que quemaría cuando llegara el momento? Eso no tiene sentido.

—Pero los creyentes cristianos, esos que usted trata de caracterizar, ¿no dicen que Dios no quiere que nadie perezca? En otras palabras, Él no manda la gente al infierno. El infierno es el juicio de aquellos que no creen pero a todos se les da la oportunidad.

—Usted ha resumido bien la postura de ellos, señor Williams, pero, como estoy seguro de que puede verlo, eso no resiste examen alguno.

Temprano en la mañana, antes de que se abriesen las puertas, Camilo recogió el paquete bien envuelto con los ejemplares del *Semanario de la Comunidad Mundial* y los llevó para adentro. Las secretarias lo distribuirían uno por escritorio, pero por ahora, Camilo rompió el plástico y puso una revista ante él. La portada que había sido compuesta en las oficinas centrales internacionales, era aun mejor de lo que Camilo había esperado. Bajo el logo había una ilustración estilizada de una tremenda montaña partiéndose de una punta a la otra. Una luna roja colgaba sobre la escena y el título decía "¿Sufrirá usted la ira del Cordero?"

Camilo fue a ver el artículo extra largo de adentro, que llevaba su firma. Típico de una historia escrita por Camilo Williams, él había cubierto todas las bases. Había citado líderes desde Carpatia y Mathews hasta los guías locales de la fe. Había hasta citas de lo que pensaba el hombre común y corriente de la calle.

El golpe más grande, en la opinión de Camilo, era una nota lateral que contenía un estudio de palabras muy bien fundamentado y escrito por nadie menos que el rabino Zión Ben-Judá. Este explicaba quién era en la Escritura el Cordero inmolado, y cómo esa imagen había empezado en el Antiguo Testamento y estaba cumplida en el Nuevo Testamento por Jesús.

Camilo había sospechado de no haber sido llamado a capítulo por nadie sino por Esteban Plank, su viejo amigo, respecto a su posible participación en la fuga de Zión Ben-Judá. Citar tan extensamente a Zión en su nota lateral podría hacerlo parecer como si Camilo estuviera restregando en la cara de sus superiores que él conocía el paradero de Ben-Judá. Pero él había desechado eso. Cuando el artículo fue archivado y enviado vía satélite a las diversas imprentas, Camilo agregó una nota que decía: "el doctor Ben-Judá supo de este artículo por la Internet y ha presentado su punto de vista mediante computadora desde un lugar no revelado".

También era divertido para Camilo, si es que algo de este tema cósmico podía ser divertido, que uno de sus emprendedores reporteros en África se dedicara a entrevistar a sabios geólogos de una universidad de Zimbabwe. ¿Su conclusión? "La idea de un terremoto mundial es ilógica a primera vista. Los terremotos son producidos por fallas, por las placas subterráneas que se rozan unas con otras. Es cosa de causa y efecto. La razón de que suceden en ciertas zonas en ciertos momentos es, lógicamente, debida que no está pasando en otras partes al mismo tiempo. Estas placas se mueven y chocan unas con otras porque no tienen ningún otro lugar más adónde ir. Uno nunca sabe de terremotos simultáneos. No hay uno en América del Norte y uno en América del Sur precisamente al mismo tiempo. Las posibilidades de un hecho geológico de nivel planetario, que realmente serían terremotos simultáneos en todo el planeta, son astronómicas".

McCullum aterrizó el helicóptero en el techo del edificio de las oficinas centrales internacionales de la Comunidad Mundial en Nueva Babilonia. Ayudó a llevar el equipaje de Raimundo al ascensor que los llevó pasada la oficina 216 de Carpatia, todo un piso de oficinas y salas de conferencia. Raimundo nunca había entendido su dirección, ya que no era en absoluto en el segundo piso. Carpatia y su personal titular ocupaban el último piso del edificio de dieciocho pisos.

Raimundo esperaba que Carpatia no supiera precisamente cuándo llegaron. Suponía que tendría que enfrentar al hombre cuando lo llevara a Roma para recoger a Mathews, pero quería desempacar, refrescarse e instalarse en su casa antes de volver a bordo de un avión inmediatamente. Estaba agradecido de que no los hubieran interceptado. Tenía un par de horas antes del despegue.

—Te veo en el 216, Mac —se despidió.

Los teléfonos empezaron a sonar en la oficina del *Semanario Mundial* aun antes de que alguien empezara a llegar. Camilo dejó que la máquina contestadora recibiera las llamadas, y no pasó mucho antes de que fuera rodando en su silla hasta el escritorio de la recepcionista y se sentara a escuchar los comentarios. Una mujer dijo: "Así que el *Semanario de la Comunidad Mundial* ha caído a nivel de los periódicos de mala reputación, cubriendo cada cuento de hadas más reciente que sale de la así llamada iglesia. Dejen esa basura a los periodistas de la prensa amarilla".

Otro dijo: "No hubiera soñado que la gente todavía creía esta estupidez. Que ustedes hayan podido desenterrar tantos chiflados para que aportaran a un artículo es todo un tributo al periodismo investigador. Gracias por sacarlos a la luz y mostrar cuán necios son en realidad".

Sólo la llamada ocasional llevaba el tono de esta mujer de la Florida: "¿Por qué nadie me dijo esto antes? He estado leyendo el Apocalipsis desde el minuto que esta revista cayó en mi portal de entrada y estoy mortalmente asustada. ¿Qué se supone que haga ahora?"

Camilo esperó que ella leyera lo suficiente del artículo para descubrir lo que un judío noruego convertido decía que era la única protección contra el terremoto que estaba por venir: "Nadie debe suponer que habrá refugio. Si usted cree, como yo, que Jesucristo es la única esperanza de salvación, debe arrepentirse de sus pecados y recibirlo antes de que la amenaza de la muerte le visite".

El teléfono personal de Camilo sonó. Era Verna.

—Camilo, estoy guardando tu secreto así que espero que mantengas tu parte del trato.

—Lo estoy, ¿qué te intranquilizó tanto esta mañana?

—Por supuesto que tu artículo de portada. Sabía que venía pero no esperaba que fuera tan directo. ¿Piensas que te has ocultado detrás de tu objetividad? ¿No piensas que esto te expone como un defensor?

—No sé. Espero que no. Aun si Carpatia no fuera el dueño de esta revista, yo quisiera mantener mi objetividad.

—Te estás engañando a ti mismo.

Camilo buscó mentalmente una respuesta. En cierto modo agradecía la advertencia. En otro, eso era noticia vieja. Quizá Verna estaba tratando tan sólo de hallar un punto de contacto, alguna razón para empezar de nuevo un diálogo.

—Verna, te insto a que sigas pensando en lo que oíste de Loreta, Cloé y Amanda.

—Y de ti. No te dejes afuera. —Su tono era burlón y sarcástico.

—Te lo digo en serio, Verna. Si alguna vez quieres hablar de esto, puedes venir a verme.

—¿Con lo que tu religión dice de los homosexuales? ¿estás bromeando?

—Mi Biblia no hace diferencias entre homosexuales y heterosexuales —contestó Camilo—. Puede que llame pecadores a los homosexuales practicantes, pero también llama pecado a la relación heterosexual fuera del matrimonio.

—Semántica, Camilo. Semántica.

—Sólo recuerda lo que dije, Verna. No quiero que nuestro conflicto de personalidad se interponga en lo que es real y verdadero. Tenías razón cuando dijiste que el estallido de la guerra volvió insignificantes nuestras escaramuzas. Yo estoy dispuesto a dejar eso atrás.

Ella se quedó callada un momento. Luego, sonó casi impresionada. —Bueno, gracias, Camilo. Tendré eso presente.

Avanzada la mañana hora de Chicago, era temprano en la tarde en Irak. Raimundo y McCullum estaban llevando a Carpatia, Fortunato, y el doctor Kline a Roma para recoger a Pedro Mathews, el pontífice supremo de la Única Fe Mundial. Raimundo sabía que Carpatia quería pavimentar el camino para que la unión apóstata de las religiones se mudara a Nueva Babilonia, pero no estaba seguro de cómo encajaba el doctor Kline en la reunión. Escuchando por su micrófono espía, lo supo pronto.

Como era su costumbre, Raimundo despegó, alcanzando rápidamente la altura deseada, puso el avión en piloto automático y entregó el control a Mac McCullum.

—Siento como que he estado todo el día en un avión —dijo reclinándose en su asiento, echando la visera de su gorra sobre sus ojos, poniéndose los auriculares, y pareciendo quedarse dormido.

En las dos horas de vuelo aproximadas que tomaba ir de Nueva Babilonia a Roma, Raimundo recibiría una lección de diplomacia internacional del nuevo orden mundial. Pero antes que ponerse a hablar de negocios, Carpatia verificó con Fortunato los planes de vuelo de Patty Durán.

Fortunato le dijo: —Ella está en una especie de vuelo con muchas conexiones que tiene una parada larga en Milwaukee, luego va a Boston. Volará sin escalas desde Boston a Bagdad. Perderá varias horas viniendo de este modo, pero pienso que podemos esperarla mañana por la mañana.

Carpatia sonó enfadado. —¿Cuánto tiempo pasará antes de que se complete la terminal internacional en Nueva Babilonia? Estoy cansado de que todo tenga que pasar por Bagdad.

—Ahora nos dicen que dentro de un par de meses.

—¿Y éstos son los mismos ingenieros de construcción que nos dijeron que todo lo demás en Nueva Babilonia es lo más avanzado que hay?

—Sí, señor. ¿Ha notado problemas?

—No, pero casi me hace desear que esta cuestión de "la ira del Cordero" fuera más que un mito. Me gustaría poner a verdadera prueba sus proclamas de a prueba de terremotos.

—Vi ese artículo hoy —dijo el doctor Kline—. Interesante trozo de ficción. Ese Williams puede hacer una historia interesante de cualquier cosa, ¿no?

—Sí —asintió Carpatia solemnemente—. Sospecho que hizo una historia interesante de su propio trasfondo.

—No entiendo.

—Yo tampoco entiendo —dijo Carpatia—. Nuestras fuerzas de inteligencia lo ligaron a la desaparición del rabino Ben-Judá.

Raimundo se enderezó y escuchó más atentamente. No quería que McCullum se diera cuenta de que estaba escuchando en diferente frecuencia, pero tampoco quería perderse nada.

—Estamos aprendiendo más y más acerca de nuestro brillante joven periodista —prosiguió Carpatia—. Él nunca ha expresado nada sobre su relación con mi propio piloto, pero tampoco lo ha hecho el capitán Steele. Todavía no me importa tenerlos cerca. Ellos pueden pensar que están en una cercanía estratégica a mí, pero yo también puedo aprender mucho de la oposición a través de ellos.

Así que ahí está, —pensó Raimundo—. *El guante está arrojado*.

—León, ¿cuál es la última noticia sobre esos dos hombres locos de Jerusalén?

Fortunato sonó disgustado. —Ellos tienen de nuevo alborotada a toda la nación de Israel —informó—. Usted sabe que no ha llovido desde que ellos empezaron con toda esa prédica. Y ese truco que hicieron con el abastecimiento de agua —volverla sangre— durante las ceremonias del templo, lo están haciendo otra vez.

—¿Qué los ha activado de nuevo esta vez?

—Creo que usted sabe.

—Te he pedido que no seas circunspecto conmigo, León. Cuando te hago una pregunta, espero...

—Perdóneme, Potestad. Ellos han estado hablando del arresto y la tortura de la gente asociada con el doctor Ben-Judá. Dicen que hasta que esos sospechosos no sean liberados y la búsqueda sea terminada, todas las reservas de agua estarán contaminadas con sangre.

—¿Cómo hacen eso?

—Nadie sabe, pero es muy real, ¿cierto, doctor Kline?

—Oh, sí —asintió éste—. Me han mandado muestras. Hay un alto contenido de agua pero es principalmente sangre.

—¿Sangre humana?

—Tiene todas las características de la sangre humana, aunque el tipo es difícil de determinar. Se aproxima a una mezcla de sangre humana y animal.

—¿Cómo está la moral de Israel? —preguntó Carpatia.

—La gente está enojada con los dos predicadores. Quieren matarlos.

—Eso no es malo en absoluto —sentenció Carpatia—. ¿No podemos llevarlo a cabo?

—Nadie se atreve. El recuento de las muertes de aquellos que los atacaron supera la docena ahora. Uno aprende su lección bastante rápido.

—Vamos a encontrar una manera —dijo Carpatia—. Mientras tanto, soltemos a los sospechosos. Ben-Judá no puede ir lejos. De todos modos, sin ser capaz de mostrar su cara en público, él no puede hacernos mucho daño. Si aquellos dos pillos no purifican inmediatamente las reservas de agua, veremos cómo resisten una explosión atómica.

—¿Usted no habla en serio, verdad? —preguntó el doctor Kline.

—¿Por qué no?

—¿Usted lanzaría una bomba atómica sobre un sitio sagrado en la Ciudad Santa?

—Francamente, no me preocupan el Muro de los Lamentos ni el Monte del Templo, ni el templo nuevo. Esos dos están molestándome interminablemente, así que anote mis palabras: llegará el día en que ellos lleguen demasiado lejos conmigo.

—Sería bueno conseguir la opinión del Pontífice Mathews tocante a todo esto.

—Tenemos suficiente que tratar con él —dijo Carpatia—. De hecho, estoy seguro que él también tiene asuntos que tratar conmigo, aunque quizá sean asuntos con propósitos secundarios.

Más tarde, después que alguien encendió el televisor y los tres hombres se pusieron al día de la cobertura internacional sobre el esfuerzo de limpieza después de la guerra, Carpatia fijó su atención hacia el doctor Kline.

—Como usted sabe, los diez embajadores votaron unánimemente por financiar los abortos para las mujeres de los países subprivilegiados. He tomado la decisión ejecutiva de hacer eso en forma unilateral. Todos los continentes han sufrido por la guerra, de modo que considerémonos todos subprivilegiados. No anticipo un problema de parte de Mathews en cuanto a esto, en la forma en que hubiese protestado si hubiera sido papa. Sin embargo, si él expresara alguna oposición, ¿está usted preparado para discutir los beneficios a largo plazo?

—Por supuesto.

—¿Y dónde estamos en la tecnología de predeterminar la salud y la viabilidad de un feto?

—La amniocentesis puede decirnos ahora todo lo que queramos saber. Sus beneficios son de tan largo alcance, que vale la pena correr cualquier riesgo que el procedimiento pudiera suscitar.

—Y León —preguntó Carpatia—, ¿estamos en un punto en que podamos anunciar sanciones requiriendo la amniocentesis de todo embarazo, junto con la exigencia de aborto de todo tejido fetal que se haya determinado resultará en un feto deforme o incapacitado?

—Todo está en su lugar —asintió Fortunato—. Sin embargo, usted querrá tener una base de apoyo tan amplia como sea posible antes de hacer público eso.

—Por supuesto. Esa es una de las razones de esta reunión con Mathews.

—¿Está optimista? —preguntó Fortunato.

—¿No debiera estarlo? ¿No está Mathews consciente que yo lo puse donde él está hoy?

—Potestad, esa es una pregunta que yo me hago todo el tiempo. Seguramente que usted nota su falta de respeto. No me gusta la manera en que lo trata a usted como si él fuera su igual.

—Por el momento, puede presionar tanto como quiera. Él puede ser de mucho valor para la causa debido a quienes lo siguen. Sé que está teniendo dificultades financieras porque no puede vender las iglesias sobrantes. Son instalaciones para un solo uso, así que, sin duda, que estará presentando su caso para obtener más asignación financiera de parte de la Comunidad Mundial. Los embajadores ya están enfadados por eso. Aunque, por ahora, no me importa llevar ventaja financiera. Quizá podamos hacer un trato.

Dieciocho

Camilo se divertía con que su crónica de portada fuera el tema más candente del día. Todo programa de conversación, todo noticiero y hasta algunos programas de variedades lo mencionaban. Una comedia puso un corto animado de un lanudo cordero hecho una furia. Lo titularon: "Nuestro punto de vista de *La ira del Cordero*."

Mirando la revista que tenía ante sí, de pronto Camilo se dio cuenta de que cuando él quedara al descubierto, cuando tuviera que irse, cuando posiblemente se convirtiera en un fugitivo, sería imposible igualar la distribución de una revista tan bien establecida en todo el mundo. Podría tener un público mayor vía televisión y la Internet, pero se preguntaba si tendría otra vez la influencia que ahora tenía.

Miró su reloj. Era casi hora de ir a la casa de seguridad y al almuerzo con Patty.

Raimundo y McCullum tuvieron un descanso de casi una hora después de aterrizar en Roma y antes de volver a Nueva Babilonia. Pasaron por el lado de Pedro Mathews y uno de sus ayudantes que abordaban el avión. A Raimundo le dieron náuseas por la obsequiosa falta de respeto de Carpatia para con Mathews. Había oído decir a la Potestad:

—Qué bueno de su parte permitirnos venir a buscarlo, Pontífice. Espero que tengamos un diálogo significativo y provechoso para el bien de la Comunidad Mundial.

Justo antes que Raimundo quedara fuera del alcance de la audición, Mathews le dijo a Carpatia.

—En la medida en que sea provechoso para la Única Fe Mundial, no me importa mucho si usted se beneficia o no.

Raimundo halló motivos para disculparse con McCullum y apresurarse a volver al avión y a la cabina de pilotaje. Se disculpó con Fortunato "por tener que chequear unas cuantas cosas" y estuvo pronto de vuelta en su lugar de costumbre. La puerta estaba cerrada con llave. El intercomunicador invertido estaba conectado y Raimundo estaba escuchando.

Camilo no había visto a Patty Durán realmente alterada desde la noche del Rapto. Él, como la mayoría de los otros hombres, solía verla solamente como impactante. Ahora lo más amable que podía pensar de ella era desaliñada. Llevaba una cartera de enorme tamaño llena de pañuelos de papel, y usó hasta el último. Loreta la dirigió hasta la cabecera de la mesa, y cuando se sirvió el almuerzo, todos ellos se sentaron incómodos, pareciendo evitar una conversación significativa. Camilo dijo: —Amanda, ¿nos diriges en oración?

Patty entrelazó rápidamente sus dedos bajo el mentón, como una niñita arrodillada al lado de su cama. Amanda dijo: —Padre, a veces las situaciones en que nos encontramos dificultan que sepamos qué decirte. A veces nos sentimos desdichados. A veces estamos muy turbados. A veces no tenemos idea de adónde acudir. El mundo parece estar en un caos tan grande. Sin embargo, sabemos que podemos agradecerte por ser quien eres. Te agradecemos que seas un Dios bueno. Que te intereses por nosotros y que nos ames. Te agradecemos que seas soberano y que tengas el mundo en tus manos. Te agradecemos por las amistades, especialmente las antiguas, como Patty. Danos palabras que decir, que le puedan ayudar en cualquier decisión que ella deba hacer y te agradecemos por proveer esta comida. En el nombre de Jesús. Amén.

Comieron callados, notando Camilo que los ojos de Patty estaban llenos de lágrimas. A pesar de eso, comió rápido y terminó antes que los demás. Tomó otro pañuelo más y se sonó la nariz.

—Bueno, —empezó—, Raimundo insistió que los viera a mi regreso. Lamento no verlo a él, pero, de todos modos pienso que él realmente quería que yo hablara con ustedes. O quizás él quería que ustedes me hablaran a mí.

Las mujeres lucieron tan perplejas como se sentía Camilo. ¿Eso era todo? ¿Ellos tenían la palabra? ¿Qué se suponía que hicieran?

Sería difícil encontrarse con esta mujer en su necesidad específica si ella no les contaba esa necesidad.

Loreta empezó. —Patty, ¿qué te está perturbando más ahora?

Fuera lo que Loreta dijo o cómo lo dijo, eso desató un torrente de lágrimas. —El hecho es —pudo decir Patty—, que quiero hacerme un aborto. Mi familia me anima en ese sentido. No sé qué dirá Nicolás, pero si no hay cambios en nuestra relación cuando yo llegue allá, voy a hacerme el aborto con seguridad. Supongo que estoy aquí porque sé que ustedes tratarán de convencerme de que no lo haga, y supongo que tengo que escuchar ambos bandos. Raimundo ya me dio la posición estándar de la derecha en pro de la vida. No creo que tenga que oír eso de nuevo.

—¿Qué necesitas escuchar? —preguntó Camilo sintiéndose muy hombre y muy insensible en ese momento.

Cloé le dirigió una mirada que implicaba que él no debía presionar. —Patty —dijo ella—, tú sabes cuál es nuestra postura. No es por eso que estás aquí. Si quisieras que te convencieran de no hacerlo, podemos hacer eso. Si no quieres que te convenzan, nada de lo que digamos hará ninguna diferencia.

Patty parecía frustrada. —Así que piensas que estoy aquí para que me prediquen.

—No vamos a sermonearte —terció Amanda—. Por lo que entiendo, sabes asimismo cuál es nuestra postura tocante a las cosas de Dios.

—Sí, lo sé —asintió Patty—. Lamento haber desperdiciado el tiempo de ustedes. Supongo que tengo que tomar una decisión sobre este embarazo, y fue necio de mi parte arrastrarlos a ustedes a esto.

—No te sientas como que tienes que irte, querida —dijo Loreta—. Esta es mi casa y yo soy tu anfitriona, y tú puedes arriesgarte a ofenderme si te fueras demasiado temprano.

Patty la miró como para asegurarse de que Loreta no estaba haciendo bromas. Era claro que sí. —Yo puedo esperar de igual manera en el aeropuerto —dijo Patty—. Lamento haberlos metido en todo este inconveniente.

Camilo quería decir algo, pero sabía que no podía comunicarse a ese nivel. Miró a los ojos de las mujeres que miraban atentamente a su invitada. Por último, Cloé se paró y fue hasta detrás de la silla de Patty. Puso sus manos sobre los hombros de Patty. —Yo te he admirado y me has gustado siempre —comenzó—. Pienso que hubiéramos podido ser amigas en otra situación. Pero, Patty, me siento guiada a decirte que sé por qué viniste hoy para acá. Sé por qué seguiste el consejo de mi papá, aunque podría haberlo hecho en contra de tu voluntad. Algo me dice que tu visita a casa no tuvo éxito. Quizá fueron demasiado prácticos. Quizá no te dieron la compasión que necesitabas junto con su consejo. Quizás oír que ellos querían que tú termines este embarazo, no fue lo que realmente querías.

»Deja que te diga, Patty, si es amor lo que estás buscando, viniste al lugar indicado. Sí, hay cosas que creer. Cosas que pensamos debes saber. Cosas con que pensamos tú debes estar de acuerdo. Decisiones que pensamos que tú debes hacer. Tenemos ideas de lo que debieras hacer sobre tu bebé, y tenemos ideas sobre lo que debieras hacer sobre tu alma. Pero éstas son decisiones personales que solamente tú puedes hacer. Y aunque son decisiones de vida y muerte, de cielo e infierno, todo lo que podemos ofrecerte es apoyo, aliento, consejo si lo pides, y amor.

—Sí —asintió Patty—, amor, si me trago todo lo que ustedes tienen para vender.

—No. Te vamos a amar de todos modos. Vamos a amarte en la forma en que Dios te ama. Vamos a amarte tan plenamente y tan bien que no serás capaz de esconderte de eso. Aunque tus decisiones sean contrarias a todo lo que creemos que es verdad, y aunque nos duela la pérdida de una vida inocente si optas por abortar a tu bebé, no te amaremos menos.

Patty rompió a llorar mientras Cloé apretaba sus hombros. —¡Eso es imposible! ¡No pueden amarme sin que importe lo que yo haga, especialmente si ignoro el consejo de ustedes!

—Tienes razón —repuso Cloé—. Nosotros no somos capaces de amor incondicional. Por eso tenemos que dejar que Dios te ame a través de nosotros. Él es quien nos ama independientemente de lo que hagamos. La Biblia dice que Él envió a su Hijo a morir por nosotros cuando nosotros estábamos muertos en nuestros pecados. Eso es amor incondicional. Eso es lo que tenemos para ofrecerte, Patty, porque es todo lo que tenemos.

Patty se paró incómoda, y su silla raspó el piso cuando ella se volvió para abrazar a Cloé. Se mantuvieron abrazadas por un largo minuto, y luego, todo el grupo se fue al otro salón. Patty trató de sonreír. —Me siento necia —se disculpó ella— como una niña escolar llorona.

Las otras mujeres no protestaron. No le dijeron que se veía estupenda. Sencillamente la miraron con amor. Por un momento Camilo deseó que él fuera Patty para poder reaccionar. No sabía de ella, pero seguramente esto lo hubiera ganado a él.

—Iré directo al grano —dijo Pedro Mathews a Carpatia—. Si hay formas en que podamos ayudarnos mutuamente, quiero saber qué necesita usted. Porque hay cosas que yo necesito de usted.

—¿Tales cómo? —preguntó Carpatia.

—Francamente, necesito la amnistía para la deuda que tiene la Única Fe Mundial con su administración. Nosotros podríamos pagar algo de nuestra asignación algún día, pero ahora sencillamente no tenemos el ingreso.

—¿Están teniendo problemas para vender algunos de esos edificios de iglesias que han sobrado? —sugirió Carpatia.

—Oh, eso es una parte del problema, pero muy pequeña. Nuestro problema real radica en que hay dos grupos religiosos que no sólo han rehusado ingresar a nuestra unión, sino que también son antagonistas e intolerantes. Usted sabe de quienes hablo. Un grupo es un problema que usted se causó a sí mismo con ese tratado entre la Comunidad Mundial e Israel. Los judíos no nos necesitan, no tienen razón por la que afiliarse. Ellos aún creen en el único Dios verdadero y un Mesías en el cielo que se supone venga más tarde. No sé cuál sea su plan para después que se venza el convenio, pero ciertamente que me vendría bien algo de munición contra ellos.

»La otra rama son estos cristianos que se titulan los santos de la Tribulación. Son los que piensan que el Mesías ya vino y arrebató su iglesia y ellos se lo perdieron. Me imagino que si tienen razón, están embromándose al pensar que Él les daría otra oportunidad; pero usted sabe tan bien como yo que ellos están aumentando como un reguero de pólvora. Lo raro es que todo un grupo de ellos son judíos. Ellos tienen a esos dos locos del Muro de los Lamentos diciéndole a todos que los judíos están a medio camino, al creer en el único Dios verdadero, pero que Jesús es su Hijo, que vino y que va a volver otra vez.

—Pedro, amigo mío, esto no debiera ser una doctrina extraña para ti, como ex católico.

—No dije que fuera extraña para mí. Sólo que nunca me di cuenta de la profundidad de la intolerancia que teníamos los católicos, y que ahora tienen estos tipos santos de la Tribulación.

—¿También has notado la intolerancia?

—¿Quién no? Esta gente se toma literalmente la Biblia. Has visto su propaganda y oído a sus predicadores en las grandes campañas. Hay decenas de miles de judíos que se están tragando esto. La intolerancia de ellos nos hace daño.

—¿Cómo?

—Tú sabes. El secreto de nuestro éxito, el enigma que es la Única Fe Mundial es que sencillamente hemos roto las barreras que solían dividirnos. Cualquier religión que crea que hay un solo camino a Dios es intolerante por definición. Ellos se vuelven enemigos de la Única Fe Mundial, y de ese modo, de la Comunidad Mundial como un todo. Nuestros enemigos son tus enemigos. Tenemos que hacer algo al respecto.

—¿Qué propones?

—Yo iba a hacerte la misma pregunta, Nicolás.

Raimundo sólo podía imaginarse a Nicolás encogiéndose al tratarlo Mathews por su nombre de pila.

—Créelo o no, amigo mío, yo ya he estado pensado mucho esto.

—¿Sí?

—Sí. Como dices, tus enemigos son mis enemigos. Esos dos del Muro de los Lamentos, esos que se dicen santos los llaman los testigos, han significado muchísima aflicción para mí y mi administración. No sé de dónde vinieron ni que quieren hacer, pero han aterrorizado al pueblo de Jerusalén, y por más de una vez me han hecho lucir mal. Este grupo de fundamentalistas, los que están convirtiendo a tantos judíos, consideran héroes a esos dos.

—¿Entonces, a qué conclusión has llegado?

—Francamente, he estado considerando más leyes. La sabiduría convencional dice que uno no puede legislar la moral. Resulta que yo no creo eso. Admito que mis sueños y metas son grandiosos pero no me disuadirán. Preveo una comunidad mundial de paz y armonía verdaderas, una utopía donde la gente viva junta para el bien mutuo. Cuando las fuerzas de la insurrección de tres de nuestras diez regiones amenazaron eso, yo di el contragolpe de inmediato. A pesar de mi más sincera y amplia oposición a la guerra, tomé una decisión estratégica. Ahora estoy legislando la moral. La gente que quiera llevarse bien y vivir juntos, me encontrará sumamente generoso y conciliador. Aquellos que quieran causar trastornos, se acabarán. Es así de simple.

—Entonces, ¿qué estás diciendo, Nicolás? Vas a declarar la guerra a los fundamentalistas?

—En un sentido, sí. No la haremos con tanques ni bombas, pero creo que llegó la hora de poner en vigencia leyes para la nueva Comunidad Mundial. Como esto pareciera beneficiarte a ti tanto como a mí, me gustaría que cooperaras en formar y encabezar una organización de quienes hagan respetar, si te parece, el pensamiento puro.

—¿Cómo defines el "pensamiento puro"?

—Preveo un cuadro de hombres y mujeres jóvenes, sanos y fuertes tan dedicados a la causa de la Comunidad Mundial que estén dispuestos a entrenarse y edificarse a sí mismos al punto que anhelen cerciorarse de que todos estén alineados con nuestros objetivos.

Raimundo escuchó que alguien se paraba y empezaba a pasearse. Supuso que era Mathews, encariñándose con la idea. —Supongo que éstos no serían gente uniformada.

—No. Ellos se mezclarían con todos, pero serían elegidos por su penetración conceptual y entrenados en psicología. Ellos nos mantendrían informados de los elementos subversivos que se oponen a nuestros puntos de vista. Seguramente que estás de acuerdo, con que hace mucho que se pasó la época en que se podía tolerar que anduviera suelto el subproducto extremadamente negativo de la libre expresión.

—No sólo estoy muy de acuerdo —contestó Mathews rápidamente—, sino que estoy listo para asistir en toda forma posible. ¿Podría la Única Fe Mundial ayudar en buscar candidatos? ¿entrenarlos? ¿albergarlos? ¿vestirlos?

—Pensé que te estabas quedando sin dinero —dijo Carpatia, riendo entre dientes.

—Esto sólo resultará en más ingresos para nosotros. Cuando eliminamos la oposición, todos salen ganando.

Raimundo escuchó suspirar a Carpatia. —Los llamaríamos los MMCM, los Monitores Morales de la Comunidad Mundial.

—Eso los hace parecer algo blando, Nicolás.

—Precisamente esa es la idea. No queremos llamarlos policía secreta, policía del pensamiento, o policía del odio ni ninguna clase de policía. No te equivoques. Ellos serán secretos. Tendrán poder. Podrán pasar por encima de la causa debida normal en beneficio del bien mayor, para la Comunidad Mundial.

—¿Hasta qué límite?

—Sin límites.

—¿Portarían armas?

—Por supuesto.

—¿Y se les permitiría usarlas en qué medida?

—Eso es lo bello de esto, Pontífice Mathews. Seleccionando a la juventud apropiada, entrenándolos cuidadosamente en el ideal de la utopía pacífica, y dándoles poder capital definitivo para hacer justicia como lo vean apropiado, venceríamos rápidamente al enemigo y lo eliminaríamos. Debiéramos prever que no habría necesidad de la MMCM dentro de unos pocos años.

—Nicolás, eres un genio.

Camilo estaba desilusionado. Cuando llegó la hora de llevar a Patty de regreso a Milwaukee, sintió que se había avanzado poco. Ella tenía muchas preguntas sobre lo que hacían estas mujeres con su tiempo. Estaba intrigada por la idea de los estudios bíblicos. Y había mencionado su envidia de tener amistades íntimas del mismo sexo que realmente parecían quererse unas a otras.

Pero Camilo había esperado que hubiese algún avance. Quizá Patty hubiera prometido no hacerse un aborto o que se hubiese quebrantado y llegado a ser una creyente. Él trató de sacar de su mente que a Cloé se le pudiera ocurrir tomar y criar como propio al bebé no deseado que llevaba Patty. Él y Cloé estaban cerca de la decisión de tener un bebé en esta época de la historia, pero difícilmente quería considerar la crianza del hijo del anticristo.

Patty le agradeció a todos y subió al Range Rover con las mujeres. Camilo hizo ver como que iba a llevar uno de los otros automóviles de vuelta a la oficina del *Semanario de la Comunidad Mundial*, pero en cambio, fue a la iglesia. Paró en el camino para comprar algo rico de comer para su amigo, y en pocos minutos, había pasado por el laberinto que lo llevaba al santuario interior de la cámara de estudio personal del rabino Zión Ben-Judá.

Cada vez que Camilo iba a ese lugar, estaba seguro de que la claustrofobia, la soledad, el miedo y la pena habrían vencido a su amigo. Sin embargo, era Camilo el que, indefectiblemente, era confortado con estas visitas. Zión apenas se alegraba. No se reía mucho ni tampoco ofrecía una sonrisa grande cuando Camilo aparecía. Sus ojos estaban rojos, y su cara mostraba las arrugas del dolor reciente. Pero también estaba manteniéndose en buen estado físico. Él hacía ejercicio, corría en lugar fijo, hacía saltos, se estiraba y quién sabe qué más. Le decía a Camilo que hacía eso por lo menos una hora diaria, y se notaba. Parecía en mejor estado mental cada vez que Camilo lo veía, y nunca se quejaba. Esa tarde Zión parecía auténticamente complacido de tener una visita.

—Camilo, —exclamó,— si ahora no estuviera viviendo con este pesar de alma, ciertos aspectos de este lugar, hasta su ubicación, serían el paraíso. Puedo leer, puedo estudiar, puedo orar, puedo escribir, puedo comunicarme por teléfono y computadora. Es el sueño de un erudito. Echo de menos la relación con mis colegas, especialmente los jóvenes estudiantes que me ayudaban. Pero Amanda y Cloé son estudiantes maravillosas.

Se unió ávidamente a Camilo para comer su bocado. —Tengo que hablar de mi familia. Espero que no te importe.

—Zión, puede hablar de su familia conmigo cada vez que quiera. Debe perdonarme por no ser más diligente para preguntar.

—Sé que tú, como muchos otros, se preguntan si debieran traer a colación un tema tan doloroso. En la medida en que no abundemos sobre la forma que murieron, me complace mucho hablar de mis recuerdos. Sabes que crié a mi hijo e hija, desde los ocho y diez años hasta los catorce y dieciséis. Eran los hijos del primer matrimonio de mi esposa. Su marido murió en un accidente de construcción. Los niños no me aceptaron al comienzo pero me los gané con mi amor por *ella*. No traté de tomar el lugar de su padre ni pretender que yo estaba a cargo de ellos. Llegó el momento en que me trataron como a su padre y ése fue uno de los días en que más orgullo sentí en mi vida.

—Su esposa parecía una mujer maravillosa.

—Lo era. Los niños también eran maravillosos, aunque mi familia era humana como cualquier otra. No los idealizo. Todos eran brillantes. Eso era una alegría para mí. Podía conversar con ellos de cosas profundas, cosas complicadas. Mi esposa había sido profesora de nivel universitario antes de tener hijos. Los niños estaban, ambos, en escuelas especiales privadas, y eran buenos alumnos excepcionales. Lo más importante de todo, era que cuando empecé a contarles lo que yo estaba aprendiendo de mi investigación, ellos nunca me acusaron de herejía o de darle la espalda a mi cultura, mi religión o mi país. Eran suficientemente brillantes para entender que yo estaba descubriendo la verdad. No les prediqué ni traté de influírlos indebidamente. Sencillamente les leía pasajes y decía: "¿Qué deducen de esto? ¿Qué dice aquí la Torá sobre los requisitos para el Mesías?" Yo era tan fervoroso con mi método socrático que, a veces, creo que llegaron a mis conclusiones definitivas antes que yo. Cuando ocurrió el Rapto, supe de inmediato qué había pasado. Yo estaba realmente desencantado en alguna forma al darme cuenta de que le había fallado a mi familia y los tres habían sido dejados atrás, conmigo. Yo los hubiera echado de menos, como los extraño ahora, pero también hubiera sido una bendición para mí si alguno de ellos hubiese visto la verdad y actuado basado en ella antes de que fuera demasiado tarde.

—Me dijo que todos llegaron a ser creyentes poco tiempo después de usted.

Zión se puso de pie y se paseó. —Camilo, no entiendo cómo alguien con alguna relación con la Biblia podría dudar del significado de las desapariciones masivas. Raimundo Steele, con su conocimiento limitado, supo debido al testimonio de su esposa. Yo, por sobre toda la gente, debiera haber sabido. Y sin embargo, lo ves todo a tu alrededor. La gente todavía está tratando de explicárselo. Me rompe el corazón.

Zión le mostró a Camilo en qué estaba trabajando. Casi había completado el primer librito de lo que esperaba fuera una serie basado en los escritos de Bruno.

—Era un erudito sorprendentemente adepto para ser un hombre joven —comentó Zión—. No era el lingüista que soy yo, así que estoy agregando algo de eso a su obra. Pienso que la hace un mejor producto final.

—Estoy seguro de que Bruno estaría de acuerdo, —asintió Camilo.

Camilo quería sacar a colación el tema de que Zión ayudara a la iglesia a hallar un pastor nuevo, desde lejos por supuesto. ¡Qué perfecto si pudiera ser Zión! Pero eso estaba fuera de toda cuestión. De todos modos, Camilo no quería que nada interrumpiera el importante trabajo de Zión.

—Zión, usted sabe que probablemente yo seré el primero en unirme a usted aquí en forma permanente.

—Camilo, no te puedo ver contento de tener que esconderte.

—Me volverá loco, no cabe duda de eso. Pero he empezado a ser más despreocupado. Más arriesgado. Pienso que pronto me meteré en problemas.

—Podrás hacer lo que yo hago en la Internet —sugirió Zión—. Me estoy comunicando ya con muchos cientos de personas, sólo con aprender algunos trucos. Imagina lo que tú puedes hacer con la verdad. Puedes escribir como acostumbrabas, con total objetividad y seriedad. No serás influido por el propietario del periódico.

—¿Qué fue lo que dijo sobre la verdad?

—Puedes escribir la verdad, eso es todo.

Camilo se sentó y empezó a rayar un papel. Dibujó la portada de una revista y la tituló simplemente "Verdad". Estaba entusiasmado.

—Mire esto. Podría diseñar las gráficas, escribir la copia y difundirla por la red. Según Dany Moore, nunca podría ser rastreada hasta acá.

—No quiero verte forzado a encarcelarte a ti mismo —apuntó Ben-Judá—, pero confieso que disfrutaría la compañía.

Diecinueve

Raimundo estaba orgulloso de Patty Durán. De lo que había podido enterarse en Nueva Babilonia, ella le había jugado otra mala pasada a Nicolás y a León Fortunato, su hombre de confianza. Evidentemente había volado desde Milwaukee a Boston, pero en lugar de tomar su vuelo de conexión a Bagdad, había hecho otra parada en alguna parte.

Raimundo había estado fuera de alcance acústico, por supuesto, cuando continuaron las reuniones con Pedro Mathews en las oficinas centrales de Nueva Babilonia. Todo lo que sabía era que había una gran consternación en el lugar, especialmente en Nicolás y León, pues Patty se había vuelto a salir de programa una vez más. Aunque Nicolás le había demostrado indiferencia, no saber dónde estaba, la convertía en una bala perdida y una posible vergüenza.

Cuando finalmente se supo que tenía un nuevo itinerario, el mismo Carpatia pidió hablar en privado con Raimundo. El nuevo personal de secretaría estaba en su puesto y funcionando, cuando Raimundo entró a la habitación 216 y le fue concedida la audiencia con la Potestad.

—Es bueno verlo de nuevo, capitán Steele. Me temo que no he sido muy expresivo en mi gratitud por su servicio como solía hacerlo, antes de que tantas distracciones se presentaran.

»Permítame ir directo al grano. Sé que la señorita Durán trabajó antes para usted. De hecho, usted llegó aquí por recomendación de ella. También sé que ella ha solicitado su confianza en ocasiones. Así que, no debiera sorprenderlo que haya habido ciertos problemas en el paraíso, como dicen. Permítame que sea franco. El hecho es que creo que la señorita Durán siempre ha sobreestimado la seriedad de nuestra relación personal.

Raimundo pensó en el momento en que Nicolás había parecido anunciar tan orgullosamente que Patty estaba embarazada y ella llevaba su anillo. Pero Raimundo sabía que no debía tratar de agarrar en una mentira al mentiroso de los mentirosos.

Carpatia continuó: —La señorita Durán debió haberse dado cuenta de que en una posición como la que yo ocupo, realmente no hay lugar para la vida personal que disfrutaría el compromiso requerido por un matrimonio y la familia. Ella parecía contenta con la perspectiva de tener un niño, mi hijo. Así, pues, no lo desalenté ni alenté alguna otra opción. Si ella llevara el embarazo a término, por supuesto que yo ejercería mi responsabilidad monetaria. Sin embargo, es injusto que ella espere que yo le dedique el tiempo que podría estar disponible para un padre normal.

»Mi consejo para ella sería terminar el embarazo. Sin embargo, debido a este resultado de nuestra relación, es en realidad responsabilidad suya, yo le dejaré esa decisión a ella.

Raimundo estaba perplejo y no trató de esconderlo. ¿Por qué Carpatia estaba diciéndole esto? ¿Qué tarea le iba a encomendar? No tuvo que esperar mucho.

—Yo tengo necesidades como cualquier otro hombre, capitán Steele. Usted entiende. Nunca me comprometería con una sola mujer, y ciertamente, no hice tal compromiso con la señorita Durán. El hecho es que ya tengo a otra persona con quién estoy disfrutando una relación. Por tanto, usted puede ver mi dilema.

—No estoy seguro de eso —respondió Raimundo.

—Bueno, he reemplazado a la señorita Durán como asistente personal mía. Siento que ella está alterada por eso y de lo que ella puede deducir que es una relación que se agrió. Yo no la veo como agriada; nos veo a ambos siguiendo adelante. Pero, como dije, ya que ella vio todo esto como un compromiso más importante de lo que yo entendía que era, ella está más molesta y decepcionada por la conclusión de la relación.

—Tengo que preguntarle sobre el anillo que usted le dio a ella —intercaló Raimundo.

—Oh, eso no es problema. No pediré que lo devuelva. De hecho, siempre creí que la piedra era demasiado grande para ser usada como anillo de compromiso. Claramente es decorativa. Ella no tiene que preocuparse por devolverlo.

Raimundo estaba armándose el cuadro. Carpatia iba a pedirle a él, como viejo amigo y jefe de Patty, que le diera la noticia. ¿Por qué otra razón necesitaría él toda esta información?

—Capitán Steele, yo haré lo correcto por la señorita Durán. Usted puede estar bien seguro de eso. No quisiera verla empobrecida. Sé que ella puede conseguir empleo, probablemente no en secretarial, pero por cierto en la industria de la aviación.

—La cual ha sido devastada por la guerra, como usted sabe —insinuó Raimundo.

—Sí, pero con sus años de experiencia, y quizá con cierta presión suave de mi parte...

—¿Así que usted está diciendo que le dará una especie de pago por despido, o compensación, o estipendio o liquidación?

Carpatia pareció animarse. —Sí, si eso le hace más fáciles las cosas a ella, estoy contento de hacerlo.

Me parece que debes —pensó Raimundo.

—Capitán Steele, tengo un cometido para usted...

—Deduje eso.

—Por supuesto. Usted es un hombre inteligente. Hemos sabido que la señorita Durán está de regreso en su itinerario y se le espera el lunes en Bagdad en un vuelo desde Boston.

Finalmente se le aclaró a Raimundo por qué Patty podía haber demorado su regreso. Quizá conocía los planes de Amanda. Sería muy de Amanda arreglar para encontrarse con ella en alguna parte y acompañarla en el retorno. Amanda tendría, por supuesto, un motivo secundario: impedir que Patty fuera a una clínica de abortos. Ella también querría seguir expresándole amor. Raimundo decidió no decir a Carpatia que de todos modos, él tenía que ir al aeropuerto de Bagdad el lunes a buscar a su esposa.

—Suponiendo que esté libre, capitán Steele, y me aseguraré de que así sea, le pediría que usted vaya a esperar el avión de la señorita Durán. Como viejo amigo de ella, usted será el indicado para darle esta noticia. Sus pertenencias han sido llevadas a uno de los condominios del edificio donde usted vive. Se le permitirá estar allí durante un mes antes de decidir dónde le gustaría reinstalarse.

Raimundo interrumpió. —Discúlpeme, pero ¿me está pidiendo que haga algo que usted mismo debiera hacer?

—Oh, no se equivoque, capitán Steele. No temo esta confrontación. Sería de muy mal gusto para mí, sí, pero reconozco mi responsabilidad. Es sólo que ¡estoy tan abrumado con la presión de cumplir los plazos designados para reuniones importantes! Hemos establecido muchas órdenes y encíclicas legislativas nuevas a la luz de la insurrección reciente, que sencillamente, no puedo estar lejos de la oficina.

Raimundo pensó que la reunión de Carpatia con Patty Durán podría llevar menos tiempo que la reunión que ellos estaban teniendo precisamente ahora. Pero ¿qué sentido había en discutir con un hombre como este?

—¿Alguna pregunta, capitán Steele?

—No. Todo está muy claro para mí.

—¿Entonces lo hará?

—No tenía la impresión de tener alternativa.

Carpatia sonrió. —Tiene un buen sentido del humor, capitán Steele. No diría que su trabajo depende de eso, pero aprecio que su trasfondo militar le haya entrenado para darse cuenta de que cuando se da una orden, se debe ejecutar. Quiero que sepa que agradezco eso.

Raimundo lo miró fijo. Se forzó a no decir el obligatorio, " por nada" . Asintió y se puso de pie.

—Capitán Steele, ¿podría pedirle que se quede sentado un momento?

Raimundo se sentó de nuevo. *¿Ahora qué? ¿Es éste el comienzo del fin?*

—Quisiera preguntarle sobre su relación con Camilo Williams.

De primer momento Raimundo no contestó. Carpatia continuó.

—A veces, conocido como "Macho" Williams. Él era antes un escritor titular de planta del *Semanario Mundial* ahora el *Semanario de la Comunidad Mundial*. Es mi editor ahí.

—Él es mi yerno —respondió Raimundo.

—¿Y puede pensar en una razón por la cual él no me hubiera contado esa feliz nueva?

—Supongo que tendrá que preguntarle eso a él, señor.

—Bueno, entonces, quizá debiera preguntarle a usted. ¿Por qué *usted* no compartió eso conmigo?

—Es sólo cosas personales de familia —argumentó Raimundo, tratando de permanecer tranquilo—. De todos modos, con él sirviéndole a tan alto nivel, supuse que usted se daría prontamente cuenta de eso.

—¿Será que él comparte los puntos de vista religiosos de usted?

—Prefiero no hablar por Camilo.

—Tomaré eso como un sí.

Raimundo lo miró fijo. Carpatia siguió.

—No digo que esto sea necesariamente un problema, usted comprende.

Yo comprendo muy bien —pensó Raimundo.

—Sólo tenía curiosidad —concluyó Carpatia. Le sonrió a Raimundo, y el piloto leyó en esa sonrisa todo lo que implicaba el anticristo—. Esperaré un informe de su reunión con la señorita Durán, y tengo plena confianza en que será un éxito.

Camilo estaba en la oficina de Chicago del *Semanario de la Comunidad Mundial* cuando recibió una llamada de Amanda en su teléfono privado.

—Recibí la llamada más rara de Raimundo —contó—. Me preguntó si yo me había enganchado con Patty en su vuelo desde Boston a Bagdad. Le dije que no. Pensé que ella ya estaba de vuelta allá. Él dijo que pensaba que ella estaba en otro itinerario ahora, y que probablemente nosotras estaríamos llegando casi a la misma hora. Le pregunté qué pasaba, pero él parecía apurado y no se sentía libre para tomarse el tiempo de decírmelo. ¿Sabes tú qué está sucediendo?

—Todo esto es nuevo para mí, Amanda. ¿Tu vuelo recarga combustible en Boston también?

—Sí. Tú sabes que Nueva York está completamente cerrado. También Washington. No sé si estos aviones pueden volar directo desde Milwaukee a Bagdad.

—¿Qué le pudiera haber demorado tanto a Patty para regresar a Bagdad?

—No tengo idea. Si hubiera sabido que ella iba a posponer su regreso, le hubiera ofrecido volar con ella. Tenemos que mantener contacto con esa muchacha.

Camilo estuvo de acuerdo. —Cloé ya te echa de menos. Ella y Zión están trabajando mucho en un plan de estudios del Nuevo Testamento. Casi es como si estuvieran en la misma oficina, aunque están, por lo menos, a un cuarto de milla de distancia.

—Sé que ella lo está disfrutando —comentó Amanda—. Desearía convencer a Raimundo para que me dejara mudarme de nuevo acá. Lo vería menos, pero tampoco lo veo mucho en Nueva Babilonia.

—No te olvides de que puedes estar en esa "misma oficina" con Zión y Cloé, sin que importe dónde estés ahora.

—Sí —adujo ella— salvo que tenemos nueve horas más que ustedes.

—Tendrán que coordinar sus horarios. ¿Dónde estás ahora?

—Estamos sobre el continente. Debiéramos estar aterrizando en una hora o algo así. ¿Qué hora es allá, poco más de las ocho de la mañana?

—Correcto. El Comando Tribulación está tan disperso como lo ha estado por un tiempo. Zión parece productivo y contento, si no feliz. Cloé está donde Loreta y entusiasmada con su estudio y oportunidades para enseñar, aunque sabe que no siempre puede tener legalmente la libertad para desarrollarlo. Yo estoy aquí, tú allá, y te estarás reuniendo con Raimundo antes de que lo sepas. Supongo que todos estamos presentes y contados.

—Seguro que espero que Raimundo tenga razón sobre Patty —repuso Amanda—. Sería fabuloso si él puede recogernos a las dos.

Era hora de que Raimundo partiera para Bagdad. Estaba confundido. ¿Por qué Patty había permanecido incomunicada en Denver por tanto tiempo, para luego engañar a Fortunato sobre su vuelo de regreso cuando *ella* estableció nuevamente el contacto? Si no era con el propósito de reunirse con Amanda, entonces ¿qué era? ¿Qué la habría interesado en Boston?

Raimundo no podía esperar para ver a Amanda. Había pasado sólo unos pocos días, pero aún eran recién casados, después de todo. No le gustaba su cometido con Patty, especialmente por llegar Amanda al mismo tiempo. Sin embargo, había una cosa que podía justificar basado en lo que le habían dicho del encuentro de Patty con Loreta, Cloé y Amanda en la casa de seguridad, y era que Patty se sentiría consolada por la presencia de Amanda.

La pregunta era, ¿la noticia que Raimundo daría, sería mala noticia para Patty? Podía hacer que su futuro fuera más fácil de aceptar. Ella sabía que todo había terminado. Ella temía que Carpatia no la dejara irse. Por supuesto que se sentiría ofendida, insultada. No querría su anillo ni su dinero ni su condominio. Pero, al menos, sabría. Para la mente masculina de Raimundo esto parecía una solución práctica. Él había aprendido bastante de Irene y Amanda, para saber que por poco atractivo que Nicolás Carpatia hubiese llegado a ser para Patty, aún así, se sentiría herida y rechazada.

Raimundo telefonó al chofer de Patty. —¿Podría llevarme o podría yo pedirle prestado el automóvil? Tengo que recoger a la señorita Durán en Bagdad y también a mi...

—Oh, lo lamento señor. Yo ya no soy el chofer de la señorita Durán. Ahora manejo para otra persona de la habitación ejecutiva.

—¿Sabe entonces dónde podría conseguir un automóvil?

—Podría probar con el fondo de automóviles, pero eso lleva un tiempo. Mucha papelería, usted sabe.

—No tengo tanto tiempo. ¿Alguna otra sugerencia?

Raimundo estaba enojado consigo mismo por no haber planeado mejor.

—Si la Potestad llamara al fondo de automóviles, usted tendría un vehículo tan rápido como lo quisiera.

Raimundo llamó por teléfono a la oficina de Carpatia. La secretaria dijo que él no estaba disponible.

—¿Está él ahí? —preguntó Raimundo.

—Señor, él está aquí pero, como le dije, no está disponible.

—Esto es urgente. Si se le puede interrumpir, le agradecería que me deje hablar con él por un segundo.

Cuando la secretaria volvió a la línea, dijo: —La Potestad desea saber si usted podría pasar un momento por su oficina antes de terminar su encargo.

—Estoy un poco corto de tiempo pero...

—Le diré que usted vendrá.

Raimundo estaba a tres cuadras del edificio de Carpatia. Se apresuró a bajar por el ascensor y corrió a las oficinas centrales. Tuvo una idea súbita y tomó su teléfono. Mientras corría, llamó a McCullum.

—¿Mac? ¿Estás libre ahora? ¡Bueno! Necesito que me lleven en helicóptero a Bagdad. Llega mi esposa y se supone que me reúna con Patty Durán también. ¿Rumores sobre ella? No puedo decirte nada, Mac. Estaré en la oficina de Carpatia en unos pocos minutos. ¿Te encuentro en el helipuerto? ¡Bueno! ¡Gracias!

Camilo estaba trabajando en su computadora portátil, con la puerta de su oficina cerrada cuando la máquina señaló que venía entrando un mensaje de tiempo real. Le gustaba esta característica. Era como estar en una línea de charla con sólo una persona. El mensaje era de Zión. Preguntaba, "¿Probaremos el video?"

Camilo escribió: "Seguro". E ingresó el código. Le llevó unos minutos programarse pero entonces la imagen de Zión parpadeó en la pantalla. Camilo escribió: "¿Es usted o estoy mirando el espejo?"

Zión respondió: "Soy yo. Podríamos usar el audio y hablarnos uno al otro si estás en zona segura".

"Mejor que no —escribió Camilo—. ¿Quería algo específico?"

"Me gustaría compañía para el desayuno —dijo Zión—. Hoy me siento mucho mejor pero me estoy poniendo un poco claustrofóbico aquí. Sé que no puedes sacarme pero, ¿podrías venir sin que Loreta sospechara?"

"Trataré. ¿Qué le gustaría para desayunar?"

"He cocinado algo norteamericano sólo para ti, Camilo. Ahora estoy girando la pantalla para ver si puedes verlo".

La máquina no estaba construida realmente para tomar una vista panorámica en un oscuro refugio subterráneo. Camilo escribió: "No puedo ver nada pero le creeré. Estaré ahí tan pronto como pueda".

Camilo le dijo a la recepcionista que iba a salir por un par de horas, pero cuando se dirigía al Range Rover, Verna Zee lo vio.

—¿Dónde vas? —preguntó.

—¿Perdón? —dijo él.

—Quiero saber dónde estarás.

—No estoy seguro de dónde estaré —respondió él—. La oficina sabe que me iré por un par de horas. No me siento obligado a especificar.

Verna movió la cabeza.

Raimundo decidió ir más despacio al llegar a la magnífica entrada de los cuarteles de la Comunidad Global. El edificio había sido colocado en un área poco usual, rodeado de residencias de clase alta. Algo llamó la atención de Raimundo. Ruido de animales. Ladrando. Él estaba consciente de que había perros en el vecindario. Muchos de los empleados eran dueños de perros de raza, los cuales era paseados y atendidos por sus dueños fuera de sus propiedades. Estos perros eran muestras de gran prosperidad. Anteriormente había escuchado uno o dos ladrando, a veces. Pero ahora, todos estaban ladrando. El ruido era tal, que él se detuvo a ver si detectaba qué los estaba agitando. Observó un par de animales que lograron escapar de sus dueños, y corrían aullando calle abajo. Él se encogió de hombros y entró al edificio.

Camilo consideró pasar por la casa de Loreta a buscar a Cloé. Tendría que pensar algo para decirle a Loreta en la oficina de la iglesia. No podría estacionar ni entrar a la iglesia sin que ella lo viera. Quizás él y Cloé estarían un rato con ella, y entonces hacer parecer que se iban por la parte de atrás. Si nadie estaba mirando, podría deslizarse y ver a Zión. Sonaba como un plan. Camilo iba a mitad de camino de Monte Prospect cuando se dio cuenta de algo raro. Animales atropellados en la carretera. Muchos. Y más posibles animales por atropellar que cruzaban corriendo las calles. Ardillas, conejos, serpientes. ¿Serpientes? Él había visto pocas serpientes en el Oeste Medio, particularmente tan al norte. La ocasional serpiente de jardín, eso era todo. Eso era lo que éstas eran pero ¿por qué tantas? Mapaches, zarigüeyas, patos, gansos, perros, gatos, animales por todas parte. Bajó la ventanilla del Range Rover y escuchó. Enormes nubes de pájaros iban de árbol en árbol. Pero el cielo estaba brillante. Sin nubes. Parecía no haber viento. Ni una hoja siquiera vibraba en un árbol. Camilo esperó en un semáforo y se dio cuenta de que, pese a la falta de viento, las luces de la calle se mecían. Los carteles se movían. Camilo cruzó velozmente la luz y se apresuró hacia Monte Prospect.

Raimundo fue escoltado a la oficina de Carpatia. La Potestad tenía a varias personas muy importantes alrededor de una mesa de conferencias. Rápidamente llevó a un aparte a Raimundo. —Gracias por venir, capitán Steele. Sólo quería reiterar mi deseo de que yo no tenga que enfrentar a la señorita Durán. Puede que ella quiera hablar conmigo. Eso estará fuera de toda consideración. Yo...

—Discúlpeme —interrumpió León Fortunato—, pero, señor, Potestad, estamos recibiendo unas señales raras en nuestros indicadores de electricidad.

—¿Sus indicadores de electricidad? —preguntó Carpatia, incrédulo—. León, yo le dejo el mantenimiento a usted y su personal...

—¡Señor! —dijo la secretaria—. Una llamada de emergencia para usted o el señor Fortunato, desde el Instituto Sismográfico Internacional.

Carpatia lució irritado y giró para enfrentar a Fortunato. —¿Quiere recibirla usted, León? Yo estoy ocupado aquí.

Fortunato tomó la llamada y pareció querer mantenerse callado hasta que prorrumpió: —¿Qué? ¿Qué?

Ahora Carpatia estaba enojado. —¡León!

Raimundo se alejó de Carpatia y miró por la ventana. Abajo, los perros corrían en círculos, sus dueños tras ellos dándoles alcance. Raimundo buscó en su bolsillo el teléfono celular y llamó rápidamente a McCullum. Carpatia lo fulminó con la mirada. —¡Capitán Steele! Yo estaba hablándole a usted aquí...

—¡Mac! ¿Dónde estás! Ponlo en marcha ¡Ahora voy!

Súbitamente se cortó la electricidad. Sólo alumbraban las luces a batería cerca del cielorraso, y el brillante sol entraba a raudales por las ventanas. La secretaria gritó. Fortunato se volvió a Carpatia y trató de decirle lo que acababa de oír. Carpatia gritó por encima del alboroto.

—¡Quiero orden aquí, por favor!

Y como si alguien hubiera accionado una palanca, el día se oscureció. Ahora hasta los hombres adultos gemían y aullaban. Aquellas luces de batería del rincón echaban un brillo amenazador en el edificio, que empezó a remecerse. Raimundo se lanzó a la puerta. Sintió a alguien detrás de él. Apretó el botón del ascensor y se golpeó la cabeza recordando que no había corriente eléctrica. Se precipitó escaleras arriba, al techo, donde McCullum tenía el helicóptero con sus hélices zumbando.

El edificio vaciló bajo Raimundo como las olas. El helicóptero, apoyado sobre sus esquís, se hundió primero a la izquierda y luego a la derecha. Raimundo se tiró a la puerta abierta, viendo los tremendos ojos abiertos de Mac. Al tratar Raimundo de subir, alguien lo empujó desde atrás y pasó volando detrás de Mac. Nicolás Carpatia estaba subiendo.

—¡Elévese! —gritó— ¡Elévese!

McCullum levantó el helicóptero como un pie del techo. —¡Vienen otros más! —gritó.

—¡No hay lugar! —aulló Carpatia—. ¡Despegue!

Cuando dos muchachas y varios hombres de mediana edad agarraban los montantes, Mac se alejó del edificio. Al virar a la izquierda, sus luces iluminaron el techo donde otras personas salían por la puerta gritando y llorando. Cuando Raimundo contemplaba horrorizado, todo el edificio de dieciocho pisos, lleno con cientos de empleados, se desplomó en el suelo con un fuerte rugido y nube de polvo. La gente que gritaba colgada del helicóptero fue cayendo una por una.

Raimundo miró fijo a Carpatia. Bajo la luz opaca que emitía el panel no le vio expresión. Sencillamente Carpatia estaba ocupado abrochándose el cinturón. Raimundo se sintió asqueado. Había visto morir gente. Carpatia había mandado a Mac que se alejara de gente que podrían haber salvado. Raimundo podría haber matado al hombre con sus propias manos. Preguntándose si no hubiera sido mejor haber muerto en el edificio, Raimundo meneó su cabeza y apretó resueltamente su cinturón de seguridad.

—¡Bagdad! —gritó—. ¡Aeropuerto de Bagdad!

Camilo supo exactamente lo que estaba llegando y había acelerado pasando semáforos y signos "pare", saltando esquinas y pasando alrededor de automóviles y camiones. Quería llegar primero a Cloé, que estaba en la casa de Loreta. Tomó su teléfono pero aún no había almacenado números de discado rápido y no había forma de que al mismo tiempo pudiera manejar con tanta velocidad y marcar todo un número. Tiró el teléfono en el asiento y siguió adelante. Iba pasando por un cruce cuando el sol se apagó. El día se hizo noche en un instante, y la electricidad se cortó en toda la zona. La gente encendió rápidamente sus luces delanteras pero Camilo vio la grieta demasiado tarde. Se dirigía a una fisura del camino que se había abierto delante de él. Parecía tener al menos diez pies de ancho y otros tantos de profundidad. Pensó que si caía allí se mataría, pero iba demasiado rápido para poder evitarlo. Dobló todo el volante a la izquierda y el Range Rover se volcó casi por completo antes de zambullirse en el hoyo. La bolsa de aire del asiento del acompañante se abrió y se desinfló calladamente. Era hora de averiguar de qué estaba hecho este vehículo.

La brecha se hacía más estrecha frente a él. No habría manera de salir por ahí a menos que empezara primero por subir. Apretó los botones que le daban tracción a todas las ruedas y cambio a manual, metiendo bajas revoluciones, virando ligeramente las ruedas delanteras a la izquierda, y pisó a fondo el acelerador. La rueda delantera izquierda mordió el agudo borde de la grieta, y súbitamente Camilo salió disparado para arriba casi en línea recta. Un pequeño automóvil detrás de él cayó de frente en el hoyo y estalló en llamas.

El suelo se movió y se quebró. Una gran sección de la acera se levantó desde el suelo en más de diez pies y cayó a la calle.

El sonido era ensordecedor. Camilo no había levantado su ventanilla después de escuchar los animales, y ahora, el colapso atronador lo envolvió al volcarse unos camiones, y caerse las luces de la calle, los postes de teléfono y las casas.

Camilo se dijo que debía desacelerar. La velocidad lo mataría. Tenía que ver qué iba encontrando y elegir su camino a través de eso. El Range Rover rebotaba y se doblaba. Una vez giró en círculo. La gente que por el momento había sobrevivido esto, manejaba locamente chocando unos contra otros.

¿Cuánto iba a durar aquello? Camilo estaba desorientado. Miró la brújula del tablero y trató de seguir orientado al oeste. Por un momento, parecía haber un patrón en la calle. Bajó y subió y bajó como si fuera en una montaña rusa, pero el gran terremoto acababa de empezar. Lo que primero parecía como cerrados picos que el Rover podía enfrentar, rápidamente se convirtieron en masas arremolinadas de barro y asfalto. Los automóviles eran tragados en ellas.

Horror no era una palabra adecuada para describir lo que estaba sucediendo. Raimundo no lograba hablarle a Carpatia o siquiera a Mac. Ellos iban en dirección al aeropuerto de Bagdad y Raimundo no podía dejar de mirar la devastación de abajo. Los incendios estallaban en todos lados. Iluminaban los vehículos estrellados, los edificios aplastados, la tierra enojándose y dando tumbos como un mar enfurecido. Lo que parecía una enorme bola de combustible encendido atrajo sus ojos. Ahí, colgando del cielo, tan cerca que parecía que él podía tocarla, estaba la luna. La luna color rojo sangre.

Camilo no pensaba en él. Pensaba en Cloé. Pensaba en Loreta. Pensaba en Zión. ¿Podría Dios haberlos hecho pasar por todo eso sólo para dejarlos morir en el terremoto grande, el juicio del sexto sello? Si todos iban a estar con Dios, tanto mejor. ¿Era demasiado pedir que fuera sin dolor para sus seres amados? Si tienen que partir, oró: "Señor, llévatelos rápido".

El sismo rugía y rugía, un monstruo que se tragaba todo lo que estaba a la vista. Camilo se encogió horrorizado cuando sus luces delanteras iluminaron una enorme casa desplomándose por completo al suelo. ¿Cuán lejos estaba de Cloé y Loreta? ¿Tendría él una oportunidad mejor para llegar a Loreta y Zión en la iglesia? Pronto Camilo vio que el suyo era el único vehículo a la vista. No había luces en las calles, ni semáforos, ni letreros de las calles. Las casas estaban derrumbándose. Por encima del estruendo oyó gritos, vio gente que corría, tropezaba, caía, rodaba.

El Range Rover rebotó y tembló. Él no podía contar las veces que había golpeado el techo con la cabeza. Una vez un trozo de cuneta rodó hacia arriba empujando el Range Rover sobre un lado. Camilo pensó que el fin estaba cerca. Él no iba a enfrentarlo tirado. Ahí estaba él, aprisionado contra el lado izquierdo del vehículo, atado. Tomó el cinturón de seguridad. Iba a soltarlo y trepar saliendo por la ventana del pasajero. Justo antes de que soltara el cinturón, la tierra que se movía enderezó al Range Rover, y escapó manejando otra vez. Los vidrios se quebraban. Los muros caían. Los restaurantes desaparecían. Las ventas de automóviles eran tragadas. Los edificios de oficina permanecían un momento en ángulos extraños, luego se derrumbaban lentamente. Camilo volvió a ver de nuevo una grieta en el camino, que no podía esquivar. Cerró los ojos y se sujetó, sintiendo que las ruedas rodaban sobre una superficie dispareja y quebraban vidrios y aplastaban metal. Miró rápidamente alrededor mientras viraba a la izquierda y vio que había manejado por encima del automóvil de alguien. Apenas sabía dónde estaba. Sólo seguía yendo hacia el oeste. Si sólo pudiera llegar a la iglesia o a la casa de Loreta. ¿Reconocería alguna? ¿Había la más mínima posibilidad de que cualquiera que él conociera en alguna parte del mundo todavía estuviera vivo?

Mac había echado una ojeada a la luna. Raimundo pudo ver que estaba atemorizado. Maniobró el helicóptero para que Nicolás también pudiera verla. Carpatia parecía contemplarla maravillado. Iluminaba su rostro con su horroroso brillo rojizo, y el hombre nunca se había parecido más al diablo.

Grandes sollozos brotaron del pecho y garganta de Raimundo. Al mirar la destrucción y el caos de abajo, supo que las probabilidades estaban en contra de hallar a Amanda. *Señor, recíbela en Tu seno sin sufrimiento, ¡por favor!*.

¡Y Patty! ¿Era posible que ella hubiera recibido a Cristo antes de esto? ¿Podría haber habido alguien en Boston o en el avión que le hubiera ayudado a hacer la transición?

Súbitamente empezó una lluvia de meteoritos, como si el cielo se estuviera desplomando. Grandes rocas encendidas caían desde el firmamento. Raimundo había visto pasar el día a la noche, y ahora, de vuelta al día con todas las llamas.

Camilo jadeaba cuando el Range Rover golpeó finalmente algo que lo hizo parar. El extremo trasero se había metido en una pequeña cavidad y las luces delanteras apuntaban derecho para arriba. Camilo tenía las dos manos en el volante y estaba reclinado, mirando fijo el cielo. Súbitamente se abrieron los cielos. Nubes monstruosas de color negro y púrpura rodaron unas sobre otras y parecían estar descorriendo la oscuridad misma de la noche. Los meteoros caían estrepitosamente, aplastando todo lo que de alguna manera no había sido tragado. Uno aterrizó cerca de la puerta de Camilo, tan caliente que derritió el parabrisas e hizo que Camilo soltara el cinturón de seguridad y tratara de salir por el lado derecho, pero mientras lo hacía, otra roca fundida explotó detrás del Range Rover y lo tiró fuera del surco. Camilo fue arrojado al asiento trasero y se golpeó la cabeza contra el techo. Quedó mareado, pero sabía que si se quedaba en un lugar, era hombre muerto. Pasó por encima del asiento y se metió de nuevo detrás del volante. Se ató el cinturón de seguridad, pensando cuán insignificante parecía esa precaución contrastada con el terremoto más fuerte de la historia de la humanidad.

El movimiento de la tierra no parecía disminuir. Estos no eran temblores residuales. Esta cosa sencillamente no iba a parar. Camilo manejó despacio, con las luces delanteras del Range Rover, guiñando y rebotando locamente al hundirse primero un lado y luego el otro, y luego salir volando por el aire. Camilo pensó que reconocía una señal: un restaurante a medio hundir en la esquina, a tres cuadras de la iglesia. De alguna forma tenía que seguir adelante. Manejó con todo cuidado alrededor y a través de la destrucción y los escombros. La tierra seguía moviéndose y rodando pero él seguía adelante. A través de su ventanilla destruida, veía gente que corría, los oía gritar, veía sus heridas abiertas y sangrantes. Trataban de esconderse debajo de las rocas que habían sido vomitadas de la tierra. Usaban trozos de asfalto y aceras para protegerse, pero eran aplastados con igual rapidez. Un hombre de edad mediana, sin camisa y descalzo y sangrando, miró hacia el cielo a través de los anteojos quebrados y abrió ampliamente sus brazos. Gritó al cielo: "Dios, ¡Mátame! ¡Mátame!" Y cuando Camilo pasaba lentamente, rebotando en el Range Rover, el hombre fue tragado por la tierra.

Raimundo había perdido la esperanza. Parte suya estaba orando para que el helicóptero se cayera desde el cielo y se estrellara. La ironía era que él sabía, que Nicolás Carpatia no iba a morir por otros veintiún meses más. Y cuando hubiera muerto, resucitaría y viviría otros tres años y medio más. Ningún meteorito iba a golpear el helicóptero. Y dondequiera que aterrizaran, estarían a salvo de alguna forma. Todo porque Raimundo había estado haciendo una diligencia para el anticristo.

El corazón de Camilo se paró al ver la aguja del campanario de la Iglesia del Centro de la Nueva Esperanza. Tenía que estar a menos de seiscientos metros de distancia, pero la tierra todavía estaba batiéndose. Las cosas seguían estrellándose. Los árboles enormes se caían arrastrando cables de corriente eléctrica a la calle. Camilo pasó varios minutos abriéndose paso por entre los escombros y pasando por encima de enormes pilas de madera, polvo y cemento. Mientras más se acercaba a la iglesia, más vacío sentía su corazón. Ese campanario era lo único que seguía en pie. Su base descansaba a nivel del suelo. Las luces del Range Rover iluminaron las bancas, apoyadas incongruentemente en hileras ordenadas, algunas de ellas intactas. El resto del santuario, las vigas arqueadas, los ventanales, todo había desaparecido. El edificio de la administración, las salas de clase, las oficinas estaban aplastadas en el suelo en una pila de ladrillos, vidrio y cemento.

Se veía un automóvil en un cráter de lo que fue el estacionamiento. El fondo del automóvil estaba aplastado contra el suelo, los cuatro neumáticos explotados, los ejes quebrados. Dos piernas humanas desnudas sobresalían del automóvil. Camilo detuvo el Range Rover a unos cien pies de ese caos. Hizo el cambio a estacionamiento y apagó el motor. La puerta de su lado no se abría. Soltó el cinturón de seguridad y salió por el lado del pasajero. Y de repente cesó el terremoto. El sol reapareció. Era una mañana de lunes, brillante y soleada en Monte Prospect, Illinois. Camilo sentía cada hueso de su cuerpo. Fue tambaleándose por el disparejo suelo hacia ese pequeño automóvil aplastado. Cuando estuvo cerca, vio que al cuerpo aplastado le faltaba un zapato. El que quedaba confirmó, no obstante, su temor. Loreta había sido triturada por su propio automóvil.

Camilo tropezó y cayó de cara al suelo, con algo que le raspó la mejilla. Lo ignoró y gateó al automóvil. Se afirmó y empujó con toda su fuerza, tratando de sacar el automóvil de encima del cadáver. No cedía. Todo en él gritaba contra dejar a Loreta allí, pero ¿adónde iba a llevar el cuerpo de poder soltarlo? Sollozando ahora, se arrastró por los escombros, buscando una entrada al refugio subterráneo. Pequeñas zonas reconocibles del salón social le permitieron gatear alrededor de lo que quedaba de la iglesia aplastada. El conducto que llevaba al campanario se había roto. Se abrió camino por encima de ladrillos y trozos de madera. Finalmente encontró el eje del ventilador. Puso sus manos alrededor del orificio y gritó, para abajo: —¡Zión! ¡Zión! ¿Está ahí?

Volvió el rostro y puso su oreja contra el eje, sintiendo el aire frío que salía del refugio.

—¡Aquí estoy, Camilo! ¿Puedes oírme?

—¡Le escucho, Zión! ¿Está bien?

—¡Estoy bien! ¡No puedo abrir la puerta!

—¡De todos modos, no quiera ver lo que pasa aquí arriba, Zión! —gritó Camilo, con su voz debilitándose.

—¿Cómo está Loreta?

—¡Partió!

—¿Fue el gran terremoto?

—¡Sí!

—¿Puedes llegar a mí?

—Llegaré a usted aunque sea lo último que haga, Zión! ¡Necesito que me ayude a buscar a Cloé!

—¡Yo estoy bien por ahora, Camilo! ¡Te esperaré!

Camilo se dio vuelta para mirar en dirección a la casa de seguridad. La gente se tambaleaba en harapos, sangrando. Algunos se caían y parecían morir frente a sus ojos. No sabía cuánto tiempo le llevaría llegar hasta Cloé. Estaba seguro de que no querría ver lo que encontraría allí, pero no se iba a detener hasta hacerlo. Si había una posibilidad en un millón de llegar a ella, de salvarla, él lo haría.

El sol había reaparecido sobre Nueva Babilonia. Raimundo instó a McCullum a que siguiera volando hacia Bagdad. Donde miraran los tres, había destrucción. Cráteres de los meteoros. Incendios ardiendo. Edificios aplastados. Caminos deshechos.

Cuando se pudo ver el aeropuerto de Bagdad, Raimundo inclinó su cabeza y lloró. Los inmensos aviones estaban retorcidos, algunos sobresaliendo de enormes cavidades del suelo. La terminal estaba derrumbada. La torre, demolida. Los cadáveres sembrados por todas partes.

Raimundo le hizo señas a Mac para que aterrizara el helicóptero. Pero al revisar la zona, Raimundo supo. La única oración por Amanda o por Patty era que sus aviones aún estuvieran en el aire cuando esto ocurrió.

Cuando las hélices dejaron de zumbar, Carpatia se dio vuelta a los otros dos.

—¿Alguno de ustedes tiene un teléfono que funcione?

Raimundo estaba tan disgustado que se estiró por encima de Carpatia y abrió la puerta. Se deslizó por atrás del asiento de Carpatia y saltó al suelo. Entonces se estiró, soltó el cinturón de Carpatia, lo tomó por las solapas y lo sacó a tirones del helicóptero. Carpatia aterrizó sobre sus posaderas en el suelo disparejo. Se paró de un salto, rápido, como para pelear. Raimundo le dio un empujón contra el helicóptero.

—Capitán Steele, entiendo que esté alterado pero...

—Nicolás —dijo Raimundo, disparando sus palabras por entre dientes apretados—, usted explique esto como quiera pero déjeme ser el primero en decírselo: ¡Acaba de ver la ira del Cordero!

Carpatia se encogió de hombros. Raimundo le dio un último empujón contra el helicóptero y se fue tambaleando. Orientó su cara hacia la terminal del aeropuerto, a un cuarto de milla de distancias. Oró que ésta fuera la última vez que tuviera que buscar el cadáver de un ser amado entre los escombros.

Epílogo

Cuando el Cordero abrió el séptimo sello, hubo silencio en el cielo como por media hora.

Y vi a los siete ángeles que están de pie delante de Dios, y se les dieron siete trompetas.

Otro ángel vino y se paró ante el altar con un incensario de oro, y se le dio mucho incienso para que lo añadiera a las oraciones de todos los santos sobre el altar de oro que estaba delante del trono.

Y de la mano del ángel subió ante Dios el humo del incienso con las oraciones de los santos.

Y el ángel tomó el incensario, lo llenó con el fuego del altar y lo arrojó a la tierra, y hubo truenos, ruidos, relámpagos y un terremoto.

Entonces los siete ángeles que tenían las siete trompetas se prepararon para tocarlas.

Apocalipsis 8:1-6.